▲ 在埃塞俄比亚的兹怀湖上。

▶ 在尼罗河的源头塔纳湖上。

▲ 在地中海撒丁岛一带。

▲ 穆萨和奥玛尔用牙齿和手指配合着造船。

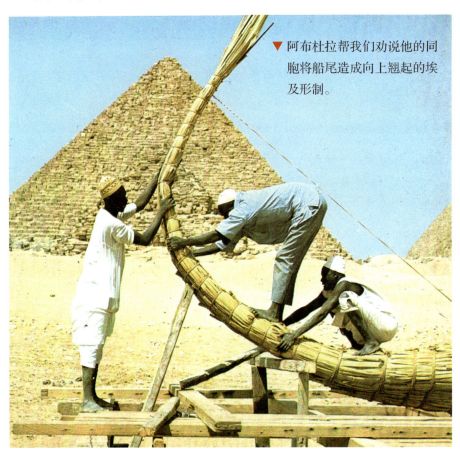

▼ 阿布杜拉帮我们劝说他的同
　胞将船尾造成向上翘起的埃
　及形制。

▲ 曾经，从美索不达米亚到大西洋沿海的摩洛哥，都有纸莎草船。
时至今日，在非洲中部的乍得湖上，它依然存在。

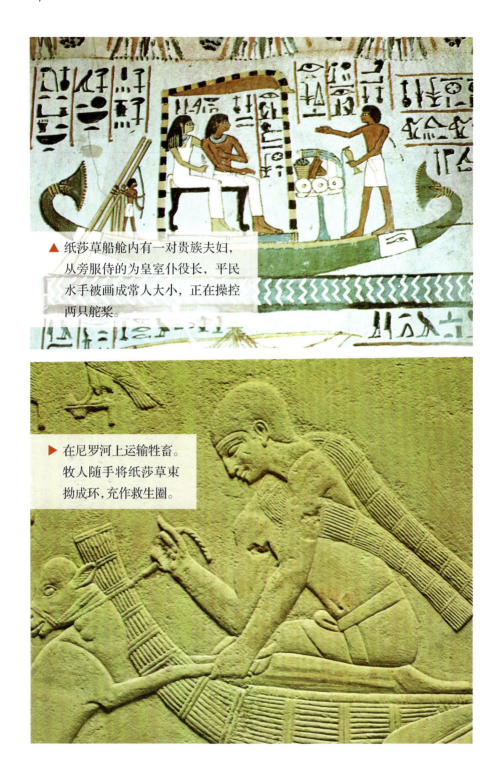

▲ 纸莎草船舱内有一对贵族夫妇，从旁服侍的为皇室仆役长，平民水手被画成常人大小，正在操控两只舵桨。

▶ 在尼罗河上运输牲畜。牧人随手将纸莎草束拗成环，充作救生圈。

▲ 古埃及的造船工匠用长麻绳将纸莎草捆扎成船，有些工匠是黑发，另一些则是金发。

◀ 尼罗河上的水战。纸莎草船上有鸭笼，食物篮和水罐。

▶瑞典的世界级古埃及船只结构专家比约恩·兰斯特勒姆，正在绘制埃及纸莎草船图，而笔者正向来自乍得的造船工匠奥玛尔、穆萨和阿布杜拉解说双脚桅的原理。

▶乍得的纸莎草船工匠验看采自尼罗河源头的纸莎草芦苇。

▲ 约 5000 年前，埃及人的航海技术便已非常发达。使用的为双脚桅，桅上有脚蹬。

▼ 从前，墨西哥的海上和内陆湖中都能见到芦苇船。
最终只在加利福尼亚湾的塞里族印第安人这里保存下来。

▼ 玻利维亚和秘鲁境内的的的喀喀湖上，有着当今世界上最上乘的芦苇船。
曾经，大型芦苇船时常沿着印加帝国的海岸线航行。

▲ 复活节岛的芦苇船，笔者最初就是由此对芦苇船萌生了兴趣。

　　岛上神秘巨石像的雕刻者是一群水手，他们还在火山口的湖中种下了来自南美的淡水芦苇，建造的芦苇船亦与秘鲁的如出一辙。

▼ 纸莎草船完工后，我们依照古埃及的
形制，在船舷外缘绕上一条粗缆，并
固定住，日后桅缆就将系在这上面。

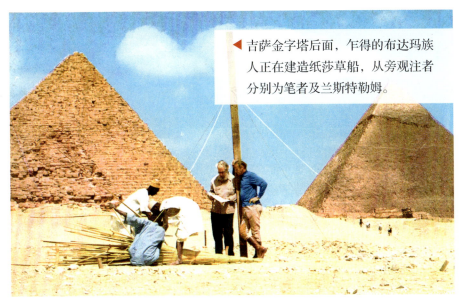

◀ 吉萨金字塔后面，乍得的布达玛族人正在建造纸莎草船，从旁观注者分别为笔者及兰斯特勒姆。

◀ 古埃及的造船术重返故地。随着纸莎草在埃及绝迹，造船这门艺术也在此地失传，却在乍得传承下来，他们的造船匠正指点埃及人如何从旁协助。

◀笔者在开罗博物馆，观赏出自埃
及木乃伊墓室中的世界上最古老
的芦苇船模型。

▶埃及墓室中的浮雕表明，
采集纸莎草造船的习俗最
早可以追溯到文明之初。

▼ 再见，一路顺风。笔者的妻子伊冯向"太阳号"草筏挥别。四只划艇正将其拖离萨非港，许多摩洛哥渔船随行护送。

▶随船医生尤里正在检查给养，
　包括肉脯、鱼干、埃及干面包，
　还有各类便于储藏的蔬食。

▶ 挪威的哈特马克船长将各国国旗按字母顺序排列，联合国旗分列两侧。

▼ 开罗学院的五百位埃及人将纸莎草船拖出工地。造船团队见插图，后排从左至右分别为：穆罕默德、穆萨、笔者、阿布杜拉、奥玛尔、科里奥；二排左二为尤里；斜躺者为卡洛。（图源：合众国际社，伦敦）

◀ 满帆，帆上象征太阳的图案指引着我们向西航行，远离非洲海岸的危机四伏的峭壁。

『我以太阳神之名，命名你为「太阳号」。』纸莎草船的教母，亦即萨菲帕夏的夫人柏柏尔人艾沙·阿马拉说道。笔者及其夫人伊冯将一艘芦苇船模型作为此次施洗的礼物送给她。

以羊奶施洗过后，"太阳号"自摩洛哥西海岸的古港口萨菲港下水。在埃及和波利尼西亚各岛，太阳神的名字都叫作"拉"。

七人分别来自七个国家。从上至下：托尔·海尔达尔，挪威，远航领队。（摄影：歌诗达·格拉斯，斯德哥尔摩）卡洛·莫里，意大利，摄影师（左图）。圣地亚哥·吉诺韦斯，墨西哥，物资管理（右图）。诺曼·贝克，美国，领航员（左图）。乔治·苏利尔，埃及人，潜水专家（右图）。尤里·先克维奇，苏联，随船医生（左图）。阿布杜拉·吉布林，乍得，纸莎草专家（右图）。

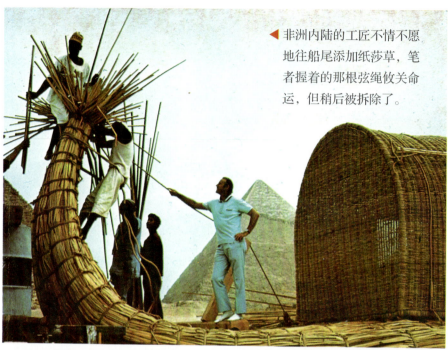

▲ 非洲内陆的工匠不情不愿地往船尾添加纸莎草，笔者握着的那根弦绳攸关命运，但稍后被拆除了。

▶ 沙漠中的"纸船"团队日夜警惕。一个烟蒂就可能令纸莎草全部付之一炬。

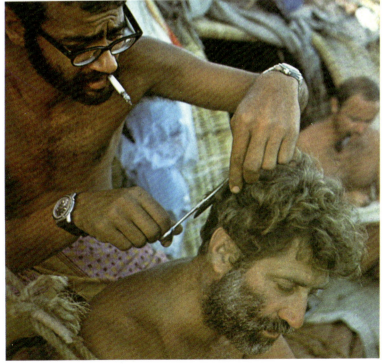

▼ 围坐在鸡笼旁吃午饭。诺曼和托尔进餐速度太拖拉，猴子萨非和鸭子辛巴达已经占好下一餐的席位了。

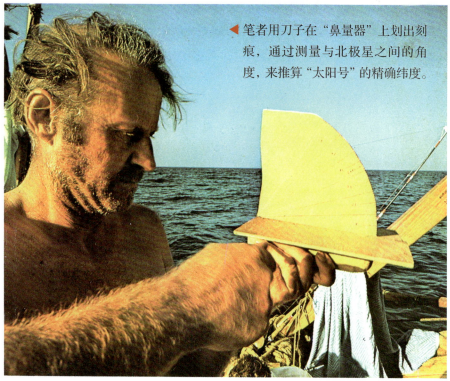

◀ 笔者用刀子在"鼻量器"上划出刻痕，通过测量与北极星之间的角度，来推算"太阳号"的精确纬度。

◀ 乔治和圣地亚哥一起在桅杆
　下的厨房做饭，而原本的大
　厨拍下了这张照片。

◀ 小猴子萨非是萨非帕夏送别的
礼物，非常讨人喜欢，它也很
享受在桅杆和索具上嬉戏。

▶ 舵桨再次断裂，尤里、托尔和阿布杜拉通力将桨片抢救回来。

◀ 坚硬的木料一次次折断，舵桨一修再修，而纸莎草捆却如橡胶般有弹性，因而安然无恙。

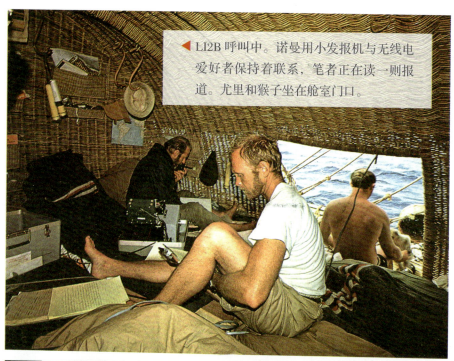

◀ LI2B 呼叫中。诺曼用小发报机与无线电
爱好者保持着联系，笔者正在读一则报
道。尤里和猴子坐在舱室门口。

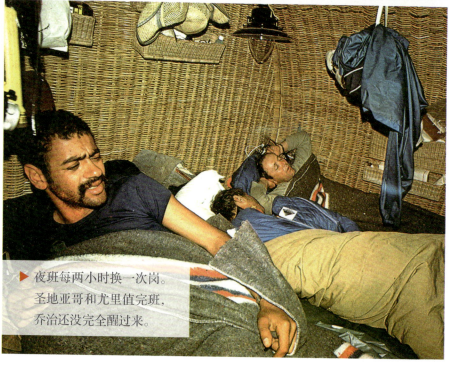

▶ 夜班每两小时换一次岗。
圣地亚哥和尤里值完班，
乔治还没完全醒过来。

▶ 无帆无舵桨，我们拖着两只海锚沿非洲海岸向南漂流。

◀ 木匠阿布杜拉用硬木和绳索修固折断的舵桨。

◄ 舵桥后的船尾已经完全没入水中，
但只要船体的其他部分还浮在水
上，尤里就能保持稳定的航向。

◄ 通过匿名投票作出决定，我们将唯一的救生
筏切割成条。为了使船尾浮起，我们将这些
泡沫橡胶绑在船体上，结果全被大浪冲走了。
忙碌中的阿布杜拉和圣地亚哥。

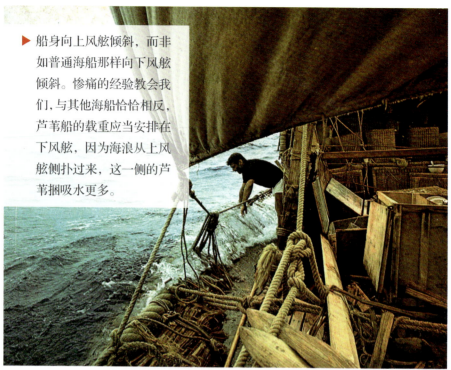

▶ 船身向上风舷倾斜，而非如普通海船那样向下风舷倾斜。惨痛的经验教会我们，与其他海船恰恰相反，芦苇船的载重应当安排在下风舷，因为海浪从上风舷侧扑过来，这一侧的芦苇捆吸水更多。

◀ 船尾的缺陷初现，但一开始圣地亚哥只觉得在甲板上洗衣服变得很方便。

大西洋中部的"太阳号"、"海神号"自纽约驶往开普顿途中，拍下了这张照片。帆已经褪色，但船体还很结实。

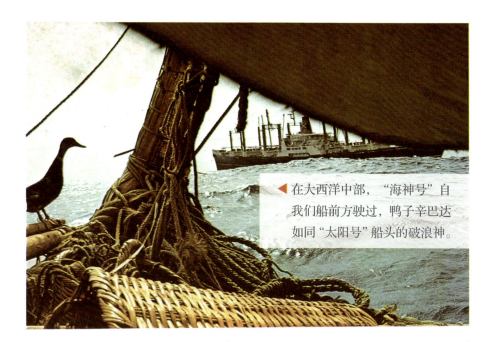

◀ 在大西洋中部，"海神号"自
我们船前方驶过，鸭子辛巴达
如同"太阳号"船头的破浪神。

▶ 落入大海掌中。登山家卡洛是绳索、绳结方面的专家,此时两只舵桨再次双双折断,他协助水手诺曼保住一只海锚。

▶ 大西洋中的污染。"太阳号"吃水很深，
远征队员得以看到海面上到处是难以
数计形似沥青的油凝块。

◀ 船尾下沉的情况益发严重，黑夜中，
两只舵桨都断了，船尾的诺曼和乔
治工作困难重重。

◀ 值夜班时，阿布杜拉手持赞珠，在舵桥上祈祷。

▶ 甲板上正在举行盛宴，左起依次为：
笔者、尤里、圣地亚哥、乔治和诺曼。
为这个场合特别准备的茶点。

◀ 整整一个月的航行之后，笔者的海图。我们越
过了西经40度，进入大西洋的美洲板块。

◀ 纸莎草救生圈。埃及人乔治振兴祖先的艺术（见第4页）。

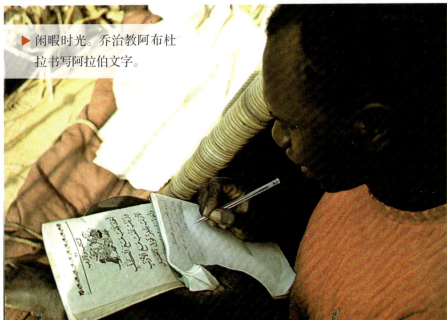

▶ 闲暇时光。乔治教阿布杜拉书写阿拉伯文字。

▼ 圣地亚哥和诺曼将桅杆砍倒。由于绳索摩擦，上风舷一侧有许多纸莎草被磨断脱落，导致沉重的双脚桅无法再支撑船帆。

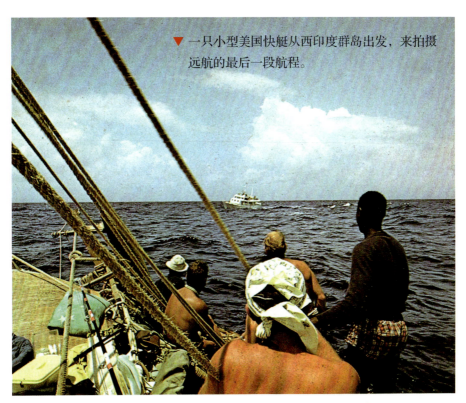

▼ 一只小型美国快艇从西印度群岛出发，来拍摄
远航的最后一段航程。

▼ "太阳号"在风暴中损毁严重，不过小型快艇
发现船上的七个人，一只猴子，以及一只鸭子
都还活着，而且货物完好。左起依次为：诺曼、
乔治、尤里、阿布杜拉、托尔、卡洛及圣地亚哥。

▶ 每当海浪将柳编舱内的箱子打烂，我们就得另找睡觉的地方。诺曼选择睡在食品篮上。

◀ 我们离西印度群岛越来越近，鲨鱼渐渐聚集在草筏周围。

◀ "太阳号"二世航行中的大
部分影像资料都是由日本人
小原启拍摄的。

▼所有重要的东西都被转移到快艇
上。乔治扒着桅杆游泳，诺曼和
笔者将设备传递给坐在快艇附带
橡皮筏中的圣地亚哥。

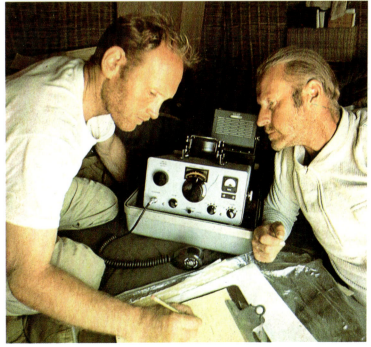

▶ "海水是咸的！"阿布杜拉惊呼，
他要求额外的净水进行洗礼，方可向
安拉祈祷。

▲ 历经 57 天的航行，"太阳号"二世穿过大西洋，从摩洛哥的萨非出发，抵达了西印度群岛的巴巴多斯。夜幕降临，航程已近尾声。

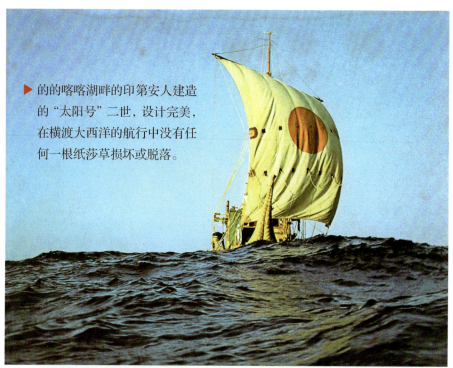

▶ 的的喀喀湖畔的印第安人建造的"太阳号"二世，设计完美，在横渡大西洋的航行中没有任何一根纸莎草损坏或脱落。

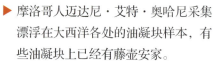

▶ 摩洛哥人迈达尼·艾特·奥哈尼采集漂浮在大西洋各处的油凝块样本，有些油凝块上已经有藤壶安家。

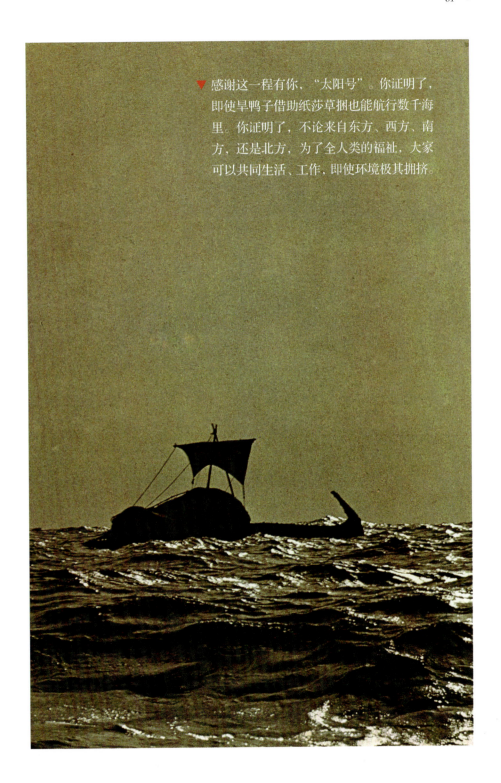

▼ 感谢这一程有你、"太阳号"。你证明了，即使旱鸭子借助纸莎草捆也能航行数千海里。你证明了，不论来自东方、西方、南方，还是北方，为了全人类的福祉，大家可以共同生活、工作，即使环境极其拥挤。

▶ 左舷完好，全部货物都堆放
在此，船体依旧浮在水面上。
草船上的人为诺曼及笔者，
快艇附带橡皮筏上的为乔治。

▲ 右舷剩余的纸莎草不足以支撑船舱浮在水面上，大量的鲨鱼令我们无法
进行进一步的修补。诺曼和乔治打捞主帆。

The RA
Expedition
by THOR HEYERDAHL

乘风破浪

草船横渡大西洋

［挪威］托尔·海尔达尔 _ 著

徐昊 _ 译

四川文艺出版社

目

录

第一章

一道谜题，两个答案，实则无解

一秆芦苇在风中摇曳。

砍断它。

它不但浮得起来，还载得动一只青蛙。

二十万秆芦苇随风摇曳。沿着青翠的河岸放眼望去，一整片芦苇仿佛连绵起伏的麦浪。

将其砍断，像打玉米垛那样一捆一捆地扎起来。大大的草船浮在水面上，我们登上去。一个苏联人，一个乍得人，一个墨西哥人，一个埃及人，一个美国人，一个意大利人，再加上我——一个挪威人，还有一只猴子，一群咯咯嗒嗒的母鸡，要乘着它到美洲去。然而我们目前却身处埃及。风里永远夹着沙子，又干又热，这就是撒哈拉沙漠。

阿布杜拉跟我保证，草船能浮起来。我跟他说，美洲可是非常远呢。他觉得美洲那边的人不喜欢黑皮肤的人，不过我跟他打包票，关于这一点他绝对错了。他并不知道美洲究竟在哪里，但他说只要风向对，总是能到的。只要捆扎芦苇的绳子不出问题，草船就不会有危险。可是，绳子真的不会出问题吗？

感觉有人晃了晃我的肩膀，我醒了过来。是阿布杜拉。"3点钟了，"他说，"又该上工了。"太阳的炙烤令帐篷里热气腾腾。我坐起身，透过没关紧的门往外看，立时被撒哈拉炽烈的阳光晃了眼，干燥的热浪扑过来。太阳仿佛占满整个天空，目光所及之处，太阳，太阳，还是太阳。浸满了阳光的无垠沙漠，撞上了上帝创造的最纯粹的蓝，灰色的沙粒在午后的阳光下闪耀着金色的光芒，万里晴空在这个沙漠的世界上方铺展开来。

五座金字塔排成一排，三座大，两座小，像鲨鱼的牙齿一样衔住天幕。在人类与自然界尚密不可分之时，它们便矗立在这里，一动不动，始终如一，与自然界浑然一体。躺在金字塔前面那片浅浅的洼地上的东西打破了时间的界限，也许它是昨天才完工的，又或许已经在这儿躺了一万年：那是一艘大漠黄沙中的船，没有了波涛和水草，就如同诺亚方舟在撒哈拉荒漠搁了浅。船的旁边还有两头正在咀嚼的骆驼。至于说它们嚼的是什么，也许，正是构建这条"纸船"的材料——纸莎草。金色的苇草打成捆，再将草捆扎出船的形状，船头和船尾高高翘起，仿佛悬在蔚蓝天空中的一弯新月。

阿布杜拉已经走到草船跟前。两个皮肤黝黑的布达玛人正往船上爬，身上的白色长袍随风猎猎飘舞着。与此同时，埃及人正把一捆捆新鲜的纸莎草拖过来，他们的服饰倒是五颜六色的。现在还称不上是大功告成。"继续！再来，继续！"阿布杜拉大声喊道，"纸莎草不够用！"我踩在烫脚的沙子上，好像刚从上千年的沉睡中苏醒，一脚深一脚浅。说到底，他们这番辛劳都是拜我所赐。都怪我萌生了一个荒唐念头，想要令基奥普斯①时代便已式微的古老造船艺术重获新生。造船术被废弃的那个时代，这位法老以及他的后人下令建造了眼前这群雄伟的金字塔，如今它们如同巍然屹立的山脉，将我们穿越了时空的造船厂藏在身后，不允许开罗城市街道上那种20世纪匆匆忙忙的风潮席卷到这一边青翠的尼罗河河谷。

---

① 译注：公元前3—4世纪埃及第四王朝的第二位法老，即埃及法老胡夫，曾下令在吉萨修建了著名的胡夫金字塔。

　　帐篷之外，我们全部世界就只有光秃秃的沙子、烫人的沙子，金字塔，一堆堆晒干了的纸莎草，易折又易燃的纸莎草。人们拖着拽着，将草捆送到新月形的纸莎草船旁边，两位造船工匠就坐在上面，肤色犹如甘草糖，他们手脚并用，才能将捆扎船体的绳子绑牢，甚至还用上了牙齿。船逐渐在他们手中成型——一艘纸莎草船。用他们的布达玛语，这应该叫作卡戴，他们可是真正的行家。手指与牙齿默契配合，将绳子一圈圈缠住纸莎草，这么干净利落的手法只有行家里手才可以做到。尼罗河河谷的纸莎草学会人士将其称为"一艘纸船"。因为他们学会向旅客和科学家们展示的就是泡过水又捶打得薄薄脆脆的纸莎草纸，这种纸确实可以用于书写，世界上有史以来第一代学者就曾在上面记录下象形文字。

　　纸莎草的茎秆柔嫩多汁，连小孩都拗得动，捏得扁。干燥之后，则可以像火柴棒一样"啪"地折断，也可以像纸一样被轻松点燃。我面前的地面上扔着一根干得可以当火绒的纸莎草，被拧成了麻花，又来回折成了几截，是早上被一位阿拉伯老人丢在这里的，他气哼哼的，只用几根手指就让这根纸莎草面目全非，甚至扔到沙地上都不够解气，还朝它吐了口口水，又轻蔑地指着它说："就这玩意儿连根钉子都钉不住，就是根芦苇，你要怎么在这上面装桅杆？"他是位经验丰富的造船工匠，会制作桅杆和船用索具，他从塞德港①一路搭公交车赶来，本来是要和我们签合同的，结果到现场一看，就气得扭头跳上下一班车打道回府了。难道是我们存心拿诚心诚意的造船工匠取乐吗，还是怪现在的人已经完全不懂该如何去打造一艘明明各方面都达到船只标准的船了？其实沙漠里有许多古代墓室壁画都绘有纸莎草船，但这么跟他解释一点儿用也没有。他有一大堆话等着呢："那些墓室里还画了鸟头人和长着翅膀的蟒蛇呢。谁都看得出这一类苇草的茎秆有多软，不管是钉钉子还是拧螺丝，都吃不住劲儿。那就是一堆干草垛，一条纸船。还是多谢你帮我付返程的车票钱。"

---

① 译注：埃及主要的港口城市，位于苏伊士运河北口。

这下要怎么办？船一定得有桅杆呀。我们三位来自中非乍得湖畔的黑人朋友评价道，那位造船工匠就是个笨蛋，他肯定从来没亲眼见过真正的卡戴，因为一直以来卡戴都是用纸莎草造的。话说回来，所有的卡戴都没有桅杆，我们为什么非得弄根桅杆在船上呢？想要渡水，划桨就行啦。乍得湖可大了，他们断定，大海怎么也不可能比乍得湖还大。这个小插曲未曾在他们心中引起一丝波动，三人继续往船体上绑纸莎草捆。要论这手绝活儿还得看他们的。那个塞德港来的阿拉伯人就会虚张声势，其实没什么见识，说到真正的卡戴他肯定见都没见过。

我返回帐篷，翻出文件夹，找出古埃及船只模型及壁画的摹本和照片。是真的，纸莎草船上的确一枚钉子都没有。桅杆以一种特别的方式固定在苇草结构上。选定竖立桅杆的位置后，先把一块木质基座牢牢绑在最上层的苇草捆上，再把桅杆卡进结实的基座里，并用绳索牢牢捆住。我把图片都推开，往墙根底下堆着的绳索和帆布上一躺。帐篷里就这儿还稍微凉快点儿，我才能动动脑子。我究竟在干什么？我有什么理由相信，这样一只小筏子能够在尼罗河三角洲之外的水域航行呢？我承认自己会有这种疑虑，并不仅仅基于现实层面存在的诸多问题，也因为我心里确实感到不安。

当初，我决定用轻木建造"康提基号"木筏时，心态与现在可谓大相径庭。实话实说，我当时根本没见过什么轻木，也根本没亲自开船航过海，更别说乘木筏航海了，但我有明确的理论和足以支撑该理论的科学依据，推导出的结论也逻辑严密。而这一次，我什么都没有。在乘"康提基号"出海探险之前，我已经掌握了大量材料，并编写了一份厚厚的手稿，里面充分的证据足以打消我所有的疑虑。我坚信秘鲁曾有一支最古老的文明传到了波利尼西亚群岛，而在那之后，亚洲东部的太平洋沿岸一带才陆续有各路探险家纷至沓来。据了解，古代秘鲁的交通工具与船只用途最接近的就是轻木木筏，因此，我推断它也必然能够在海上航行。否则，古代的秘鲁人是怎么漂洋过海抵达波利尼西亚的呢？关于轻木木筏的航海能力，我其实并没有其他材料证明。但我的结论是正确的。

这次的情况有所不同。关于古埃及人是否将他们的文明带到了遥远的岛屿或大陆，我并未建立起相关理论。但的确有很多人持此种看法，他们认为美洲热带地区早就有迹象表明，埃及金字塔的建造者曾对当地的文化产生过影响，其时间远远早于哥伦布发现新大陆。但这并不是我的理论：我从未发现任何有力的证据支持这一论点，同样，也没有发现任何证据足以驳倒它。何况，不只埃及有金字塔，美索不达米亚地区也有。只能说我对这一观点非常有兴趣，只是尚未看到任何堪称无懈可击的结论。这幅拼图缺少太多具有科学价值的板块了。例如，古埃及和墨西哥的文化之间是否存在联系？在致力探索这一可能性的路上，人人都不免狠狠踢到几块拦路的大石头：巨大的时间鸿沟、无法解释的种种矛盾点，还有此岸与彼岸间相隔的远比尼罗河宽广上万倍的海洋。

关于水运，古埃及人最初只有纸莎草捆扎成的船，后来又有了长长的木船，其木板之间靠榫卯连接，或以绳缝合连成整体，这样的船在海洋中自然不堪一击，但非常适合在尼罗河平静的水面上开展运输和贸易。在距这顶帐篷几百码①远的地方，基奥普斯金字塔脚下，我的埃及朋友艾哈迈德·约瑟夫正忙着对基奥普斯法老的一艘富丽堂皇的木船进行修复。就在不久前，考古学家发现这座巨大的金字塔每一侧都埋藏着一艘巨船。共有四艘船被完好地封存于地下，躺在深深的地下密室中，上面盖着巨大的石板。②目前，只打开了其中一个坑室，里面堆堆累累，数百块厚厚的雪松木板得以重见天日，还和4700年前，也就是约公元前2700年刚被埋入地下时一样新鲜。此刻，埃及博物馆的首席馆长艾哈迈德·约瑟夫正忙着把所有船板用新绳子穿连起来，船板上原本就打了孔，数量多达几千个，从前就是用麻绳穿过小孔把船拼接起来的。大功告

---

① 1码约等于0.9米。

② 译注：目前在基奥普斯金字塔附近共发现5个藏船的密室，共5艘船。有学者认为它们分别用于举行典礼、巡视，以及殡葬。

成后，呈现在人们眼前的是一艘长达140英尺^①的大船，完美的流线型船身优雅曼妙，几千年后，维京人开始在大海上航行时，他们造出的船与这艘大船相比，在尺寸与形制上都难以占到上风。

这两种船之间的本质区别在于：维京人造的船要能经得起海上的风浪，而基奥普斯的船，是用来在风平浪静的尼罗河上举行盛大庆典的。绳索在船体木料上留下的磨损沟槽表明基奥普斯的这艘船使用相当频繁，并不是负载法老在阳世最后一程的"太阳船"^②。虽说在海浪中，这艘船连一个回合都撑不住，但是它流线型的船身真是令人赞叹不已。这精妙的线条分明就是专门为了远洋航行而生的呀。船头和船尾翘得很高，上扬的弧度不徐不疾，这些特征都只在远洋船上常见，这一类的船体外形特别适合在波浪上航行。这就令人忍不住多想：说不定这正是某个未解之谜真正的关键点呢。将近5000年前，水平如镜的尼罗河河畔有一位法老，他建造了一艘船。这艘船自始至终只需要在平静的河水中航行，但它根据设计所呈现的结构线条却令全世界顶尖的航海国度也相形见绌。造船工匠将他这艘脆弱的河船打造成如此形状，想必应该世世代代都是熟惯于远洋航行的人。

我们不妨来猜一猜，其实只有两种可能性：要么这种适于远洋航行的流线型船体的设计建造者是埃及当地海员中的佼佼者，毕竟那是个辉煌灿烂的时代，他们的同侪中有人创造了文字，有人建造了金字塔，也有人掌握了制作木乃伊的方法，能做开颅手术，并在天文学方面有所建树；要么为法老造船的人是在外国学会了这门手艺。这确实存在一些迹象指向后一种可能。埃及的环境气候长不出雪松。建造基奥普斯之船的木材来自黎巴嫩的雪松林。黎巴嫩是腓尼基人的故乡，而腓尼基人正是以造船技术著称，他们建造的船，航迹遍及

① 1英尺约等于0.3米。

② 译注：在古埃及神话故事里太阳船可以将法老的灵魂带往来世。人们见到太阳每天东升西落，便认为太阳白天乘船由东往西，夜晚再乘船由西往东，从另一个世界回到人间。有一派学者认为埋在基奥普斯金字塔旁的船可能是太阳船。

整个地中海，甚至到达过大西洋的部分海域。他们的主要港口比布鲁斯是世界上已知最古老的城市，在古代曾是书籍的生产中心，而他们制作书籍的纸莎草则是从埃及进口的［比布鲁斯（Byblos）和圣经（Bible）最初的意思都是书籍］。基奥普斯建造金字塔的时代，埃及与比布鲁斯之间的贸易往来非常频繁，所以也许是基奥普斯的造船工匠把手艺传到了国外。

然而，问题在于我们对腓尼基木船的外观了解甚少，甚至可以说是一无所知。唯一能够确定的是，一定和纸莎草船的外观不同，也就是说其结构线条绝对不是纸莎草船那样。黎巴嫩并没有纸莎草，这也是为什么腓尼基人要从埃及进口。这样一来就产生疑问了。基奥普斯之船沿袭了纸莎草船的形制，且埃及法老统治时期绘制的所有大型木船其外形都与纸莎草船一脉相承，因为那时纸莎草船还没失传，直接照着画，照着造就行。不得不提的是，正是有了纸莎草船这个摹本，埃及木船的船头和船尾都像纸莎草船那样高高翘起，甚至比维京人造的船翘得还高，因而不管是滨海区的碎浪还是远海的狂浪都奈何不了它们，木船所有的这些特性其实都更适于远洋航行，而不是应付尼罗河上那一点小小的涟漪。所以纸莎草船应该是母本，木船是仿本，而非反过来。在尼罗河河畔成为法老的安息地之初，纸莎草船的建造工艺便早已臻于完美。法老们让人在墓室的墙壁上描绘出他们神话中的祖先和众神，而画中的诸神祖先都是站在纸莎草船上的。传说中，第一任法老的祖先是太阳神以及鸟头人，他们乘坐的并不是腓尼基人造的木船，也不是木筏或河上平底的驳船，而是两头都高高翘起的纸莎草船，基奥普斯之船完美地复刻了纸莎草船的外形，甚至船头也是遽然昂起，顶端还雕刻成纸莎草花花萼的形状。

要像地中海文明初期的埃及人那样造一艘船，并不需要斧头或木匠手艺，只要有一把能砍断芦苇的刀和一些绳索就行了。基奥普斯、哈夫拉、孟卡拉几座金字塔脚下，我的非洲朋友穆萨、奥玛尔和阿布杜拉就正在造纸莎草船。他们造的船，将和周遭墓室壁画上绘制的古代船只一模一样，这也就是为什么我们要选择这片沙漠作为造船场。

为什么？我究竟想证明什么？其实什么都没有。我并不想证明什么，倒是想学点儿什么。我想知道，古埃及人是不是像专家们说的那样，没有能力将纸莎草船航行到尼罗河河谷之外的水域，所以腓尼基人才必须亲自到尼罗河来收纸莎草。我想知道，古埃及人最初是否有能力造船出海，然后才在尼罗河河畔定居下来，再之后才有了雕刻家、法老、木乃伊。我想知道，纸莎草船能不能胜任250英里^①的海上航程，从埃及航行到黎巴嫩。我想知道，纸莎草船还能走得再远些，远到从一块大陆去往另一块大陆。我想知道，纸莎草船能否航行到美洲。

这有什么意义吗？因为没有人知道第一位抵达美洲的人究竟是谁。大部分教科书都说是哥伦布。但是哥伦布并非发现了美洲，而是重新发现了美洲。哥伦布极具才干，且勇气非凡，他敢于乘船驶向未知领域，因为他相信地球是圆的，他不会从世界尽头坠落下去。哥伦布标志着历史的转折点，他改变了整个世界的生活方式，一些强大的国家因此而诞生，从前只有灌木、矮树的地方，也因他有了拔地而起的摩天大楼。但并非是他发现了美洲大陆，是他率先向世人介绍了前往美洲的路线，他抵达美洲的时候已经是1492年了。

美洲是何时被发现的？谁也不知道。第一个踏上美洲大地的人还不懂得计算时间，更不懂历法，没有文字。他的地理知识十分有限，根本没有意识到自己已经踏上了一块此前从未有人类涉足的新大陆。

第一位代表人类登上美洲大陆的是一位过着游猎生活的智人，他和他的祖先一样，在西伯利亚北极地区冰封雪盖的海岸一带以渔猎为生，四海为家。直到有一天，他发现自己已经站在了冰天雪地的白令海峡东岸，他不知道，在他之前，这里只有野兽出没。这位美洲的发现者究竟是踏着水上的冰层走过来的，还是乘着简陋的木筏沿光秃秃的冻土、苔原海岸线，以粗糙的渔具为桨划过来的，我们无从得知。我们所知道的是，长眠在美洲土地上的第一个人，可

---

① 1英里约等于1.6千米。

能出生于北极的亚洲区域。我们还知道，他既不懂农业、建筑，也不会冶金、纺织，他用兽皮和树皮蔽体，把骨头或石头制成武器或工具，因为，他还是个纯粹的石器时代的人。

目前，学界还没有定论，美洲首位发现者的后裔是何时开始南迁至阿拉斯加，又是何时穿过整个美洲北部及中部来到南美洲的。有人认为，他们在新世界定居的时间大约起始于公元前15000年，也有人认为，这个时间点应该早一倍，约为公元前30000年。不过，大家都同意，在美洲落下第一个脚印的，是一群来自极地北部未开化的野人，他们是无意之中来到了这里，而今天，他们的子子孙孙被统称为美洲土著印第安人。

亚洲极地地区与阿拉斯加之间的狭长通道对人类始终是敞开的，最近的许多发现表明，西伯利亚和阿拉斯加之间一直有原始人家族部落来回迁徙。阿留申群岛和向南的日本洋流也为拥有具备远航能力船只的人提供了一座桥梁。这些人开始在美洲繁衍生息，并逐渐向南迁徙，于是一长串各具特色的印第安部落在美洲大陆上发展起来。不同部落之间联姻、杂居，继续新的迁徙，所以不同部落不仅在脸形、体格上有着显著的不同，语言各不相通，也进化出截然不同的生活方式。在一代又一代南迁的进程中，从北边的阿拉斯加到南边的火地岛，气候条件和自然环境都发生着变化，因而印第安人的住所也风貌各异，有半球形的雪屋、木头搭的棚屋、茅草棚，还有洞穴。

这时，哥伦布来了。1492年10月12日，他举着旗子和十字架，在西印度群岛的圣萨尔瓦多登陆。随后，科尔特斯、皮萨罗等西班牙征服者纷纷追随他的脚步，循着他船队的尾迹跟了过来。哥伦布的荣耀毋庸置疑，是他为世界敞开了通往美洲的大门，任何人想前往美洲都不必再去冒险穿越北极的冰原了。但是欧洲人很轻易地忽略了这一点，成千上万在陆地上迎接他的，并不是欧洲人。他登陆的岛屿后面，那片大陆上分布着若干有着高度文明的伟大帝国，他们似乎对这些海外来客的拜访早有准备。他们的学者告诉西班牙人，从前，也有白皮肤、大胡子的人从海的那一边过来，并带来通往文明的秘籍。西班牙人的到来并没有引起轰动，在当地人眼里，他们并不是什么"发现者"，而是又一批漂洋过海、远道而来的客人，很久很久以前，就有海外来客将大洋彼岸的文明带给了他们的祖先，从此他们的历史迎来了黎明。

毫无疑问，当时美洲这一区域的居民，已经不是最初从西伯利亚冰原迁徙过来的原始渔民了。起于非洲的信风和强劲的洋流把西班牙人送到这片远离喧嚣的热带土地，上岸后，他们见到的是一群有纸、有书籍、有自己历史传承、懂得天文学和医药学的文明人。招待他们的人当中，有一些是真正的饱学之士，能读会写，当然是用他们自己的语言文字。他们还建有正规学校和天文观测台。他们在数学、天文学、地理学领域的造诣令人惊叹，他们对主要天体运行周期的计算是最精准的；他们算出了赤道、黄道和回归线的位置，还将恒星和行星做出了划分。他们使用的复杂历法比哥伦布时代欧洲的历法还要精确，而且，他们在公元前3113年就开始精确纪年了，把那一年记作玛雅纪年的元年。他们的一些重要人物死后会被制成木乃伊，医生技术精湛，也懂得选择气候条件适宜的地方保存尸体；而且和埃及人一样，他们也会真正的开颅手术，在颅骨钻孔，却不会伤及病人的性命，直到哥伦布作古数百年之后，欧洲的外科医生才有能力进行这种手术。

他们的城市中有通衢，也有小巷；有水渠，也有阴沟；有市场，也有运动场；有学校，也有宫殿，功能完备，书记官①和平民就共同生活在这样规划合理的城邦社会里。在城市里，人们住的不是帐篷，也不是茅草棚，而是沿着街道用土坯砖盖得整整齐齐的房子，每栋都至少两层楼，他们用的砖同美索不达米亚人和埃及人一样，都是把稻草和进泥里，再晒制而成。气派些的房子都有廊檐，廊檐下是整排的立柱，墙上都饰有浮雕，或色彩经久不褪的美丽壁画。织布机的使用已经非常普遍，纺织工艺水平极高，西班牙人在这里看到的挂毯和

---

① 译注：阅读和书写被视为身份的象征，古埃及有些贵族在为自己塑像时就会打扮成书记官的样子。

斗篷，其技术之高超，工艺之精美，在当时的欧洲闻所未闻，见所未见。他们有专门的制陶工匠，制杯、盘、坛、罐都不在话下，还有从事各种活动的人俑和动物俑，工匠的水平即使不说超越旧世界①第一流文明的最高水平，至少也是持平的。这里的珠宝匠人打制的金银器用上了花丝及镶嵌工艺，不论是技术还是艺术水平都登峰造极，西班牙人一"发现"就为之着了魔，抛开自制与良知，亮出利刃。令人叹为观止的巨大阶梯金字塔，柱式的神庙，司祭国王的巨石雕像俯瞰着千家万户；整齐的街道，人工开凿的水渠，大型悬索桥，都在这片土地上留下自己的印迹。人们修筑梯田，并引水灌溉，瓜果、蔬菜、粮食、药材应有尽有。还完成了对野棉花的选种，剔除了短绒及少绒、无绒的植株，培育出适于纺织的品种，并进行大面积专门化的种植。羊毛和棉花经过纺、染、织的工序，有的成品比20世纪以前欧洲生产的所有面料都更为细密柔软。

西班牙人起初以为自己航行到了地球的另一边，到达了有着高度文明的遥远印度。因此，也不管迎接他们的人其实体貌特征、文明程度都各不相同，只管把这里所有的人都称为印第安人，从此，这个名字在欧洲语言中永远占据了一席之地。当然，后来西班牙人知道自己弄错了，其实他们闯入的是一个新世界。

那么究竟是谁发现了谁？是在海岸边警戒的人，看到东方地平线上冒出来一支船队就要靠岸，还是站在甲板上的人忽然发现西方雾霭中露出了海岸线，岸上还有人影？发现西班牙人即将靠岸，信差将消息层层传递上去，司祭国王摆起伞扇仪仗，坐在华贵的轿椅上，前去迎接新客人。和刚靠岸的西班牙人一样，一想到将会见到什么人，他心中也十分忐忑。司祭国王和他的百姓一样虔诚，笃信他是太阳的后裔，而他的人类祖先则是白皮肤、大胡子的男子，就和新来的客人一个样。到了应该庆祝的时候，乐师们吹起笛子和喇叭，打起鼓，

---

① 译注：旧世界，哥伦布地理大发现之后，美洲被称为新世界，相应的世界其他部分则被称为旧世界。

摇起银铃。他身后，除了贴身扈从，还有一支数千人的常备军。他的斥候发现有几个西班牙人上了岸，进入了他的领土，离首都已越来越近。

于是，曾经强盛的墨西哥阿兹特克帝国成为过去。然而殷鉴不远，很快南美洲庞大的印加帝国也上演了如出一辙的一幕。区区几个西班牙人，凭着他们的白皮肤和大胡子，不费一枪一弹便征服了这些强大的帝国，而这一切不过是因为在岸上迎接他们的那些书记官和祭司，要么在书籍中读到过，要么从流传的神话故事中听到过，是白皮肤、大胡子的人将文明这份礼物带给了他们的祖先，虽然之后他们又离开了，要去别的地方传播知识，但他们承诺过还会回来。所有美洲印第安人都不蓄胡子，因为他们的下巴上长不出什么毛发。这些金棕色皮肤、从北方极地迁徙过来的族群都具备这一特征。然而，站在海岸上的印第安人"发现"西班牙人之时，他们都已胡子拉碴，而且还是白皮肤，就和当地传说中的英雄一样。尽管人不多，他们却受到了中世纪最有权势的君主们的热情款待，欢迎他们回到墨西哥和秘鲁。

从北部的阿兹特克帝国、玛雅王国到南部的印加帝国，这些伟大的文明中心曾经如同一串明珠，穿起珠子的那条线就是那群白皮肤的大胡子人留在这里的无数传说。原住民文明其实只在美洲热带地区传播，从来没有到达过如今气候更适宜发展工商业的一些区域。对世界上其他区域的人而言，新世界的伟大文明只留下惊鸿一瞥就轰然崩塌，湮灭于无形，如它展现在世人面前之际一样突然。哥伦布为那个时代的人拉开的幕布，很快又被他的继任者合上了。不过几十年之后，美洲原本生机勃勃的文明便被碾为废墟，生命就此终结，部分被消灭，部分被整合，一番改头换面，令欧洲人更容易相信，一切进步的、文明的东西，都是我们带去的；而那些古怪、阴暗的则是哥伦布发现美洲之前的遗存。我们之所以得出这种印象，是因为那些对黄金充满贪欲的征服者，一边高举十字架彰显正义，一边大举屠杀，大家都还来不及弄明白，在世界的另一端有了什么发现，幕布就被重新拉了起来。

哥伦布和他的追随者们来到美洲之前，墨西哥和秘鲁究竟发生了什么呢？所有西班牙人的这些发现，难道都是由从北极冰原迁徙而来、尚处于蒙昧中的石器时代的人自然而然发展出来的吗，还是另有其他路径通往远古的美洲？是否像世界其他角落一样，在哥伦布时代之前，这里已经有其他人种的加入？文明从非洲和小亚细亚传播到还是一片蛮荒的欧洲海岸之时，是否也曾远航到墨西哥湾，那些已经在此定居的亚洲极地原始人的后裔，是否从此开启了新的时代？

这就是开篇提到的那个问题。而答案是没有。显然是没有。多半是没有。又或许……我感觉背后的那卷绳子有点硌得慌，帐篷里变得没那么舒服了。我看不到答案。苦思冥想也只是做无用功，不过是按照从前的思路再从头捋一遍。假如美洲的古文明是在墨西哥和秘鲁土生土长的，那考古学家应该能找到一些发展中新陈更迭的遗迹。但是在墨西哥和秘鲁发现的所有文明中心，发掘到的都是已臻成熟的文明，及其在当地的后续发展，却从来没发现任何清晰的起源。其实答案应该很明显了：文明输入。如果一个文明突然出现，却没有在本土演化的痕迹，那必然是外来文明输入的结果。显然，是来自大洋的彼岸。唯一的问题在于，这一个个伟大文明如雨后春笋般在新世界蓬勃发展之际，相应的文明在埃及已经销声匿迹几千年了，如果现有的理论没问题的话，时间应该是在公元前数百年，所以答案并非那么无懈可击。我们卡住了。可是为什么要列时间表比较呢？既然要比，为什么不选择和地中海一带的海岛民族相比呢？

还有，为什么要造纸莎草船？我的思绪再次飘远，从美洲一路飘向了太平洋。那里才是我的主场。我曾在那里投入了毕生的时间，做研究，做野外考察。4年前，我去埃及还只是为了旅游，直到在帝王谷的壁画中看到了船。我一眼就认出了这种船。这和秘鲁北部的金字塔工匠画在他们陶罐上的船几乎一模一样，当时波利尼西亚人还没有迁入南美洲，本土文明依然十分兴盛。秘鲁绘画中最大的苇草船有两层：下面一层的甲板上画着大量的水罐及各种货物，还有一排排小人儿；而上面一层画着太阳神在人间的化身，也就是司祭国王，画师把他画得比所有随从都高大，周围画着一群鸟头人，通常他们负责拉纤，帮助苇草船在水上航行。埃及的墓葬壁画中，司祭的国王，即法老，也被描绘为太阳神在人间的化身，苇草船上的他如同一位伟岸的巨人，而周围的人则被画得极小，而且神秘的鸟头人也出现在了画中，拉着苇草船溯水前行。

苇草船与鸟头人似乎总是成组出现，也不知这其中有什么奥秘。我们在遥远的太平洋也发现了同样的组合。在复活节岛上，太阳神面具，有帆的苇草船，还有鸟头人，这三者构成的组合，不断地出现在奥龙戈村的壁画和浮雕中。奥龙戈村是古时候举行典礼的地方，还建有太阳观测台。复活节岛、秘鲁、埃及，三地相距如此遥远，却发现同一种特别的组合，实在不同寻常。这恐怕是最有力的证明了，人类一定是在相互隔绝的不同区域，各自演化发展出了相同的结果。更奇怪的是，复活节岛的土著居民把太阳称作"拉"。波利尼西亚的数百个岛屿，也都把太阳叫作"拉"，所以这绝不是偶然。"拉"还是古埃及对太阳的称谓。在古埃及的宗教中，没有哪个词汇比"拉"更重要，它代表了太阳、太阳神，还有历任法老的始祖，就是苇草船上，鸟头人随扈的那一位。在复活节岛，在秘鲁，在古埃及，都有房子那么高的巨石雕像，用以纪念太阳神在人间的化身——司祭国王。而且，这三处都有阶梯金字塔，筑塔的石块有火车车厢大小，坚硬的岩石像奶酪一样被分割得整整齐齐，再严丝合缝地垒起来，而且塔的设计都符合太阳运行的规律，这都是为了崇拜太阳，纪念同一位祖先——拉神。这之间是否有什么关联，又或者只是巧合呢？

几个世纪以前，在风帆称霸大海的时代，人们通常都会想当然地认为，古代文明社会，人们也有能力前往世界任何角落。毕竟，麦哲伦、库克船长，还有其他许多人都曾只依靠风作为动力，完成过一次或两次环球航行，所以这么想有什么不对呢？但是在我们发明了螺旋桨和喷气发动机之后，随着时代的前进，世界越变越小，我们不禁想到，如果时间向着反方向推进，那么世界一定是越来越大的，如果退回到哥伦布时代之前，世界想必大得没有尽头，而海洋也必定是不可逾越的阻隔。

1492年对我们每个人而言都有着神奇的影响力。正是那一年，哥伦布航行到了美洲；正是那一年，我们生活的世界被证明是个球体。在那之前，大地一直是个平面，海洋也是个平面，所以漂在水上的东西，一定会被风和洋流带着从平面的边缘掉下去。其实，我们如今已经知道在哥伦布到达美洲之前，世界也是个球体，但是不知为什么，世界又并不完全是球体，更像是一顶帽子，不管什么东西，只要随洋流漂得够远，都会从帽檐那儿掉下去。

1492年之前，世界的尽头是深渊，[①]任何东西漂到那儿都会消失得无影无踪，再也回不来了，哪怕只是一根芦苇。然而，哥伦布让我们意识到世界是个球体后，就再也不会有东西从世界尽头掉下去了。任何东西只要浮得起来，都能随着大自然形成的洋流，从非洲漂到海的另一边，在新的海岸线出现时着陆。像哥伦布那样在小岛登陆也好，或者小岛后面热带地区那长长的海岸线也是不错的选择。哥伦布自海上来时，像圣彼得[②]一样，手中握着打开新世界大门的钥匙。他身后，是数以百计的三桅帆船，是几千艘各式各样的小船。整个20世纪，每一年都有探险家乘救生筏、划艇、15英尺长的帆船、橡皮筏、水陆两用吉普或因纽特人的皮船横渡大西洋。

通过大西洋登陆美洲的专利应该属于哥伦布。在他之前，人们只能靠两只光脚板或一双鹿皮鞋，冒着北极的酷寒徒步穿过沿西伯利亚荒原无限延伸的冰天雪地。这种环境并不适合种植棉花或造砖盖房。这一点大家恐怕都是认同的。那么穿惯了皮毛的极地人迁居到令人懒洋洋的热带地区后，怎么就想到了要种棉、纺线、织布制衣呢？按理说，温暖的丛林中，树叶和树皮已能满足他们蔽体的需要。沉闷静谧的热带，又是什么令他们萌生出往泥巴里掺草，用模具制成形状大小都一模一样的土坯砖的念头，像旧世界那样盖房居住呢？共识就到此为止了。一直为谜题寻找答案的人们，从这里开始出现了分歧。

---

① 译注：路西法版叛乱失败后，被上帝打入了"深渊"，此处指自世界尽头掉落。

② 译注：圣彼得是耶稣的十二门徒之一，耶稣任命他管理教会，并把"天国的钥匙"交给了他。

世上仅存的毫无保留地支持远古先民环球航海这一观点的，是一位名叫珀西·史密斯的英国人。他注意到墨西哥和秘鲁的古文明中有许多与古埃及文明相同的特征，所以认为两者之间一定存在某种跨洋联系。他在复活节岛和离秘鲁海岸最近的其他波利尼西亚族群的聚居地，也发现同样惊人的相似之处，这时他拿出了尺子和平面世界地图，在图上画了一条以埃及为起点，贯穿红海、印度洋、太平洋、波利尼西亚，直通南美洲的线，并写下：太阳崇拜者就是这样通过复活节岛到达美洲的。

另有一些人则看着地球仪直摇头。这么绕一大圈从埃及航行到复活节岛毫无意义。从复活节岛经美洲到埃及的航程比经印度更近。太平洋占据了地球仪的一半，整个洋面铺展开来最宽距也超过了地球最大周长的一半。如果埃及人向东航行2500英里，根本到不了印度，要想到复活节岛，则要继续航行差不多半个地球。话说回来，如果古代南美洲人从他们的海岸边向西航行2500英里，半路就会经过复活节岛。我们按照古印加的方式建造了"康提基号"木筏，从南美洲海岸向西航行了4300英里，这趟远航的中途，我们就曾路过复活节岛。

复活节岛是世界上有人类生活的最偏僻的岛屿。它位于秘鲁的开阔海岸，而不是尼罗河三角洲。1772年，欧洲人终于抵达这片海岸，"发现"了这座四面环海、崎岖不平的火山岩岛屿，看到了岛上近乎上千个被遗弃的人形石像，它们仰着头，无言地望着天空。我们称其为"复活节岛"是因为某位从南美洲航行而来的荷兰人遇到这座岛的那天刚好是复活节。而再早几百年，波利尼西亚人乘着独木舟登上这座小岛后，已将它命名为"世界之脐"，他们发现这座岛时，岛上已经有人居住了，而且在航海上他们还要尊称这群人一声前辈。岛上有些巨型石像的胸部被刻上有桨有帆的苇草船图案。复活节岛最古老的仪式村里也能见到这种镰刀形的苇草船图案，和代表太阳的符号以及神秘的鸟头人一起画在壁画中。这里也是观测太阳、举行拜日仪式的地点，岛上的人称太阳为"拉"，每年他们都要聚集在这里，参加一年一度的鸟人崇拜仪式，在小苇草船的保护下，游到近海鸟类栖息的小岛上去。这项习俗一直延续到1868年基督教传入，才被传教士勒令禁止。

　　复活节岛上的苇草船。想到这儿，我的思绪停住了。有一件事我记得很清楚，芦苇船就是从这里开始进入我的视野的。然而从地理学角度来看，这里也许正是芦苇船历史的终点。

　　其实在去复活节岛之前，我早已见过芦苇船了。在安第斯高原的的的喀喀湖上还乘坐过这种船，当时我正在研究南美洲的巨石人像，它们被遗弃在这座浩渺内陆湖附近的原野上。这些船的运载能力给我留下了深刻印象，它们的用途是把重达几吨的巨大石块运送到湖那一边如今只余一片废墟的蒂亚瓦纳科古城。[①]但我之前只把这种草扎船当个新鲜玩意儿看。每个读过印加帝国历史的人，包括我，都把这种的的喀喀湖上的芦苇船当作哥伦布时代之前水运工具的某种历史遗存。西班牙人在此登陆时，秘鲁的太平洋近海一带这种船还十分常见。其实在当时，北至墨西哥和今天加利福尼亚地区，都能见到这种船。最小的芦苇船只能负载一个人，看上去像弯弯的象牙，游泳时就把它架在胸部下方。西班牙人当时见到最大的船可乘12人，将这样的两艘船绑在一起，就可以出海替殖民者运送牛羊马匹。其实，秘鲁很早就有芦苇船了，自有轻木木筏就有芦苇船，甚至可以追溯到印加文明诞生之前，莫奇卡[②]人，也就是最早在秘鲁海岸建造金字塔的人，他们的各类绘画中往往都少不了芦苇扎的海船。

　　我决定建造"康提基号"时，其实不只有木筏一个选择。古印加帝国通用的海船有三种。第一种是木筏，通常用厄瓜多尔丛林里的轻木造；第二种是苇草船，主材是一种俗称托托拉的芦苇，这种草原生在高山湖滨，后来引入太平洋沿岸的沙地，一度到处都是人工种植、灌溉的芦苇田；第三种是皮筏，把木杆交叉捆绑，扎成犁形，并固定在两张吹足气的海豹皮上即可。

---

① 译注：蒂亚瓦纳科在古印第安语中意为"创世中心"，古城就建在的的喀喀湖边，是玻利维亚印第安古文化遗址。

② 译注：莫奇卡文化是南美洲古印第安人文化。

我毫不犹豫就做出了选择。海豹皮筏会漏气，在海上漂不了几天，印第安人就得下海边游边往里吹气，如此循环往复，实在令我提不起兴趣。我对芦苇船也没什么信心。芦苇啊，稻草啊，在人们印象里都是极其脆弱无力的东西。打个比方吧，人只有在把所有别的东西都试过且失败了，才会去抓稻草或芦苇。但凡要出海的这个人还做得了自己的主，肯定不会把命交给一束稻草吧。当时我就是这么想的，大家也都和我一个意见。我们要去，就坐轻木木筏去，用的都是整根木料，又轻又稳固。我们最后确实选择了木筏。经过测试，轻木木筏展现了惊人的适航性。而芦苇船则出局了，暂时被我们抛到了九霄云外。

第二章

为什么是芦苇船

　　那是在复活节岛。海浪拍打着小岛的东岸。四位脸皱得好像烟草叶的老伙计，抬着一艘香蕉形状的小船，一路小跑穿过沙滩，冲到浪里。阳光在湛蓝的海浪间舞蹈，香蕉形的小船也被染上了金色。一波海浪高高跃起，下一波正要涌来，四位老人身手敏捷地将小船顺势推出去，跳上船，奋力摇桨，前浪和后浪将小船护在中间，在岸边受阻又反扑的回头浪，只来得及将一捧泡沫洒在四人身上。万岁！小船像跷跷板一样一仰一啄就翻过一道隆起的海浪，接着又一道，不久已闯入大海茫茫的波涛之间。船却依然像下水前一样干燥，因为涌上船的水，瞬间又从船底板数不清的缝隙流下去了。小船没有船帮，也没有船壳，四位老人就坐在平坦的甲板上，其实也就是坐在厚厚的船底板上面。小船两头弯弯，扎紧的头尾端如同动物突出的吻部，这样的结构可以更好地劈波斩浪。在海浪间游弋的它，仿佛一只金色的天鹅。

　　时间是1955年，复活节岛百年来头一遭，有一艘苇草船从这里出海。船是由岛上的老人亲手造的，想让我们看看，他们的祖先出海捕鱼用的是什么船。船是参照岛上以前黄金时代留下的图画，缩小仿制的，不过和岛民参加鸟人比赛用的象牙形单人船"波拉"相比，这又不算小了。对复活节岛上所有的原住居民来说，这都是一个庄严的时刻，他们注视着四位老渔翁驾着小船划向大海，这只船在他们心中的意义非凡，他们已经在父亲那里听过太多它的故事，就如同"五月花号"之于每一位美国人，或者维京船之于我们北欧人。小船在波浪上滑行，好像一张上面坐了人的充气床垫，起起伏伏，船依然是干的，不管海浪从哪个方向打来，它都能翻过去或绕过去。当时我们有一项工作是把被废弃推倒的巨石人像重新立起来，当金色的小船载着四个棕色的人影绕过我们立起的第一座石像时，岸上不止一位老人眼含泪光，喃喃地说着，小岛曾湮灭的过去重生了。

　　然而，对我来说，这里再现的是曾在东方地平线另一边使用过的小船。我以前在的的喀喀湖上看到过的船和这里的船惊人地相似；和古代莫奇卡人常常画在陶器上写真般的新月形船更是像得不得了，在印加帝国之前他们才是那片太平洋海岸的主人。此刻涌上沙滩，冲刷着我们双腿的海水正是从那片海岸流过来的。我曾亲自乘着木筏，被这片汪洋中永不止息的海流带到这里。于是一个猜测冒了出来，同一股海流两端的船同属一类，两者会不会同出一源呢？

　　在死火山拉诺拉拉库的火山口，六个人正把25英尺长的钢钻沿着沼泽地的边缘打下去。我们前后左右的火山口岩壁上都有许多刻到一半的石雕巨人，无意中成为雕刻家们工作突然中断的见证者。这些雕像是直接在岩壁上进行开凿的，和岩壁实为一体，其中有些石雕只要凿断背部与岩壁连接的部分，就可大功告成，然而至今仍牢牢地嵌在上面。它们斜倚着岩壁，闭着眼睛，双手叠放于腹部，如同巨人版的睡美人。另有一些已经凿下来的石雕，只差背部那一点儿没完成，雕刻家们将其竖起来，以便继续修凿出弧度，令其线条变得和成品一样简练优雅。这些立人石像随意散布在这座岩石的艺术馆，有一些埋在采石场的泥沙中，只露出下巴。他们抿着薄薄的嘴唇，自四面八方探头探脑，仿佛在严密监视这六个矮小的血肉之躯，看他们带着钢钻，跑到火山湖边想要干什么。

　　长长的钢钎一英寸接一英寸没入软烂的稀泥。雨水的荡涤，加上上千年的沉淀，死火山口底聚起深深一汪玻璃般澄澈的碧蓝湖水，倒映着天空。自东方而来的小小白色信风云，到了这里，仿佛是借水面飘了一程，然后钻到青翠的芦苇丛中，继续往西方赶路了。高高的芦苇丛环绕着三座雨水积聚形成的火山湖，这就是复活节岛唯一可用的水源。自从岛上的原始森林被当地居民焚烧殆尽，茂密的林地变成了光秃秃的荒野，溪流渐渐从多孔的熔岩渗入地下，消失不见，他们饮水就全靠这三座湖了。

　　是长长的钢钎带出的淤泥告诉我们这段毁林造田的往事。钢钎的顶端有一副旋转刀片，还有一处带盖的凹槽，将盖子打开就可采集研究所需深度的土样，不管泥质、土质，或是沙质地层都可胜任。钻得越深，得到的土样年代越久远。这片沼泽地的边界处如同一本合上的书，最底下是书的第一页，最上面则是最后一页。复活节岛形成之初，海底火山升起并不断喷发，喷出的碎屑和凝固的熔岩堆积成了最下面的一层，这一层寸草不生。接着火山停止了喷发，火山口顶缘的岩壁渐渐开始风化成尘，飘落下来成土成泥，随着时间累积，土层越来越厚，一层又一层零落的花泥和花粉被封印在里面。专业的花粉学家通过对不同土层中花粉种类的研究，便可推演出各种草本植物、蕨类植物，以及灌木、乔木来到这座新生岛屿的先后顺序与传播方式，是随洋流而来，还是被风或者鸟带来，又或者随人类一起迁徙而来。每种植物的花粉都有各自独特的外形。在显微镜之下，它们就像奇异世界的果实，有着最奇妙的形状和姿态。

　　侦探往往以各种化名藏形匿迹：有一类人自称古植物学家，成功地躲开了大家窥探的目光。不同的花粉粒在他们眼里，就像指纹那样独一无二，能够彻底彼此甄别。我们把采集到的一小部分土样塞进不同的玻璃管中压实，编上号，送到了一间位于斯德哥尔摩的植物侦探社。于是我们得以探知一点点复活节岛被遗忘的过去，岛上最早那一批神秘的雕刻家究竟来自何方，他们将巨大的石雕留在了岛上，然而却久久隐身在历史的黑夜中，无人知晓。

　　含花粉的土样透露了一个秘密。欧洲来的"发现者们"抵达这座光秃秃的荒岛时，岛上只有一群野人和他们的几块甜薯地，废弃的采石场和巨型雕像则属于另一段被遗忘的过去。花粉表明，这座小岛原本林木茂密，如今干旱的石砾地和火山岩壁都曾长满摇曳的棕榈树。在欧洲人还不知道世界上有个太平洋时，那群技艺精湛的石匠就已登上了这片郁郁葱葱的处女地。这群石匠在森林里放了把火。燃烧产生的大量烟尘随着雨水落在火山湖的湖面上，随后和岛上棕榈及其他林木残留的最后一点花粉一同沉入湖底。森林渐渐消失了。这些人一登岛就焚烧森林，是为了造田种美洲甜薯，那是他们的主食。他们需要空地，建石头房子，建宏大的庙宇。但在这之前，要先将削凿整齐的巨大石块砌成梯式高台，这种结构和古代秘鲁的宗教建筑及埃及的马斯塔巴式陵墓①十分相似。他们清除满山的棕榈树，将地表覆盖的泥土草皮掀开，只想要下面坚硬的岩石。岩壁到了他们老到的石匠手里，摇身一变就成了光滑的建筑石料，还有用整块石料雕成的先世的司祭国王的石像。没有人想到要砍树作为建筑材料，显然复活节岛的第一批居民并不习惯和木料打交道，倒是很熟悉石料。石头是他们传统的原材料，他们有能力将单块重量相当于6~8头大象、高可达房顶的石材，从岛的一端运到另一端，如同石柱般竖起来，再将另一块吊起来，放在前一块上面，这样一块一块筑成朝向太阳严丝合缝的巨型石墙，除了秘鲁、墨西哥和位于地球另一端的古地中海区域崇拜太阳的族群，还不曾见过同样的运用石头的方式。

侦探仔细察看了我们送去的土样，又有了一些发现。复活节岛的早期居民不但破坏了当地的原生植被，使之绝迹，还栽种下了新的物种，因为没有人类悉心照料，这些新物种是不会自行漂洋过海生根发芽的。美洲甜薯从秘鲁被带到复活节岛和邻近的波利尼西亚时，哥伦布还没有到达新大陆，严格来说美洲还不能称为美洲。这是我们早就知道的。美洲甜薯在复活节岛上叫作库马拉，这个名字在整个波利尼西亚地区和古印加帝国版图内的原住民间使用得非常广

---

① 译注：马斯塔巴是埃及最古老的墓葬形式，用泥石建造，顶面多呈长方形，侧面呈梯形，后来层数逐渐增多，就形成了阶梯形的金字塔。

泛。然而，在我们送去的土样中发现的另一种植物遗骸，对航海民族而言意义更为重大。

它就是芦苇。一种名为"托托拉"的芦苇。

森林被焚毁后，最上面的土层因混入了托托拉芦苇散落的花粉和横七竖八韧性十足的断茎而呈现黄色。苇草腐烂后，大量的纤维交织在一起，漂在水上，大部分湖面都仿佛被盖上了毯子。下面土层中落雨般均匀的灰烬标志着人类的到来，在里面只发现了唯一一种水生植物的花粉。再下面一层的土样中没有淡水植物的花粉，也就是说那时人类还没有登岛。在雕刻石头的工匠们到来之前，复活节岛的三座火山湖里都没有生命存在，它们敞开怀抱，然而落入沉寂的火山口的只有清澈的雨水。

这就是侦探的线索了——泥土里的指纹。应该很容易想到，那两种淡水植物是人类漂洋过海带来的。首先它们对人类而言都很有用，一种可用作建筑材料，一种可用作药材。其次，洋流、鸟类、风都无法帮助它们完成迁移。它们都是靠根出条①进行繁殖的。想要在遗世独立的复活节岛上三座藏在火山口的深深淡水湖中生根发芽，用于繁殖的鳞茎一定得是活的，那过海的途中就绝不能浸泡在咸咸的海水中。这下我们总算走上正轨了。两种植物都属于美洲大陆独有的物种。一种是托托拉芦苇，莎草科，对印加帝国沿海沙地一带土著居民有着非常重要的用途。秘鲁沿海各族曾开出水田，人工灌溉进行种植，它可以用来编大大小小的芦苇船，铺设房顶，编草席、草篮或草绳。第二种重要的水生植物是一种尖叶的蓼属植物，是南美洲印第安人的一种药材。这两种植物在复活节岛上和在印加帝国的用途完全相同。

晒干的托托拉芦苇，拿在手里感觉轻飘飘的，我伫望着大海中四位波利尼西亚老人，他们在浪尖上荡来荡去，就像在遍布岩石的岸上跑马一样，那么泰然自若。很久以前我就听说，太平洋植物学中最难破解的谜团就是，这种原生

---

① 译注：根或地下茎上萌发出的新枝，属于营养繁殖。

美洲的淡水植物是怎么到了人世中最孤绝的岛屿，继而在深藏其中的三座火山湖中落地生根的。有个答案说来倒也简单。也许当年迁徙到太平洋群岛的古代秘鲁人远航乘坐的工具并不是只有轻木木筏一种。也许三种古代船只中还有第二种曾与他们一起漂洋过海。也许他们还带去了芦苇船，甚至存活的芦苇块茎，这样他们就可以用同样的材料延续古老的传统了。

我们将新月形的芦苇船拖上岸后，我便可以肯定，复活节岛的居民从秘鲁古老的金字塔建造者那里继承了建造这种船只的非凡工艺。5年后，我前往檀香山参加一场在夏威夷大学举办的世界大会，当时与我围坐桌前的都是太平洋考古学家中的佼佼者。

耗时5年，各个领域的专家学者们将复活节岛发掘出的各类材料进行了分析研究。包括骨骼遗骸、各种石器、血液样本、花粉，以及从炉灶和火堆中提取的炭，它们都有各自的故事要讲，而科学侦探们的任务就是找出哥伦布到达美洲，开辟出欧洲通往太平洋的通路之前，这座与世隔绝的小岛上发生过什么。

我们在复活节岛上的探险成果由我的合作伙伴在大会上发表。我们这几个人如今围坐桌前，是为了共同签署一份科学文件，一项决议。决议宣布，南美洲以及东南亚及其毗邻诸岛，是太平洋群岛各古老民族和文化主要的发源地。我不反对在文件上签字。事实上，正是为了引起人们对这种多源流混居可能性的关注，我才乘轻木木筏从秘鲁远渡重洋前往太平洋群岛。在"康提基号"远航之前，我就怀疑波利尼西亚的文化有两条源流，当时我在马贵斯群岛中偏僻的法图希瓦岛上住了一年，像个真正的波利尼西亚人那样，与他们同起同住，在那里浪花不停地拍击着小岛的东海岸，云朵与海浪，白天与黑夜，或迅疾或徐缓，永远从同一个方向赶来，那就是南美洲。我们这份决议在全体大会上进行了宣读，获得了与会3000名太平洋学者的一致认可。第10届太平洋科学大会结束后，我得到授权，对朝向南美洲一侧的太平洋群岛进行进一步发掘，而南美洲海岸首次正式被列入海洋考古学的研究范畴。秘鲁和波利尼西亚之间不再互不相干，太平洋也从此拥有了两岸，甚至可以追溯到哥伦布发现新大陆之前。

然而，芦苇船却再次被忘却了。

结果，它以一种完全意想不到的方式，从一个完全意想不到的领域重新回到聚光灯下。加州大学的一位知名人类学家在专业期刊《美洲考古》1966年1月刊中撰文指出，古代秘鲁的芦苇船与古埃及的纸莎草船非常相似。他还说，这两种古老文明之间存在许多惊人的相似之处。文章列举了60个特别的相似点，其属性和在世界范围内的分布都极为稀有，但又是地中海东部地区（包括美索不达米亚和埃及），与哥伦布时代之前的秘鲁两种古文明都具备的特性。芦苇船不过在列表的60个项目中占据了一席之地。

现在学界普遍认为，单一的，甚至两三种文化特征在相距遥远的地区以同样的形式出现，属于平行且独立的演化结果。世界各地的人们之间并没有太大差别，所以产生相似的概念也很自然。但是如果真的有种类繁多、数量可观的相似或相同的特性成批出现，而且属性极其特别，在从属截然不同的两个地理区域之外，再也没有在数量、种类上都相当的发现，那我们就必须想到两个文明中心之间可能曾存在过某种联系。这60项平行的文化相似点正是这一类情况教科书般的例证。于是，警钟敲响了：不可大意。所以我并不是唯一感到震惊的人。虽说这份列表确实令人印象深刻，发人深省，但令我们感到震惊的并不是这些，而是列制它的人是位孤立学派的学者。文章作者是孤立学派的狂热信徒，他认为哥伦布抵达美洲之前，这片大陆是完全与世隔绝的：北方的冰原是人类唯一的通道。然而他的这份列表却令珀西·史密斯和其他传播学派的老前辈都自叹不如——这可是古代秘鲁与埃及的60项平行文化相似点呀。

人们很容易通过这份列表得出结论。事实上，这正是它诞生的初衷。文章作者的结论是，埃及位于非洲东部，秘鲁位于美洲西部，这是两块互不连属的大陆，且中间隔着整个大西洋。两个文明的船只都使用芦苇扎制，是绝不可能跨越这么遥远的距离建立联系的。芦苇船不可能横渡大西洋。因此这60项平行的文化相似点必定是各自独立产生的，基于现实层面的考量，这不可能是人类远航的结果。读者们应从中学到：那些相信1492年之前美洲文明就受到过大洋彼岸启迪的传播学派，务必不要再一发现什么文化相似点就蠢蠢欲动，因为此类相似性不能说明任何问题，这份列表就是力证。

传播学派的反应相当强烈。这番论证他们并不肯照单全收。他们坚定地认为中美洲地区及秘鲁早期都曾受到一些来自大洋彼岸的影响。不过，是哪一片大洋的彼岸，又是乘坐哪种船只，并没有形成公论。大家各持己见，争论不休。得出答案还有待时日。

同年，第37届美洲研究国际会议的主办者，邀请双方学派进行了学术辩论。每隔一年，大会都会邀请全世界以美洲土著居民为研究方向的专家学者齐聚一堂。本届大会在阿根廷举办，我受托为一场议题为"哥伦布时代之前美洲是否存在越洋联系"的研讨会邀请参与辩论的嘉宾。

会议还在讨论中。但与会嘉宾的立场恐怕是不会轻易改变的。60项相似点的作者也受到了邀请，但并没有出席。不过支持有联系一说的传播学派人才兴旺，四大洲各有嘉宾发言。孤立学派也不容小觑，不过都坐在观众席里。他们的策略通常是先听别人发言，再进行驳斥。他们一直采取守势，有意把举证的重任留给对方，也就是那些认为在哥伦布之前已经有人通过海路到过美洲的人。传播学派的假说一个接一个，但是都有证据不足之嫌。孤立学派因而总结，并没有人完成过越洋的航行。然而，在哥伦布时代之前，维京的历史学家就详细地记录了冰岛的神话传说《萨迦》，这也是辩论的主题之一。谁也无法否认维京人曾定居冰岛，后来他们的足迹甚至扩展到格陵兰岛的整个西南海岸，而且在哥伦布扬帆出海之前，他们已经在那里生活了近500年。他们留下的遗迹包括农场、墓地、十六座教堂、两座修道院，还有一栋主教寓邸，而且主教一直定期通过挪威的海上通信与教皇保持着联系。

经北大西洋从挪威到格陵兰岛的诺斯人①定居点，与经南大西洋从非洲

---

① 译注：意为北方人，即斯堪的纳维亚半岛的古代土著居民，又称维京人。

到巴西的距离同样遥远。从格陵兰岛再向西航行区区200英里就可抵达美洲大陆，但是孤立学派说，并没有人实现这最后的一跃。

然而根据古维京神话传说《萨迦》的记载，确实有人实现过。据记载，比雅尼·赫尔约夫松是第一个完成跨大西洋全程航行的人，当时他的船迷路了。虽然远远看到西方有一段长长的海岸线，但他不知道那是什么地方，于是掉转船头，返回了附近格陵兰岛的维京殖民地。后来，莱夫·埃里克松买下了他的船，莱夫的父亲就是发现格陵兰岛的"红胡子"埃里克。大约是在1002年，莱夫带上35个人，从格陵兰岛的维京殖民地启航，去寻找比雅尼所说的那段西南方的海岸线。莱夫等人才是第一批踏上这片新海岸的人，他们将这里命名为文兰，盖起房子，住下来，直到冬天过去才返回位于格陵兰岛的家。第二年，他的弟弟索瓦尔德·埃里克松也带人渡过大洋，在莱夫废置的房子里安顿下来。两年后，他沿着这片新大陆的森林海岸出航巡视途中，遇到了当地土著，在战斗中中箭身亡。他的手下将他安葬在文兰，随后这30多人启航返回了格陵兰岛。

接下来完成这段旅程的是托尔芬·克尔塞夫尼和他的妻子古德里德，他们带了两条船和许多人手，其中就包括"红胡子"埃里克的女儿芙雷迪丝。与之前不同的是，这一次他们的目的是建立殖民地，所以还带上了牲畜。古德里德在他们文兰的新家园生下了儿子史诺里，但是大批他们称为斯科瑞林人①的印第安人不断袭击他们，而且越来越频繁，在新大陆的日子已经不堪忍受，付出了血的代价之后，他们最终返回了格陵兰岛，返回了欧洲。手抄本的《萨迦》塞满了干巴巴的事实，详细地记述了海岸特征和航行路线。所以它的真实性无须质疑。在11世纪最初的10到15年间，维京人的确发现了文兰，并试图在这片新的国度定居。

但文兰又是哪里？我们怎么能肯定文兰就是美洲？孤立学派的学者们已经揪着这个问题好多年了。现在到了石破天惊的时候。有人在本次大会上给出了

---

① 译注：因语言不通，维京人称当地土著为斯科瑞林人，意即尖叫的人。

证据。

在纽芬兰最北端的兰塞奥兹牧草地，发现了1000年前后维京人在此登陆并短暂定居的确凿证据。成片具有典型维京风格的房屋墙基和路堤，完好地保存在草皮之下。科学家通过对碳化的木屑中放射性碳元素的测定进行了断代，并对结果反复验证了10次。这一片房子的使用年代正是1000年左右，和维京《萨迦》中的记载相符。哥伦布抵达美洲之前，印第安人从未见过铁。而这里还有门板残留的铁钉和原始铁匠铺残留的铁泥。北部的印第安人不会纺织，而草皮之下，有一个具典型诺斯特色的皂石纺轮。

研究格陵兰岛的著名挪威专家海尔格·英斯塔，在对古代冰岛的记录进行实地地理勘验时，偶然发现了这里的遗迹；而发掘工作由他的妻子——考古学家安妮·斯泰恩·英斯塔主持，并得到了美国同行的帮助。这次没有人再提出异议，因为科学事实是明摆着的，反对也只是徒劳。维京人到过纽芬兰，他们经由大西洋抵达美洲，并且最早将这些事记录下来。但是，孤立学派说，他们来去匆匆，除了几个草丘，什么痕迹都没留下。他们的造访对历史进程没有产生任何影响。未开化的北部印第安人将他们驱逐出境，他们祖先的生活方式没有对这里造成任何改变。据《萨迦》的记载，维京人只给了他们几块红布，进一步的贸易便因战争和屠戮而终止。

维京人自始至终没有在美洲建立起长期的落脚点。不过，美洲并非与世隔绝，西方和东方都有人到过美洲连接北极的一侧，虽都早于哥伦布，却都未曾像他那样到达热带地区。

涉及热带地区，还是孤立学派占着上风。而这里才是辩论的主战场。谁也拿不出确凿证据，证明有人先于西班牙人登陆过墨西哥。墨西哥土著书记官抄写的文字档案，比维京的《萨迦》更难得到正视。他们的传说中，在哥伦布到来之前，曾有白皮肤的大胡子人在此登陆，这一点根本无法证明。和从前一样，传播学派列举再多的文化相似点，结局都是被轻易推翻。大洋两岸的文明存在许多相似之处，是很有意思，但不能作为证据。只有维京人曾造访过美洲极北区域这一点不容推翻，辩论结束时，孤立学派守住了他们一片汪洋中的孤岛，没有再失一局，两座大洋就是捍卫他们理论的天然屏障。有一个重要的观点显然对他们有利，越洋航行必须有经得起海上风浪的船只，例如，维京人的船。假如曾有人从非洲漂洋过海到达美洲，并在当地站稳了脚跟，还教会了印第安人用砖建房，用纸书写，那不是更应该教给他们如何建造适宜航海的船只吗？这么想不过分吧。哪里会有航海老手穿越大西洋，带上了金字塔的建筑师和天文学家，却把造船的祖传手艺忘在脑后呢？至少2700年前，埃及人就学会了如何建造结构成熟的木船，用木板打造中空的底舱、甲板以及座舱，但印第安人却从未学到过用木板造船的技艺。在哥伦布到来之前，整个美洲，除了芦苇船、木筏，各式各样的皮筏、皮船和独木舟，没有人会造其他类型的船，这是无可争议的事实。是哥伦布和他的追随者把真正的造船艺术带到了新大陆。在他之前，别无他人。

芦苇船和木筏，又要说到它们俩了。轻木木筏是可以航海的，这已经证明过了，但是乘它出海起点必须在美洲，因为西班牙人到来之前，世界上其他地方还没有这种树。然而芦苇则不同，世界各地都有芦苇，各种各样的芦苇，它们不只生长在用芦苇造船的尼罗河河畔和小亚细亚一带，美洲也有。

"伊冯，我们得回一趟安第斯，再看一眼美洲的芦苇船。"我对妻子说。英斯塔夫妇也要和我们一道去见识一下，并非只有维京人造得出流畅的船体。大会闭幕的当天，我们就登上了飞往玻利维亚拉巴斯的飞机，第二天就飞到了湛蓝的的的喀喀湖畔，这里是"世界屋顶"，海拔12500英尺，周围群峰环抱，积雪覆盖的峰顶耸入碧空，还要再高出6000～9000英尺不等。蒂亚瓦纳科古城的遗址就在我们身后的高原上，在印加帝国诞生之前，它曾是南美洲最强盛的都城和文明中心，还可以见到残损的阿卡帕纳金字塔、巨石墙，还有佚失了姓名的司祭国王的巨大石像。

湖面上风很大，捕鱼的艾马拉印第安人乘着风来来回回。从远处看，只能看到鼓满风的帆。大多数船都挂着破旧的帆布，不过也有几艘守着传统，在顶端相连的"人"字形双脚桅间撑起一条托托拉芦苇编织的金色大草席。有三艘船径直向我们开来，行驶平稳，很快我们就看到了戴着彩条绒线帽的印第安人，自帆后探头张望，这时船身也渐渐自海浪间显露出来，太漂亮了，工匠造船的技艺可谓登峰造极。每一根芦苇都恰如其分，船身对称完美，线条流畅，芦苇捆扎得紧紧的，看上去就像充满气的皮筒，又像镀了金的原木被拗弯，船头和船尾如同荷兰木鞋翘起的鞋头。船的速度飞快，划破水面，冲向芦苇丛间的一小块空地，结结实实地一头扎进岸边的泥巴里。而印第安人则拿起渔获，涉水走上岸来。

在这片宽广的内陆湖两岸，仍有数百艘这种独特的船正在建造中。造船的工匠完美地继承了艾马拉族和盖丘亚族祖辈传下来的手艺，芦苇船看上去和400年前一模一样。那时，西班牙人来到这片湖水前，发现了蒂亚瓦纳科古城的遗迹，看到了阶梯式的高台、金字塔，还有巨石人像，根据原始的艾马拉印第安人一贯的风格判断，这并不是他们祖先的手笔。他们坚信，这些雄伟壮观的建筑是维拉科嘉[①]的手笔：创世时，由当时半人半神的维拉科嘉人建造的这些先民皮肤白皙，满脸大胡子，他们的司祭国王就是康·蒂奇·维拉科嘉，他是太阳神在人世间的化身。最开始，维拉科嘉人定居在的的喀喀湖的太阳岛上。传说中，是他们建造了第一艘芦苇船。据说，这些白皮肤的大胡子就是乘着一队芦苇船来到了这里，当时土著印第安人还不懂太阳崇拜，对建筑和农业也一窍不通。400年前，西班牙人记录下的这些传说，如今仍在湖畔印第安人中广为流传。我多次提及的"维拉科嘉"一词至今仍是"白人"的意思。

我也不知道该相信什么。当我凝望着这些重达50～100吨、雕刻完美、嵌合得不见一丝缝隙的巨大石块，心中再次涌起无限感佩，正是今天在湖面上优雅穿梭的芦苇船，在当年承载起了将来自几英里外卡皮亚死火山的巨石从对岸运到此岸的重任。根据现代科学的研究结果推断，这个消逝的文明与古代美洲

---

① 译注：印加神话中的创世之神，也是太阳与暴风之神。他创造了人和万物，各地的人类都为他建立了祭台。

其他的文明中心之间存在联系，质疑这一点毫无意义。欧洲人发现的那些只余一片废墟的古文明曾蔓延生长，穿过热带的丛林，从墨西哥一路来到这片多风的高原。蒂亚瓦纳科曾是印加帝国崛起之前强大的帝国都城之一，影响力覆盖到现在的秘鲁及与之相邻的厄瓜多尔部分地区，还有玻利维亚、智利、巴西和阿根廷，直到它轰然崩塌。艺术和宗教的力量，从这个高山湖泊的内陆帝国首都向外辐射，波及一段至少1500英里长的海岸线，海水不断冲刷着这段连绵的海岸，从古至今从未停歇，正是这股强有力的洋流将我们的"康提基号"木筏一路送到了波利尼西亚。离岸600英里外的加拉帕戈斯群岛上挖掘到了源自蒂亚瓦纳科沿岸的陶瓷碎片，而复活节岛上出土的年代最久远的雕像，也与蒂亚瓦纳科的雕像如出一辙，就像两地的芦苇船。毋庸置疑，复活节岛的原始文明，不过是这个强盛的前印加文明的一个分支，而且可能是最后一条分支。

然而这个文明又源自哪里呢？美洲本土，还是大西洋的彼岸？真理究竟握在谁的手中，是孤立学派，还是传播学派？直到大会结束，也没有谁能够力排众议。作为研讨会的主席，我选择中立。但有一点我可以肯定，不管是孤立学派，还是传播学派都低估了古代蒂亚瓦纳科芦苇船的能力。假如这种船真的那么落后，又怎么可能与欧洲文化交锋了400年，地位依然如此稳固？

的确，大西洋只有一侧发展出了用木板造船的工艺。然而芦苇船却两岸都有。说到底，这也只是60项相似点中的一项。在埃及和秘鲁，建造芦苇船的技艺都是一份古老的遗产。那么只有这两个地方如此吗？不。正是因为这一点，我发现逻辑上存在一处小缺陷，与列表上的其他59条相似点不同，芦苇船意味着联系，而非孤立。几乎没有人去费心研究它们早期的分布情况，不过我有一两点发现，例如，它们的使用范围非常广，包括美索不达米亚，地中海的诸多岛屿，在大西洋沿岸的则有直布罗陀海峡南岸的摩洛哥，还有古代的墨西哥。从摩洛哥到墨西哥的一跃，并不像从大西洋相距最远的两端——埃及到秘鲁的距离那么匪夷所思。

我决定造一艘芦苇船。

第三章

仙人掌丛林中的印第安人

是海岸，我在巨大的仙人掌丛林间瞄了一眼大海。我好像落入了一个虚幻的世界，感觉自己异常渺小。我仰起头，看着头顶长满刺的巨大的绿色仙人掌，它的样子既像管风琴的风管，又像特大号的枝状烛台，这里应该是一个膨胀的、营养过剩的植物世界吧。然而我脚下却是一片晒得干到结起了硬壳的贫瘠沙地，除了仙人掌巨人长满尖刺的一条条臂膀间探出几朵红的、黄的小花，再也见不到别的花花草草了。这是仙人掌主宰的世界。在仙人掌巨人脚下，各种长的、圆的、一节一节的，长满尖刺的植物，团团簇簇，或仰或躺。傍晚的斜阳勾勒出它们的剪影，有的看起来像是一堆七七八八摞起来的刀叉杯碟，却保持着极致的平衡；有的像脱落的旧鞋底，上面还带着密密麻麻的鞋掌钉；有的像一截弯弯的倒刺铁丝；有的像猫咪晃来晃去的长尾巴。这是一片寂静的森林，就连羽叶层层叠叠的铁树也没发出一丁点沙沙声，它们东一棵西一棵地挤在仙人掌丛中，微微颤动着，仿佛在躲避周围邻居十面埋伏的尖刺。

夕阳余晖中，一只沙漠野兔无声无息地从仙人掌影子底下跳出来，它跳了几下，竖起长长的耳朵，将四周都观察一番，接着一纵身，不见了踪影。一只身披条纹的小小花栗鼠踩着飞快的小碎步横穿野兔所在的小径。它突然站住，尾巴竖在空中，接着又继续前进，如同一只在童话森林中出没的小毛球。最高的一株三叉烛台状植物，俯瞰着四周的同伴，一只鹰一动不动地坐在它的头顶。我都要走到那株仙人掌跟前了，鹰才有了反应。它静静地展开翅膀，滑入这片魔法森林的上空。不是鹰在动，而是我和森林在向后滑，它只是悬在天幕的穹顶，渐渐消失在我的视野中。唯一打破寂静的是我突兀的脚步声。我听到地表的硬壳在皮质鞋底下碎裂的声音，惊动了沙地下那些看不见的穴居生物，比如，老鼠、蛇和其他沙漠小虫。

寂静中，我听到一道微弱的声音，虽说微弱，却有着与狮子大声吼叫相当的威力，像谁在轻轻摇晃半盒火柴，这大约是整个自然界通行的语言，听到警告的生物都会不禁恐惧到身体僵硬。只要这个声音响起，只管速速避让，因为不必看也知道，响尾蛇就在附近。它吐着蛇芯，双目炯炯，微微翘起的尾尖快速摆动着，它一旦开始摆尾巴，就已经做好攻击的准备了。它干燥的尾环像一串套在尾尖的塑料圈，正愤怒地颤动着。我想平安离开，于是绝望地四下张望，想找一根棍子或树枝。然而这里偏偏除了仙人掌还是仙人掌，当我朝那蜿蜒游动的生物打过去，手里多刺的肉质茎却像黄瓜一样"啪"地断开了。最后证明，还是死掉的仙人掌管用，干枯的纤维结构够硬，蛇被打晕了，就算它之后醒过来，我也已经赢了。不过，它虽然失去意识，身体基本也不会动了，但尾巴却持续抖了很久，格格作响。

我们来到这个仙人掌的国度，目的是要找造船的工匠。想看得远一点，就需要站得高一点，然而这里没有树。我的墨西哥朋友雷蒙·布拉沃钻到仙人掌丛林中，往左一拐，他想去找找看，有没有方便登高远眺的大石头，他的妻子安洁莉卡，还有我们的另外一位朋友哲曼暂且留在山谷，在吉普车里等。我们一直是跟着别人的车辙走的，然而跟着跟着那些车辙要么分了岔路，要么没入仙人掌丛中，我们已经至少跟丢了二十次。现在，我看到了海，这还是来这儿之后的第一次，我得把这处瞭望点记下来。这株仙人掌就是活生生的纪念碑，它的形状像海王涅普顿①的三叉戟，粗壮的茎干可以将我完全挡住。刚才那只鹰就是停在了它的头顶。站得那么高，它想必可以看见东西南北四幅美如图画的海岸景色，以及内陆苍凉的红色山峰，还有我们是如何一路折折返返走到了这里。而我呢，只能看到一线太阳反射的银色的粼粼水光，还有海的那一边远远的淡蓝色山影。不过，这些信息足以帮我们辨认方向了。于是我们四人跳上车，穿过这片魔法森林，在太阳落山前还要抓紧赶路。

走着走着，豁然开朗，仙人掌丛林换成了低矮的常绿灌木，大海在我们眼前铺展开来，小小的浪花，细细的涟漪，还有一片开阔的、毫无人工痕迹的海滩。五头鲸鱼弓起黑色的脊背，破水而出，像是要冲我们游过来，忽地又喷着水往下一沉躲进了海里，下落的水花如同金光闪闪的细雨，哗啦啦洒在水面上。后来，它们又在离岸不远的地方翻腾嬉戏了一会儿，才各自游开，消失不见了。

这就是自然最纯粹的样子。我们面前是加利福尼亚湾，身后是无限铺展的索诺拉沙漠。海的那一边，光秃秃的淡蓝色山脉则是绵延600英里的墨西哥沙漠半岛——下加利福尼亚的巴哈半岛。我们得掉头了，穿过灌木丛，返回仙人掌森林，因为这片海滩上一个人影也看不到，根本没有人类居住生活的痕迹。我们还得往海湾上游走一走。

太阳落到了海对岸的群山之后，大海渐渐变成了黑色，就在这时，一个印第安小村落也出现在我们前方。看到曾经强悍的塞里族②部落，在遭遇白人及白人文化之后，变成现在的景况，恐怕谁也无法违心地道一声浪漫。一共有十几户人家把家安在了蓬塔丘埃卡贫瘠的沙地上，大人孩子都算上大约有60人，每家家长都做主用波纹铁板和油毡纸搭了一间小窝棚，小到躺都躺不下，而地

---

① 译注：罗马神话中的海神，国际上以他的名字为海王星进行拉丁文命名。

② 译注：塞里人是墨西哥印第安原住民，历史上曾是半游牧半狩猎民族，居住在加利福尼亚湾蒂布龙岛和索诺拉沙漠西部地区。塞里人并无正式首领，约50人组成一个宗族，宗族即为最大一级的社会单位。

板直接就是沙地。建房的材料，房后堆的破烂，碎玻璃、空罐子什么的，则都是拿卖海龟的钱换来的。印第安人抓海龟只要活的，抓了就养在海边的浅水里，用围栏围起来，海龟还可以在里面爬来爬去。

我们的到来并未在印第安人中引起骚动。大多数人该干什么还干什么，有的三三两两坐着，有的在小窝棚间的空地上溜达。他们绑着五颜六色的头带，戴着手工饰品，穿着吉卜赛风格的艳丽长袍。男人们的长发都梳成乌油油的辫子，垂在腰际。女人的脸上都画着对称的点线图案，散发着野性的吸引力，而且永不过时。在我们这个精致过头的世界，随时都可能有古老的时尚成为最新的流行。那边坐了一群女人，中间那个穿着及踝长裙，散发着魅力，正在研磨一罐罐加了油的天然色料；另有一个女人拿着一支非常普通的口红，极其熟练地在下巴上画了几道竖线。雷蒙的妻子都看呆了。拿口红的女人示意她过去，气势威严。这下她也得坐在沙地上，让人在她脸上画上一样的图案了。一位上了年纪的老人和一群小孩子来到我们身边，很快认出了雷蒙。孩子们像离弦的箭一般，跑到离得最远的那间小屋跟前，叫来秋秋一家。他曾给雷蒙当过翻译兼向导，就在雷蒙上次来海湾拍摄海豹和其他动物的时候。这下，大家都是朋友了，真是再好不过了。

雷蒙有个朋友想看看他们的芦苇船，可是塞里族早就没人造"阿斯克姆"了啊。你说雷蒙两年前见过的那艘？那就是最后一艘了。就算再往北走，别的塞里族村子也没有"阿斯克姆"，政府给每个村子都配了带舷外马达的木船。一个光着身子的小男孩闪电般跑开了，不一会儿又开心地跑了回来，手里还拿着一个玩具。那是一艘塑料的黄色鱼雷快艇。

夜幕降临了。我们借了几只纸箱子，在地上铺平，垫在身下，就在这间放钓具的小屋里睡了过去。整整一夜，我每次翻身，都朦朦胧胧地听到印第安人唧唧咕咕说话的声音。他们的语言音调没什么起伏，而且我也听不懂，只知道他们守着一小堆没有完全熄灭的篝火，一直在争吵。火苗渐渐熄灭，我们也起床了，而这时他们才睡下大约一小时。

太阳还没来得及给高高的仙人掌染出红色的王冠，我们四个，还有几位印第安人已经坐好，眺望着宁静的海湾。没有人说话。我们只是坐着。秋秋慢慢站起身，缓步走到安静的沙滩上，撒下一张小圆网，两网就捕到了四条大鱼。两个小男孩举着三叉鱼叉，眨眼又捕到四条。这就够吃了。大家又都坐下来。仿佛这一天再也不会有什么别的事发生了。

"可以帮我造一艘'阿斯克姆'吗？"我小心翼翼地问。

"太忙啦。"他们异口同声地回答。"太忙了"这一句就是他们会说的全部西班牙语了。再要说别的，就得动用翻译。秋秋就充当这座桥梁。

"不会让你们白干的。"我承诺道，"付钱也行，或要什么东西也可以。"

"太忙了。"他们还是那一句。

我抬高了价钱。没人吭声。我再次加价。

"要走很远才有芦苇呢。"秋秋期期艾艾地说。

"我们和你们一起去。"我说着站了起来。

有四位印第安人跟着站起来。是秋秋和他的两个兄弟，一个侄子。他们愿意走这一趟。只有秋秋的大哥凯塔诺知道哪里能找到芦苇。太阳升起来了，海峡的那一边，蒂布龙岛，也就是鲨鱼岛崎岖的海岸线渐渐清晰，那里就是芦苇生长的地方，岛上的一个湖畔。

政府配的那条舷外马达船派上了用场。很快我们就推开波浪朝着远方的地平线进发。我万万没想到，要去这么远的地方才能找到芦苇。

"那是种淡水芦苇。"凯塔诺向我们解释道，"沙漠这边都是海岸，所以长不出来。淡水湖离这儿可远着呢。"

鲨鱼岛和岛上苍凉的群山，隐隐出现在海面上。这委实不是一座小岛。面积约有400平方英里，世界地图上都有它的一席之地。我们跳上岸，眼前是一片广阔的平原，从我们脚下的雪白沙滩，到远处被曙光映红的山峦之间，长满了茂密的低矮灌木，还有零星几株仙人掌。一头长着一对长角的墨西哥叉角羚，头昂得高高的，一动不动地站在沙滩上，瞪着我们。有人悄悄拿出照相机、摄影机，想抓紧把它记录下来，生怕迟了一步它就跑了。但它并没有动，我们小心翼翼地走近一点，再近一点。我走在最前面，已经近到和叉角羚摄入同一个画面了。我大概是触到了它的警戒线，它开始动了。它缓慢地，却又骄傲地朝我走过来，好像还有几分故意，它低着头，友好却又强势地顶了我的肚子一下，然后两只角分别架在我的胳肢窝底下。这样还怎么能给它好好拍照呀，我想推开它，但只是白费力气；它不，它就要一直这样，我推它，推不走，我自己撤，又撤不掉，样子实在太狼狈了。我进它就退，我退它就进，它紧紧跟着我，友好地把我困在它的一对角中间，但又没有顶我，或有丁点儿弄伤我的意思。这场面实在令人发噱。直到我在它脖子和耳后挠了挠才算破局，它大吃一惊，抬起头，停下了脚步，圆圆的眼睛瞪着我，而我则缓缓退开，回到了和我一起登岸的两脚同伴身边。

我们把船拖上沙滩，接着步行穿过这片平野。一路上，我老是以为马上就能看到长满青翠芦苇的内陆湖了。但是没有，始终只见干燥的沙地。我们在迷宫般的低矮常绿树木、多刺的荆棘和不时出没的仙人掌间穿行。这里没有路，只有野鹿、野兔、蜥蜴、蛇、鼠出没的痕迹。已经很久没有人类在鲨鱼岛上居住了，那还是在凯塔诺小时候，最后一批塞里族印第安人被强制搬到大陆上生活。地面崎岖不平，我们一脚高一脚低，哪里有空儿就往哪里钻，一会儿往左，一会儿往右，一会儿笔直向前，总之朝着群山的方向不断往里跋涉。

"湖在哪儿呢？"我们一个问完，一个接着又问。

"那儿呢。"凯塔诺每次都这么说，他手也不抬，就用鼻子虚点一下。我们走啊，走啊。不知不觉，走过的土地已经将我们与大海远远隔开。山越来越近了。稍后我们来到了群山脚下。这时已经过去整整半天了，灼人的阳光垂直落在头顶，我们没有食物，也没有水。

"湖在哪儿啊？我渴了。"哲曼小声说。

"那儿呢。"凯塔诺答道，鼻子冲上一点。太阳将山映得红彤彤的，山在这儿裂开了，山坡上一道自上而下的裂隙，隙间落满碎石，我们就顺着这道裂隙爬上去。之前，我们只见着蜥蜴和野兔，但这边还有山羊和小鹿，惊慌失措地在山岩间奔逃，躲着我们。看来它们不怎么欢迎我们，和我们在沙滩上遇到的那位独行朋友的态度可相差太多了。有一两次，我看到了印第安手工陶器的碎片。一定是有人去湖边取水时在这儿跌倒了。我们越爬越高。我简直不敢相信，这种只有仙人掌活得下去的干旱峭壁间会有湖。

这时，凯塔诺停下脚步。这一次，他摊开手掌指了指。我们站在一片滑溜溜的大块卵石上，眺望着远处嶙嶙的峡谷。对面光秃秃的峭壁上，红色的岩石裂开了，形成一道斜向下的山谷，谷底是一小块洼地，阳光洒在那一小块油油的绿意上，那是一种仙人掌和其他沙漠植物都无可比拟的嫩绿色，更丰饶，也更浓艳。是芦苇！

我们已经爬得很高了，平原和大海早已远远落在我们身后。我们又渴又累，只想快点翻过重重山岩，跳进湖里大口大口喝个痛快。我们路过几处可供藏身的地方，外侧用石头垒起作为遮挡。人类从前一定在这儿用了不少心血。终于，我们来到这片高大的绿色植物跟前，凯塔诺拿出刀来，替大伙儿开路。他边砍边走，棕色的背脊，黑色的长辫子，渐渐掩入比人还高的芦苇丛中，就要看不见了。我赶忙跟上他。

"湖在哪儿啊？"我追上去问道。我们整个人都被裹在碧绿的芦苇丛中，一臂开外有什么都看不到。他站住了，盯着脚趾踩着的那块地面，鼻子冲正下方黑黝黝、泛着湿气的肥沃土壤点了点。我们其余人还在往前挤，想靠近点儿看看湖水。凯塔诺迟疑着钻进一条芦苇丛间的阴暗通道，这一定是去湖边喝水的动物拱出来的。通道尽头犹如一个洞穴，只是四壁和洞顶都不是石头而是芦苇，这块地方不算小，我们挤着点的话，都进来也能站得下。这里的地面就不只是泛着潮气，而是真的湿乎乎了。中间是个比洗脸盆还小的浅水洼，水面上盖着一层绿膜，周围的石头则长满了苔藓，摸起来像凉冰冰的木耳。我正要坐进水里去，好凉快一下，心中忽然涌起一个不祥的预感，瞬间忘了要去撩水。

"湖在哪儿呢？"我问。

"就在这儿呀。"凯塔诺指着我本来要坐下去的那块地方说道。

还能说什么呢。一下子，我们口渴的感觉都变得分外强烈，说好的湖就这么没有了，像海市蜃楼般一下子散了。我们小心地捞起脚下浮着的绿膜，并拢手指滤出一小捧水，仅够我们每个人润一润焦渴的喉咙。接着，把不能喝的那一点沉渣抹在热烘烘的身体上，最后用脚把它踩进泥里，听着它咕叽咕叽的声音，榨干它最后一滴水分。

撇开其他不谈，这个芦苇荫蔽下的绿色巢穴真是又凉爽又舒服，生活也一下变得美妙起来，令人心中充满了期待。往往反差越大，快乐越显得格外强烈。就像精疲力竭的长途跋涉之后，给予一点点烂泥和阴凉的抚慰，远胜于一路坐着公交车，下车后的那一杯香槟。几个印第安人眯起眼睛，抬头望着我们头顶密密层层的芦苇间透下来的一点天光。他们已经在考虑回程的事了，那么远的路全得靠步行，有两人坐不住了，带着大刀爬了出去，选最长的芦苇齐根砍断，而我们其他人则先偷了一小会儿懒，躺下打了个瞌睡。

这趟行程本身也有一些东西值得我们体会。像大多数科学家一样，我原本也以为塞里族印第安人造芦苇船是件天经地义的事。因为我们想当然地认为，索诺拉沙漠中很难找到木头，而海边长满了芦苇。结果实际情况却与想象截然不同。塞里族印第安人造芦苇船，并非因为芦苇随处可见。恰恰相反，他们一路翻山越岭才找到这么一丁点儿淡水，用来种芦苇，为造船提供材料。假如这份造芦苇船的手艺不是他们的祖先从别的地方带过来的，或从造访的水手那儿学会的，那么他们无论如何也想不到找寻水源，采芦苇造船。他们不出意外的选择会是结实的铁树，用树枝制成框架，再蒙上兽皮。一则海豹皮很适合造船，二则鲨鱼岛南岸的岩石上到处都是海豹。塞里族印第安人造芦苇船的技艺是从别人那里学来的，在那些人的家乡芦苇必定随处可见。那么他们是谁呢？

不久，我们就下山了，四位印第安人走前面，每人肩上都扛着一大捆芦苇，我们几个拿三脚架等拍摄器材跟在后面。下山的路并不好走，我发现几个印第安人一边走，一边不时抽出一根芦苇扔掉。下到山底，印第安人就散开，各走各的了，不一会儿我们仨倒走在了前面，他们反而落在了后面。我们担心太阳落山了会迷路，然而印第安人又始终落在后面，我们只好循着来时留下的痕迹，按原路曲曲拐拐地往回走。不过也能理解他们走得慢，毕竟，他们扛的东西比较重，虽说我觉得，但下山的这一路他们已经主动帮自己减轻了不少负担。

回到船上的时候，太阳刚好落到了山后面。我们知道天黑了蓬塔丘埃卡会点起篝火，望着火光就能回去，于是耐心地等着四位印第安人。他们一个接一个，默不作声地回到海滩上。秋秋是最后一个，他难为情地笑着，背上只扛了三根芦苇，不夸张，就三根。另外三人则两手空空。

"太忙了。"三人中的一位小声嘟囔着，第二位拉起辫子擦擦汗湿的脸，连连附和，秋秋则把他那三根芦苇小心地放进船里。而凯塔诺早就坐在船上，只等返航了。

我的三位墨西哥朋友对这个结果感到非常失望，也不怎么委婉地直抒了胸臆。不吃不喝，在岛上艰苦跋涉了一整天，成果居然就是这三根芦苇。毕竟我们来之前，还以为大陆的海岸边就有芦苇呢。我当然也失望，但失望之余也感到一丝欣慰。三根芦苇当然造不出船来，但是它们告诉了我一件更重要的事，那就是，索诺拉沙漠并不是芦苇船真正的故乡。

回到村子里，秋秋几人把那三根芦苇扔到屋后墙根，惹来了村里老人大声的讪笑责骂。其中一位古董似的老太婆骂得格外凶。骂到后来，她驼着背，颤颤巍巍走回她自家小屋，然后冲着门口大声喊了几句。不一会儿，一位满脸皱纹的印第安老人不情不愿地被老婆拽了出来。他戴了一副蓝色的眼镜，但已基本失去视力了。他直起腰后我们才看出来，他年轻时一定有一副出众的好相貌，又高又壮，五官俊朗。在墨西哥的诸多印第安部落中，塞里族算得上特别。最先见到他们的西班牙人，将鲨鱼岛的土著居民形容为一群巨人。老人和妻子脚步蹒跚地绕到屋后，我们也跟了过去，原来那儿的一堆破烂儿上面竟然扔着一条芦苇船。细细的芦苇有几分像是竹子，由于年深日久，显得有些暗淡且易碎，绳子也朽烂了，但总还是一艘完整的船。我们帮忙把它拖到小屋的门前。因为它满脸皱纹的主人要向大家证明，一个像样儿的塞里族人是可以造出阿斯克姆的。

原来这位高大的老人曾经是部落的酋长。第二天，天刚麻麻亮，他就拿出一卷自己搓的绳子和一根匕首长短的木针，针很光滑，看得出是他用惯了的。虽然看不见，但他还是四处摸索着，用那支巨针把残破的船体缝补起来，把快散架的船头用力勒紧，让它重现昔日流畅的曲线。运气终究还是站在了我们这边。我们居然在一堆破烂儿里，得到了梦寐以求的东西。

塞里族印第安人的最后一艘芦苇船，或许也是全墨西哥的最后一艘了，被抬到水里。凯塔诺带着儿子跳上船。他们拿着一副旧船桨，一支又长又尖的木质鱼叉，在船上显得无比自在。上了船他们很自然划起了桨，很快这条又窄又长的芦苇船带着他们棕色的背影和黑色的长辫，随着海上的波浪消失在我们的视野之外。回来的时候，两人之间的船甲板上多了一只四脚朝天不停挣扎的大海龟。这艘破破烂烂的芦苇船吸了不少水，虽然浪花已经漫到甲板上面了，但它依然能浮在水面上。

这里是墨西哥。塞里族印第安部落的祖先是从哪儿学会造芦苇船的？是从与他们相邻的某个部落吧。从前，从南部的印加帝国到北部的加利福尼亚，以及墨西哥境内的内陆湖泊，到处都有人使用芦苇船。直到上世纪初，法国画家L.科利斯还画过一幅三名印第安人在旧金山港树木繁茂的海岸边划芦苇船的作品。据研究玛雅文明的权威专家埃瑞克·汤普森[1]的记载，仅墨西哥境内，就有至少八个州的湖上出现过与秘鲁芦苇船非常相似的船只。

凯塔诺将挣扎不休的俘虏大海龟放进围栏，而塞里族人的最后一艘阿斯克姆船却被扔在老人小屋后，永远留在了那堆垃圾中。我不禁有些感慨。它躺在那里，仿佛芦苇船这本无字书还没动笔就已经写到了最后一章，画上了句号，将永远被遗忘在中美洲地区的历史长河中。

---

① 译注：参考文献：《皇家人类学学会期刊》，伦敦，1951年，第79卷。

第四章

在非洲腹地，与贝都因人和布达玛人为伴

　　非洲，光是这个名字就令人浮想联翩。一听到，眼前便涌现出种种画面。茂密的丛林如同一堵绿色的墙，热带植物巨大的叶片被拨开了，头上顶着货物的黑人搬运工脊背打得直挺挺的，鱼贯走入摄像机镜头。画面中不时走过优哉游哉的长颈鹿和狒狒，伴着强劲的鼓点，狮子的吼叫。非洲内陆究竟是什么样子，其实我不过是看电影或看书时瞄过那么一两眼，相当于一直站在窗外向里张望，却从未曾去往那里亲眼看一看。

　　现在我来了，来到非洲内陆，中非的心脏，此刻就在乍得共和国首都拉密堡一间旅馆的狭小房间内。这世上恐怕找不到比这儿离海更远的地方了。从逻辑上看，这其实有点儿说不通，因为我此行的目的是给用远古船只横渡大西洋的远航做准备。这里就是我们的第一站，而附近唯一的水体是一条宁静的小河。透过窗子我就能看到它：棕色的水流，红色的泥岸，绿色的丛林。阳光下每种色彩都格外饱和。泥岸边一群渔民正在拉网，河水没到了他们的膝盖，湿漉漉的皮肤如同晶莹的甘草糖。他们在河里密密地插了很多竹竿，把鱼截住，方便捕捞。昨天，我看到七头河马在河上游的另一岸游荡。在首都拉密堡，它们属于保护动物。而鳄鱼基本已经绝迹，因为鳄鱼皮曾是乍得重要的出口商品

之一。这个季节，只有掏空树干造的平底独木舟可以在小河里航行。自从6个月前雨季结束，这一带就再也没有落过一滴雨，所以河里的水太浅，汽船无法行驶。

沙里河不疾不徐地源源向北流淌，却永远流不到远方的大海。它在南方刚果边境的广袤丛林中汇聚成流，经过草原和半荒漠地带，注入撒哈拉沙漠南缘辽阔的内陆湖——乍得湖。这里天气极其炎热，水刚流进湖里就要蒸发了。乍得湖的源流很多，却没有任何外流河，这座沙漠湖泊的万顷碧波，唯一的归宿就是蔚蓝的晴空，在它头顶永不餍足地吸吮着蒸腾的透明水汽。

这就是我想要拜访的湖泊。然而，在地图上找到它有多容易，在现实中就有多难。在地图上，它总是很显眼，如同非洲大陆的一颗蓝色心脏，问题是，它在每张地图上的形状都不一样。有时圆得像只碟子，有时弯得像只钩子，有时曲曲折折如同橡树的叶子。用虚线勾勒这片湖水的地图反而比较可靠，因为谁也不知道乍得湖的形状。它就没有固定的形状。湖面上有数千座浮岛，时而朝着某一个方向流动，时而奔赴另一个方向。它们彼此碰撞、融合，遇到岸，要么沉下去形成浅沼，要么聚起来变成半岛；也会被水撕裂、冲散，漂向各自全新却未知的命运。乍得湖的面积通常可达上千平方英里，和伊利湖的面积差不多大，湖水最深处可达19英尺，大部分水域深处可达15英尺，但浅的地方水深只有3英尺，所以旱季湖水面积往往会缩到只剩原来的一半大小。湖的北部多是浅水区，生长着大片大片的纸莎草，还有那些四散漂移、不断变幻的浮岛上，大多也生长着纸莎草。

1960年，法国在这片土地的殖民统治宣告结束，乍得共和国获得独立。这里没有铁路，也没有能保证全年通行的公路。但对于冒险家，和想在喧嚣尘世中找到一片净土的人而言，这里就是天堂。在它的首都，你可以找到一流的旅馆、药店、酒吧，还有最现代化的行政办公楼，办公室里坐满了黑人官员，他们大部分人的下巴和脸颊上都留有同一类疤痕，那是属于他们各自部落的独特标志。宽阔的柏油马路两侧是带花园的小洋房，这是属于法国殖民时代的印记。城外则是另一番景象，路面变得坑坑洼洼，房子也换成一排排阿拉伯式的民居，而且民居之间是没有路的，只有沙地，再远处散落着几个非洲传统的圆形栅栏村庄，这条时隐时现的小路穿过整个村落，在牛栏间绵延远去，最终悄然化为漫漫商道。但这附近的河段已经可容小船通行了，顺流而下便可到达位于沼泽区的商贸铺子，而河水也正是从这里注入乍得湖。

三天前，我在法国登上一架飞往非洲南部的班机，飞越了地中海和撒哈拉沙漠，来到拉密堡。这班飞机每周只在拉密堡停落一次。乍得所有的进口货物，如果驼队无法在几周内运达，则必须选择空运。例如，汽车、推土机、冰箱，以及汽油。对了，还有"乍得人民酒店"主厨点名要用的龙虾和嫩牛肉，全部采取空运投递。

飞机落地了，除了摄影器材，我们还带了不少东西，打算拿来和非洲的造船工匠做交易。我们此行的目的是研究当地船只的结构，并通过影像记录下来。因此我邀请了两位摄影师与我同行。一位是法国人米歇尔，另一位是意大利人詹弗兰科。我偶然间在一篇关于非洲旅行的文章中看到一幅配图。画面中，几位肤色黝黑的原住民站在岸边，他们身边那艘独特的小船一下便引起了我的注意。我在南美洲和复活节岛上都曾见到过这种芦苇船，已经非常熟悉它的样子了。这张照片拍摄于乍得湖湖畔，而且作者本人着重强调了，非洲中部的这种船与秘鲁高原的的喀喀湖中印第安人代代相传的那种船存在惊人的相似之处。这种古老的非洲船在埃及早已销声匿迹，但在这块与世隔绝的大陆中心，它依然存在。从上尼罗河到乍得的崇山峻岭间藏着一条古老的商道，到了近代却变成非洲奴隶贸易的运输通道。人类学家所谓一部分乍得人的祖先来自尼罗河流域，我相信是有道理的。这也解释了这片水域为什么既有纸莎草造的埃及草船，也有丛林大树树干造的独木舟，并且共同发展。乍得是非洲的一座大熔炉。在这里，白热的太阳之下生活着各个族群的人，说着各自不同的语言，不是专家真的分不出谁来自哪个部落。但有一点是每个人都清楚的，乍得正处于沙漠与丛林交界的地带，撒哈拉沙漠的沙丘从它的北方国境线不断向南推进，无边无际的非洲热带丛林则从南方不断向北绵延。因而，乍得北部的主要人口是贝都因人和其他阿拉伯人，南部则生活着各族群的黑人。双方最终在中部平原和首都拉密堡相遇，他们胼手胝足，在一度由法国殖民者统治的土地上，建立起一个真正的国家。

冲了一个冷水澡，我们离开旅馆的空调房，钻进一辆热得发烫的出租车里，前往国家旅游局。宽阔的主干道上熙熙攘攘的，全是汽车、自行车和行人。在深深浅浅的黑色皮肤之间，我们也看到了几张白色的面孔。他们都曾是法国人，因公或因私来到乍得，在乍得独立后，他们选择留在了拉密堡。旅游局的局长就是其中一位。

我们向他解释，来这里是想请教一下去乍得湖的最佳路线，因为地图上既没画铁路也没画公路。局长展开一张花花绿绿的图纸，还有几张画着狮子和所有丛林游戏的海报。他说，花不了几个钱就可以尽情猎杀各种动物，不过得往南走，而乍得湖在北边，完全是背道而驰。我们继续解释，我们要去的就是乍得湖，因为我们要去看纸莎草船，只有那里才有。局长把地图折起来，他说如果我们不愿听取他这位专家的建议，那么他也爱莫能助。说完他面无表情地转过身，挺着大肚子走进里屋的办公室。我只得掏出夹在护照里的那封信，请一位办事员送进去。这封信上盖着一枚醒目的图章，出具信函的人则是挪威的外交部长。旅游局局长的大肚子重新从门口露了出来。这一次他耐心地解释道，水位涨高之前，是没有办法经水路前往乍得湖的，要找纸莎草就必须得绕到乍得湖东北岸的博尔村，只能乘飞机。还问我是否打算租一架飞机呢。

既然别无选择，那好吧。

旅游局局长拿起电话。乍得全国只有两架单引擎飞机，如今都停在机棚内检修。另一架可租用的是双引擎飞机，降落需要800码的跑道。而博尔村的跑道只有600码。旅游局局长还叮嘱我们，没有政府许可，禁止在该国随意拍摄。

而且，当时乍得并不太平。博尔村以北地区的阿拉伯人信仰伊斯兰教，而掌握政权的南方非洲部族信仰基督教，双方正处于内战中，所以眼下去北方地区其实很不安全。局长为了证明他没有私心，全是一片好意，还让旅游局的司机开着公车载着我们在拉密堡随意往来、走访，向大家打听乍得湖那边的情况。

他给了我们一个地址，住在那里的是一位笑容可掬的法国人，他体格健壮，手臂上有文身。他来这里是为了研究改善乍得湖鱼类资源和发展现代渔业的可能性。他说，想去博尔村附近生长纸莎草的沼泽，唯一的办法就是开着吉普车穿过湖东侧的沙漠。这一点在一位法国医生那里得到了证实，他还是一位驯兽师，称得上是全乍得最爱旅行的人。两人都提到了目前国境北部动荡的局势，不过，他们又说其实有一条大船定期开往乍得湖，去收购某种当地产的粮食。但是现在谁也不知道那艘船在哪儿。

大多数国家都觉得没必要在乍得共和国建立使馆，不过法国作为曾经的殖民国是个例外。米歇尔介绍我们过去拜访，然而大使才到任一个月，他的下属也都不曾去过乍得湖。

这是我们在拉密堡度过的第三天，这三天来，我们所做的一切就是出这间办公室进那间办公室，从这个人的家到那个人的家，四处拜访，喝人家好心请我们的咖啡、冰啤酒或威士忌，拿着人家给的地址去拜访下一位可能会帮到我们的人。如今我们已经完成了整个闭环，我们拜访的上一位朋友把旅游局局长的地址交给我们，而他正是我们第一天来就求助的人。

我们决定开吉普车前往博尔村，试试靠自己能不能行。我们拿到了政府的正式许可。整个湖区唯一一部无线电话就装在博尔村，安全起见，内政部部长会将我们要去的消息电话通知博尔村的治安官。我还得去一趟信息部，请部长批一份准许我们进行拍摄的授权文件。和别的部门一样，这里担任公职的也都是黑人，没有阿拉伯人。部长看着之前由他口述，秘书记录整理的这份文件，用手指扒过卷曲的头发，哈哈大笑。

"这位先生是考古学家，考、古、学、家。"他把文件递回到秘书手里，冲我的方向点点头，说道，"改成考、古、学、家，不然半路上遇到那些穆斯林，他脑袋非得被砍下来不可。"

我小心翼翼地从这位卷发美人的肩膀上看过去。法语是乍得共和国的官方语言，也可能是唯一众多不同族群都能懂的语言。原来文件上我的身份被写成了"大主教"，而不是"考古学家"，当然写的都是法文。

这个错误被立即修正过来，部长说政府这边能做的都做了，让我们放心，我们应该不会再卷入任何宗教冲突了。

拿到了救命的文件，第二天，天还全黑，我们就从拉密堡出发了。毕竟要穿越沙漠，谁也不敢说一路上不出一点儿意外，最稳妥的办法就是分乘两辆吉普车，后来的事情证明我们当时的这个决定是非常明智的。我们每辆车都配了一位黑人司机，名叫巴巴的那位说他之前去过博尔村。打头的车里有一张无所谓画不画等高线的地图，因为图上整片都是代表沙漠的黄色，但拉密堡、马萨科里、阿里法里、凯罗姆、恩古里、伊塞罗姆和博尔村这些地名下面都画着代表公路的红线。我们很轻松就找到了起初的几个村子。一来，这是平原；二来，虽说一路都是沙路但路面坚实；三来，路标设置准确合理，所以我们的车速可以保持在每小时60英里以上。车轮扬起的沙尘腾上了夜空，然而我们不管把车开多快，都甩不掉它。北上的第一段路，我们遇到好几处筑路工人的营地，他们还有几辆推土机，正忙着把路面抬高，这样一来雨季也能通行了。太阳挂在这片平原上空时，我们已经走了100英里。但几个岔路口开过去，路越来越窄，20世纪的景象很快就消失在地平线之下。其实才出拉密堡城区，就看不到什么像样的建筑了，多是一片片茅草屋顶的圆形栅栏村落，大部分已经无人居住。不久，我们发现刚刚走过的一大片沙漠都没什么人居住，我们只能靠着几条车辙判断哪里是路，才能沿着那条商道继续前进，商道两侧倒还有一些阿拉伯村落，他们房屋很矮，是用晒干的土坯盖的，家家户户都养着山羊、驴子或骆驼。之后，我们前方就真的是一片杳无人烟的旷野了。

这就是沙漠。我们已来到撒哈拉沙漠的南端。我们最后一次在温度计上读到的数字是50摄氏度，那还是在背阴处。而我们现在所在之处既没有温度计，也没有阴凉。往我们来的方向回望，那里有一整片的热带草原，长着叶片宽大的棕榈树及其他耐旱的树木，不管往哪里看，都是典型稀树高草的景色，羚羊、野猪、成群的猴子和华丽的热带鸟类都躲在我们刚刚经过的地方玩耍，而肥硕的珍珠鸡就懒得费那个力气了，不太在乎地踏上我们的车辙印。连绵的沙丘如同白雪堆成，随着沙砾的流动和停驻，山丘被夷为平地，平地又堆起山丘，阳光之下，除了无边无际的沙，就只有几株稀稀拉拉的灌木。太阳就高挂在我们头顶，吉普车所有金属的部分都反着刺眼的强光，烫得摸不得。不管想往哪个方向透口气都是徒劳，炙热的沙漠空气裹着尘土呛进鼻子里，火辣辣的，让人喘不过气。

我们常常陷进沙子里，这时就只能靠一辆车把另一辆车拽出来，得先把烫手的长钢板塞到车轮底下，让车轮有一个可以借力的平面，再系上钢索，让前车用力拉。酷热的天气使得两辆车还时常轮流抛锚，发动机说停就停。幸好，两位司机还都是修车的好手，只要扳手和螺丝刀在手，车子出了任何问题都能修得好。遇到沙地比较坚实的路段我们就开快点儿。已经记不得有多少次，前头一条车辙印都找不到，我们只得一圈接一圈地在原地兜圈子，直到巴巴判断出我们该往哪边走。结果我们开到了一个地图上根本找不到的偏僻村庄，连巴巴也不知道这是哪里。在村口几间土屋旁边的转弯处，两辆吉普车都深深陷进了沙子里，我们只得再次下车，挖起沙子来。

我们第一次感觉到些许的不安。裹着白头巾、灰衣褴褛的贝都因人面无表情地盯着我们，他们从前后左右慢慢地、慢慢地包抄过来，将我们围在中间，与我们对视时视线不曾有一丝闪躲。我在他们身上看不出丁点儿要问候或帮忙的意思。不一会儿，他们便站成了一堵密不透风的人墙，目光如同锁定目标的鹰隼，我们微笑也好，致意也罢，所有尝试都得不到丝毫回应。他们之中没有女人。黧黑的肤色和我们的两位司机差不多，但他们棱角分明的轮廓，鹰钩鼻子和薄唇都表明他们是阿拉伯人。沙漠中严酷的生存条件在他们的身体和心灵上都留下了残忍的烙印。这里没有仁慈，没有怜悯，也没有电话。这个沙的世界，唯一的外来者就是我们这两辆吉普车，然而它们此刻却深陷在沙中。

我们顾不上把金属板塞到车下，巴巴和另一位司机就握紧方向盘，徒劳地加起油门，车轮带得沙土飞扬，却仍然只在原地打转。阿拉伯人静静地站着不动，像是有所期待，又仿佛在尽力克制。空气有点紧绷，他们的眼神让人想到一群戒慎的狼，只等头狼一动，他们就会立即跟着扑上来。看来只有先发制人了。我朝那位首领模样的男人走过去，礼貌地递给他两把铁锹，示意他找两个人帮我们一起挖。他大概没想到，犹豫了一下，才有所反应。他接过铁锹，同时下达了命令，口气像是那种急脾气的军官。我招招手，想让其他人也过来帮忙推一下车，结果新结识的这位带头大哥竟然上前来，和我并肩作战，他的人都争着挤着跟过来，用胳膊肘把我们顶到一边儿去，大家用力一推，我们险些被这群上来帮忙的人踩到脚底下去。我们跟他们握手，感谢他们帮忙，然后跳上车，一阵烟地开走，能开多快就开多快，穿过村庄，沿着一条破败的骆驼道驶去。

下午3点左右，我们又路过一座远远藏在黄沙与蓝天之间快被太阳烤干的村庄。和之前一样，我们在这儿也不太受欢迎。车辙印偏偏从一片土坯房中间的露天集市穿过，我们也没办法，只得一边打招呼，一边从拥挤的人群和休息的骆驼、驴和山羊群中间挤过去。但这些阿拉伯人根本不搭理我们，他们气狠狠地瞪着眼，一步步逼近，好像要对我们使用读心术，看我们是不是政府派来征税或宣扬基督教的。不然，外人跑到他们这座沙漠中的孤村来干什么？明显把我们当成了一群不速之客，我们也只好又一次加足马力冲向大沙漠。

快入夜了，天却依然热得人透不过气来。巴巴犯了头疼，后面那辆车里的两个人，一路上都得吃我们扬起的沙子，于是越落越远了。我们带的一大罐饮用水变得热腾腾的，根本不能解渴，只会烫到嘴。沿途经过那些村庄时，我们连一个水果也没见着，只有一个个泥罐和干葫芦，里面装着绿洲取来的泥汤水和脏兮兮的羊奶。我们开了一整天的车，路上一件垃圾也没见到。没有纸片，没有塑料，也没有空铁罐。还是在刚出城不久，我们看到过几块玻璃瓶的碎片。在这里，想要什么都得靠自己，包括房子、衣服，还有马具。长长的商道上，瘦小的驴子驮着沉重的货物，排成队走在前面；后面是高坐在驼背之上的阿拉伯男人，随着骆驼的脚步摇摇晃晃；光着脚的女人们快步跟在最后，头上顶着罐子或篮子。所有自己用不到的东西都可以拿到邻村的市场上交易。这是一个与我们熟知的世界完全不同的天地，它自给自足，固守成规，淡然无求。哪怕有一天，我们的文明已四分五裂，他们依然会好好地过着这种简单、朴素、宁静的生活，守住传统，忠诚于这片土地。

这时，蓝色的湖水闯入我们的视野。如同一湖冰冷的钢，泛着幽光，静静地躺在一片丰茂青翠的芦苇丛后面，那就是纸莎草。我们将车开到一座小沙丘的顶上，眼前的景色如同蜃气形成的幻影，令人心荡神驰，我们只想跳下车，冲过去，穿过那片鲜嫩的绿意，扑进碧蓝碧蓝的水里，畅饮一番，把头扎进水下，好好凉快凉快，把钻进耳孔、鼻孔、眼窝里结成硬块的黄沙弄出来，把身上的每个毛孔都清洗干净，从头到脚都洗一洗，还要喝水，喝水，再喝水。我们已经在吉普车里坐了13小时，身体发僵，脑袋发晕，我们正要挪动快不中用的双腿下车时，巴巴阻止了我们：现在下车并不安全，最好坚持到抵达博尔村。村子就坐落在一片开阔的沙滩上，如果我们全速前进，夜幕降临之前就能到达。入了夜的沙漠往往充满危险。

我们好不容易管住了自己。水，离我们这么近，蓝得如此圣洁，美得不像人间，它躲在芦苇后面，即使只看一眼也能感觉得到它的清凉。我们却还是乖乖坐回车里，嘴巴里塞着灰尘，在闷热的金属壳子里，被翻来覆去地烤，这时巴巴已经掉转车头，开下了沙丘，驶向一片接一片的沙漠。

稍后我们就知道应该好好谢谢巴巴了。太阳落山之前，路面坚实起来，我们沿着商道，从沙漠东边的村落一路向博尔村前进，径直穿过空荡荡的集市，来到民居脚下的沙滩上。我们连衣服都顾不得脱，正要跳进水里，却听到有人大喊了一声。原来是一位长着络腮胡子的年轻法国男子，他是随一支科考队乘船来到这里的，送他的船正在湖区其他部分开展研究工作。他一脸严肃，没有开玩笑的意思："要是跳进水里，用不了几分钟，血吸虫就会钻到你们身体里。这湖里到处都是血吸虫。"

我看看巴巴。他耸耸肩，又满身尘土地坐回吉普车里。

这美丽圣洁的湖水正是非洲最令人防不胜防的某些小生物的家。血吸虫是一种体形极小的寄生虫，大概只有一毫米长，肉眼很难看得到，能悄无声息地钻入人的皮肤，在其体内产卵、发育，再钻到人全身各处，从内部摧毁其身体。

我们谢过了这位法国男子，又问他知不知道哪里可以清洗一下。他遗憾地摇了摇头。这里的水都是直接从湖里取上来，必须要烧开或放置一两天之后才可使用。

我们一开始以为这是个无人居住的荒村，结果一位高大的黑人从一间刷白的房子里跨出来，身后还跟着一小队随从，一行人径直朝我们走来。这个大高个儿生就一副威严相貌。他正是博尔村的代理治安官，真正的治安官在内地坐镇，这边的事务就暂时交给他打理。博尔村上上下下根本没接到有人要来的通知。我们是谁？我们的证件呢？碰巧，治安官阿杜姆·莱马丹心情不太好，他牙疼犯了。而且他已经有博尔村的两千号人要照看了，有阿拉伯人，又有黑人，大大小小的酋长有200位之多，他哪来的时间再多管别人的事。米歇尔给了他一瓶阿司匹林，然后解释道，我们想找个能落脚的地方，自从头一天晚上从拉密堡开车出发后，我们就一直在赶路。"那你们车开得挺快呀。"治安官无意多说，也不打算接我们的话茬。他又问了一次，拉密堡怎么没通知他我们要来？无线电话明明好好的。而且，我们一路上竟然能平平安安，真应该谢谢老天爷。仅那一个月，拉密堡到博尔村之间的这段商道，就有5辆吉普车被阿拉伯人焚毁。上个月，则有60名反政府叛军在我们刚刚经过的区域被枪决。路边曾发现两颗黑人的头颅，最近当局将其公开出来供人辨认。他很直白地告诉我们，不要再自行穿越沙漠了，就先待在博尔村，要走也得等有合适的机会。

饱受牙周炎困扰的治安官派了个人带我们去岸边一栋孤零零的小水泥房

子，他则带着其他人往村子里走去，最终消失在黑暗中。这栋小房子当中是一条通道，通道两侧是几间没有门的小房间，权作卧室。房子里已经睡了很多人，有男有女，我们得从他们身上迈过去。这是博尔村招待外客用的公房，有旅客要借宿，只管进来躺下就是。有些被我们吵到的人抬起头来看看究竟，那脸色真称不上友好。这里也有冲澡的地方，但除了地上一个8英寸深浮着肥皂沫的脏水坑，根本没水可用。我们想用邦浦抽点水上来，却发现外管直通向满是血吸虫的湖水，只得作罢。我们别无选择了，只好带着满身尘土睡觉。

巴巴清扫了地面，我们刚要铺睡袋，治安官冲进来了，这次，他胖胖的脸上挂着大大的笑容。他的牙不疼了。要是米歇尔把剩下的药都给他，他就从治安官的官舍给我们弄三张床来。于是我们头顶有了蚊帐，枕头下塞着手枪。整整一夜，我都听到陌生的脚步声在黑暗中徘徊，甚至有几次呼吸声都近在耳边。

太阳从湖面上升起时，我们被吵醒了，是一群阿拉伯人，他们沿墙跪成一排，朝着圣城麦加的方向喃喃祷告。其他人则静静坐着，就着一小堆用折断的干纸莎草生起的火煮茶。我们被带到了治安官那里，他如今心情大好，坚决不许我们碰自己带的口粮，硬要我们跟他一起用餐。只要我们还在博尔村治内，就是他的客人，我们每一顿饭他都包了。他这里的饮食其实挺不错，算得上别具风味，只有一点小问题，就是不能放心咀嚼，因为牙齿一旦完全咬合，说不定哪一口就会咬到沙子了。

那天是我第一次见到纸莎草船。乍得湖如同仙境，展现着与昨日截然不同的风貌，湖水如同一块透明的玻璃，纸莎草船就这样静静地从我面前漂过。我们昨天到这里时，小房子跟前还有一座出水很低、面积较大的岛，然而现在它不见了，取而代之的是另外三座小岛。其中最小的那座还在向右漂移，岛的左侧留下了一道若有若无的水痕。它看上去像一只漂亮的大花篮，里面插着好大一束毛茸茸的金色纸莎草花。小岛中间的植株高些，边缘的矮些，向水面优雅地舒展着青翠的茎叶，和四散的长长的黄色花冠一同倒映在天空般蔚蓝的湖水中。其间点缀着各种攀缘的、开花的、赏叶的小型植物，令整件作品臻于完美。小岛的土层之下各种植物的根须和纤维交织成网，无须桨或引擎的帮助也能雍容地漂移，但纸莎草船显然行动更自如，灵巧地从这只大花篮旁边滑了过去。船上站着两个高个的黑人，他们身穿白衣，各撑着一支长篙，挺拔得如同两个玩具锡兵。水面上倒映着黄色的船影，黑色的人影，令我不禁想到那些如同与我们互为镜像的芦苇船，正在地球另一头的南美洲航行着。的的喀喀湖上的船只和我们眼前的纸莎草船也太像了，如果将湖中的倒影换成地球另一端的实物，也不会有丝毫违和感。

我很想亲自去湖上划一划纸莎草船，不过我更想知道这船是怎么造的。总不会是有人灵光一现，将纸莎草随便一捆，那么巧就捆出这种样式并不普遍的船吧。

治安官带我们去正式拜见了本区的宗教领袖，姆博杜·姆巴米苏丹，他也是当地最有权势的人。治安官和他的副手都是南方非洲裔，受拉密堡当局委派，代表的是基督教的政治利益，而苏丹则属于布达玛当地部族，本地所有的穆斯林都以他马首是瞻。

治安官长得人高马大，像一只好脾气的大猩猩，而苏丹则高高瘦瘦，比普通人要高出一头，他穿着长及脚面的袍子，戴着面巾，全身只有鹰钩鼻和一双隼般的眼睛露在外面。许多村落的酋长跟在我们身后来到苏丹那栋简单的土坯房前，先踢掉拖鞋，才跨进院子里。之后，我们被带到城镇中心一块宽敞的沙地上。这里是苏丹的阅兵场，他会骑着他白色的纯血马从这儿经过，以示对客人的敬意。马儿在两个牵马人的指令下立起来，而苏丹依然稳稳地坐在马背上，一群穿着各色衣裳的烟花女子在他身边绕来绕去，轻薄的面纱撩着他的身体。

全部环节完成后，鼓声和木质喇叭的声音随即响起，一队骑士出现在广场的一端，他们拔出剑，高声呼喝着，一拥而上，从我们面前疾驰而过。其中有一位特别放肆，他一次又一次地在我们面前冲过来又冲过去，马蹄子几乎要踩到我们的鞋尖，靠近时他就把脸探到我们跟前，亮出威胁的表情和啸叫，挥舞着佩剑，剑锋几乎擦着我们的头皮掠过。我不确定地问了问治安官，这人是什么意思，治安官说他不过是卖弄卖弄。然而巴巴说，也有对我们的蔑视，因为我们不是穆斯林。与此人不同的是，苏丹并未显出一点儿敌意。恰恰相反，听说我们是来学习如何建造纸莎草船的，他表现出极大的兴趣。他把我们送到自己的亲戚奥玛尔·姆布鲁那里。奥玛尔在布达玛族很有声望，他住在一间外形像蜂箱的宽敞稻草房里，博尔村中心区这一片儿，所有布达玛族人和加涅布族人都住这样的房子。只有治安官和副治安官才住白垩粉粉过、墙上爬满红色九重葛的独栋平房。其余大部分地区都是阿拉伯人住惯的，连成排的自建低矮泥砖房，他们在本地堪称人多势众。

奥玛尔相貌堂堂，皮肤黝黑，高且挺拔，像根烟囱似的，他头刮得很干净，眼睛和牙齿都很大，时常带着笑。他会说布达玛语和阿拉伯语，声音低沉又亲切，每句话说完都会微微一笑。奥玛尔本来就是渔夫，听巴巴用阿拉伯语说我们想看他造纸莎草船，他一点儿也没推脱。他从草墙上抽出一把长长的大砍刀，率先向湖边走去，他光着脚，斜披着的蓝色披风在身侧飘舞。他弯下腰，挥刀挑长得高的纸莎草齐根砍断，黑色皮肤之下，肌肉随着他的动作一跳一跳的，柔软纤长的草茎一根接一根地被丢到沼泽边缘，堆成了小山。他的继兄穆萨·布鲁米主动过来帮忙。他比奥玛尔矮一点儿，头也刮得很光，但没奥玛尔那么落落大方。穆萨只会布达玛语，尽管听不懂巴巴说的阿拉伯语、米歇尔说的法语、詹弗兰科说的意大利语、我说的挪威语，但只要我们跟他讲话，他都会还我们一笑。不过说到砍纸莎草，穆萨就比奥玛尔利落多了。

大堆大堆青翠的纸莎草被从沼泽里拖出来，放在一旁。两艘能坐下12个人的大芦苇船就泊在岸边。我们边在沙地上画图边解说，我们要的船得小一点儿，大约12英尺长，到时要能放在吉普车车顶上运走。他们还找来两位布达玛族人。他们在一株埃及姜果棕树下席地而坐，本地只有这一种树，树叶如同坚韧的皮革，几人把叶肉从叶片上刮下来，直到露出粗糙的白色纤维，再将纤维撕成细丝，放到大腿上用手掌搓成细绳，最后编成结实的绳索。这下奥玛尔和穆萨可以开始着手造船了，而另两人则争分夺秒地继续搓绳，供给他们。

芦苇一般长6到8英尺，根部直径约2英寸，截面呈三角形。它其实和竹子并不一样，不分节，也不中空，反而从头到尾都是实心的，不过芯是有弹性的，有点像结实的发泡橡胶，外皮则又薄又光滑。奥玛尔拿起一根芦苇，从茎尖那头劈成四股，劈到底但不能断，要保证茎根处还连在一起。每股再接一根新的，将新接芦苇的茎根抵在第一根芦苇分岔处，用绳缠紧，茎根很厚实是有弹性的，所以一定要缠得紧到新旧芦苇间不留一点缝隙。照这种方法，芦苇越加越多，他一刻不停地缠绳，于是芦苇捆渐渐加粗，变得像炮弹头一样。穆萨也过来帮忙，两位船匠都是将绳子一头叼在嘴里，使出浑身的力气将绳结拉紧，黑色的手指、雪白的牙齿通力协作，胳膊和脖子上的肌肉不时鼓得高高的。显然这里面最关键的是把芦苇被切断的那一端扎紧，使它发泡橡胶般的内芯中所有的孔隙都被牢牢锁住。到芦苇捆的胸径达到18英寸之后，就不再加粗了，而是在这个基础上不断加长，最后形如一支巨大的铅笔。然后，他们将"铅笔头"那端架到一个树墩上，站上去使劲儿地跳啊踩啊，直到整捆芦苇看上去像一根弯弯的大象牙。现在船头翘起，船已略具雏形，他们把船头部分让出来，又在现有的船身两侧继续添加芦苇。每新加一根都牢牢扎在原本的芦苇捆上，所以每根芦苇之间都严丝合缝，若俯视整条船，这两侧新加出来的芦苇捆，如同对扣的上弦月和下弦月。

我们在地面上做了长度标记，船的长度够了，整条船基本就算完工了，从船头到船身各部分都严格对称，只有船尾，纸莎草随意四散支棱着，好像一只扫把。目前船尾的状态是可以无限加芦苇将船延长的，船造多长，全看船匠的心意。奥玛尔和穆萨用一种至简的方法完成了造船的最后一步。他们拿出最长的大砍刀，沿着一道横线，像切香肠头那样，将多余的芦苇拦腰切断。现在，纸莎草船的船头高高翘起，船尾切割整齐，船面平整，吃水够深，已经可以启航了。而全部工作，只用掉我们一天的时间。

"卡戴。"穆萨畅快地笑着，拍拍自己的杰作。这个词在布达玛语里就是芦苇船的意思。从他们的族人在湖上讨生活那天起，芦苇船就已经不可或缺了，谁都不知道那可以追溯到什么年代，也不知道更早之前他们从哪里学会了造船的技艺。也许是他们自己创造了这种芦苇船。更可能是这样，布达玛族的先祖穿过商道，将这项技艺从尼罗河带到乍得湖。包括乍得境内、对岸的尼日尔和尼日利亚共和国，沿湖都长满了芦苇，总之，这种古老的船只幸运地在这里活到了现在。这一大片区域内，这种传统而独特的船随处可见，都用相同的方法建造，不同的只是长度和宽度。我们抬着自己青翠的卡戴，将其送下了水，没想到居然看到岸边泊着四条独木舟，夹在各式纸莎草船中间，这种船都要从雨林中挑选足够大的树，掏空树干造成，它们一定是沙里河发洪水时被冲到了这里。我们踩着独木舟上了纸莎草船，鞋一点儿都没弄湿。奥玛尔轻蔑地点点这几只怪模怪样的船，它们有点儿像装了一半水的加长浴缸。加涅布人用的就是这种船。他们根本不会造卡戴，布达玛人才会。

我们簇新的卡戴漂在水上，像一根弯弯的黄瓜，我正要跳上去的时候，看到了一张陌生面孔。那是我第一次见到阿布杜拉。在我们最需要他的时刻，他竟然就出现了，如同阿拉丁神灯中的精灵。

"日安，先生。"他开门见山地说，"我叫阿布杜拉，我会说法语和阿拉伯语。你们要翻译吗？"

我可以说是求之不得。要不然，到时我们三人到了湖上，假使我想对划着的这只小草船多一点了解，也听不懂奥玛尔和穆萨说的是什么。

阿布杜拉举止文雅，穿着长及脚踝的白袍，俨然一位贵族。我见过的所有人中，他的皮肤是最黑的，头和奥玛尔及穆萨一样，刮得很光，额头到鼻梁的正中线划过一道长长的疤痕。奇妙的是，这道部落的标记不怎么吓人，反倒给他增添了几分顽皮。还有他聪慧的目光，永远带着笑意上翘的嘴角，开怀大笑时露出的两排牙齿，阿布杜拉·吉布林是一位真正的、不折不扣的自然之子，一位机警的助手，一位令人从心底里感到愉快的伙伴。他变魔法似的拿出两把手工粗糙的桨，并将其中一把交给我。

我们四人依次跳上窄窄的纸莎草船时，摄像机已经开始工作了，我们原本只想给后代子孙留下一点影像资料，结果自己却成了一场奇妙戏剧的现场观众。这一天是博尔村赶集的日子，数以千计的男男女女穿得花花绿绿，从四面八方赶来，有的人家在沙漠，也有的人就住在湖中的岛上。市场上熙熙攘攘，男人、女人、孩子挨挨挤挤，都得用胳膊肘把旁边的人顶开才能走动，简直留不出一英寸的空隙可以让人瞧一眼他们脚下的沙地。他们头上顶着各式罐子、篮子和大盘子，里面装着芳香植物、稻草、皮毛、坚果、晒干的块根，还有非洲产的谷物。印着疤痕的脸庞，赤裸的乳房，吵闹的孩子，明亮的眼睛，愤怒的表情，带笑的目光。香料的香气，混着驴粪、鱼干、公羊、汗水和酸奶的气味。所有这一切都被太阳烘得热气腾腾。苍蝇的嗡嗡声完全淹没在三种沙漠语言此起彼伏的吆喝声和讨价还价声中。这里有数百头牛、数千头驴子、山羊和骆驼，到处是这些牲畜的叫声，有的哞哞，有的咩咩，有的像把喇叭吹响了，但都比不过铁匠铸造匕首或长矛时，锤子打在金属上那有节奏的铮鸣更有穿透力。现在，一群特别的黑色身影正挤过人群向湖边走来。他们连喊带用鞭子抽打，赶着一群牲口，其中大多是长着弯弯巨角的非洲牛。来到岸边，他们便脱下衣服，把所有随身物品都卷成一捆。接着，将牲口赶下水，把衣物顶在头上，跟在牛群后面游到湖的对岸。他们仿佛跟我们欧洲人不一样，根本不怕血吸虫似的，然而实际情况却是，这种疾病早已令湖畔的居民苦不堪言，很多人都因此而丧了命。

这群赶牛的人都趴在一块象牙形、有浮力的东西上，有一些是用类似轻木的木头做的，有些则是用纸莎草编的，就和我在秘鲁，还有复活节岛上见过的那种单人浮板一模一样。不久，我们就只能看到黑色的头顶，稳稳顶在头顶的衣物，象牙形浮板尖尖的两头戳出水面，更远处是一群长着长角的牛头，在水中上下起伏，向对岸的一座狭长浮岛游去。阿布杜拉说，他们是来买牛的，是一大家子布达玛人，而现在买完了，要把牛赶回自家住的岛上去。白色的沙滩，还有上面长着的几株埃及姜果棕，都说明那不是一座浮岛。而另外两座小岛，岛上没有沙子，只有纸莎草花摇曳，正缓缓与湖岸融为一体。

我们划着船往湖心而去，奥玛尔一边说，阿布杜拉一边翻译，我才知道原来有许多布达玛人举家住在浮岛上。奥玛尔和穆萨就是在浮岛上出生的，而且穆萨的家也安在浮岛上。他是来博尔村卖鱼的。湖里的鱼多的是，最大的个头儿比人还大。湖里也有鳄鱼和河马，不过数量已经不多了。浮岛带着居住在上面的人和他们养的牛及其他牲畜随处漂流，这令尼日利亚海关机构很是头疼，总有布达玛人带着全副家当从乍得共和国漂到他们的国境之内，但要细论起来，他们却连自家家门都没出。通常人们要把牲畜赶到别的岛上吃草时，会选择泅水，但如果要捕鱼或要穿过宽阔湖面到对岸去，则会选择划纸莎草船。我们在博尔村听说，有的卡戴大到可以荷载至少四十吨重的货物，据穆萨说，他曾经帮别人造过一艘卡戴，大到可以载着80头牛过湖。还有一艘可以坐得下200号人。卡戴这种船，你想造多大就造多大。

这几人对卡戴运载能力的描述，听起来似乎有吹嘘之嫌，但当我和穆萨、奥玛尔及阿布杜拉跳上我们这艘急就章式的小船后，我全部的疑虑都被打消了。船太窄了，基本别想坐下，除非你愿意把腿伸进水里，所以我们都站着，身子不免有点摇晃，但纸莎草船没露出一点儿打弯或要散架的迹象。从远处看一片湛蓝的湖水其实并不清澈，我一丁点儿也不想掉到这汪虫子汤里去。越靠近纸莎草丛的地方越危险，因为血吸虫的宿主螺就生活在苇草上。两位船匠并非站在原地一动不动，他们来回走动，有时从我们身边挤过去，不过同时也会抓牢我们，我们倒也没有落水之虞。不管他们怎么移动，小船都稳稳地浮在水面上，出水很高，犹如一只充满气的橡皮船。我们在最大的那座岛的芦苇丛中，发现一条老旧的纸莎草船，泡在湖水里，船甲板堪堪露出水面，已经基本朽烂了。捆扎船体的绳索大部分也已经烂掉，但我鼓起勇气小心翼翼地踏上船，它却依然撑得住我。它是什么时候造好的？奥玛尔估计有一年了，当然他也只是猜测，反正不可能是刚造好的。但它依然能浮在湖面上。

　　一整天，我们都划着船在长满纸莎草的美丽小岛间游弋。有人挑了一艘泊在独木舟旁边的卡戴跟在我们后面，他们的那艘船比我们的要大一点。不久，我们的队伍就有了四艘纸莎草船，只见硕大的猪鱼跃出水面，我们连忙收网。夜晚来临，我们在纸莎草船上度过的第一天就这样结束了。

　　我们三个欧洲人一起站在客栈外，望着漫天繁星。有许多非洲其他地方来的旅客都已躺在地板上睡着了，但我们才刚回来。之前有一位美国维和部队的年轻人，叫比利·哈利斯的，邀请我们到他家冲了个澡。他一个人住，他在汽油桶上装了个花洒，就能洗澡了。比利是少数能够独自驾车穿越沙漠的人，他在这场宗教战争中起到了极其重要的作用。他帮助那些环境特别恶劣的地方打井取水，那些穆斯林村民看到水从井里涌上来，又哪里还会有屠杀基督徒的欲望呢。目前他正在给附近的黑人聚居区和阿拉伯聚居区钻井。

　　经过这一场"洗"礼，我们如同获得了新生，暂时还不想回到闷热的公房去，就先站在这里呼吸一下新鲜空气。其实我们宁愿露天睡在沙地上，可惜不行，沙漠里夜间常有毒蛇出没。

　　天很热，夜很黑，没有月亮的热带夜空中，星星一眨一眨的，不知是在冒险，还是陷入了浪漫。纸莎草丛里传来蛙鸣蝉唱，声音时远时近。沙漠睡着了，村庄也一片寂静，被吞没在夜色中。我们看了群星最后一眼，正准备弯腰钻进公房里去睡觉，却隐约听到了一丝声音，我于是立即抓住他们俩的胳膊。我们都竖起耳朵。忽然，远处传来一阵几不可闻的紧凑鼓声，还有管乐悠扬的颤音。声音从东方传来，但分不清究竟是哪儿，也许是沙漠自己在唱歌，柔和的风儿将乐声扬起，随着黑暗远远飘散。我找不到哪里亮着光。这缥缈的乐声如此神秘，我实在想去看个究竟，真的不甘心就这么去睡了。我本来打算我们三个人一起行动，看看乐声是哪里传来的。但他们俩只想睡觉，不想出门。我只好拿了一把最小的手电筒，装进口袋。现在打开也没什么用，还是留着遇到紧急情况再说吧。更关键的是，如果你只想一个人悄悄地看，不想惹人注意，那就最好先别招摇。最近耳闻的一些事其实令我感觉不是那么安全，万一遇到危险，手电筒可能会派上用场。

天实在太黑了。我看了看星星，等会儿回来的时候，可能得借助它们帮我指路。我才迈出第一步，小公房就完全消失在夜色中，而且这一路上到处都光秃秃的，完全没有东西可以当作路标。我担心会绊倒，所以每一步都把脚抬高，再小心翼翼踩到细软的沙地上，几乎听不到丁点儿脚步声。我已经走了有几分钟了，但鼓声听起来还是离我很远。这时我撞到了一堵土坯墙。有村落，是阿拉伯式的整排房子。我摸索着走到墙角，转了个弯，继续朝鼓声传来的方向前进。顺顺利利地走了一截，我的手指又碰到了东西，这次是一道芦苇篱笆。这里的房子怎么都不亮灯呢。我脚下是一条宽宽的沙土路，路的两侧是芦苇篱笆，路的前方就是乐声传来的方向，现在听起来越发清晰了。借着星光，我能隐约勾勒出稻草铺苫的圆锥屋顶，但屋顶之下什么样就黑得完全看不见。我不禁加快了脚步，结果立即绊到一个毛茸茸的大家伙上，一头扑倒在地。而它好像变得更大了，还发出一声可怕的尖叫。那是一头卧倒休息的骆驼，不过已经被我惊醒了。我看不见它，但能听到它走开时，还没活动开的关节发出吱吱嘎嘎的声响。

我站着不动。旁边的房子里依然没有亮起灯光，也听不到任何动静。能听到的只有乐声，现在已经能听得非常清楚了。我听到有鼓声，还有木管乐声，或许是某种喇叭吧。我继续循着声音前进，穿过村庄，乐声已经近在耳畔。我还看到了一盏昏黄油灯的光晕。我终于走到整排房子的尽头，只见模糊的人影鱼贯从灯光下经过，朝同一个方向而去。这里是一片空地，可能就在沙漠平原的最外缘。我摸索着绕过最后一段篱笆，轻手轻脚地靠在土坯墙上。这里的人远不止我刚刚看到的那些，还有很多和我一样的旁观者，有的站着，有的坐着。有几个小孩子和我靠在同一面墙上，他们全都蹲坐着一动不动，聚精会神地注视着灯火璀璨的地方，我只得从他们身前跨过去。黑暗中根本没有人理会我。这里的人都成群结队。他们全都从头到脚包得严严实实，望着灯光下一个挨一个的人影掠过。我最好靠墙待着不动，不要引起别人的注意。

但他们并不是在列队游行，好些男人围成圈，正在绕着灯光跳舞。他们一步一顿，弯腰，后仰，摸地，够天，随着急促的鼓点，悠扬的弦乐一圈接一圈地绕着大圈，富于东方情调的美妙乐声在夜空中回荡。乐师就在圆圈的中央。我实在看不清那边是怎么回事，但绝对有点儿不寻常。隔着绕圈舞蹈的人，偶尔可以看到圈子里有两个女人的身影。有时，她们好像坐在椅子上摇摇晃晃，有时，好像有人拽着她们的头发将她们向后拉。我也没什么好办法可以看得清楚点，只能一瞬不瞬地盯着，尽量别晃神，然而这时一处异动将我的注意力完全引开。一位舞者离开了圈子，但脚下依然踏着音乐的节奏，他跳着舞朝我径直而来，手里握着一把短剑，随着舞步不时挥舞。

这想必是巧合，天这么黑，他当然不可能看见我。等等，他就是冲着我来的，这一点已经毋庸置疑了。下一秒那柄短剑已经舞到了我面前，贴着我的鼻子挥过去。我挤出一个笑容，想告诉这位舞者，我不是开不起玩笑的人，但是那张脸上毫无触动，更别说露齿而笑了。这个皮肤黝黑的阿拉伯人继续板着一张脸跳舞，随着音乐的节奏挑衅地做出挺剑刺杀的动作。我往这个可恶的家伙身后瞥了一眼，除了他，人家都好好地绕着圈子跳舞呢。我又息事宁人地试着笑了几次，忽然意识到这没什么好笑的。这个男人根本不管我是否难堪，他咄咄逼人，对我极尽羞辱，这已经是赤裸裸的挑衅了，剑锋先是差点划到我鼻子，接着又擦着我的头皮插到后面的墙上。

我脑子飞转。要是我去抢那把剑，可能会赔上几根手指。但他把剑挡在身前，我又够不到他。他跳舞的时候，腿脚似乎不那么听使唤，人好像有点恍恍惚惚的。难道他醉了？我没看到酒啊。还是他吃了什么迷幻药？我不知道。我什么也不知道，但必须采取行动了，再犹豫那把剑就直接瞄准我的脸刺来了。

我决定听从直觉，虽然心中也有怀疑这样做是否理智。我心里其实知道，要是家里人看到我现在的模样，肯定会以为我疯了。我开始手舞足蹈，和这个舞着剑的土匪一起跳，开始只是原地踏步，免得鼻子撞到人家剑尖上。我不知道这个阿拉伯人算不算有反应，如果算，应该是惊呆了。我觉察到他漏了一拍，不过他立即跟上节奏，我们俩踩着同样的节拍跳舞，他后退，我就前进，跳着跳着来到了灯光之下，跳着跳着成了圆圈中的一员。其他舞者自然而然地给我们留出了位置，既没露出丝毫吃惊的神色，也没打乱自己的舞步。我满心满眼都是跟上别人的动作和节奏，留不出精力去继续关注将我弄到这一大圈舞者中的那个带剑的男人，也管不了圆圈中间的人都有谁了。后来等我醒过神来，看到四位乐师在油灯旁一边踩着节拍一边演奏。而围着他们舞蹈的大圈子中，除了我，个个都和白天看到时一样黑得像炭，其中有阿拉伯人，有布达玛人，还有加涅布人。舞蹈的动作其实相当简单，只要学着别人那样脚下跟着节奏顿点，跳一下，再弯腰，很自然就会了。

我过了好久才发现舞者围起的圈子变小了，不知不觉中有许多人溜走了。很快就只剩下我们十几个人，绕着灯火和乐师打转。吹喇叭的乐师可能还是婴儿时就开始演奏了，他的两颊胖鼓鼓的，像画里的小天使那样。他用力吹木喇叭时，像黑色橡胶娃娃的两颊被气胀满，变成了棕色。当然也许有灯光的影响。不过有一点真的肉眼可见，汗水从他额头淌下来，当我再仔细看时，发现其实每个人都汗流满面，尤其是跳舞的人。接着我又有了新的发现，别的舞者指间都捏着一枚小小的硬币，他们的手一举一放，硬币就落到了喇叭手跟前，接着他们就退出圆圈了。我要想体面离开，就必须得同样大方，于是我边跳舞边将一张乍得纸币捏在了手里。喇叭手立即上前几步，凑到我跟前卖力地吹奏着，令人耳朵一阵阵发麻，几位鼓手也紧随其后，节奏越来越快，圈子越转越小。

还在跳舞的只剩下四个人了，几位乐师的注意力显然都放在手面最阔气的人那里。其他人都汗流浃背，我怎么都没想到他们能这么累，好像正在参加耐力测试一般，其实和我在家时常跳的那种扭摆舞或其他快步舞比起来也还好吧。沙漠中的骑士毕竟有马，也许不像我们北国的滑雪者那样习惯单人运动和保持耐力，我们做这些也不只是为了好玩。而且，别人可能已经跳了好几小时了，我不过才刚到而已。我可以像这样一直跳下去，快步，慢步，跳步，弯腰，伸展，虽说动作越变越快，越变越快，乐师似乎想让我们歇一会儿了，有一个舞者退出了，接着又一个，说白了，这就是一场比赛，乐师的节奏多快，我们就跳得有多快，没错，现在我们都开始大口喘气了，场上只剩我和另一位舞者，他也退出了，剩我一人还在跳，喇叭手一把钩住我脖子，把钞票拿走了。我停下来。人们从黑暗中向我拥来，眼睛都瞪得大大的，表情有点复杂，人人都想好好把我看个究竟。

我大口呼吸着夜晚的空气，又累又高兴，还感觉到几分轻松，可算把那个拿剑的人甩掉了，我后来一直没再见到他，然而一个大块头从黑暗中向我走来，还拽着两个结实的女人。和我白天在湖畔见到的那些体态匀称的女人相比，她们算不得年轻，也算不得漂亮。而且，她们还一身油汗，额头上的汗水不断滴下来。也许她们就是之前被舞者围在圈子里的女人，但当时情况有点乱，我也没看清。她们如同战利品一样被妥当地安置在我旁边。数百张阿拉伯人和黑人面孔凑上来，借着微弱的灯光刺探着。现在怎么办？局面越发失控，我该怎么从这群人中脱身呢，要怎么才能找回我之前宁静的夜晚呢？

我感觉有人在我肩膀上用力拍了一下，是奥玛尔，灯光下，他的面孔像太阳照亮了我。

"先生，跳得好哇。"他赞许地笑着说。他会说的几个法语词一下用光了。奥玛尔就是我的救星。总算看到熟面孔了。这场庆典显然是民间自发举办的，苏丹和治安官都没来。奥玛尔在人群中很受尊敬，大家看到我和苏丹的亲戚是朋友，便自动让开一条路，于是我俩一路听着蝉儿的鸣唱，穿过了空荡荡的村庄。

第二天，我在博尔村的地位陡然上升了。到处都在传我的节奏感多么好，多么会跳舞，出手多么大方。另一边呢，治安官收到了新的报告，国内又爆发了新一轮恐怖主义活动和阿拉伯人暴动，他坚持让我们先安心留下来，等有飞机了再离开，一切以安全为上。无线电话根本联系不上拉密堡，好在黑人报务员还可以拍电报，通知那边我们急需租一架飞机。

　　我们在博尔村已经交到了许多好朋友，每天划着纸莎草船在湖上消磨时光也很快乐。一星期就这么过去了。浮岛上空传来了引擎的轰鸣，一架小飞机贴着纸莎草丛飞过，掠过村舍的屋顶，降落在一片平坦的沙地上，稍后我们就在这里见到了那位法国飞行员。他已经准备好带着我们三人起飞了，但是飞机太小了，装不下我们的小草船，也载不动那些沉重的摄影器材，只能带些随身衣物。我们把新造的纸莎草船放到一辆吉普车的车顶，所有摄影器材则放到另一辆车里，交给巴巴负责。因为治安官说，如果车上没有陌生的白人面孔，谁也不会想要去攻击两个黑人司机，不如让他们俩单独驾车穿越沙漠。

　　我们最后道别的是奥玛尔和穆萨两位船匠，还有翻译阿布杜拉。我问治安官和苏丹，要是以后我需要造芦苇船的专家，可不可以让这两位布达玛兄弟去埃及给我帮忙，他们都痛快地答应了。阿布杜拉把我的问题给奥玛尔从法语翻译成阿拉伯语，奥玛尔又给穆萨从阿拉伯语翻译成布达玛语，兄弟俩都高兴坏了，先是笑着摇摇头，接着连忙不停点头，双手紧紧握住我的拳头，让我明白他们的热情。

　　"他们说好。"阿布杜拉认真地说，"我也去，给你们当翻译！"

　　我们已经坐进飞机里了，但还不能起飞，所以我其实回答得有些心不在焉，但时间会证明，阿布杜拉确实是个有心人。我们用钢缆把飞机挂在巴巴的车后，让吉普车拉着我们向前滑行，飞机掠过布达玛的村舍、卡戴，还有长满纸莎草的沼泽，飞上了天空。一望无际的金色沙漠被我们甩在了身后，来博尔村时我们正是在这片沙漠上颠簸着走了一路，下方则是乍得湖，湖上有全世界最特别的岛屿群落。仿佛是博尔村旁边的一组绿色拼图，摆在蓝色的垫板上，不知被谁不小心碰乱了。那些边缘凸凸凹凹，数也数不清的浮岛就是拼图的拼片，浮岛之间曲曲折折、纵横交错的蓝色湖道就像散乱的拼图间露出的垫板。一些绿色的拼图上点缀着袖珍的圆形草屋，玩具般的牛群走走停停，低头吃着草，卡戴就像小小的黄色芥菜籽，撒在了拼图之间的蓝色垫板上。接着映入我们眼帘的就只有蓝色，我们终于来到了沙里河的河口。仅用了不到一小时我们就飞越了整个乍得湖，来到拉密堡。我们等了一天，两天，依然不见我们那两辆吉普车过来。接着是第三天。事情恐怕不太乐观。博尔村的无线电话一直是通着的，我们跟那位友好的治安官确认过，吉普车早就离开了。

拉密堡的租车公司老板很肯帮忙，借给我们一辆吉普车，但那辆车没有开到博尔村就回来了，司机说路上除了我们过去时留下的车辙印，根本没有任何从博尔村回来的痕迹。于是我们加派了一架小型飞机再仔细找找。它在沙漠商道上空盘旋了三个钟头，并未发现有吉普车陷在沙子里。科考船上的那班法国科学家也派了一辆吉普车，在博尔村到拉密堡之间来回巡看，然而司机回来时同样一无所获。

我们将这一情况知会了乍得政府，但他们也无能为力。警察局局长说，只是抢劫倒还好说，但现在是内战。我们定好的航班也只能放弃了，而这个航班每周只在拉密堡停落一次。按照工作日程安排，两位摄影师本来应该赶去埃塞俄比亚的，这下也去不了了，因为没有摄影器材他们什么也干不了。

我们忽然想到还有一个办法。我们去了法国驻军的司令部，米歇尔负责沟通。乍得的确已经独立了。说到政府部门，法国人撤得很干净，没有留下一张白人面孔，但有需要时，要找到他们也并不困难，而且事实证明，对法国驻军的长官而言，找出那两辆失踪的吉普车根本不成问题。由于北部和东部阿拉伯人的暴动，法国在沙漠的各个战略要地都部署了军事巡逻队。他们配备有流动电台，如果恐怖主义行动升级为有组织的叛乱，随时可以召集法国伞兵。一语成谶，几星期后暴动果然升级了。但寻找两辆失踪的吉普车并没有用这位军事首领多少时间，几小时后他就通知我们，车找到了，就藏在一个偏远沙漠村庄的大树底下。车是空的，司机和里面值钱的东西都不见了踪影，原来是两人监守自盗，他们还想把赃物卖给阿拉伯人。而我们珍之重之的簇新纸莎草船，在他们眼里一钱不值，所以干脆把它扔在了沙漠里。结果令他们大失所望，他们根本找不到愿意买摄影器材的人，倒是两油箱的汽油卖了个精光，油箱都被放空了。抓到这两个逃犯之后，巡逻队用无线电通知我们，要是想把这两辆车弄回拉密堡，还得再派一辆车送汽油过来。

这两个背信弃义的家伙。此后，我们再也没听说过任何关于巴巴及其同谋的消息。一星期之后，我们坐上了飞往欧洲的大型客机，就在飞机即将起飞之际，一辆吉普车把失窃的摄影器材送到了机场，车一直开到了舷梯之下，但那两个人并不在车里。稍后确定被捕入狱的，居然是我们忠实的翻译阿布杜拉，当局怀疑他协助我们把黑奴从博尔村贩卖到埃及。只是我们都还对此一无所知。

终于，这座非洲中部的大熔炉在我们的机翼之下悄悄远去，那里有雨林，也有沙漠，有黑人，也有阿拉伯人，的确还谈不上完全融合，但我依然觉得它让人着迷。炫目的阳光借助大型飞机，将20世纪飞掠的影子投射在广袤无垠的撒哈拉沙漠，然而却没能在黄沙之上留下一丝痕迹。

别了，非洲。

第五章

尼罗河源头的黑人修士

要造芦苇船就得有芦苇。我需要纸莎草或芦苇。那么要到哪里去找呢？去乍得当然没错，沙漠里的乍得湖畔的确有纸莎草。然而，这颗非洲的心脏没有将它与外部世界相连通的动脉，没有河流，没有公路，也没有铁路。我需要一定数量的纸莎草，仅凭驼队经由商道运输是无法满足的。用飞机把造船工匠送出来当然不成问题，但是靠飞机运的那点儿纸莎草来造船，就差得远了。所以根本不必琢磨要怎么穿越沙漠把纸莎草从博尔村附近的沼泽运到拉密堡附近的机场，那纯属做无用功。

那埃及呢？对呀。法老沉睡的墓室里，不是有很多石壁上都画着芦苇船吗？石头和芦苇。沙漠中的石头，尼罗河河畔的芦苇。石头和纸莎草、芦苇都是大自然对尼罗河河畔先民的馈赠。还有泥土，尼罗河自埃塞俄比亚的群山之间奔腾而出，它携带的泥沙渐渐在两岸沉积下来。农民的生计全在泥土里，渔民则靠着芦苇船讨生活，法老睡在用巨石建造的坟墓里等待着转世，埃及的学者们在纸莎草纸上书写下人类最古老的历史。纸莎草船曾承载了石头在空间上的转移，而石头则镌刻着纸莎草的形象实现了时间上的永恒。纸莎草花一次次出现在古埃及的艺术品中，神话中太阳神拉神的儿子——鸟头神荷鲁斯，将它系在下埃及崇尚的莲花上，于是上下埃及①合二为一，进入王朝时期。造轻木木筏要像印加人那样，一定要用新砍伐的树木，这样的树干汁液饱满，海水不易渗入，木筏才漂得起来，那自然就得到厄瓜多尔的雨林深处走一趟。造纸莎草船则要像法老那样，派出人手到尼罗河两岸大片长满纸莎草的沼泽里，收割新鲜的苇草。法老要想造一只船简直不费吹灰之力。尼罗河两岸的沼泽长满了纸莎草，从地中海沿岸一直延伸到沙漠中的埃及王国。造船材料就在宫殿大门外，可以说取之不尽。他还有用之不竭的劳工，技艺精湛的船匠。船匠的手艺都是代代相传，对纸莎草和纸莎草船可说是了如指掌。

但那都已是陈年往事了。

"现在埃及已经没有纸莎草了。"乔治·苏利尔告诉我。乔治是埃及本地人，是一名蛙人，尼罗河对他而言如同自家后院一般熟悉。"这儿的石头多的是，哪怕你想建座金字塔都够用，但是纸莎草的数量可能都不够造一只玩具船的。"他说着，将汽船开得离河岸近了些，好让我们看得清楚点儿。

尼罗河上帆樯林立，一眼望不到头，大大小小的船只在棕榈树间、沙洲畔及农田旁边来回穿梭，然而在这个纸莎草金黄绽放、花穗低垂的时节，沿岸却连一棵纸莎草植株都看不到。原来上个世纪的某个时候，纸莎草就在埃及绝迹了。所有人都不明白这是怎么回事。就好像神祇们决定收回这份古老的恩典，于是将纸莎草连根拔起。石头倒是还在，有的留在山脉中，有的堆成了金字塔。但泥土也几近消失，本国的新任统治者们勘察后发现，是被上游混凝土浇筑的阿斯旺大坝拦住了。纸莎草自尼罗河两岸消失的那天，建造纸莎草船的技艺也在埃及失传了。

我们一路从驼背换到马背，从汽车换到火车，又换到船上，把风景如画的尼罗河上上下下走了个遍。在破旧的小渔船及货船上，还受到了款待。我们坐

---

① 译注：上埃及、下埃及为前王朝时期各自独立的两个政权，以孟斐斯为界。上埃及位于南方，尼罗河上游，尼罗河河谷一带；下埃及位于北方，尼罗河下游，尼罗河三角洲一带。

在因烈日暴晒变得灰扑扑的甲板上，用手指从席地放着的大块酸奶酪上刮下来一点儿，配着阿拉伯面包塞进嘴里，只盼着那位衣衫褴褛的船夫能多聊两句。他们从来不穿鞋，很少，也可能从来没有在岸上待过一整天，他们的妻子、孩子，全部的财产，包括牲畜都在船上。他们就出生在船上。这条补了又补的篷船就是尼罗河渔夫的家，他的村庄，他的世界。在这里，我们了解到，人们如何挤在一抬胳膊就要碰到别人的狭小船板上过日子；如何在不防火的甲板上用泥巴垒炉灶生火做饭；如何在烈日暴晒的船上保存食物。可说是颇长了些见识。但若说到纸莎草，这些渔夫反倒不如我们知道得多。他们从来没有见过纸莎草花，就连种在开罗博物馆门前的喷泉里，供游人赏玩的那一小丛都不曾见过。他们也不曾到法老墓室里面参观过，更没见过画在那里的纸莎草船，除了自用的那种木板船，也从来不曾听祖辈提起过尼罗河上还曾有过别的船。

不过尼罗河很长。它发源于遥远的乌干达和埃塞俄比亚，流经苏丹全境，又贯穿埃及。据说，在尼罗河发源地的湖泊中，还能见到纸莎草，而且和遥远的乍得湖里的苇草一样繁茂。古时候，那些已开化的民族想必走得很远，去过很多地方，早期统治埃及的好几位法老都出生在远方的埃塞俄比亚，也就是青尼罗河发源的地方。但是黑暗的中世纪，人们完全忘记了尼罗河是一条源远流长的大河。传说中，它的源头在神秘、不为人知的"月亮山"。直到哥伦布发现了美洲，欧洲人才从那段漫长的沉睡中醒来。意大利和葡萄牙的探险家们将尼罗河的上游重新带回人们的视线。于是，近现代的人们第一次知道青尼罗河发源于塔纳湖，即海拔极高的埃塞俄比亚中部丘陵地带。

和各位法老相比，我们委实有点可怜。摩洛哥和西西里岛也有纸莎草，但要造船就不够用了。我们得回溯到尼罗河的源头才能找到足够的纸莎草，而尼罗河可是世界上第二长的河流。苏丹正发生内乱，当局恐怕不会轻易把签证发给几个自称要造纸莎草船的可疑游客。而埃塞俄比亚恰恰相反，它向所有游客敞开大门。于是我们的航班降落在它的首都亚的斯亚贝巴，这里是山地高原，海拔有10000英尺，青翠的山谷到处点缀着黄色的野花。很久以前，曾有一个伟大的古老王国，把都城建在这里。

我们的目的地是塔纳湖。我这趟旅程的同伴是个意大利人，名叫托西，他干摄影师这行还没多久，人又瘦又高，比一般人要高得多，所以我们很费了一番力气才把他塞进租来的小飞机里。他带的行李主要是各种杀虫喷雾。埃塞俄比亚绿草茵茵的丘陵上空卷着狂风，不一会儿我们就被吹得东倒西歪，如同坐在游乐场的秋千船里。从飞机上向下看，可以看到不少具有当地特色的圆形小茅草屋，几间几间的聚落像蜂巢一样，散布在山崖边、山顶上。整片丘陵就像一块起起伏伏、绿得深深浅浅的高尔夫球场。浅绿，深绿，红中透绿，遍野的绿。忽然，这片绿戛然而止，眼前出现的是兀立的峭壁，又深又险的峡谷，白色的湍流急坠直下。我们的飞机盘旋着飞到了尼罗河的上游，只见洪水般的红棕色激流以劈山裂石之势在蜿蜒曲折的峡谷间奔腾，诠释着什么才算是真正的急弯。每一道弯都是大自然书写的一个醒目的象形文字，记录着这条古老河流的历史。从诞生的第一天起，它就是靠着自己在这嶙峋山岩间开出了一条路，时间就是它无情的牙齿，数百万吨的埃塞俄比亚山石被它一口一口咬下，嚼碎，吐出的残渣变成泥和土，铺满下游苏丹和埃及的沙漠平原。自法老时代起，尼罗河就不断蚕食着埃塞俄比亚的群山，并将养分带到下游，滋养着埃及的农田。尼罗河的每一个漩涡都记载着一段历史，正是它孕育了这片肥沃的土地，人类早期文明中最重要的一支，才得以在此萌芽。

我们的思绪一下被打断了。飞机忽然朝着下方的峭壁一头扎下去，飞行员用力拉住操纵杆，然而还是有一侧机翼剐到了山崖上那几棵树的树梢。峡谷在这里转过一道急弯，尼罗河不见了，我们只看得到山石和树冠。这时，我们听到一片震耳欲聋的怒吼，从四面八方向我们袭来，飞机引擎的声音完全被淹没了。我感觉胃缩成了一团，于是抓牢座位，屏住呼吸，地狱离我们大概也没多远了吧，这时尼罗河峡谷忽地又出现了。整条大河被横着抻平展开，悬挂在我们的挡风玻璃前，它泛着泡沫，如同一堵坚不可摧、无法逾越的高墙。滔滔河水奔腾着冲过前方的悬崖，顺势向左向右向上向下，最后要么飞流直下，要么水花四溅，堆成雪，化作烟，瀑声如雷。太阳也避让到了悬崖之后。飞行员再次拉动操作杆，飞机开始垂直爬升，我们各自抓紧座位，一股强有力的气流帮了大忙，将我们送上云霄，我们飞入了蓝天上绚丽如图画的彩虹之中。大股水流奔涌着向我们扑过来，结果地面陡然陷落，它扑了个空，只好轰隆隆跌落到深渊之下，在我们身后翻起腾腾水雾，好像女巫冒着蒸汽的大锅，我们呢，有惊无险地擦着锅沿飞了出来。这时好像有一支魔法棒在尼罗河上点了一下，机翼下的河水又恢复了平展如镜，只不过海拔上了一个阶梯，而且气象也与之前截然不同，水流变得浑浊，在这片广阔的高原上缓慢且静默地涌动着，四野望不到哪怕一道峡谷、一面岩壁。在这块世界的屋脊上，绵绵的青山长满了终年翠绿的热带树木，静静的河水在林间蜿蜒，水面泛着点点波光。

"还想再看一次吗？"飞行员问，但根本没等我们回答，他就将机身一斜，飞了回去，飞机边飞边下降，画出一道圆环，来到我们刚刚掠过的山崖跟前，又一次一头扎向这条水汽蒸腾的峡谷，我们那股兴奋劲跟之前相比丝毫不打折扣。

"梯锡萨特瀑布。"我们的耳朵又找回了听力，即刻捕捉到飞行员的声音，"整条尼罗河的水都从这里往高原下坠落。尼罗河在当地的部落被称为'阿贝'，而这条瀑布则被称为'梯锡阿贝'，意思是'飞烟尼罗河'。"

我们转过头，立即领会到怎么会有这么个名字。宽阔的河流仿佛被凭空截断，断流的下方腾起一股蓬勃的水雾，乘着气流升上万里无云的晴空，就像一堆超大型篝火燃起的飞烟。

不久我们就在巴赫达尔着陆了，没怎么耽搁，就回过头来拍摄，这一次，拍的是站在地面上看，这条不断咆哮的峡谷所呈现的样子。它如同夹在两个世界之间的一条分界线，或者说，同一个世界被它划分出两种进度。我们已经知道了，法老时代人们就划着纸莎草船来来去去，这里的人到如今依然如此。我们觉得这里应该会有足够的纸莎草供我们造船，因为梯锡萨特瀑布离青尼罗河的源头，也就是广袤的塔纳湖只有一天的路程。也就是说，我们已经来到了中古世纪传说中的月亮山。

我们来到塔纳湖时，天才刚擦黑。这里就是青尼罗河的源头了，湖水静谧，银色的湖面上倒映着黑色的影子，那是傍晚的云影，起伏的山影，还有树冠的阴影。有什么东西打破了湖湾的平静，它们不动声色地在云影、山影、树影之间的湖面上来回游弋，长长的影子令它们仿佛长出了尾巴，甩在身后弯弯曲曲。它们钻到树影底下时，就仿佛隐了身，然而一旦滑行到银色的湖光之上，便立刻无所遁形。那是纸莎草船，一共有6艘，它们似是随意地在湖面上穿梭着，来到了一段两岸长满灌木的水道，接着，湖面渐渐收缩出了河流的雏形，静静地向梯锡萨特瀑布流去，就这样，流成了尼罗河最开始的那一段。船上的人，人手一支篙，握在篙的中间，左边撑一下，右边撑一下，交替着划水，和我们划窄窄的因纽特皮船时一个样。这种船也是很窄的，船上乘着一到三人不等。他们也许是在河口捕鱼，也许是辛劳一天之后来这里松快一下，这里的漩涡都只是浅浅一转，仿佛不过要证明尼罗河从这里发源。再往前，一艘孤零零的纸莎草船追逐着雪白的湍流，眼看就要被带到大瀑布跟前，就在这个危急时刻，船上那个黑色的身影熟练地一拨船头，小船从白浪的裹挟中脱出身，朝塔纳湖划了回来，来到一处平静的湖滨后，人和船便双双隐没在了影子里。

月亮山，群峰向着月亮拔起。想必中世纪的那些从红海滨或埃及平原跋涉而来的探险家当年看到的就是这番景象。单是塔纳湖就已高出海平面6000英尺，而它周围环峙的群山海拔更是高达12000到14000英尺。湖水浩渺，极目也望不到边。肤色黝黑的修士们就将家安在了远远的湖对岸那一座座草木葱茏的小岛上。他们遗世而居，几百年来，纸莎草船一直是他们连通外部世界唯一的途径。虽然天色已晚，但距离又很远，我们还是有了一点有趣的发现。乍得湖上的那些纸莎草船到了船要收尾处就被拦腰斩断，只有船头是上翘的，而在尼罗河的源头这里，纸莎草船还保留着古埃及的形制，船头和船尾都向上翘起，并且船尾回钩，尽显古埃及特色。流年恰如这逝水，而眼前的这一幕却仿佛历史最初那个黎明悄悄凝固在了尼罗河源头的暮光中。

热带的艳阳收起最后一抹余晖落到了远处的树梢后面，光线像在剧场内那样渐渐暗下来，时间也渐渐停下来，黑暗中，山与湖仿佛亘古未变。微醺的夜风带着融融的香气和一丝神秘，从对岸的小岛上吹送过来，那里的修士们依然遵循着过去的历法，他们穿着长袍，固守着礼教与信仰，一切都还是中古世纪时的样子，当时先祖带到岛上的种种习惯已成为传统，代代相传，他们始终珍而重之，视为各自的财富。虽然岛上巨树林立，但修士们从未拿来造独木舟或木板船。他们的先祖曾把纸莎草船从远古时代划到了中古世纪，现在他们也从容地将其划向了核时代。我们这次来就是要向修士们请教造船的事，毕竟他们经验丰富，最知道哪里有足够的纸莎草供我们造船。

然而，又是谁教会了修士们造纸莎草船呢？很久以前，整条尼罗河流域都在法老的统治之下，从埃塞俄比亚高原的源头到埃及平原的河谷地带，河面上到处漂着纸莎草船。其实，中古世纪两地曾有一段时间关系陷入了漫长的严冬期，彼此断绝来往，然而在此1000多年前，基督教刚刚兴起之时，就已悄然从埃及传到了埃塞俄比亚，甚至比它传入北方的欧洲的时间还要早好几个世纪。330年，科普特基督教由埃及传入埃塞俄比亚。早期的教徒便在埃塞俄比亚的高山间，塔纳湖的北岸，即古老的阿克苏姆帝国扎下根来。[①]后来，为了躲避宗教迫害，又有很多人向南逃到了塔纳湖和兹怀湖中那些隐秘的小岛上。700年来，一代又一代年轻人乘着纸莎草船从陆地来到当年那些皮肤黝黑的修士于塔纳湖中避居的小岛之上。

我们打算去拜访一下那些修士，同时也要调查一下湖上纸莎草的存量，于是租了条装了马达的破旧铁船，还在船尾拖了一艘纸莎草船。塔纳湖上的这两

---

① 译注：阿克苏姆帝国因古代地中海地区同印度之间的贸易日渐繁荣，作为船只进出红海通道而崛起。国王埃扎纳皈依基督教之后，将基督教定为国教，以统一各部落的信仰，基督教获得广泛的传播。

艘大铁船是由一位意大利人弄上来的，他这个人称得上有胆有识，在他介入这门生意之前，往来于湖上将粮食从各个小码头运送到南、北湖滨两大市集的全是纸莎草船。

我们到的第一座小岛，就连湖岸边缘都长了树，树木粗壮，一些树根支出来，在水面下横七竖八地盘踞着，将我们拦在岛外。我们换上灵便的纸莎草船，一番左兜右转，才钻到大树跟前，上了岸。树后面，竟然有一条小径，小径上有两位修士迎接我们，他们平静地站在原地，仿佛我们这次来倒是遵从了他们的指令。两人赤着脚，穿着及踝的长袍，没戴兜帽，露出深棕色的脸庞，黑色的胡须。他们捏住挂在胸前的菱形科普特十字架，无声地鞠了个躬，优雅地指指山顶的圣殿。向阳的墙上斜靠着几艘小小的纸莎草船，地上摊着几捆晒干的纸莎草。教堂就建在山的至高处，和山坡上修士们东一处西一处的简陋住宅差不多，都是打一圈木桩做墙，铺一层厚厚的茅草做顶，屋顶都呈圆锥形，只是教堂体量要大一点。一道低沉悦耳的声音传来，那是敲石板的声音，他们将石板挂起，敲击石板的作用相当于我们敲钟。修士们应声缓步走来。其中不少人神态骄矜，面容英俊，像大多数埃塞俄比亚人一样，他们肤色黝黑，轮廓鲜明，长着鹰钩鼻子，蓄着黑色的山羊胡，但也有几位显得瘦弱、疲惫。不论儿童、少年，还是须眉皆白、弯腰驼背的老人，全都身无长物，通身不过一袭长袍，赤着脚，至多脚上再多一双凉鞋。他们种田、打鱼只为了果腹，填饱肚子便祈祷、吟唱，还有冥想。

他们显得很友好，我们觉得这一行肯定会大有收获。两位包着头巾的老人拿出桶状的皮鼓，边拍边吟唱起来，他们的声音低沉沙哑，曲调遥远而陌生，想必是埃塞俄比亚基督教流传下来的最古老的宗教歌谣。当初，他们的先辈从阿克苏姆帝国划着船逃到塔纳湖时一定也唱过这首歌。

这座小岛名为科弗兰·加百列，我们随着修士走进茅草顶的教堂后，第一眼看到的就是手持利剑的大天使加百列。教堂中央是一座神龛，类似于祭坛，绕着神龛的彩绘画的都是《圣经》里的故事，而加百列的巨幅肖像就位于正中间。神龛建得顶天立地，人进入教堂后，绕着神龛走一圈，也就转完了整座教堂。教堂四面都有门，从哪儿出去都行。塔纳湖畔的科普特教堂都大同小异。这里的人们把整部《圣经》都画成了彩绘，画风质朴又可爱，修士们断定这些画至少已有两三百年的历史，甚至更久。我们也看到了一幅彩绘，画着法老和他率领的埃及军队被红海吞没的场景，只见画中一片汪洋，法老的军队还露在海面上的部分，只剩下头顶闪亮的钢盔和来复枪的枪管！

他们请我们进教堂看看，并客气地提醒我们脱鞋，于是进去时，我们脚上只有袜子，出来时却把教堂旧地毯上饥肠辘辘的跳蚤带出来几百只。我轻手轻脚地送走这群不速之客，然而看到摄影师手舞足蹈的暴躁劲儿，就知道他那边的先锋部队恐怕已经从袜子行进到腋窝和头发了。他飞快地跑回船上，抓起杀虫喷雾，让修士们开了一下眼界，他一边喷，一边胡乱扒掉了衣服。还好当时我已经就纸莎草的浮力提早向修士们请教过了。虽说纸莎草船之于这些岛民，就如同马匹或骆驼对贝都因人一样重要，但他们谁也没有测试过，在水里浸泡超过一天，船的浮力会不会受影响。他们每次用过船，都会拖到岸上来，戳起来晾干，如若不然，纸莎草船就会不断吸水。修士们说，吸饱水的纸莎草倒是不会沉，但是就没办法载重了。船越大，的确浮得越久，可拖上岸晾干也变得更不容易，所以造大船根本划不来。看来我们恐怕是有点儿自作聪明了。

我们造访的第二座岛是那加岛。小岛地势平缓，浅湾里长满了纸莎草，修士们时常来这里采草造新船。他们说："纸莎草容易腐烂，虽然每次用过都会晾干，但还是得至少每年造一批新船。"岛上有一座布满苔痕的石塔，是250年前由孟图阿布女王下令建造的。塔顶的拱门之下，坐着一位修士，他已经这样不言不动地坐了许多年，又仿佛将永远坐在这里。他曾打坐发愿，将余生侍奉上帝，不再离塔。他的饮食都由一同修行的修士照顾，在他们眼里，这个在流云中岿然不动的身影就是当世的圣徒。

离这儿不远还有一座小岛，它拔出水面，山峦上林木繁茂，那是塔纳湖上最神圣的岛——达加·斯蒂凡诺。我们匆匆赶了过去。这座圣岛是绝不允许女人踏足的，哪怕你是女王。最后一位试图登岛的女性就是孟图阿布女王，250年前，她带着大批随从，乘着大船而来，尽管她是埃塞俄比亚至高无上的存在，依然被敬谢于岛外。最终只得另选他处，也就是之前的那加岛兴建寺庙宝塔。

从湖上看，这座圣岛蓊蓊郁郁，非常美丽。山崖上树丛间露出了一点茅草屋顶的影子，上面竖着个十字架。登岸处有一位衣衫褴褛的修士把守，他阴囊肿大，看得出是得了象皮病。[①]他身后的树上戳靠着一排小纸莎草船。我们满怀着好奇与期待，跳上礁石，登上这座神圣的小岛。修士随便我们研究那些小船，后来我们沿着宽宽的泥巴路往山崖上爬时，他也未加阻拦。一路上我们见到了参天的大树，茅草小屋，还有修士。他们总是捏着指间的小十字架，默不作声地鞠个躬，喃喃地祈祷。当我们问到纸莎草，所有人都指向了茫茫湖水的对岸。在那里有无穷无尽的纸莎草。他们自己也是去那儿采草造船的。至于纸莎草船的浮力，有的说8天，有的说14天，就算没有沉到水里，也撑不过两星期，因为船身即使没有泡烂，也会被浪撕成碎片。纸莎草必须保持干燥。这船用完就得拖上岸。好吧，他们知道的也就这么多。

岛上的寺庙是石造的，辅以竹子和茅草，看上去已十分破败。寺庙是不准我们进的。但它旁边有一间洞穴般的凹室，两位修士倒是笑盈盈地请我们进去。这里放的都是圣骨，里面黑洞洞的，一进去感觉像是到了恐怖屋，所见尽是一堆堆白森森的骷髅，旧十字架，还有诸位先圣们的各种遗物。其中最重要的宝贝当数被布幔罩住的几具长长的玻璃棺材。将布掀开一半，就着半明半暗的光线，就看到里面四具埃塞俄比亚国王的遗体，都已被制成了干瘪的木乃伊，瘦骨嶙峋。他们的胳膊皱皱巴巴，双手交放在胸前，将在这座圣岛上度过永生。当年，这些皇室的木乃伊躺在纸莎草船上，送葬的队伍穿过塔纳湖的

---

① 译注：因患者的皮肤看上去就像是大象的皮而得名。由血丝虫引起，血丝虫阻塞淋巴管会导致肢体或阴囊明显肿大。

风雨，就像法老的木乃伊，带着庄重的仪仗，顺着平静的尼罗河，前往自己的葬礼。

大家走出暗室，又晒到亮堂堂的太阳，修士们却被我们吓了一跳。我们刚刚把他们的声音录下来了，正用小录音机回放给他们听。这下每个人都想说上一句，或唱上一曲。很快他们都平静下来，排好队形，坐在宽宽的石阶上，齐声唱起了古老的科普特赞美诗。我蹲在他们跟前录着音。摄影师则站在我身后，将摄影器材对准他们，但他实在太高了，只得把腰弓起来。突然，他一声号叫，高声咒骂，声音大得录音机的指针啪地弹到最右边，又啪地弹回来，最终停在零度不动了。修士们惊呆了，一个个瞠目结舌。我转过头，只见我们的大个子跳起一支战舞。他一脚踹翻三脚架，疯了一般把衬衫从头顶扒下来，接着扯开了裤带。

"快住手，"我从喉咙里挤出声音，想吓住他——我当时是真的气坏了，"你是不是疯了？"

但没用。我生气归生气，他的裤子还是落了地，摄影师手比嘴快，现在他的双手正捂在屁股上。

"有黄蜂，"他嚷嚷道，"我裤子里有黄蜂！"

我们离开达加·斯蒂凡诺岛时其实还是挺尴尬的，尽管摄影师受了不少罪，回到船上后坐都没法坐，但修士们可不会因为这个就轻易原谅我们之前的冒犯。我回过头时，许多刚刚还坐在石阶上唱歌的修士连句再会都没说便已离开了，留下来的也不过是看在我捐的一点点献金的面子上，他们和和气气地表达了谢意。其实我的捐献是为了报答他们教我纸莎草的知识，并拜托他们不要怪罪刚刚发生在沙滩上的那桩糗事。

见过修士后，我们反而更不安了，他们似乎传达了这样一个信息，那就是建造纸莎草船的要点就是船体要小，因为这种船每天使用后都要拖到岸上晾干。跨越大西洋显然没有每天晒船的条件。我们发现，修士们从来不把船泡在水里，一旦用完立即拖上岸，连一分钟都不会耽搁。因此，塔纳湖上稍大些的船都造成内外两部分，这样便可以分别拖上岸晾晒。外面是像篮子一样的薄薄船壳，船头船尾向上翘起；里面则是一条编得平平整整的厚垫子，大小刚好可以嵌进船壳的底部。乍得湖上布达玛人造的纸莎草船与之相比，通常还要大一些，而且也更结实。这两者的差异其实很值得一提：乍得湖上的布达玛人更看重船的浮力和载重能力；而塔纳湖上的修士则更看重船是不是够轻便，是以古代纸莎草船的外部形态得以在此地保留下来。

　　船往湖对岸开的一路上，我们经过几处灌木丛生的低洼小岛，几只笨重的河马钻出来，跳进水里，再露头时已经围在我们船的周围。船工告诉我们，河马非常讨厌纸莎草船，一有机会就要掀翻它，因为自古以来，人们就是划着纸莎草船，拿渔叉捕猎河马的。我们忙将空纸莎草船推远，但是河马只是绕着它游了几圈，好奇地探头探脑，不时喷喷鼻子。

　　终于，我们在塔纳湖的西南岸发现了大片的纸莎草，这里大部分陆地都淹在水下。船工告诉我们，这一片有强盗出没，不太安全。"也有人称他们为自由斗士。"这艘汽船的船长阿里说道，"但他们其实就是通常那些强盗，只要你愿意交保护费，他们倒也不会把你怎么样。"他们还告诉我，政府刚刚枪决了这一带凶名最盛的一名强盗，他在此横行了23年之久，手上有49条人命。但他们并不怕，因为阿里早交过保护费了。

　　这一片水淀仿佛望不到边，我们刚到的这一处，有一大股泥浆源源不断地从一株株纸莎草的茎秆间涌出，如红棕色的油漆一般，漫过湖面。我断定附近必然有某条河的河口。果然，有一条支流从这里汇进来，只是河口处被密密的纸莎草遮得严严实实。既然它汇入的是塔纳湖，也可以算作青尼罗河的源流，于是人们称它为小尼罗。周围高挺的纸莎草间栖息着各种水鸟。小尼罗河非常浅，通常只有纸莎草船才能来去自如，因为它吃水够浅，换了汽船怕是开不出几百码就要搁浅了。但现在这条河的水位高得不同寻常，我们溯着窄窄的红色水流将汽船开出去5英里还多，来到一座小村庄。这里是阿拜达族的村落，人们住在茅草顶的圆形小屋里。而此刻，男女老少都挤在岸边，争相要看我们这艘钢铁船。阿里说，这是因为塔纳湖上的铁船统共只有他意大利老板手上这两艘，而且都不曾开到这条河来过。

几艘本来靠在墙上的小纸莎草船下了水，向我们驶来，有的用桨，有的连桨都不用。最小的那种形如象牙，人们趴在上面划水，问过后才知道当地人称之为"科巴"，其实我们之前在南美洲和复活节岛也见过类似的船。包括中非在内的三地，这种小船的制法和用途都完全一样。还有稍微大一号的，能坐一个人，叫作"马洛扎"；但更普遍的是"潭夸"，这种船分两部分，至少能乘两人，用桨。我们见过最大的潭夸坐了九个人，但是听说塔纳湖上有的是能运送两三吨粮食的潭夸。曾经有几次运送粮食的潭夸被风吹走了，找到时，已经连船带粮食在水里泡了一星期多，人们把船拖上岸后，发现里面的粮食都发了芽。阿拜达人和修士们一样，都相信潭夸在水里浸泡超过两星期，绝对会吸满水，沉到水底。潭夸的船壳实在太薄了，在起伏的浪间，犹如一条蠕动的肉虫。

我的怀疑得到了证实：尽管塔纳湖上的潭夸有上翘的船尾，流线优雅的外形与古埃及的船体最为相似，但与乍得湖上的卡戴相比，它不够结实，运载力也不那么强。纸莎草和造纸莎草船的船匠，如今都已退出了埃及的历史舞台，我能想到的最佳方案就是：从塔纳湖取草，从乍得湖请人，以古埃及的壁画为"蓝本"，来建造我要的船。

我在离村庄不远的地方上了岸，这里看起来似乎杳无人迹。突然，一个高大魁梧的埃塞俄比亚人从岸边茂密的纸莎草丛里蹿出来。他穿着件无袖的长袍，肩上扛着一支长矛，不细看还以为是鱼竿。他高傲的仪态，黑色的山羊胡子，鲜明的轮廓，与海尔·塞拉西皇帝简直没什么两样。他的小儿子也同样赏心悦目，他从纸莎草丛里钻出来，拿着一支篙，将装鱼的柳条篮子挑在肩上。语言不通，我便直接亲热地拉过他们，让他们站在一片纸莎草前，请摄影师拍下一组照片。拍完，我塞给他一枚小硬币表示感谢，正要往船上跳时，他似乎被我逗笑了，透出一丝上位者的纡尊降贵，但仍彬彬有礼地表示要上船陪我们。于是，这一对父子模特加入了我们这次小型溯河探险队，穿过重重纸莎草，来到塔纳湖上。他们礼貌地道了谢，就要下船了，这时阿里连忙让我拿出裤子后袋里的钱包。他自作主张当场从里面抽出一张面额相当于他周薪的埃塞俄比亚纸钞，递给那个男人，后者微微一笑，优雅地欠一欠身，和来时一样，一眨眼便带着儿子消失在纸莎草丛间。

"他就是这一带最厉害的强盗，"阿里这才松了一口气，解释道，"我每次都得给他点儿什么，就怕他一个不高兴。"

当夜，下了一场暴雨。我们把船系在岸边的树上，又将纸莎草编的小潭夸罩在上面挡雨。雷声如霹雳，只有水面开阔云又低时才容易有这种炸雷。伴随着震耳欲聋的雷声，还有令人目眩的闪电，说明暴风雨的中心就在我们头顶。闪电在湖面与森林上空猎猎起舞。一道强光伴着一声巨响，仿佛就炸在耳边，岸边一株大树应声倒下，我们下锚的地方离它根本没多远。雨水溅进船里，像是从远处花园的胶皮管里喷出来那样。我们放在船上的全部家当和当天捕的鱼全都漂起来。摄影师却睡得很香。这种天气，他终于可以踏实地睡一觉了，不必躺下了还要握紧杀虫剂。

埃塞俄比亚的最南端，东非大裂谷的东支北段纵贯南北，指向肯尼亚，山谷两侧皆是连绵的山脉。据地理学家说，这条与红海平行的峡谷，是非洲板块缓慢向西漂移数百万年的结果。大大小小的湖泊散布在宽阔的山谷间，浑如一条珠链。作为度假胜地，湖区的路况极好，沿着山谷有一条高速公路，每到周末，首都亚的斯亚贝巴的游客就会过来度假，这里可以打猎、钓鱼，还可以游泳。然而唯有兹怀湖是以造纸莎草船闻名。其实要论景色，当数这座湖最美，但却从来没人前去游玩。一来，那里不通公路。不过更主要的原因恐怕是兹怀湖上长满了纸莎草，而令人闻之色变的血吸虫，它的宿主螺就偏偏喜欢在纸莎草上安家。因此，这里湖光虽美，却无人敢于涉足。

我是从两位在亚的斯亚贝巴生活的瑞典人那里听说这座湖，还有湖上的小岛和岛上的居民的。其中一位是民族学家，读过不少关于岛民的文献；另一位则亲自登上过那里的小岛，因为他本来就是靠着在埃塞俄比亚捕鸟谋生的。准备好补给和露营装备，我们租了一辆吉普车便离开了位于埃塞俄比亚首都的基地，一路上，路况从优秀，到良好，到尚可，最后变得寸步难行。当晚，我们在裂谷东部山脉的一处高地找到了过夜的地方，是一间瑞典的传教所。这里的人非常热情，于是第二天我们向兹怀湖进发时，队伍里多了一位埃塞俄比亚教师和一位盖拉族的黑人小伙子。前者叫阿萨法，他脑筋灵活，为我们做随行翻译；后者呢，自称"知道怎么走"。一条深深的溪谷挡住了我们的去路，谷中水流湍急，谷对面就是通往湖区的宽广平原。飞是飞不过去的，只能绕，我们先往南开了15英里，这段路还没修好，非常难走，全是泥。然而接下来，连路都没有了，我们通过一条用大石块和石板垫成的匪夷所思的桥，向西北又走了30英里，不要说路了，连车辙都没见到一条。我们跟着马蹄印，动物的踪迹，或者只要看到树丛间有空隙就掉转车头开过去，一会儿往这边拐，一会儿往那边拐，还要经常下车探路，甚至亲自在车前步行带路。而我们那位"向导"呢，就那么呆坐着，不动也不吭声，其实他也不是完全没开过口，只是凡他指的路都错了。周围看不到什么野兽了，但有许多老坟堆，我们还不时看到盖拉族人扛着长矛，带着狗在林间打猎。我们打算找个人问路，但那男孩转过头，看到我们的吉普车正开过去，立即机警地举起长矛，撒腿就跑，钻进稀稀拉拉的金合欢树丛，不见了。

傍晚，我们终于来到兹怀湖畔，只是还位于高高的岬角之上，这里视野非常开阔，可以看到湖的东岸和远处的两座小岛。我们落脚的地方是瑞典教会的诊所，有一间小木屋和一顶大帐篷。这间诊所没有医生，唯一的护士休假回了瑞典，不过留了一位盖拉族人看门，他们一家人就住在旁边的一间小草屋里，他说我们可以在那顶帐篷借住过夜。站在斜伸于湖面上的悬崖往下看，两侧崖壁底下都是由南到北的一带长长水淀，生长着一丛丛的纸莎草，再远一点，夕阳的余晖下，一个黄色的小点正在湖面上移动。那是一艘回家的小纸莎草船，正慢慢驶向离它最近的那座岛。

天色又一次像被熄灭的剧场灯光那样迅速暗下来，这里与赤道的夹角只有8度，同样的景观还会一再上演。好戏开场了。周围的树林里传来猴子叽叽喳喳的叫声；河马拖着笨重的身体爬上岸，钻到玉米地里大嚼起来；鬣狗的嗥叫呜咽此起彼伏，越来越近。我们还听到湖面上飘来了鼓声，应该是从很远很远的地方传过来的。但小岛上熊熊燃烧的篝火，即使在帐篷里也看得到。阿萨法说科普特人的马斯卡尔节①快到了，他们这是在提前庆祝。我想趁夜色溜到外面看个究竟，结果刚出帐篷就撞上两个手持长矛的身影，他们黑得几乎融进了夜色里。原来是住在茅草屋的那位守门人和他的一个亲戚，问我们想不想去看鬣狗。他们发现自家的骡子死了，鬣狗们正在享用这道美餐。我们轻手轻脚地钻进灌木丛。前头不知什么地方传来一阵阵令人毛骨悚然的惨叫狂吠。不管我们朝哪个方向看，都是鬣狗伺机而动的眼睛，像停车灯一样闪个不停。我们打开手电筒，一瞬间一切都凭空消失了，好像被施了魔法一样，鬣狗的叫声和夜色中荧荧的眼睛都不见了。只有那头血淋淋的骡子躺在那儿，皮开肉绽。我们又关上手电筒。片刻之后，只见一处又一处，一双双眼睛接连亮起来，又听到野兽如泣如怨的嗥叫，还有啃咬咀嚼声。又过了一会儿，我们听到树丛间传来咔咔嚓嚓树枝折断的声音，连忙打开手电筒。地上只剩下骡子的一段残肢，它被撕成了两半，下半截已经不翼而飞。我们循着留在灌木丛中的血迹四处寻找，但一无所获，骡子的半个躯干和两条后腿都永远地消失在了这一夜。

第二天一早，我们手脚并用，来到崖底的纸莎草湖畔。这儿的玉米田有几片被糟蹋得不成样子了，是河马干的，它一张嘴一晚上就吃掉了几百个玉米棒子。猴子们还想把剩下的玉米也糟蹋掉，不过被我们的邻居袭走了。湖面上有几艘小纸莎草船正从小岛往这边划过来。我们前方长满纸莎草的水淀早被当地

---

① 译注："马斯卡尔"是一种黄色雏菊的名称，每年9月27日是埃塞俄比亚人的马斯卡尔节，以庆祝雨季结束，庄稼丰收，春天即将来临。它也有"十字架"之意，所以它不仅是农时节庆，还是一个宗教节日。

人清出了一条水道，船靠岸的地方不过巴掌大，非常泥泞，且另有一条羊肠小径通往湖里。我们就站在泊船处等候他们，手里拿着斧子、绳子和事先砍好的两根树枝，每根都有两人高，且粗如成年男子的手臂。我们已经想好要怎么干了，现在只等那几艘纸莎草船靠岸。

它们来了。不太像塔纳湖上修士们用的船，倒更像乍得湖上的那种，船尾被齐腰截断，船头尖尖，向上翘起。但要小一些，每艘船只能载一个人。

最先靠岸的两艘船是来跟盖拉人做生意的，以物易物。一艘船上放的是灰褐色的玉米酒，共有一罐加一葫芦。另一艘船上是刚捕到的鱼。很快第三艘船也过来了。船夫正把船往岸上拽，就被我们制止了。我们提出要跟他们做笔交易，很快这三艘小船就被我们租用了。我们把船并排放好，用绳子连起来，再用已经交叉捆好的两根结实的树枝做了加固。这就是我们的作战方案。我们想到岛上去，心里知道，只有这个办法。因为拉基人就住在岛上，兹怀湖上所有的船都是他们的，他们习惯把船造得很小，因为自古以来，打从他们逃到兹怀湖在这些岛上避居后就是如此，这样就算有入侵者，抢到了船，也不可能一股脑儿地杀到岛上来。

拉基人住岛上，盖拉人住陆上，两族其实没什么关系。盖拉人是典型的非洲人，以农牧为生。他们的脚就像根扎在了土壤里，从来没想过要造船，造木筏，去任何水域以身犯险。但纸莎草船却是拉基人的命根子。他们也种地，但捕鱼、做生意也同样重要。虽然拉基人也是黑皮肤，但他们其实并不属于黑色人种。和许多埃塞俄比亚人一样，他们也都容貌俊美，轮廓鲜明，很容易令人想起《圣经》里记叙的那些国度中的人。他们和那些修士一样，本来都在尼罗河发源地一带生活，只是后来修士们迁到了北方的塔纳湖，而他们来到了兹怀湖。而且，他们逃到岛上避居时，也和修士们一样把这门建造纸莎草船的艺术一同带了过来。最晚在1520年到1535年，他们带上基督教的珍宝和古老的科普特手稿，开始朝东非大裂谷长途跋涉。据说那些手稿还在，尽管400多年来，他们和陆上的盖拉族冲突不断，但那些"旱鸭子"始终没能杀到岛上来。

近些年来，双方不再像从前那样势不两立，打来打去不如互通有无，甚至还有一些拉基族人搬到陆上去定居，但是他们的传统并未因此有丝毫松动，他们依然只造小船，除了船夫，船上最多只能再搭一个人。而且留给这唯一一位乘客的空间小得可怜，要想平稳地待在这束窄窄的纸莎草捆上，就必须要老实，要么双腿伸直坐好，要么骑在船上，小腿泡在水里，否则一不小心就会翻船。

因而，我们看到自己的杰作——三艘拉基小船拼成的稳当筏子，感到无比骄傲。我们收拾好装备，正要上船，前往那几座诱人的小岛之际，却发现一位拉基族人正默默解开绳子，忙着把自己那艘船弄下来。他同阿萨法解释说，他是来这里找木头的，给马斯卡尔节点篝火准备柴火，但他忽然想起有一个地方，木头比这儿的要好。他客客气气地打了个招呼，就立即划着他那艘小船走掉了，可那也是我们小筏子不可或缺的三分之一呀。

一直到天色将晚，我们才等来第四艘小船，船上的拉基族人一边溜着岸边划船，一边撒网，几乎每次起网，都能看到活蹦乱跳的闪闪银光。我们把他捕到的鱼全买下来了，一共21条肉质细嫩的图鲁姆鱼，我们借着即将燃尽的炭火给每个人都烤了一条，剩下的又还给了渔夫本人，就当是礼物吧。其实我们的交易也包括租用他的这条船，这次一组装好筏子，我们就立即开船了。我和摄影师拿着安了三脚架的摄影器材先上筏，小草筏浮得好好的，阿萨法这才战战兢兢地挪了上来，承担起翻译的职责。

划着划着我们就看不到纸莎草了，周围的岸上长满了矮矮的灯芯草。一波接一波浪涌上来，我们必须全力划船，才能把主陆远远甩开。前面青色的山丘渐渐升高，最近的那座小岛浮出了水面。我们离岛已经相当近了，山坡上一间一间圆圆的茅草屋从大树的树冠间露出头来，仿佛是画上去似的。这时，一条小船从一处岬角后冒出来，坚定地向我们划来。我们万万没想到会看到庄严肃穆，身着卡其制服的人，骑在纸莎草船上，两条腿还泡在水里。他掉转小船，利落地停在我们前头。阿萨法给我们翻译，此岛名为塔德查，此人自称是本岛酋长委任的治安官，要求先查验我们的证件，才允许我们登陆。这位干练的官员坐在一捆纸莎草上，屁股是湿的，制服裤子膝盖以下全都泡在水里，这副形象在这种场合显得十分滑稽。阿萨法问我有没有什么文书，随便什么都可以。我从衬衫口袋里拿出挪威外交部长用法文写的那封信，原本是怕万一在乍得共和国遇到不便而预备。阿萨法完全不懂法语，但是他站在我们的小筏子上，激情澎湃地大声朗读了一大通盖拉族语，其中有一个词他不断重复，而我通篇也只听懂这一点，就是海尔·塞拉西皇帝的名字。阿萨法究竟乱说了些什么，只有他和治安官知道，这位一板一眼的官员糊里糊涂地举起手敬了个礼，就划着他那条摇摇晃晃的小船，转头朝着来时的方向，消失在岬角之后。而我们则朝绿茵茵的小岛最近的那处港湾驶去。

这座岛简直太美了，漫山起伏的牧草和阡陌纵横的玉米田，满目青翠欲滴。一群光屁股的小男孩儿在湖湾捉鱼；女人们穿着自己织的衣裳，头上顶着罐子，来到渡口；一个男人肩上扛着窄窄的纸莎草船爬上山坡；小鸡和各种五彩缤纷的野鸟拍着翅膀到处扑腾。山顶盖了一片小屋，散而不乱，那就是他们的小村庄。每栋小屋都有个茅草铺的圆锥形屋顶，墙造得很矮，先垒上一圈石头和木桩，再糊上泥巴，最后还要画上简单的图案。差不多每栋小屋的墙上都靠着翘鼻子的纸莎草船，放在太阳底下晾干，而且大多不只一艘，而是两三艘。一对夫妻客气地示意我们过去，丈夫叫达嘎嘎，妻子叫海卢，两人相貌都很出色。他们端出一碗新酿的艾达尔，也就是玉米啤酒，招待我们。室内是夯实的泥地，十分干净整洁，放着一架立式织机，还有许多密封的大陶罐，不知里面装的是什么。墙上弯弯曲曲的梁上挂着几只葫芦和几件自制的工具，所谓床就是几块兽皮，枕头和古埃及人用的一样，都是弧形的木颈枕。达嘎嘎和海卢每天都无忧无虑，虽然物质上谈不上富足，但他们有充裕的时间，可以好好享受拥有的一切。没有冰箱，但也不需要付账单。没有汽车，但也不需要赶时间。虽然他们这也没有，那也没有，但真正放不下这些身外之物的是我们，而不是他们。他们拥有的，刚好可以满足他们的需要，而我们不断压榨自己，拼命工作渴望得到的回馈又是什么呢？其实是假期。某一天，在不久的将来，现代世界将找上他们，那时他们将从我们这里学到许多东西，而我们却不会从他们那里学到分毫，这对双方来说都不啻是一场悲剧，因为人们总认为拥有得更多的一方，才更聪明，更高贵，更幸福。拥有更多的我们真的是这样吗？

屋里很凉快，我坐在门口思索哲学问题，而美丽的海卢眨着那双聪慧的眼睛，亲切地招待着我们这群不速之客。黝黑的皮肤，鲜明的轮廓，薄薄的嘴唇，她的举手投足显得有一丝高贵。达嘎嘎怀里抱着一只小羊，家里拿得出啤酒和热腾腾的烤玉米待客，他显然心满意足。美食令人垂涎，美景也令人沉醉。我真想在那张兽皮床上躺下来，就这样看着门外的青山，日暮的晚归舟，斜阳映在湖面上跃动的五彩光斑。这时，我看到地平线上抛出一条闪电，隐约听到了雷声。乌云越来越密。不好！摄影器材！而且我们的东西全在对岸的帐篷里！如果不想和暴风雨来个狭路相逢，我们就得立即往回赶了。太阳快下山了。我们一看腕表，吓了一跳。夫妻俩的房子里一只钟也没有，他们不缺时间，自然也不用计较着用了。我们大步跑下山，争先跳上那只三合一纸莎草筏。暮色中，小岛很快被我们甩在了身后，渐渐看不清了。雨落下来，这下什么也看不见了，小岛留给我们的最后一眼，是高高的山梁上那一点柔和的灯光。那里是我们的拉基族朋友温暖的小屋，他们正好好地坐在屋里，不慌不忙地点亮油碗里的灯芯。

第二天，就是科普特的马斯卡尔节，这是一年中最重要的日子，据埃塞俄比亚的基督教徒说，这是为了庆祝"发现真正的十字架"。从我们住的岬角望去，可以看到每座岛上都燃起了盛大的篝火。我们本来想再去找拉基族的人问一问纸莎草船的事，但是希望落空了。一整天，湖上一艘纸莎草船也没有，我们一个拉基族人都没见到，而且第二天也只远远地看到一两艘渔船在湖心徘徊。也许是那位治安官想出的对策，省得我们再去叨扰。

我们只好把东西搬上吉普车，打道回府。回去这一路没什么可说的。雨确实下得很大，但还看得清路。就在我们快要开出这片平原之际，居然看到树丛中钻出另一辆吉普车。他们循着我们来时的踪迹，朝我们开过来。车上全是肤色黝黑的埃塞俄比亚人，其中有一位体格特别结实，也比别人高半个头。我们几个全都下车来，跟他们握了手。这位大块头穿着精美的绣花长袍，一部浓密的白胡子飘在胸前，还挂了一枚大大的科普特十字架，垂在肚皮上。阿萨法吻了吻十字架，然后告诉我们，这位亲切的大块头是埃塞俄比亚教会的大主教卢克。他正要去兹怀湖探望那里的科普特信徒，也就是拉基族人。他热心地说，他有一种特别的工具过湖。如果我们下星期还来，他会在黛夫拉·锡安岛等我们，那是当地最重要的岛。但我们得沿峡谷的西侧走，快到兹怀湖的地方有一间小麻风病院，那里有一艘小塑料船。

亚的斯亚贝巴距兹怀湖委实不算近，但回去没过几天，我们就又上路了。我们带上新的补给装备，沿着裂谷西侧的观光公路一直向南行。从这边走要容易得多，但不代表就是正确的选择，来到湖边后，我们发现这里既没有纸莎草船，也没有什么小岛。那间小麻风病院关门了，连窗户都关得死死的。只有一个盖拉族人坐在台阶上，他患有象皮病，一条腿肿得厉害，他告诉我们，塑料船送到亚的斯亚贝巴维修去了。他还说，兹怀湖上除了"叶维拉"，也就是岛上那些拉基人的小纸莎草船之外，再没有别的船了。

我们先试着沿湖岸往北开了一段，过不去。于是掉头往南，顺着一条蔓草丛生的小路往前走，走到头，我们看到了一所小小的修道院学校。然而这里也关门了，而且应该是早就关掉了。路之所以到这儿戛然而止，是因为前面有一条河，水又深又急。一位修士盘腿坐在河边的草丛里，好像快睡着了，眼睛直勾勾地盯着河对面的一头河马，河马躲在树荫下，鼻子以下全浸在水里，打着瞌睡。

你们问船吗？这儿没船。谁也不会傻到在这条河上划船，这里有很多河马都险些死在猎人手里，而人们捕猎时往往都划着纸莎草船。单是去年就有一个欧洲人和好几个拉基人因为被河马掀翻了船淹死了。吉普车能走的路有吗？也没有。反正湖的这一岸没有。

我们离开兹怀湖，回到大路上，继续沿着这条游客观光路线向南开。眼前豁然开朗，一片石滩之后便是兰加诺湖，湖中既没有小岛，也没有纸莎草，当然也就没有血吸虫。湖边则有游泳池、旅店、啤酒、流行音乐，还有一块出租塑料船的广告牌。我们就是来这里租船的，想带到兹怀湖上去用。但很遗憾，这只船也在亚的斯亚贝巴维修呢。于是我们又回到大路上。夜晚和热带的大暴雨如约而至。我们在阿达米图卢村找到了过夜的地方。店老板是位盖拉族女人，店里卖啤酒和要裹着胡椒和肉酱吃的埃塞俄比亚薄饼。后院是两间用木板和瓦楞钢板搭成的小卧室，院中挖了个深坑，用来方便，还放了一桶水和一个空罐子，需要洗漱了就可以用。

　　摄影师把他那间卧室的门拉开一道缝，伸进一只胳膊，握着一大筒杀虫剂一通狂喷。再打开门的时候，从里面扫出来的昆虫尸体足以充陈一整间博物馆。就连躺上床，他也没放下手里的杀虫喷雾。我呢，则把房间里所有的东西都清出去，只留下铁架子床，又把女老板给的香木放在地上点着了，之后找了个盖拉族人替我们看车，并把手电筒也交给了他。上床后不久，我就听到隔壁传来一串脏话和乱七八糟的声音。接着，摄影师冲出来，消失在了夜色中。我点的那堆香木阴燃了一整夜，持续散发着甜丝丝的烟气，将所有六条腿的生物都从敞开的窗户请了出去。第二天一早，我在车里发现了摄影师，他躺在一堆行李上蜷成一团，浑身都是臭虫咬的包。可就算躲到这儿来，他也整夜没合过眼，他说，一个不认得的黑人一直用手电筒照他的脸。"那就是我呀"，我请的守卫骄傲地报告，他把那个半夜不躺床上睡觉的高个儿看得死死的，完全不给他留任何从吉普车偷东西的机会。

　　遇上他真是我们的运气。他家就住在湖的南岸，听说我们要去那里，他说只要带上他，保证轻轻松松就能到。于是，我们带着翻译和向导上了路，一路颠簸，穿过一片片树丛和荒地，又遇到了昨天拦住我们的那条河，虽然不是相同河段，要靠南一些，但水流还是同样湍急。河上架了几根弯弯曲曲的树干，上面铺上土和石头，平常大概是给牛用的，但现在，我们的吉普车正开在上面，一英寸一英寸地往河对岸挪。接下来，我们走过的路包括马道、河床、林间的空地、泥泞的玉米田，穿过一个又一个田园诗般的盖拉族村庄。有时，村里的孩子会跟着我们跑上好几英里，他们兴高采烈，还帮我们开道，挡路的全扯掉，遇到深沟就搬来石头、树枝填平。这里的景色优美，令人目不暇接，有太多不常见到的鸟，简直像来到了动物园。兹怀湖南岸的盖拉族人活在自己的世界，无所求，无所取，亦无所需。没有谁来打扰，也没有谁来指导，世世代代过着同样的生活，没有变得好一点，也不曾变得坏一点。他们是属于大地的民族，即使就生活在湖边，也从来没有人想过要造一艘船。

我们总算没有白忙一场，到了下午，最大的那座拉基族岛屿出现在我们正前方。它青翠的山峰比湖岸这一侧的都要高。不久，我们就开到了湖边，只要渡过前方这片宽阔的湖水，就能到达卢克大主教说的黛夫拉·锡安岛了，他应该就在岛上。我们在一片高原上找到一个盖拉族村庄。整个村子一只船都没有，但村里的人都说卢克大主教现在就在岛上。有一条特别大的"奥布鲁"过来接他的，就是那种两侧各用一束稍短的纸莎草捆加宽的船，拉基人都是这么叫的。到目前为止，我们还没见过加宽的纸莎草船，这里日常用的船都非常窄，稍有不慎就会翻船。拉基人称之为"沙法特"，但盖拉人称之为"叶维拉"。

向村里人道过谢，我们便顺着一条坡陡弯多的小路驶向兹怀湖，到湖边后，我们朝湖上使劲儿喊，好不容易才有一个好奇的拉基人划着他的小沙法特过来。湖岸离黛夫拉·锡安岛不过两英里远。我们拜托他给岛上带个信，就说我们是卢克大主教邀请的客人，但是没有"奥布鲁"就过不了湖。我们没有等太久，一位船夫就将大主教那艘加宽的纸莎草船划了过来，我让摄影师和随行翻译上了这艘船。我自己则上了一只普通的沙法特，但这船怎么坐也有一番学问，我按照船夫说的脸朝后，背紧靠着他，把腿伸直，这样船才不会翻。还有一艘沙法特，专门用来运摄影器材。

我乘的这艘船，扎得一点也不结实，后来才知道用来扎船的树皮用的时间也不短了，都朽烂了。船行到一半，我就不得不用手撑着船，好把屁股抬起来一点儿，我感到有点儿不安，因为我的屁股其实已经浸到水了，湖里到处都是血吸虫。两条树皮啪的一下崩断了，整艘沙法特眼见着就要分崩离析。三艘船的船夫都是一脸大事不好的神情，他们抬高嗓门发出一连串指令，也有给我们的，可惜我们听不懂拉基语，三人交流之后，另外两艘船靠过来，把我们的船挤在中间，免得它真的散架。我们也努力用手脚把散开的纸莎草夹住，不让它跑掉。因为我们心里清楚，如果这艘船沉了，另两艘船根本救不了我们，只要我们敢往上爬，它们一定会翻。

原本近在咫尺的岛，瞬间变得遥不可及，我身体已经发僵了，两条腿夹住船身，但愿剩下的树皮不要再断。但腿就泡进了湖水里，我感觉屁股也在渐渐往水下沉，而这温吞吞、微微泛着涟漪的湖水却是那害人虫畅快狩猎的围场。也许它们早就突破了薄薄的卡其布料。我从来不知道20分钟竟然这么漫长。

这艘裂了缝的沙法特被拽上岸后，已经不能用了，但我们总算还是登上了黛夫拉·锡安岛，所以受的这些苦也还算值得。小岛沿岸是一带纸莎草水淀，从岸边到山丘，长满了青草，草地上还有几株高大的古树，好像来到了开放式的公园。再向深处去，风化的岩石如同古堡的残垣，高的像柱，矮处像台，石缝间热热闹闹地挤着开花的常绿植物、藤蔓植物、仙人掌，还有各种新奇古怪的树。石块间依稀是一条小路，我们走在上面，脚步轻快，一路上看到不少猴子，还有许多五彩缤纷的鸟。我们在小岛南侧兜了一大圈，没瞧见什么农田、房屋，也没瞧见一个人影，还来不及纳闷，就发现自己已经来到了一处悬崖边上，崖下是深深的山谷，形如一记马蹄印。谷底是一片沼泽，长满了纸莎草等各种苇草，绿意盎然，长腿的水鸟和长尾的猴子随处可见。

我们在一处干燥的沙滩上找到了卢克大主教的身影，他带领着一群拉基人正在造房子。这栋房子太特别了，我们走过去后，发现它就像一个分了上下层的巨大鸟笼，全是拿新砍下来的树枝搭成的。主教看到我们似乎有些意外，但依然很热情，打过招呼他告诉我们，别看现在只是树枝、木棍搭的架子，只要糊上泥，就是拉基人通常住的房子啦，到时陆上的人尽管来做客。我们望着这片荒无人烟的山谷，只见大片的沼泽，远处还有一处冒着蒸汽的热泉注入湖中。

主教显然很着急，他打开带饭的小包，把里面最好的饼干和水果让给我们吃。我们还在难为情，他已经顾不得婉转了，满脸焦虑地说，我们必须一吃完就马上回去，因为湖里有河马，到了晚上会非常危险。我们表示想在岛上过夜。那是完全不可能的，主教告诉我们，他虽然还客客气气，但看得出是打定主意要我们走。

那羊皮纸书稿呢，可以让我们看一看吗？

主教立即和一位高瘦的男人商量起来。这人长着鹰钩鼻，留一把山羊胡，眼神非常锐利。两人相对点点头。待会儿就由这位高个男人送我们，先去神庙，然后直接回船上，所以我们务必要加快速度。亲切而匆忙地道别之后，我们新出炉的长腿向导介绍了一下自己，他叫布鲁·玛琴乔，是全体拉基人的首领，他们一共有2500人左右，分散在兹怀湖的五座岛上。由布鲁酋长带路，一队拉基人殿后，我们一路小跑，穿梭在岩石和小树一般的仙人掌之间，爬上山坡，气都快喘不过来了，最后那一英里腿沉得像灌了铅，只能勉强跟住前面的人，到达峰顶时，已经精疲力竭。这是小岛的制高点，站在这里，湖水、周围的岛屿、湖岸和远处的群山都一览无余。低头看，高出湖面大约1000英尺的山坡上，一个个圆形的茅草屋顶，顺着山势连成一个小小的村庄。抬头看，则是一间漆着蓝、绿两色，方方正正的小木屋。布鲁说，这是新的修道院，卢克主教若在岛上过夜，就住这里。一位修士负责接待我们，他把我们带到一个空荡荡的房间，里头摆着一只粗糙的木架，上面放着一大堆羊皮纸质的古卷书稿，因为年代久远，书页已经泛黄，有的甚至没有装订，乱糟糟的，令人摸不着头绪。布鲁倍感自豪，他说，这是好几百年前迁徙时，拉基族的先民千辛万苦从遥远的北方带过来的。我在这堆故纸中随意翻了两下，拿出其中最大的一册。这本书是用处理过的山羊皮制的，足有两英尺厚，一翻开便是这间教堂历代神父的肖像，他们穿着鲜艳的斗篷，每个人的脚都画得特别小。其实单是里面的文字本身就称得上是艺术品了，奇妙而陌生的埃塞俄比亚字母，用黑红两色颜料书写，有许多字母都有涡纹结构，或其他具有装饰性的结构。世界上任何一个图书馆若有幸得到它，都会把它当作无价之宝，锁进玻璃展柜。

修士抽出两个古董大银盘，盘子的内面錾刻着圣徒像，这也是当年迁徙时带过来的。这时有人来催我们，让我们快点下山到码头去，太阳已经落在地平线上了。我们想在岛上过夜，于是故意拖拖拉拉。我们提出派一艘沙法特把我们放在吉普车上的食物和睡袋取回来，被拒绝了。任何一个拉基族人都不会在天黑后还冒险下湖划船。我们只有一个选择，那就是回到主陆上，在盖拉族人那儿借住一夜，明早再回来。

这下，我的好奇心是真的被激起来了。除了卢克主教这个例外，他们到底是为什么不许外人在岛上过夜呢？天色已经有些暗了。我们一行人忙不迭地往山下赶，我在摄影师耳边悄声交代了几句，趁人不备躲在了一块石头后面。我没有急着起身，等所有人都跑下山，不见了踪影。周围变得无比安静。只有风沙沙穿过树梢的声音。我独自一人，恍惚觉得自己坐在了非洲之巅。我远远看到我们那两艘小纸莎草船划了出去，暮色正从远方的低地蔓延过来。汪洋般的湖水将太阳一口吞了下去，有好一会儿，水面上都泛着幽暗的红光，如同一团滚烫的金属慢慢冷却下来，湖水渐渐成了深蓝，继而转黑。接着，这一湖的夜色爬上了岸，翻过山丘，越过山谷，将层林染尽，一重又一重地漫到了天边。这就是非洲的夜。山下小村庄那一个个圆圆的茅草屋顶已经看不见了。什么也看不到了。只听到那里传来一阵悠扬婉转的颤音，和着大家虔诚的赞美歌谣。天这么黑，我不知要往哪儿去。于是坐在原地，用耳朵和鼻子来感受，来记忆。是蝙蝠吗，草丛里怎么哗啦啦响。忽然，一只手落在我肩膀上。是布鲁酋长，他不说话，只握住我的手臂，示意我跟上他。他拉着我，似乎没有恶意，我像个瞎子似的紧跟着他，沿着那条藏在大大小小的石头间的小路一截一截地往山下走。我们一路无话，因为彼此语言不通。我的随行翻译已经乘船返回陆上了，所以全岛一个能和我用语言交流的人都没有了。酋长的每一步都走得心中有数，还分出神来照顾我，别磕到碰到。显然，既然我没走，就算是拉基族人的客人了。

　　路过第一片排列得如蜂房般的小屋时，我们没有停下，连下了几个坡之后，来到他们集会的地方，这栋圆屋比普通住宅要大。矮矮的门洞里透出光来，还飘出了歌声，原来就是这儿。布鲁把我拉过去，坐在门边的都是部落的长者，他们有的坐在雕琢过的矮凳上，有的坐在木块上。一只碗充作了油灯，泥墙上巨大的人影，随着灯芯上摇曳的火苗晃来晃去。再往里，身着白袍的年轻女人站成一排唱着歌，随着节奏弯腰、拍手，其中一位负责唱颤音，没有乐器伴奏，她们就只是清唱。借着半明半晦的光线，我看到这群白衣仙子身后有几只圆滚滚的大罐子，看尺寸装进两个成年人也没问题。一只小泥炉冒着烟，但室内并没有什么烟气，屋顶就像一把撑开的伞，当中一根主柱，周围一圈枝干相当于伞骨。男人们围坐成半圆，大家让我和布鲁，以及村里年纪最长的人坐在中间漂亮的雕花凳子上，他那一大把长长的白胡子简直是摩西再世。人们还依埃塞俄比亚的古礼，在我们面前摆上一张小桌子，桌上罩着一只锥形的柳条盖。盖子底下是一大份厚厚的酱料，松软的白干酪上铺了一层炸鱼，中间是一堆像糖果一样堆得尖尖的可可色粉末，尝起来像胡椒。可以搭配一种类似煎饼的主食吃，吃的时候，要把饼撕下来蘸着吃。这里的习俗是不用餐具，所以每个人只要把手洗干净就可以开始吃了，但布鲁并没有急着享用，而是把最好的一块饼撕下来，放在我这位不请自来的客人跟前。一时间，我不由得为之动容，我明明是个开不了口的偷渡客，他们却待我如上宾。女人们依旧齐声唱着我不曾听过的圣歌，随着音乐晃动着身体。还有一个男人拿着甜丝丝的玉米啤酒，看谁的酒杯空了，就默默将其注满，喝到最后，已经换成酒劲十分厉害的加糖白兰地了。很多人喝得舌头都大了，虽然说得滔滔不绝，但其实别人已经听不懂他说的是不是拉基语了。而我本来也听不懂，于是傻乎乎地坐着，忽然，我想起来自己肩上还背着录音机呢。开始，他们被吓了一跳，女人们明明不唱歌了，屋子里却突然响起高亢的歌声，男人们明明正喝着酒，却听到自己说话的声音。录音机成了我的救星，作为我的化身，它说着拉基语，和每个人交谈，发出阵阵笑声，仿佛它听懂了这间集会厅中的每一个笑话，每一首歌，每一句话。

最后，那位年纪最长的老者看时间差不多了，于是站起身来，并没有多余的动作。片刻之后，女人们唱着悠扬的歌率先鱼贯离开，其中一种颤音活像猫头鹰叫，黑暗中这种颤声从四处传来，直到她们都回到自己的家才停下来。酋长拉住我的胳膊，让我跟他走，他家和集会的圆屋简直一模一样，只是小一点儿。油灯的光照明有限，我看到有人把衣服撮起来抱出去，但看不清样貌。他们把家里唯一的床让给我，虽然我一再推辞，但没用，布鲁一把把我按在床上。这张床和开罗博物馆中埃及法老的床一样，都是木架床，床面用皮条编成。布鲁一家把床上原来自用的枕席拿到另一间小屋，铺在地上，再给我换上干净的毛皮和自己纺织的床单，然后示意我躺下。我脱掉高腰丛林靴，酋长坐在床边，他让儿子端来一盆水，给我洗脚。我的脚被洗得干干净净，擦干之后，那个男孩深深地弯下腰来，亲吻了我的脚趾，得到父亲首肯后，才和其他人一起退出小屋。《圣经》里的故事，在这座名为黛夫拉·锡安的小岛上，变成了现实。

我还穿着白天的衣服，但光着一双洗得干干净净的脚，翻身躺平，不知道布鲁和他的妻子为什么还守在床脚。他俩嘀咕两句，又看我一眼，反反复复，似乎不确定我还有没有别的需要，给我的照顾够不够周全。这时，我发现不只是他们两个。床的另一头，还有一个模糊的身影站在黑暗中。油灯灯芯烧得很短了，又被柱子挡住了光，我只能隐约看到那人的轮廓。是位年轻女子。她微微侧了侧身，柔和的光从她身后照过来，勾勒出她侧脸的剪影，非常美丽。她想必是布鲁的某个女儿。他们三人又站了好久，后来夫妻两人朝我鞠了个躬，消失在门外。这时油灯已暗得几乎没有一丝光亮，有好一会儿，我都拿不准床脚的人还在不在。但后来我又看到了她的轮廓。她站在那儿，好像不曾动过。这是怎么回事？我躺在酋长的床上，他的儿子给我洗了脚，他的女儿像守护天使一样站在我床边。这时，寂静的夜空中，远远传来了摄影师的声音。他在叫我的名字。我没有回答，害怕一出声魔法就要失灵了。但是摄影师并没有放弃。呼喊声越来越近，最后，布鲁夫妻和他一起出现在门口。他说，他越想越不放心，于是和翻译划着主教的那艘奥布鲁回到了岛上。主人们也拿出玉米啤酒和炸鱼薄饼款待他们，又在地上铺了兽皮，让他们睡觉。

第二天，我们依然是酋长的客人，这次有了翻译协助，想知道的一切都有了答案。兹怀湖湖畔的确有纸莎草，但路途艰难，想大量运出湖去，并不现实。所以塔纳湖的沼泽是我们唯一的选择。但我们也从拉基人这里了解到一些别的东西。比如，他们的沙法特、奥布鲁就和乍得湖、墨西哥、秘鲁的芦苇船非常像，远远超过这两种船与塔纳湖上潭夸的相似度，而潭夸还是他们的埃塞俄比亚同胞造的呢。拉基人选择造纸莎草船，并不是因为兹怀湖一带没有木头，其实木料比纸莎草更容易取得。环湖有那么多的盖拉村落，但没有一个人能把我们送到岛上，这足以证明尽管大家都生活在这座湖边，但纸莎草船不是随便谁都造得出来的。建造纸莎草船的技艺并不是在兹怀湖边自发产生的，而是有人把它带了过来，就像随修士传到塔纳湖一样，它也随拉基先民从尼罗河源头传到这里。显然，纸莎草船自有一股韧劲，才能始终追随曾经生活在尼罗河河谷的先民一次次迁徙，继而成为他们的传统。

可惜，拉基族人和塔纳湖上的修士们有同一个于我们不利的用船习惯，就是纸莎草船当天用当天就得晾干。如果把奥布鲁或沙法特泡在水里，8天，或10天，或至多14天之后，也就用不得了。

我怀着复杂的心情回到埃及。还有必要再去大西洋上试试吗？

第六章

金字塔建造者的世界

　　"你想在基奥普斯金字塔后面圈块地造纸莎草船？"

　　矮墩墩的埃及部长推一推牛角框的眼镜，笑容里满是问号。他迟疑地看看挪威大使，满头白发的大使还以礼貌的微笑，起身站在我旁边，以示对同胞声誉的加持——这个北方来的陌生人真的不是疯子。

　　"纸莎草就算放在河里，两星期之后也是要沉的。这可不是我说的，而是埃及纸莎草学会的会长说的。"部长说道，"而且，考古学家们也说，纸莎草船绝不可能驶出尼罗河河口，因为海水会令纸莎草溶解，海浪则会把船打烂。"

　　"这正是我们想要在实践中验证的。"我解释道。

　　面对这么多纸莎草专家，我实在想不出更好的理由。挪威大使提出申请后，文化部部长和旅游部部长的确尽了全力。他们请来了埃及最权威的相关人士作为顾问，现在我们正和一众博物馆馆长、考古学家、历史学家，还有纸莎草专家齐聚一堂，围坐在一张圆形的大会议桌前。纸莎草学会的会长哈桑·拉加卜早就给出过结论，这次只是又重复了一遍。但是他又笑着肯定，我是在座唯一见过纸莎草船实物的人，所以如果我确实坚持进行这一实验，他很乐意给予支持。他只在实验室的水缸中，用少量的纸莎草进行过实验，因为如今埃及已经没人会造纸莎草船了，所以他只能因陋就简。我心中暗忖，要是他拿一块铁做实验，岂不是会得出"玛丽皇后号"必沉的结论。要知道造船的材料是一回事，船本身则是另一回事。

开罗博物馆的馆长认为，将纸莎草船置于海洋中，这个念头本就荒唐。他说，古时候埃及的确向巴比伦出口纸莎草，用以制作书籍，但那全靠腓尼基人用自己的木船运输，因为只有木船才能在地中海内缘那种开阔海湾航行。不论当时还是现在，乘纸莎草船渡过大西洋都无异于痴人说梦。任何一位专业人士都可以很明确地告诉你，纸莎草船绝不可能驶出尼罗河河口。

接下来，我们就技术层面进行了相当长时间的探讨，从纸莎草的特性，谈到了新、旧大陆金字塔和象形文字之间的差异。最后，负责埃及全部文物考古工作的总指挥贾迈勒·迈赫雷兹总结道："假如有人能按照我们国家古代墓室中的壁画复制一只纸莎草船，并投入实地检验，那么就值得一试。"于是大势底定。

文化部部长授权吉萨金字塔的管理人员，允许我们用绳子圈出一块地造船，可以搭建帐篷，但我们必须保证不进行任何挖掘，因为我们的选址刚好位于古代法老家族墓地的中心。

政府大楼每扇窗户前都堆放着沙袋，大楼台阶下还用砖头砌着路障，在开罗，只有战时才会见到这种景象。我们就在台阶下，和旅游部的副部长阿德尔·塔希尔道了别，他笑着和我们握了握手，才转身踏上楼梯。

"你一定要把船造出来。"他说，"我们全都支持你进行这项实验。若能让世界记得，埃及制造的不仅仅是战争，不失为一桩好事。"

现在只剩下我和大使两人了，他面带微笑，我发自内心地向他表示了感谢。自相识以来，彼得·安高大使待我们便如知交好友，从不吝于帮助。他因工作在中东地区盘桓多年，既是挪威大使，也是联合国代表，研究古代史仅是他的一点个人爱好，结果他现在俨然一部中东贸易往来和文化交流的活百科，自远古至今任何问题都难不倒他。

"没什么。"他说，"你总算有地方造船了，不过并不是所有人都像你一样对纸莎草船这么有信心！"

"要是不存在争议，也就不必造船进行实验了。"我答道。

回到旅馆，我坐在床沿上，心里其实还在犹豫。的确，造船的场地有了，但也并不是全部工作都蓄势待发。还有机会叫停。我必须当即做出决定：是全力以赴，还是就此放弃。还有一点，就算倾我所有也不足以负担如此昂贵的实验。不过考虑到最后的成果，也许出版商们愿意赌一把。但如果没有成果呢？我坐着，将手里的小纸片来回摆弄。修士、拉基族人，还有各领域的科学家和研究纸莎草的专家都断定，纸莎草船即使在平静的淡水中，最多也只能撑14天，若换成是汹涌的海水，寿命只会更短。卡戴、潭夸、沙法特，我都曾在上面一连待过好几小时，还不幸尝过纸莎草船散架的滋味。我知道美洲的托托拉芦苇船可以远洋航行，而且这种芦苇的结构和纸莎草各方面都非常相似，有纤维质的皮层和海绵状的髓部，不过也许纸莎草吸水的速度比托托拉芦苇快吧。

我展开那张小纸片，上面的字像是孩子的笔迹，不太好辨认：

亲爱的在意大利的托尔：

　　你还记得乍得的阿布杜拉吗？我准备去找你了，我要和奥玛尔还有穆萨一起造一只大大的卡戴。我们等候你的召唤。我现在拉密堡埃耶牧师这儿做木匠活儿。

敬礼

阿布杜拉·吉布林

阿布杜拉那张黝黑爱笑的脸一下浮现在我眼前，还有他眉毛和鼻子上作为部落标记的疤痕。望着这封动人的信，我不禁微笑。真是不得了，这个人又不识字，居然拿着我的地址从中非腹地跑到拉密堡，找人代写也要写信给我，我被他激励了。还有什么可犹豫的呢？阿布杜拉已经准备好了，奥玛尔和穆萨也愿意加入。他们造的船比埃塞俄比亚岛上那些基督徒意在逃命或避难的船要大，可以在乍得湖上运送牲畜，关于纸莎草的浮力，全世界所有学者加在一起也不如他们懂得多。他们对自己的卡戴有信心。他们还要造一艘可以航行数月的大船，并愿意亲自乘船远航，即使他们对地球地理毫无概念，并不知道我们的目的地是哪里，只能凭听我用天数描述航程才知道那有多遥远。

阿布杜拉的这封信打消了我所有的顾虑。有了这几位乍得人，我们一定可以。

那天晚上，一封电报飞向亚的斯亚贝巴，收报人是塔纳湖上那两艘大铁船的意大利老板。我早跟他说好了，一接到我的电报，就派阿里带人去塔纳湖西岸一带的沼泽地割纸莎草，要150立方米，也就是大约5000立方英尺，然后再晒干打捆，放在湖北岸备用。马里奥·布斯基是位受过勋的骑士，也是个生意人，他身材魁梧，脸色红润，人到中年，依然很有干劲。他亲自主持将两艘沉重的铁船从红海运到了高原上的塔纳湖，1937年，那块重达180吨的阿克苏姆巨石从埃塞俄比亚的群山间运到罗马，也是由他一手操办的。现在，他正等着人们再请他把巨石运回来，埃塞俄比亚的皇帝已经敦促意大利政府物归原主了。

我本来想走水路，顺着尼罗河把塔纳湖湖边的纸莎草运到埃及，但一路上要攻克的难关实在太多了，除了大大小小的瀑布，还有苏丹共和国设的重重关卡。于是布斯基接过手来，他似乎把这当成了某种刺激的运动项目，他选择走那条藏在埃塞俄比亚崇山峻岭间的山路，要运的可是500捆纸莎草，全程450英里，但他其实早就心中有数，未打捆压实的纸莎草哪怕像房子那么大的一堆，重量也只有12吨。

我们一天也耽搁不起了。马上就是圣诞节。若想避开大西洋彼岸的飓风季，我们最迟五月就要启航。如果可以，我是宁愿晚一点儿再割纸莎草的，怕放得久了草就没那么结实了，但若真的推迟又赶不及五月启航。我们需要的可是二三十万棵纸莎草，一时半会儿根本割不了这么多，而且每一根的长度都要达到10英尺，这个季节塔纳湖的水位正高，这就意味着工人得摸到水底下刀。之后，要将纸莎草晒干，干透才能打捆，否则容易腐烂。接下来，要翻山越岭将它们运出来，再继续顺着红海北上。由于战争，苏伊士运河一带的交通已全面封锁。没有特别许可，是不能在这儿卸货的。所以我还得想办法弄到一张特许证。纸莎草非常易燃，我们必须尽量走水路，因而也只得在苏伊士登岸，通过一段封锁的公路后，将纸莎草运到开罗，再渡过尼罗河，到达沙漠中的金字塔下。而在这之前，守卫和工人就得就位。他们一来就要有地方住，也就是说得提前把营地建起来，一应设施都需配备好，比如食物等，还要请一位厨师。我们造船的主力是那三位布达玛族黑人，他们如今还在乍得的浮岛上，过着和祖辈一样纯朴的生活，得把他们从偏远的中非沙漠腹地接出来。这一切就绪后，就要开始造船了，把数十万根纤细的纸莎草捆扎成长45英尺、宽15英尺的海船，将需要相当长的一段时间。但肯定不能等到船造好了才考虑在哪个港口下水，要怎么把船运过去，大西洋靠非洲一侧有好几个港口呢，这一切都要提前计划、准备。还有船帆、索具，古埃及式的船舵装置，柳条制的船舱，特制的储物用的陶罐，还有据古方做的行船食物。要做的事项怕有1000件，但时间只剩不到6个月。

到目前为止，我只完成了一件，就是往埃塞俄比亚拍电报。我又坐到床沿上，掰着手指头从12月数到来年5月。这下，我心跳都快了，再也坐不住，起来越走越快。我找来笔和纸，所有工作都得立即展开了。哪一项都等不得。不过重中之重则是找到本次航行的船员，也就是愿意参与这个实验的人。

很自然，我首先想到的是"康提基号"的同伴，我们曾在木筏上并肩航行101天。一有机会我们总要聚一聚，缅怀一下往事。但是诺特·郝格兰作为奥斯陆康提基博物馆的馆长，工作本就很繁忙，政府又派他去主持修建挪威抵抗运动博物馆，最近刚刚动工。赫门·华辛格是世界粮农组织的渔业专家，本来一直在秘鲁工作，也是最近才调到罗马总部担任主管。班特·丹尼尔森是"康提基号"上唯一的瑞典人，我们其余五个都是挪威人，远航归来后，他就在塔希提岛定居了，他是民族学家，本来不在任何单位任职，但刚刚受邀担任了斯德哥尔摩民族博物馆的馆长。艾瑞克·赫索伯格还是老样子，像个波希米亚人似的，背着吉他和调色板周游世界。我只要开口，他肯定会一口答应。但托尔斯坦·拉比，那个我邀请他加入"康提基号"时，曾在电报中回复一句"就来"的人，这次却来不了了，在一次滑雪穿越北极的探险中，他负责无线电通信，他一生热爱冒险，生命最终结束在了格陵兰岛西北部冰冷的荒原上。

当年，"康提基号"上的六个人全是斯堪的纳维亚人。[①]这一次我希望参与探险的队员国别尽可能地多样。我们的小草船挤一挤，应该可以容纳七个人。七个人就是七个国家。我来自欧洲最北端的国家，相应地，欧洲最南端也应该有一个代表，意大利就是不二之选。有了两个欧洲人代表"白色人种"，"有色人种"也该有一席之地，在我所见过的人中，乍得人的皮肤颜色最深，所以探险队理应留一个位置给我们的纸莎草船专家。我们实验的初衷是揭示非洲古文明和美洲古文明间存在联系的可能性，那么埃及人和墨西哥人的加入更能赋予这次远航的象征意义。作为一个国际团体，我们希望可以体现不同的意识形态，不如就请美国和苏联各派一人。空间所限，就不能邀请其他国家的成员加入了，但如果联合国允许，我们可以挂上联合国国旗来代表世界各国。

这个时代，需要我们竭尽全力在国与国之间架起桥梁。停航的苏伊士运河两岸炮火连天，狮身人面像和金字塔上空一架架军用喷气机呼啸而过。全世界五个大洲都有人背井离乡，跑到别人的领土上打仗。战火没有波及的国家，彼此猜忌，人守着按钮，原子弹蓄势待发。然而茫茫大海上的芦苇船可没那么大地方施展拳脚，人们最多只能彼此握一握手。这次远航的本意是一场面向文明早期的探索之旅。但实验之余不妨再附带一个实验，也探索一下人口过剩、拥挤不堪的未来。随着电视、飞机、航天器的出现，我们的地球变得越来越小，

---

① 译注：斯堪的纳维亚在地理上特指北欧斯堪的纳维亚半岛，只要是这个范围内的人都可以称为斯堪的纳维亚人，现代指瑞典人和挪威人。

国与国之间的摩擦也越来越多。祖辈认知中的世界已不复存在。曾经以为无限大的世界只要1小时40分钟便可环游。高山不再不可逾越，深海不再无法丈量，国家之间所谓的天堑不再成为阻隔。不同的种族不再彼此孤立、分散，而是产生了方方面面的联系，变得越来越拥挤。成百上千的科研人员致力于原子裂变和激光技术的研究，在这场驶向未来的旅程中，我们小小的地球凭借科技的力量正以超音速飞转，我们都是参与实验的乘客，如果不想因为人类历史上已经演绎过无数次的故事而沉没，就必须齐心协力。

狂风恶浪中的纸莎草船就是一个具体而微的世界。它将通过事实证明，不同国籍、宗教、肤色、政治倾向的人是可以和平共处，通力合作的，只要他们明白，人类必须为共同的事业而奋斗，才能实现自己的利益。

我拿起笔给阿布杜拉写信，说明我确实需要奥玛尔和穆萨加入，还有他也一定要来，我们缺不了他这位翻译。问他，能不能自己来，还是需要我接，如果阿布杜拉觉得自己能行，就先回博尔村接上同伴去拉密堡，我会把飞开罗的机票寄到那里，在开罗的机场等他们。

没想到阿布杜拉那么快就回信了，他还是找了拉密堡的那位抄写员帮忙，信写得很简单，信上说他们需要一张工作证明办理出国，三张飞埃及的机票，还需要15万乍得法郎。如果这三点都没问题，他自己就能安排一切，我则可以省下这个工夫，不需要特意跑一趟乍得了。

15万乍得法郎不是个小数目，并且意大利国家银行也不清楚意乍两国货币的汇率，其实麻烦远不止这些，这笔钱不知要费多少周折才能安全送到阿布杜拉手里。那么到他手里就真的安全了吗？我对阿布杜拉的信任其实完全源自在博尔村那第一面留下的好印象，当时我对他一无所知，只觉得这人看上去聪慧、可靠，他一袭白色长袍，不知从哪儿冒了出来，自荐要给我当翻译，工作结束又悄然离开了。据他自己说，他是个木匠。但是如果阿布杜拉不是个骗子，就替我省下了不少时间和金钱。墨西哥和美国我是一定要去的，得去找远航的同伴，有人参加才有这个实验，但如果我不必亲自去博尔村接造船的工匠，就可以再顺便去一下秘鲁，出发前再最后拜访一下秘鲁的印第安人。

我的两位重要合作伙伴已经行动起来了。布斯基在埃塞俄比亚筹备纸莎草，阿布杜拉去乍得接造船工匠。纸莎草和造船工匠到达埃及的时间应该差不多，开罗的沙漠营地必须提前准备好。我把这项工作交给一位值得信赖的朋友，他叫安吉洛·科里奥，是一位意大利高中教师，他申请加入我们这支国际团队研究语言，罗马的教育部批准了，给了他6个月的假期。科里奥到的时候，提着行李箱，背着相机，和那些来看金字塔的游客没什么两样，导游一见立即将他团团围住，有的要带他去看狮身人面像，有的要教他骑骆驼。他哪里见识过这种独特的东方风情，想要摸透在这儿生存的法门，显然得有人带一带他，这个人要了解本地法律和习俗，有一定的人脉。阿蒂亚·乌萨马就很适合，他以前当过陆军上校。他本来和西奈半岛那边有些生意往来，但战争爆发后，西奈半岛被以色列占领了，他的前途一下变得扑朔迷离。但他自来风度翩翩，彬彬有礼，到处都有人脉。他答应当这个中间人，替我们和当局协调，最终拿到了在苏伊士战区卸载纸莎草的许可。

从这个国家到那个国家，各项工作都运转起来。说着不同语言的电话、电报，贴着不同国家邮票的特快专递你来我往，而且这一切都在秘密中进行，我们不希望有人来打扰，大西洋彼岸的飓风可不等人。参加实验的七国成员，我已初步有了几个人选。意大利的已经说定了；埃及的也想好了要找谁；乍得的，我打算从造船工匠中选一位，等他们来了再定；苏联还没给我回复；美国，我得亲自去一趟。12月过去了，1月也过去了，只剩3个月了。科里奥在开罗恭候纸莎草到埠，可我们造船的主材如今还在塔纳湖边晒太阳；阿布杜拉已经回博尔村接人了，暂时处于失联的状态。我抵达纽约，见到了我在美国的联络人弗兰科·塔普林。他精力充沛，是商人，和平运动家，也是世界联邦主义者协会的积极成员。该组织致力于加强国与国的合作，扩大联合国的影响力，纽约知名编辑诺曼·卡曾斯就在这个协会任主席，他有一位私交甚笃的朋友，即联合国秘书长吴丹。最终我们三人在宏伟的联合国玻璃大厦顶层受到了吴丹秘书长的接待。

从东方到西方，来自七个国家不同肤色的人，要坐在一捆纸莎草上，漂着横渡大西洋，他觉得匪夷所思，但还是同意我们悬挂联合国国旗，不过怎么挂是有规定的：船上所有的旗帜都要同样大小，挂在同一高度，同一排。我们可以把七面国旗排中间，两侧各挂一面联合国国旗。吴丹向我们致以真诚的祝愿。"你们从哪里启航呢？"他问。

"我的意见是摩洛哥。"

"那你一定得见见我的朋友艾哈迈德·本希马，他是摩洛哥驻联合国大使，在23楼办公，就是往下15层。"

本希马是摩洛哥的名门著姓，在当地非常有影响力。我们来到23楼，见到了这位气度不凡的高大外交官阁下。他亲切地接待了我们，但也不过是例行公事。我们坐在扶手椅上，好像陷了进去。他无可无不可地听我们说着来意。

"这么说你们是要乘纸莎草船从我的祖国启航喽。"他把香烟递给我们，只说了这一句。

"谢谢，我不抽烟。"

"你们打算从哪个港口出发？"

"萨非。"

"萨非！那是我的家乡呀！为什么选萨非呢，有什么特别的原因吗？"

这下他的兴趣完全被提起来了，他站起身，眼中又是惊喜又是好奇。

"为什么选萨非呢？"他又问了一次。

"因为萨非是直布罗陀以外古老的非洲港口之一。卡萨布兰卡是一个现代港口，但萨非自古以来就是知名的港口。船从地中海过来后沿着海岸行驶，如果遇到风浪被卷到海上，最可能就是在萨非港。萨非港附近刚好有洋流和信风经过，所有在海面上漂浮的东西都会被这两股力量抓住送到美洲。"

"我父母就住在萨非。萨非的帕夏是我的好友。我会写信告诉他这件事，还有我的哥哥，他是摩洛哥的外交部长，我也会给他去一封信的。"

好运气简直是从天而降。告别时，我们之间的气氛已无比融洽。

来纽约之前，我心里已经有了参加远航的目标人选，他本人也有意向，本来一切都进展得蛮顺利，但他的另一半突然知道了这件事。后来，我和他们夫妻达成了共识，一定还有更合适的人选的。但我接下来马上要飞去秘鲁首都利马，只抽出了一点时间，约其他人选吃了个午饭。

几天后，我坐在的的喀喀湖中的一座浮岛上，和一群乌鲁族印第安人一块儿炸鱼吃。这种浮岛其实就是一大堆横七竖八的芦苇，底下那层泡烂了，岛往下沉了，就再割新的托托拉芦苇加在最上面。这一带的湖面都是这种人工岛，岛挨着岛，中间只留下窄窄的水道，岛的周围长满了芦苇，总之一眼望不到边。这一片平湖沼泽就是乌鲁印第安人一辈子的家，他们的生活里不是芦苇就是鱼。除了远处蓝天映衬下的雪峰，视力所及之处，再也见不着其他东西。房子是芦苇盖的，床是芦苇铺的，船是芦苇造的，就连船上的一块方帆也是芦苇茎编的。烧饭用的柴火是晒干的芦苇。把从陆地上带回来的土和腐烂的芦苇和在一起，铺在浮岛上，就成了一块一块的田，印第安人就在这种田里种他们的传统食物甜薯。可以说乌鲁印第安人一生都过着动荡的生活，无论他们是走在茅屋内，还是走在田边，脚下都摇摇晃晃的。我其实一直有个猜测，这次来心里的石头终于落了地。乌鲁印第安人，还有同样生活在的的喀喀湖畔的盖丘亚印第安人及艾马拉印第安人，果然和乍得湖边的布达玛人一样，船并不是下过水的当天就要拖上岸晾晒。然而他们的船寿命并不止14天。芦苇泡久了会沉是肯定的。看这些浮岛也能明白，印第安人要不断往上加芦苇，岛才能一直浮在水面上。但是小岛旁简洁的小船，还有乍得湖上的纸莎草船，都没有添加过新的芦苇，也一样浮得好好的呀。这其实也不难解释。南美洲的芦苇船和中非的纸莎草船都是用结实的手搓绳扎制的，绳索绕得很紧，结也打得很牢，中空多孔的苇草茎秆中的管路就被勒住了。而埃塞俄比亚的那些小船只是用几束丝丝缕缕的纸莎草外皮随便一扎，纸莎草茎秆中的孔隙勒得不够紧，所以还会继续吸水。

　　预计再过12天就是阿布杜拉和另外两位造船工匠到达开罗的日子。我给他寄的是2月20日的机票，我提前算好了的，纸莎草大概会在同一时间运抵苏伊士。余下的这12天我可以做的事情有很多。我告别了乌鲁印第安人和起伏不定的小岛，首先和朋友托里弗·谢尔德里普一同前往秘鲁北海岸的沙漠地带。他是挪威有名的哲学家，兼运动员，兼摄影师。我们此行是来看南美洲最美丽的金字塔。这是一座对称的巨大土砖结构建筑。它藏在奇卡玛山谷沙漠平原上的风化砂岩山脉后面，早已被人遗忘。到目前为止，还没有经过科学考察，却已被盗墓者劫掠一空。他们在塔上挖了一个洞直通底部，令这座阶梯金字塔变得好像一座四四方方的火山。巨塔高高地耸立在沙漠之上，山谷里的人把这处古迹称作"塞罗科罗拉多"，意即"红山"。要不是有对称的阶梯状塔身和金字塔前的围墙，人们非得走到它跟前才会知道，这并不是什么山，而是由数百万块土坯砖砌成的人工建筑。作为一个一星期前还待在埃及的人，眼前这座金字塔简直令我有些恍惚，它的建筑形式、天文定向、建筑规模及建筑材料，都与尼罗河河畔最古老的金字塔极其相似。"塞罗科罗拉多"是秘鲁古代一位不知名的司祭国王的手笔。早在印加文明取代奇穆文明之前，秘鲁就曾有一段文明繁荣璀璨的时期，而奇穆文明本就是这一文明的继承者，这一文明的主人，名字并没有流传下来，因而学界将他们称为"莫奇卡人"。正是他们在海岸上建造了这些最古老也最宏大的金字塔。那么莫奇卡人又是何许人呢？越来越多的科学发现表明，这些将文明带到秘鲁北海岸的人和古墨西哥的金字塔建造者之间存在着某种联系。除此之外，我们对他们的起源几乎一无所知。从他们创作在土陶器皿上逼真的自画像来看，男人都留着胡子，五官都带有显著地中海居民的特征，有些画像看起来简直就是当今典型的摩洛哥柏柏尔人。

　　还有时间，我们就又飞到墨西哥来见雷蒙·布拉沃，上次就是他和我一起去拜访塞里族印第安人，不巧这次他胃病犯了。他是位游泳好手，还参加过奥运会，现在则满心要登上纸莎草船。他保证，两个半月后船从摩洛哥启航时，他一定会达到最好的状态。

一架小型飞机，一小段车程，再走几步路，我们就站在墨西哥的丛林里，观察到了雨中的金字塔。雨中的金字塔啊，正所谓可遇而不可求。托里弗全身都湿透了，身上只有一件衬衣，风衣早就脱下来，把相机和胶卷裹了个严严实实。热带的雨倾盆而下，顺着宏伟的帕伦克金字塔往下流。茂密的丛林雄踞在我们身后的山脊上，云层低低地悬在树梢，大树的枝干从四面八方伸过来，只差一点就可将金字塔纳入它们的荫蔽之下。

金字塔周围是一片片长满青苔的废墟，那里曾经也是金碧辉煌，现在却到处倾圮颓败，令人不胜唏嘘。我们来此的唯一目的，就是直观地感受一下哥伦布到来之前原汁原味的美洲，激动赞叹之情此时反而成了障碍，我们只有沉下心，坐下来，放开胸怀去理解，这片令人叹为观止的废墟之后究竟有着什么样的故事。它无人记载，也无人传唱，神秘得令人好奇，让人忍不住留心，忍不住琢磨。但先不要沾沾自喜于某种似乎合情合理的推测，也不要沉湎于某个迷人的细节，不要因为它的宏伟、美丽或技艺非凡而忘乎所以。现在让我们先来好好消化一下这个事实：大雨浇在金字塔上，眼前的这一大片废墟，曾经是金字塔，是庙宇，是宫殿，它们的建造者是和我们一样的人类，既不更优越，也不更低劣。他们踏足这片大陆的时间要比哥伦布早1000年。他们开荒、拓土、造屋、种田，在丛林中安下家来，还兴建了宗教建筑。如此宏伟壮观的金字塔和庙宇，需要严谨的设计和计算，其建造者显然精熟此道。而生活在同一片丛林中的印第安人，大部分至今仍在用树枝、树叶搭建房屋，从来没想过那些本来或坚硬或圆滑的石头，只要削凿得方方正正也可以拿来用。我其实试过一次，看能不能把圆石打磨成方块，但失败了。我用的是钢质工具，而那些印第安人当年用的可是石器。只有真正的行家才能把坚硬的岩石切割成整齐光滑的方块。我不行；我的朋友里，不管是都市人还是乡下人，也没有这种人才；我所见过的印第安人也没有任何一位做得到。有人做到过，却不是人人都做得到。帕伦克丛林废墟究竟有着怎样的过往呢？

我突然冒出一个疯狂的念头，那些考古学家何不请警探们来帮忙进行现场重建呢？做这些并不需要懂考古学术语或会考古挖掘，却用得上他们所具备的、基本的怀疑精神，在实际工作中锻炼出的眼力和直觉，以及概率估算的丰富经验。刑侦工作不就是在没有目击的情况下根据逻辑还原犯罪现场吗？现在，丛林深处有一座巨大的金字塔。这是由普通的印第安人建的吗？又或者，这片土地上除了从西伯利亚迁徙过来的游猎人和墨西哥原始森林中的土著居民，还存在过其他民族？

天经地义，有些人这么说。他们坚信在哥伦布之前，没有其他开化民族来到过这片土地，只有光着脚的野人跑来跑去。他们说：生活环境相似的人类制造相似的东西是天经地义；埃及居民、墨西哥居民垒石头是天经地义，垒着垒着双双出现金字塔的形状也是迟早的事。

雨太大了，我们钻到几片宽大的树叶底下，想避避雨。

相似的环境！若埃及沙漠和墨西哥雨林都算得上相似，这世上还有差异可言吗？水汽蒸腾的植物令我们仿佛置身温室，空气又潮又热。周围全是湿淋淋的树叶、藤蔓、树干，厚厚的腐殖质，除了废墟上那些人工雕琢的巨大石块，看不到一块天然的石头。它们当年被搬运到这里，如今已七零八落，几乎被荒草湮没。在墨西哥丛林里垒石头真的那么天经地义吗？那为什么非洲丛林、北美草原、欧洲草甸和松木中不见有人这样做呢？

帕伦克金字塔的建筑师是从哪儿找来的石料呢？说不定丛林里就有，挖开厚厚的腐叶土，就埋在大树的根下；也可能需要跑得远一点，从某处山崖坚硬的岩壁上开凿下来。但不论如何，帕伦克的环境条件表明，人们必定是先有了造金字塔的计划，再有针对性地寻找合适的材料。

那么秘鲁呢？把石头一块一块垒成金字塔，在秘鲁也是天经地义的事吗？矗立着一座座金字塔，绵延上千英里的秘鲁沙漠海岸线上，根本找不出一块可用的石头！最近的采石场远在安第斯山脉。我们不久前到过的莫奇卡山谷，当地的石头根本不堪使用，工匠们不得不暂且抟土造砖来代替。一座"塞罗科罗拉多"就用掉了大约600万块巨大的土坯砖，造成的金字塔占地近4000平方米，高则100英尺，而它尚且不是秘鲁最大的土砖金字塔。

我们坐在宽大的叶片底下，又湿又冷，看着雨帘中的金字塔，不由得想起秘鲁和埃及，这两个沙漠国度的形象在我的脑海里异常鲜活。在埃及，采石做建材倒是天经地义的，漫漫黄沙中随手可得的建筑材料只有两样，就是纸莎草和拔地而起的峭壁，所以埃及人想到造金字塔也是理所当然。但在秘鲁，却需要先造砖，再谈建塔。那么墨西哥的情况又如何呢？墨西哥的金字塔要建在什么地区才算是合情合理呢？众所周知，生活在墨西哥广阔高原上的阿兹特克人和生活在尤卡坦半岛茂密丛林中的玛雅人都是从祖先那里学会了建造金字塔。据考古发现，墨西哥最早的文明起始于墨西哥湾的热带海岸，洋流穿过大西洋后，就在这一带登陆，后续的其他文明都多少留下了这一文明的印记。那么金字塔理当建在这里喽？并非如此。这群来历不明的墨西哥最早期文明的缔造者，选择长途跋涉去寻找合适的采石场。有时候，需要把二三十吨重的巨石从50英里外的采石场运到选定的塔址。今天，没有人知道那些不辞辛苦将金字塔矗立在丛林中的石匠和建筑师的真正身份，只知道比起木头，他们对石头要熟悉得多。为方便起见，人们将他们称为"奥尔梅克人"。如果废弃的石碑上那些栩栩如生的雕像描摹的都是他们自己，那么一部分奥尔梅克人长着扁平的圆脸，宽鼻子，厚嘴唇，和黑人简直一模一样；另一部分则轮廓分明，鹰钩鼻子，唇上留髭，唇下留长须，类似闪米特人的相貌。奥尔梅克人就是整个谜题的切入点。他们真正的名字是什么，他们是谁，这些奥尔梅克人又为何突然开始开采石头建造金字塔呢？奥尔梅克人也在丛林中留下了砖造建筑。这是怎么回事？其中有一座100多英尺高的金字塔就是用土坯砖建的，和秘鲁沙漠里、古代美索不达米亚的金字塔，还有尼罗河河谷中某些最古老的金字塔如出一辙。然而土坯砖在丛林里可并不易得。

正是眼前这座淌水的高塔令事情变得不再明朗。1952年，这座丛林金字塔中的一项发现令整个科学界为之震动，某些视如圭臬的认知当即被颠覆。人们无意中发现了一个隐秘的入口，里面是一条回旋下降的通道，通往金字塔的中心，沿着狭窄的石阶往下走，终点是一扇沉重的石门。门后便是华丽的墓室，里面摆着一副巨大的石棺，棺中沉睡的是曾经至高无上的司祭国王。一切都和古埃及一模一样。墨西哥的金字塔中不应该有墓室呀。这是孤立学派驳斥跨洋接触说最有力的两个佐证之一。他们说，大西洋两岸的金字塔乍一看很像，其实功能和造型都截然不同。墨西哥和秘鲁的金字塔是阶梯式的，而埃及的则是侧壁平滑的锥体。

只说形状这一点，其实很值得商榷。只要到过尼罗河河谷，人人都知道埃及也有阶梯金字塔，而且那是当地金字塔最古老、最原始的形制，不只埃及有，美索不达米亚也有，旧大陆的文明古国巴比伦也有，不同于邻邦埃及的是，他们的塔顶盖有神庙，但这一特色又与古代墨西哥的有所重合。这下，又在墨西哥的金字塔里发现了埋葬司祭国王的石棺。他的族裔也自称太阳后裔，石棺中也放着碧玉太阳神像，建筑师也是参照太阳运行的轨迹确定了金字塔底层平面的尺寸，也与某些天文学数字精确吻合，这些都和埃及是一样的。还有，他也躺在巨大的石棺内，脸上也戴着精致的木乃伊面具，在埃及和秘鲁这已算是木乃伊的基本配备。但他的面具并不是黄金打造，而是用小块碧玉拼成，眼睛的位置镶嵌贝壳，瞳孔则是黑曜石。他也相信转世，因而戴着珠母和碧玉制的王冠、耳塞、项链、手镯，还有戒指，随葬的还有饮食用的罐子和盘子。石棺内侧涂着红色的朱砂，骨殖和珠宝上粘连着红布的残片。石棺如埃及习俗用整块石料雕成的厚石板封顶，重有几吨，宽度超过特大号的双人床，长度是宽度的两倍。石棺的四壁和顶盖上都饰有祭司或司祭国王的浮雕，均为侧像，有的戴着象征身份地位的假胡须，古埃及的等级制度中也存在相同的习俗。待一切准备就绪，将十位年轻男子杀死，尸体放在墓室门外，作为国王转世后的奴隶。最后，用巨大的石门将太阳国王墓室的入口封死。外建金字塔，将墓室罩在其中，塔内从石门处开始搭建楼梯，密道口用乱石封死。帕伦克金字塔内外无一处不契合古埃及墓葬的习俗。唯一例外的是在塔顶建了一座小石庙，只有这一点纯粹体现墨西哥特色，然而这也是美索不达米亚金字塔的典型特征。

我们走下回旋楼梯，望着墓室。它的四壁和顶盖都选用巨大的石板，每块石板都切割、打磨得平滑如镜，板与板间严丝合缝，间不容发。整座金字塔最先建造的就是这里，建筑师的这一安排堪称大师手笔，建成后，再于墓室外搭建金字塔的塔身等部分。壁顶的檐板上垂下一条条雪白的钟乳石，如同钙化的冰锥，为浮雕中身着华服的祭司添了几分远古的凛肃之意。空气清凉又清新。和埃及的金字塔一样，建筑师也给这里设计了必要的通风结构。石棺处有一条狭窄的通气管道一直通到石阶旁。金字塔巨大的塔身两侧各有一个大通风口，以形成对流，令塔内空气保持新鲜。

我们沿着长长的石阶穿过狭窄的密道，我不禁重新审视了一番这座高塔的结构。塔的中央是一个横截面呈六边形的竖井，石阶盘绕而上，塔壁内倾，因此越向上石阶越窄。这一设计非常特别，我从前只在一个地方见过，那就是埃及的金字塔。

这一切难道真是冥冥中自有天意？把石头堆一堆，迟早都会有这种结果吗？这种解释实在说不过去。我们钻出结构严整的巨石堆，再次被绿色的丛林吞没。多亏了墨西哥考古研究所不懈努力，这些国家宝藏才没被落入草木之手，不然整片废墟早就湮没在丛林深处了。石匠们曾在丛林中开垦出自己的家园，现在丛林要把这片肥沃的土地重新夺回自己手中。

这座皇室墓室旁边还有一处墓葬金字塔，不过是建在天然洞穴之上的，也有贯穿整座塔的石阶和长长的竖井，但里面的骨殖不知属于何人。如果这座塔也和旁边那座一样，用于埋葬某位司祭国王，那它之前一定早被劫掠一空，又不知把谁的骨头扔了进来。

雨还在下，我们回到树底下，这次可琢磨的东西更多了。有些吹毛求疵的人坚持认为墓葬金字塔和寺庙金字塔是基于截然不同的两种理念，因而，他们坚决否认大西洋两岸可能存在联系。如果他们的观点站得住，就意味着，墨西哥丛林中存在两个步调一致却彼此孤立的文明。我想不至于有人认同这么荒唐的结论，这只会令问题更加复杂。

回到墨西哥城后，我们拜访了伊格纳西奥·伯纳尔博士，墨西哥所有文物相关机构都归他管，他也是世界上最大最现代化的博物馆之一——墨西哥国家考古博物馆的馆长。墨西哥的考古学家都是孤立学派中出了名的强硬派，老一辈的尤其固执，他们坚称墨西哥所有古迹是北方迁徙过来的野人逐步建立的，都是本国先民智慧的结晶。现在我们要坐上非洲的纸莎草船西行过海，来挑战这一观点，墨西哥的专家们会有什么反应呢？我决定先拜访最能代表他们的一位——伯纳尔博士，不等我们提，他就告诉警卫，我们可以带拍摄和录音的器材。我把他拉到一块石碑前，上面是一位长胡子奥尔梅克人的浮雕，非常逼真，他侧过身，带着一点批判地审视着这个代表墨西哥最早先民身份之谜的文化符号。是长胡子的奥尔梅克人教会了长不出胡子的印第安人如何建造金字塔。

"伯纳尔博士，在你看来，墨西哥古代文明的发展是否从未受到过外来文明的影响，又或者其中也有一些东西是由原始船只从大洋彼岸带来的呢？"我问道。

"世上任何人恐怕都回答不了这个问题。"这位我们眼中墨西哥最权威的学者答道。

我太意外了，不由得把麦克风往伯纳尔博士跟前送了送："为什么呢？"

"因为这两种观点我都看到过相关依据，因而现在并不宜贸然做出判断。"

"那你也同意，这个问题还有待论证吗？"

他只迟疑了一秒。

"是的。"他坚定地说，"我的确这么想。"

我们担心机器万一出故障，又把这段采访从头录了一遍。

与此同时，《开罗日报》已把我们的探险公之于众。消息甚至已经传到了墨西哥。

我们从博物馆出来，正要告辞，刚好碰到圣地亚哥·吉诺韦斯博士来找伯纳尔博士，他笑着问："你真的要乘纸莎草船出海？"

"真的。"我说，"你也要来吗？"

"好啊，我不是开玩笑的。"

我惊讶地看着伯纳尔博士的这位墨西哥同事。吉诺韦斯博士是研究美洲土著民族的知名学者。我们在国际人类学研讨会上碰到过很多次，像是在拉美、苏联，还有西班牙。他个儿不高，但看起来身体非常结实，有股百折不挠的劲儿，现在正平静地看着我。

"抱歉呀，墨西哥的席位我们已经有人选了。不如就下一次吧。"我开了个玩笑。

"那就把我加在候补名单上。万一要用到我，提前一星期通知就行！"

"成交！"

我伸出手，这位小个子科学家笑着用力握了一下，说了句再会。当时我哪里想得到我们这几句玩笑话日后竟然有应验的一天。

第二天一早，我们已回到纽约。旅馆的房间里挤满了记者。远航的消息也已经传到这里了。纸莎草已经运抵开罗。我们的船马上就可以动工了。这个时间，三位乍得工匠应该还在飞机上，科里奥已经将营地和人工安排妥当，只等明天全部人马到齐，就立即开工。我订的是当晚的机票，所以还有一个白天可以抓紧筹备纽约这边的事务。这时我收到一封电报，拆开一看，不由得坐了下来。

阿布杜拉被捕。造船工匠仍在博尔村。即电。

电报上签着我妻子的名字。

我匆忙给意大利的家里去电话，确定了这不是开玩笑。邮差送去了一封从乍得寄出的信，里面是阿布杜拉的一张小字条。内容很简单，只说他不能去接奥玛尔和穆萨了，因为他被捕了。下个月他再寄信过来。

阿布杜拉进监狱了。他干了什么？人现在在哪儿？除了阿布杜拉的这张字条，我们没有别的消息。太阳以东，月亮以西，穆萨和奥玛尔依然在撒哈拉以南的浮岛上过着自己的日子。没有他们，就没有船。最多还有十一星期，船就必须在摩洛哥的港口下水，否则我们就无法赶在飓风季来临之前完成航程。埃及，金字塔后面的营地上，大家扫榻具馔，都在恭候乍得的贵宾。但当务之急是找人去乍得把人接过来。那个人只能是我。每周三法国都有一架飞乍得的早班飞机，所以我周二就得抵达巴黎，在这之前还要拿到乍得共和国的签证。今天星期五，也是乔治·华盛顿的诞辰，所以全美各行各业都放假了。明天是星期六，公家机关继续放假，星期天也是。也就是说，我实际只有星期一一天时间，办签证，安排这趟临时加码的旅程，也包括筹钱，因为这趟中非行原本并不在计划中，所以又额外多了这么一笔费用。

我在纽约的摩天大楼间绕了三天圈子，却没有取得任何实质性的进展。到处都大门紧闭。周一一早，这些纽约客们像潮水一样涌回自己的办公室。终于有人接电话了。联合国大楼里会集了世界各国的来客，竟没有一位来自乍得共和国。电话那头的声音亲切地说，乍得代表在华盛顿，当天不会回来，我如果需要乍得签证，得去华府找他。我订好了当晚飞巴黎的机票，钱包已经瘪了，但是飞乍得的长途旅费还没着落。出版商可以提供资金支持，但他人在芝加哥。钱和签证缺一不可。华盛顿的乍得大使馆电话无人接听。我于是联系了挪威大使馆，他们答应帮我找乍得大使，让我不要急，在旅馆等消息。这时，芝加哥那边通知我即刻到银行去，但银行的位置和我住的旅馆几乎隔着整个纽约。麻烦真是一个接着一个，不知千里之外的乍得，阿布杜拉的情况如何。好在联合国秘书长吴丹愿意写信帮我关说，他办公室来电告诉我这个消息，并请我立即过去取信。我正要出门，一个男人冲了进来。皮帕先生是一家国际通信社的社长，他带来了一份合同，如果我同意他们报道这次远航，他愿意提前支付部分款项。我们正说着，又一个电话打进来，说我如果赶得上下一趟到华盛顿的城际航班，今天可以拿到签证。社长先生帮我把冬装、夏装分别塞进两只行李箱，处理了账务，还答应当天晚上帮我把行李送到机场。托里弗也不窝在隔壁房间摆弄他那些胶卷了，他要去吴丹的办公室替我取信。我则立即赶往机场。一路上交通都很不顺利，挪威、乍得两国在华府的工作人员配合却很默契。当天晚上，我拿着乍得签证返回纽约肯尼迪机场，几乎马不停蹄地从这班飞机冲上下一班飞机。中间只停了一下接过托里弗手中吴丹的信和皮帕先生替我拿过来的两只行李箱。

"多谢。再见。晚安美国。早安巴黎。"在尼斯转机的时候，我和妻子匆匆碰了个面，就又登机朝正南方飞去。电话记录和电报单都先不急，一切等我在博尔村找到造船工匠再说吧。

机翼下是撒哈拉沙漠。打开机舱门就有热气扑过来。我们的确到乍得了。拉密堡的低矮房屋连成了片，真不知要怎么才能找到阿布杜拉。他信中留的地址其实就是个邮箱编号。这个邮箱目前是由一位传教士在使用。他也不知道阿布杜拉在哪，他只是雇他做了些木匠活儿，那点活儿早就干完了。但埃耶牧师人非常好，他开上自己的车带我们在阿拉伯人聚居的这一带转着圈地找人。

我在市中心找了间小旅馆住下，前台告诉我，本周只有飞苏丹的飞机，我飞埃及的几张机票肯定是白买了，在乍得谁也弄不到埃及签证。以色列在乍得设了大使馆，但埃及没有，挪威、意大利、英国也都没有。

我房间里有一张床，墙上钉了两个挂钩，还有一台转起来吵得像螺旋桨飞机的电扇。我拿着一张小地图，在床沿上坐了好一会儿，脑袋里还是一团乱麻。有人敲门，我打开门，门外的人身材高大，穿着及踝的白色长袍，头戴一顶彩色小帽。他张开双臂，露出牙齿，朗声大笑，快活的面庞上，眼睛比牙齿还闪亮。

"啊，老板呀，老板，阿布杜拉可惨了，不过现在一切都好啦！"
是阿布杜拉！他是真的开心得跳起舞来了。
"阿布杜拉，这究竟是怎么回事呢？"
"阿布杜拉回了博尔村，但奥玛尔和穆萨往远处去捕鱼了，我划着船在湖上来回找，足足找了四天才找到他们。我替他们还了债。正准备带他们去拉密堡，治安官来了。他说我是坏人，只要给钱，什么都干。他还说，我今天能把两个男人卖到埃及，明天就能卖到法国，卖到苏联。我被捕了。他们把我带到拉密堡关进了监狱。就我一个人。我想办法出了狱，但钱也全花光了。"

真够曲折离奇啊！阿布杜拉在博尔村被捕竟然是因为涉嫌贩卖奴隶。当年奴隶贸易的通道有一段就在乍得境内，显然当地人并没有忘却这段惨痛记忆。目前阿布杜拉是不可能再回博尔村去了。事实上，若拿不到盖着拉密堡政府公章的正式劳动合同，就是我亲自去博尔村也接不走穆萨和奥玛尔。

接下来的五天，为了这份可以让我把那两人从博尔村接出来的劳动合同，我和阿布杜拉在首都各处气派的政府大楼之间往来奔波。见过了一张又一张精明、谨慎的面孔，但也感受得到那些官方面孔之下的友善。迈进了一间又一间极为现代化的办公室。外交部的办公楼尤其优雅气派，阶前是一排14座干涸的喷泉池。一直折腾到星期天。我关掉轰隆作响的电风扇，绝望地坐在床沿上。苍蝇算什么，热又算什么。我受够了。五天来没盖到一个章，没拿到一个签名、一份文书。我们连水陆两用的单引擎浮筒飞机都找到了，机主传教士也答应让我们用，但如果没有盖上公章的文书，我不但带不走两位布达玛族造船工匠，还会落得和阿布杜拉同样的下场。

其实第一天我们就去找了内政部部长，因为他知道阿布杜拉的事，但我是外国人，内政部不能越过外交部接见我，要见外交部长，要先得到内阁大臣许可，要见内阁大臣，先去问礼宾司司长吧。直到第四天，我们才见到外交部长，因为每见一个人，我们都得把事情经过从头说一遍，吴丹那封信也是人人都要细看的。总算，我们与外交部长只有一门之隔，他称得上是巨人了，人很亲切随和，下巴上一撮黑色小胡子，头发浓密，额头、脸颊都有几条平行的疤痕。他对这件事很上心，不是把我们交给内政部就算了，此前他已经和总统开会研究了两次。乍得共和国的总统托姆巴巴耶认为这件事比较特殊，要经内阁讨论才能决定是否应该同意乍得公民乘纸莎草卡戴远海航行。

我实在等不起了，跟他说，我们的当务之急是造船，并请他放心，尼罗河风平浪静，而且造卡戴的工作都在陆地上进行，前提是，他们得准许三位乍得公民为我们工作。总算，他首肯我们迈入内政部，内政部指路劳工部，但劳工部表格用完了，又指路打印店。三个人共计12张正反面印刷的制式合同终于到手，接下来就要去找劳动就业部的负责人签字盖章。一定是命运让他在印好的制式合同中发现了问题，区区两段话令我们之前的努力全部无以为继。

合同要先有事主本人签名才能盖章，但那奥玛尔和穆萨还在博尔村等合同。还有甚者，其中一张表格里写着没有健康证明则合同无效。我们到哪儿去弄健康证明呢？博尔村没有医生，见不到盖了章的合同，治安官又不许他们走。劳动就业部的负责人请劳工部的一位同人过来咨询，见着合同，他也一筹莫展。规章是什么，写得很清楚了。两人都是好人，他们把那两段话指给我看，我不是不明白。没有健康证明则劳动合同无效；不离开博尔村则拿不到健康证明；没有劳动合同则属非法离境。一句话：完了。

我心力交瘁，回到旅馆，甩上门，把风扇开到最高速。明天是星期天。我坐在床边，已经出离愤怒了，在日记里写道："我要被逼疯了。但这不是乍得人的错，他们大多友善、聪慧，且极为纯朴。畸形的体制是我们在这片大陆的投影。非洲的文化本非如此，是我们教会了他们另一种方式的生活。"

这时一个声音在我脑袋里小声嘀咕：明修栈道，暗度陈仓。我关掉电扇，在总统官邸遥远的军号声中进入梦乡。星期天，我去见有飞机的那位传教士。他的汽油够用。星期一一大早，我坐上他开的飞机，螺旋桨飞转，带着我们飞过了政府大楼的屋顶，非洲的大草原、沙漠和浮岛。我们在博尔村村外降落，溅起一大片水花。飞机上除了合同，就只有一只空箱子，所以成败其实都在这份文书上。殊不知上面除了我们自己的签名，没有一个官方的签章。大量的印刷体文字令治安官和苏丹肃然起敬，他们把挤在人群里的奥玛尔和穆萨叫了出来。

当天晚上，小飞机从茅草屋外的湖面上再次起飞时，我们身后已经多了两位战战兢兢的布达玛人。岸上黑压压的，挤满他们的亲朋好友，苏丹和治安官站在最前面，凝视着这两位部落的同胞，敢于冒险的勇士。而他们呢，紧紧抓着座椅，像秃鹫一样俯瞰着养育他们的小天地。他们心里怎么想的，表情上一点看不出来，他们手臂上那一排伤痕不已经证明了吗，他们连烧红的烙铁都不怕，没说过一句废话，现在这些算得了什么？他们并未为长途旅行做什么准备，身上的旧袍子，脚上的手工凉鞋，就是全部行李。我带过来的空箱子依然空着。他们一无所有，自然没有东西可以放进去。

到了拉密堡，见到恢复自由身的阿布杜拉，三人不由得快活地拥抱在一起。我们先去市场给他俩添了几件衣裳，穆萨选了一身黄衣黄鞋，奥玛尔则从头到脚一身浅蓝。穿着崭新的长袍，一黄一蓝两个身影带头朝警察局大步走去，稍后两人瞪大眼睛欣赏着自己新出炉的护照照片。

"名字？"一位热心的警官问。

"奥玛尔·姆布鲁。"

"穆萨·布鲁米。"

"年龄？"他又问。

没人回答。

"奥玛尔是哪年出生的？"

"比穆萨早4年。"

"那是1927年，1928年，还是1929年？"

"对。"奥玛尔怯声说。

"生于1929年。"警官写下来，又问，"穆萨呢？"

"1929年。"穆萨立即答道。

"不可能。"警官很笃定，"你比他大4岁呢。"

"是的。"穆萨附和，"但我们都是1929年出生的。"

"生于1929年。"警官也在穆萨的证件上写道。

护照需要签名。奥玛尔不好意思似的，说自己只会用阿拉伯文字签名。他接过笔，坐好，花里胡哨地比画了几下，笔尖压根没敢碰到纸，后来他决定还是让警官代他签吧，于是又把笔还给人家。穆萨连忙也请警官代签。但是想真正把护照拿到手里，还是得有劳动合同，于是我们又去天主教医院开健康证明。在这儿又发生了一段小插曲。修女告诉穆萨把衣服脱到腰部，结果他听话地把衣摆一直往上翻到了肚脐。轮到奥玛尔拍X光片时，屏幕上居然看不到他，修女打开灯才明白是怎么回事，原来他爬到X光机顶上，靠肚皮支撑，偷偷趴在那儿了。入境苏丹必须要有接种黄热病疫苗的证明，但他们打完针却没拿到证明，医院的表格用完了。我和阿布杜拉连忙跑到打印店，因为之前的账医院还没结，打印店不肯印。最后还是苏丹航空公司的工作人员在抽屉里翻出三张旧的天花接种证明表。医院正要填写证明时，一位法国医生拿着奥玛尔的X光片进来了。奥玛尔的肝上长了个东西，而且很大，他的病情其实已经很严重了，医生不同意他跟我们去埃及。问题是穆萨不懂阿拉伯语，若奥玛尔不去，他也不去。纸莎草计划眼看又要完。

我们能为奥玛尔做点儿什么呢？大家一起去找法国主治医师，他笑容满面，还是位陆军上校。

"你怎么在这儿？"

我们谁都没想到会在这儿见到老朋友，心情非常激动，我上次见他，拉卢埃尔上校还在塔希提岛当军医。最后我们一起商量出了解决之道。如果奥玛尔被遣返博尔村，是一定得不到救治的。但他若是跟我去开罗，我保证带他去医院看病，打针、吃药，把病治好。

飞往苏丹的航班升空了。穆萨和奥玛尔几乎是在最后一秒被推上了飞机，为了搭配，他俩买了跟衣服同色的眼镜，结果隔着黄、蓝镜片，连路都看不清了。阿布杜拉把头探进机舱，看清里面的陈设，他惊呼连连，另两人则在叹息感慨，这机舱简直比博尔村苏丹的房子还宽敞。很快我们就飞到了云层之上，阿布杜拉和奥玛尔把安全带和调节座椅好好研究了一番，穆萨要矜持得多，他不疾不徐，拿出一条黄色手帕，擦擦头，再擦擦鞋；擦擦鞋，再擦擦头。这时空乘托着一碟甜点走过来，他们每人都抓了一大把，开始用手托着，后来看见别人把糖纸放进烟灰缸里，他们就把所有糖都塞了进去，接下来的旅程则致力于把糖一块一块从那个小口里扣出来。午餐时，我看到奥玛尔在水果沙拉里也放上黄油，不由得为他的肝脏感到担忧。不久，我们就飞过了苏丹荒凉干旱的边境，傍晚时分降落在它的首都喀土穆。

　　这下谁也管不到他们几个了。博尔村都是平房，但喀土穆的房子一层上面还有一层，就连阿布杜拉见到一栋四层建筑也几乎失态。我们今天要在这座繁华的阿拉伯都市过夜，我根本不敢错开眼珠，生怕一秒看不到他们就惹上麻烦，现代化的大酒店会令他们显得更加格格不入，我决定还是带他们去贫民区住那种不怎么高级的小寄宿公寓。这是一栋破旧的老房子，服务台和房间位于三楼，厨房和餐厅则在屋顶上。但他们三人都看呆了，觉得童话里才会有这样的房子。奥玛尔和穆萨两兄弟上楼的样子可太怪了，他俩使劲抬高脚，一步一顿的，倒像在爬什么崎岖的山坡。我才意识到，这是他们第一次爬楼梯。在博尔村时，村子里也好，浮岛上也好，所有的房子都是建在平地上的，都只有一层。酒店的房间门都朝着走廊，没有窗，光秃秃的灯泡挂在天花板上，几张铁床排成一排。奥玛尔和穆萨两兄弟从来没见过床，阿布杜拉告诉他们那是睡觉用的，两人立即趴下，钻到床底下去试睡。他俩翻个身躺平，鼻子都顶到弹簧床垫了，阿布杜拉笑得弯下了腰，但忍着没有笑出声。他叫两人赶紧出来，女老板都糊涂了，还以为他们去床底下找什么东西，也低头去看。店主在屋顶给我们安排了一张小桌子，每人一把餐叉，一碟食物，有肉、番茄、土豆、韭葱，还有青豆。餐叉的用途很快被三人发扬光大。我看中了自己盘中的一块肉，结果有一把叉子比我的更快，于是我的肉落到了奥玛尔嘴里。我又瞄准了另一块，但是——糟糕！——阿布杜拉的叉子先到了，我不想两把餐叉打起架来，只好去叉土豆。我抬眼一看，发现桌面上已经是叉影纷飞，三人都是看哪个盘子里的东西好吃，叉子就往哪飞。我的三位同伴过去进餐都是一群人共用一个大盘子，盘子放在中间，直接用手指取食送食，有了叉子，就好像胳膊长长了一截，就算食物不放在中间，大家也都够得着，简直绝妙。

我饿着肚子上了床。公寓里唯一的浴室里赞叹声不绝于耳。阿布杜拉想要一点儿苏丹现钞，若有女士登门，也不至于尴尬。第二天，天还没亮，他就把我叫醒了。他听说并不是全世界都过同样的时间，他想确认一下我有没有和飞行员把时间对好，免得人家都飞到埃及了，我们还留在苏丹。

我们在机场遇到了大麻烦。倒不是有人发现三位乍得公民没有埃及签证，而是卫生部门发现还要再过一星期才能确定他们的黄热病疫苗是否接种成功。他们的确让这三人在自己眼皮子底下溜进来了，但在确定疫苗接种成功之前谁都别想再溜出去。三人被挡在停机坪外，怎么求情都没有用。不过，我已经过关了，而且发现机场栅栏敞着一条大缝。阿布杜拉眼睛特别尖，一眼看出我在打手势。卫生部的人依然堵在队伍前头。他带着另两人从队伍里撤出来，一白、一蓝、一黄，三个身影拉开点儿时间，陆续绕过机场大楼。起飞时，我们四人已全在飞机上。两位博尔村的男士坐得斯斯文文，像坐惯国际航班的老手一样系上安全带，对漂亮的黑人空乘微微一笑，从她的盘子里拿了一块糖。

开罗。迎接我们的队伍等在飞机舷梯下，挪威大使彼得·安高面带微笑，站在最前面。旅游部的代表挥手让我们通过，什么签证、黄热病，提都没提。大使的司机，穿着优雅的制服，向穆萨、奥玛尔和阿布杜拉鞠了躬，他们三人把衣摆拢在腿上，笨手笨脚地钻进大使的大汽车里。看到第一拨桥梁、地下通道和公寓大楼时，后座的三人忍不住一下高声欢呼，一下低声赞叹。一座清真寺，又一座清真寺，整个城市到处都有清真寺。等车开到市中心，看到高楼大厦鳞次栉比，而且不摇下窗户就看不见屋顶，他们渐渐说不出话来了。这不可能是真的。穆萨晕晕乎乎。奥玛尔坐得直挺挺的，每往旁边偷瞥一眼，白眼球就会闪一下。阿布杜拉就不同了，他伸着剃得光溜溜的脑袋，张大眼睛、嘴巴，品味着每一个细节，从电车的线路到汽车的品牌，从招牌的彩灯到皮肤的颜色。

"那是什么？"阿布杜拉问。

　　我们已经走出了现代的都会，驰骋在吉萨平原上。我早知道会有这个问题，只是不知道阿布杜拉听到答案会有什么反应。另两人支着脑袋，让自己尽量别睡着，但阿布杜拉已经盯着前头看了好久，幽暗的光线中，眼睛和嘴巴都越张越大。

　　"那是金字塔，阿布杜拉。"我解释给他听。

　　"是山吗，还是人弄的？"

　　"是很早以前，由人造起来的。"

　　"这群埃及人呀！真是比我们厉害多了。那里面住了多少人呢？"

　　"就一个，而且是死人。"

　　阿布杜拉又惊又叹，笑出声来。

　　"这群埃及人可真是！这群埃及人呀！"

　　我们又接连看到两座金字塔。这下阿布杜拉也不说话了，黧黑的面孔上，只有白眼球闪动时反射着光。下车后，还要走很长一段路才能到达营地，我们全靠手电筒的照明，翻过了一个又一个沙丘。月光之下，白色的帐篷像躲在金字塔和狮身人面像后面的幽灵。三位造船工匠走在洒满月光的沙地上，哪里知道，几千年来，这还是第一次，又有身负造船技艺的工匠从狮身人面像的巨爪旁经过。他们也不知道，脚下的沙漠就是当年法老御用造船工匠们的长眠之地。建造纸莎草船的技艺随着那些工匠的长眠被人遗忘，继而遗失，经过一段漫长而曲折的历程，如今就要重新回到金字塔脚下。

　　"晚安，阿布杜拉。这顶帐篷是你的。旁边那顶是穆萨和奥玛尔的。"

　　太多的新鲜和震撼塞满了脑袋，三个人偷偷抬眼看了看法老那些山一样气势逼人的庞然大物，璀璨的星空下，它们的形状和帐篷的影子也差不多。"每个里面只有一个人，还是死人。"阿布杜拉用阿拉伯语小声告诉奥玛尔。但奥玛尔并没有再翻译成布达玛语，因为穆萨早就钻进帐篷，躺在床上，打着鼾睡熟了，大概他觉得自己知道的已经够多了吧。

　　清晨的第一缕阳光洒在帐篷顶上，太阳翻过地平线，爬上沙丘，将金字塔塔尖映得红彤彤的，好像三座岩浆喷涌的火山。但地面上还是又黑又冷，三位造船匠穿着长袍钻出帐篷，蹲下来，望着金字塔金碧辉煌的塔顶，等待着阳光普照大地，让沙漠中寒冷的人不再瑟瑟发抖，等待着日出那一刻，匍匐在地向阿拉祷告。太阳终于升起来了，三名黑人跪成一排，弯下腰，让额头贴在沙地上。三颗脑袋剃得精光，亮得像打过油的皮鞋，头顶冲着渐渐苏醒的太阳神，阿布杜拉认为麦加应该就在那个方向。太阳升起，照亮了远方的沙丘。我们瞧见一点不同寻常的东西，在没有生命的沙与石中间，释放着鲜活的生命力。是纸莎草！巨大的纸莎草垛有的还泛着青，有的像阳光一般金灿灿的，等着我们的到来。阿布杜拉拿了一把长刀，我们全都凑过去，紧张又期待，不知专家的裁断如何。这是中非的造船工匠和尼罗河源头的原材料之间具有决定性的首次会面。阿布杜拉长刀一挥，砍断一根芦苇，另两人捏一捏断端，顺着长长的茎秆摸下去。

"基尔塔。"穆萨低声道。

"嘎纳金。"奥玛尔翻译成乍得阿拉伯语，咧嘴笑着转述给阿布杜拉。

"纸莎草，他们说这是正宗的纸莎草。"阿布杜拉用法语告诉我们，一下子，紧张不翼而飞，人人都按捺不住喜悦的心情。阿布杜拉又有好消息：这是最上乘的纸莎草。

我们在帐篷旁选了一片平整的沙地，量出50英尺长，15英尺宽的一块，四角各钉上一根木棍，用绳圈起来，接下来我们就按着这个尺寸造船。

"卡戴得要这么大。"

"可是，水在哪儿呢？"

发问的是穆萨，奥玛尔也跟着点头。

其余人异口同声："水？"

我连忙说："烧饭的那个帐篷外面就有水桶，里面的水可以喝，你们不知道吗？"

"我是说湖在哪儿？纸莎草得先泡过水才能造船。"穆萨说着，纳闷地往周围看了看，怎么只有望不到头的沙丘。

"可是你们告诉我，纸莎草用之前要先晒干，得晒三星期呢。"我忍不住提高了音量。

"对，是这样。新鲜的纸莎草没韧性，得先晒干才行。但造船之前还得泡水，不然像柴火似的，一折就断了。"三位黑皮肤的专家说。

我们的运气也太好了吧。这可是沙漠。水有是有的，骆驼的驼峰里有，装着水龙头的水桶里也有一点儿。远处的山谷里还有尼罗河。非常远。所有的污水都排在河里。现代的尼罗河水腐蚀纸莎草的速度绝对可达到法老时代的两倍。从来没有人告诉我们造船前纸莎草要先泡水。但这怨不得他们，奥玛尔和穆萨自小生活在湖边，博尔村到处是水，他们以为的世界就是一座大湖，除了湖上的浮岛，就是天边的一线沙漠。

"湖在哪儿呢？"

穆萨的眼神像是要打退堂鼓，奥玛尔也显得不安。我们得立即想出办法。

"我们会把水取来！"

也只能如此。来不及换营地了，那么多的大纸莎草垛挪起来也是个麻烦。况且尼罗河的水那么脏，我们根本不敢把纸莎草泡进去，如非必要也不想泡在海水里，毕竟专家们都说，海水会分解苇草的细胞组织。再说这个建营地址也不是随便选的：旁边就是金字塔，代表着古代文明；还有许多法老的墓室，造船时，我们可以根据墓室中古代壁画随时确认、修正细节。沙漠的气候可以确保纸莎草保持干燥，乍得和埃塞俄比亚的造船工匠都提到过这一点，一定不能马虎。

"阿布杜拉，告诉他们我们马上就去取水。"

我和科里奥开上吉普车，一路颠簸着穿过沙漠，来到最近的阿拉伯居民区。我们在这儿买了砖头、水泥，找了一位泥瓦匠帮我们砌水池；还有一位卡车司机，我们让他每隔一天给我们送一次水，要自来水，装满12只旧汽油桶。我让人带阿布杜拉三人去了开罗，他们除了身上的长袍没有别的衣服，但这在埃及不够用，这儿更靠北，要比乍得冷得多。还有，奥玛尔也开始治病了。我们在帐篷前面的沙地上，用砖砌了一个长方形的水池。第二天，第一捆纸莎草下水了。现在我们总算见识到了纸莎草的浮力有多厉害。得要三个人在上面又蹦又跳，才能把一捆纸莎草压进水里，而从埃塞俄比亚运来的纸莎草一共有500捆。我们找来一只水桶，换个方法试验，我们把一根纸莎草大头朝下按进水里，刚一松手，它就像离弦的箭一样射了出去。

我们正式开始造船了，早有两张善意的面孔密切关注着我们。两位都是饱学之士，留着飘逸的长胡子，此刻正双双摇着头，不敢相信我们，也忍不住怀疑自己。一位是埃及古文物馆的馆长，最近他们正在拼接复原刚发掘出土的基奥普斯法老的巨型雪松船，就在最大的那座金字塔脚下，离我们不远，所以时常过来看看。另一位是瑞典的历史学家比约恩·兰斯特勒姆，他是世界上古埃及船舶设计领域首屈一指的人物。他经常到埃及来，尼罗河河畔有数不清的古墓，壁画中的每只船他都要临摹下来，并编纂名录。上星期，他刚对媒体表示，对一切纸莎草船的航海能力表示忧虑。但是真正的纸莎草和乍得经验丰富的造船工匠饱满的信心，令他开始动摇，他主动要求留下来帮忙，他的那些理论知识正好能够派上用场。

大家各尽所能。兰斯特勒姆不了解纸莎草，也不知道怎么用绳子把纸莎草捆扎成船，但他知道船扎成后应该是什么样子，有许多细节连亲手造过不知多少艘船的布达玛人也没听说过。他知道法老的船，船头船尾都向上翘，也知道两脚桅、索具、帆、船舱和转舵装置都是什么样子，应该装在什么位置。他坐在纸莎草捆上，把最终成船的草图完完整整画出来。从此这张画就成了我们的蓝本，船的造型和各部分比例都以此作为参考。

穆萨、奥玛尔两人摇头大笑，在乍得，他们从来没见过这种两头翘的东西，这居然也敢叫"船"。但他们还是立即动手造我们实验要用的海船。他们拿了四根苇草，将一端对齐，用线绳缠紧，就这样，纸莎草越加越多，用到的绳子也越来越粗，这手功夫我在乍得已经见过一次了。渐渐地，纸莎草捆呈现出圆锥的形状，尾端直径大约有两英尺，用到的绳子也达到男人小指粗细，这时他们就不再继续将纸莎草捆加粗，而是仅仅加长，每两三英尺就用那小指粗的绳子绕几圈，形成一段柱体。要做的工作太多了，我不得不再去一趟阿拉伯居民区，多招募一些人手。这下阿布杜拉也有了用武之地，操着他的乍得阿拉伯语，竭尽所能做好翻译。

"伯特。"每个埃及人都要喊这么一声。这个词是芦苇的意思。接下来，我们仿佛拥有了一条流水线。两个男人握着长长的木头杠杆，使劲踮起脚，想把水池里不听话的纸莎草捆整个摁进去。还有两个人将浸过水的纸莎草根端泡烂的部分削掉，再整捆抱走交给别人，进行下一道工序，也就是把纸莎草一根一根递到三位乍得人手里。纸莎草并不柔顺，扎成船需要三人用上全身力气，像箍桶一样把绳子缠得紧到不留一丝缝隙。阿布杜拉自动自发地当起了工头儿，一边麻利地干着自己的活儿，一边把大家指挥得团团转。起初，新招来的这些埃及人不大看得起这三个黑不溜秋的中非人，进烤炉里转一圈也不至于这么黑呀。但阿布杜拉聪明伶俐又能说会道，不知不觉，他们就开始听他的安排做事。很快另两人凭借自身的不骄不躁、能干大方也赢得了他们的尊重。我们的营地其实就是绕着帐篷、纸莎草垛和建筑工地象征性地拉了一圈绳子。营地上还有两个包着头巾、拿着旧火枪，一看就不好惹的看守，一位优秀的厨师和一个笑容像太阳的年轻服务员。每天，大家回到充作食堂的帐篷里，围坐在长桌旁，热热闹闹地说着各自的语言，其乐融融。尽管参加远航的各国成员还没到，我们已经有了英语、阿拉伯语、意大利语、布达玛语、挪威语、瑞典语和法语。

到了第三天，传统和学术之间还是产生了分歧。纸莎草捆已经够长了，应该开始逐步收细，造出尖尾，但是布达玛兄弟毫不留情地拒绝了。他们要将柱体继续加长，达到预定长度后，就像切香肠那样拦腰切断，他们乍得湖边都是这么干的。哪有卡戴两边都是船头！为了让他们明白，古埃及有一种纸莎草船确实是两头翘的，我们要的就是这种船，我、兰斯特勒姆、科里奥轮番上阵，阿布杜拉作为翻译也是费尽了口舌。但通常乐呵呵的穆萨转身就走，回床上睡觉去了。奥玛尔向我们解释，别看开始才四根草，现在成了这么粗的一捆，就觉得反过来也很容易，那是不可能做得到的。说完，他也大步离开，剩下我们和一群埃及人，不知所措，一筹莫展。

第二天天还没亮，两兄弟就跑到了工地上，到我们起床时，他们早照着自己的心意干了半天了。我们慌忙飞奔过去，只怕来不及阻止他们。结果到了工地，见到了船，几个人却面面相觑。兰斯特勒姆曾画过一张结构图，以七捆纸莎草为例，将草捆并排平放，两端上翘的部分由外向内依次贴靠，使船头船尾各形成一个尖角，相邻捆两两扎紧，通过这种方式，在外侧继续添加纸莎草捆，可使船达到所需的宽度。两兄弟已经在扎第二捆纸莎草了，不是用上述先把第二捆扎好，再捆到第一捆上的方式，而是和第一捆交错着扎成一体。扎新的这捆时，他们会看好约一把纸莎草的量，直接扎到第一捆上，再从第一捆中挑同样的量，把绳子穿过去，和第二捆的草扎在一起，这样两捆草就成了不可分割的整体。如此巧妙的技术靠纸上谈兵是谈不出来的，学者们只能自叹不如。无数人千年的实践还是战胜了一个人的毕生所学。于是我们拥有了一组密不可分的纸莎草捆浮筒，不过只有中间那筒的横截面呈满月形，其余的，一侧是朔月，一侧是晦月，越靠边，月牙越弯。

第七天，沙暴席卷了撒哈拉。沙粒雨点般砸在帐篷上，渐渐地，金字塔看不见了。固定帐篷的木桩要再钉得深一点，还得把纸莎草垛用帆布罩起来，晒干的纸草太轻了，已经有一些被风卷走。做完这些，我们已经吃了满嘴的沙子，眼睛也磨得生疼。扎到一半的两捆纸莎草，绑了绳子的部分结实得像树干，没绑绳子的部分像刺猬竖起的尖刺，又像稻草，风一吹就断。风更猛了，接下来的三天，营地上飞沙走石，像落了一场热冰雹。第四天，风停了，沙漠上下起了毛毛雨，我们冒着雨开始工作。这时船身已经有三捆纸莎草了，我们用罐子从水池里取水，浇到船头上，等草浸湿变软，大家就一齐来把船头向上扳，弄出像法老的船那样流畅的线条。但船尾的纸莎草依然支棱着，活像一把超大的剃须刷。穆萨和奥玛尔寸步不让。我们便先带他们俩和阿布杜拉去开罗的大商场逛了逛，这恐怕是三人此生最大的奇遇了，他们乘着电扶梯上上下下，我答应送他们每人一件礼物。三人乐坏了，都选了手表，阿布杜拉还满口答应要教会另两人看表。那天下午，心花怒放的穆萨发现，原来还是有办法做出尖尖的船尾的，只要减掉一些纸莎草，把船尾翘起来，再根据需要适当添加纸莎草调整弧度，就差不多可以拥有我们想要的那种埃及船了。大家如释重负。随着船尾逐渐上翘，我们的纸莎草船越来越像一艘真正的古埃及船只，仿佛太阳下的一弯新月，停泊在金字塔前，在场的学者、工人都忍不住心潮澎湃。谁又能想到，这个现琢磨出来的船尾后来成为这条船的致命伤。

之后，在现有的三捆纸莎草两侧又各加了三捆，中间那捆最长，两侧依次减短，这九捆作为第一层，第二层固定在第一层上，也是同样的结构。又在甲板那面两侧各加了一捆纸莎草，作为船舷。船底那面，中间三捆草比较粗，从船底凸出来，和两侧有八英寸高差，相当于龙骨，只是要宽一点。

四月的撒哈拉沙漠烈日炎炎，其威力只看我们如今的工作效率和用水量就可见一斑。当地的报纸、电视都说到了我们躲在金字塔后的山谷里造船的事，只是总把纸莎草船和基奥普斯法老的雪松船弄混。大概因为那只船就在几百码外的地方，由艾哈迈德·约瑟夫主持修复吧。因为中东危机，专业的、业余的导游都没什么事可做了，就想到带着有限的几名游客来看正宗的埃及纸莎草船。各大洲的游客、蜂拥到埃及来报道苏伊士战事的摄影师和记者们，或步行，或骑在骆驼或马背上，来看纸莎草船。最近，这成了当地的盛事。围着营地的绳子形同虚设，最后干脆不见了踪影，热情的游客们纷纷爬到船上留影，根本不在乎会不会踩断又干又脆的纸莎草，守卫拦住了这个，就放跑了那个。骆驼把纸莎草船当成了食物。人们则把纸莎草当成纪念品带走，有人甚至带走一整根，有的上面还有签名。不管谁向他要签名，阿布杜拉都欣然同意，全然忘了他应该守护住大家辛苦劳作的成果。穆萨和奥玛尔把绳子绕在手上，光顾闲站着和尼日利亚、苏联、日本来的美人们打情骂俏。我们也试过趁晚上没人打扰，点上油灯和火把工作，但一滴油、一个火星就可能令我们前功尽弃，最终只得作罢。毕竟这是一艘名副其实的草船。只需要一根火柴，就能燃成一片火海，并于几秒内化为沙漠中的一堆灰烬。一见有游客抽烟，或只要拿着烟靠近船，就能让我们吓破胆。我们写了几个"禁止吸烟"的大牌子挂起来，有英语的，也有阿拉伯语的，并告诉值白班的守卫，让他指给每位游客看。结果没多久，我们竟然发现有个老头儿坐在船头下惬意地抽着自制的卷烟，手里还拿着把老古董的火枪。我气急败坏，指着他头顶那块禁止牌，但他并不为所动，笑着说，他不识字。

我们在开罗找到一位编篮子的老工匠，他用柔韧的柳条编制了船舱，地板、墙面和舱顶直接编成一体。船舱宽8.5英尺，长12英尺，门开在长墙一侧，有3英尺见方，舱顶呈拱形，即使最高的地方也不能站直，得要低头，这就是我们今后要住的地方。船舱一头接着那两堵长墙又往外编了3英尺，作为储藏室，有顶，但外侧没有封墙，我们的给养都放在里面。

造船过程中，我们得不断进入古代墓室研究壁画上的细节。画里面，长长的木船上方总是有一根粗绳，高高系在船头和船尾的两支双脚桅上。其作用是使船头与船尾互相牵制，避免一端受到冲击时，船从中间折断。纸莎草船上就没有这种拉索，可见船体可以承受更大的纵向弯曲。不过纸莎草船上有一条短缆，从回钩的船尾斜拉向甲板后段，令船尾看上去仿佛一把单弦的竖琴。我花了好几小时琢磨这根弦的作用，我知道它一定有某种实际用途。学者们都认为它的作用就是保持船尾回钩的形状，三位亲手造过船的乍得船匠也这么说。我同意。但是原因呢，船尾为什么要向内弯呢？大家都说，只是为了美观。我们确实都讲不出更令人信服的理由，但哪怕就只为了美观，我们也决定将古画中的这个特色保留在自己的船上。但几天之后，我一早起来发现那根弦不见了。是我们几位来自乍得的朋友拆掉了，他们嫌它碍事，而且船尾的形状已经固定住了，没有这根弦也无所谓。我们请他们把绳立即系回来，但被拒绝了，而且有理有据，他们说若是船尾回直，随时都可以再系上。但现在还是先算了。

壁画和浮雕中，木船有系在双脚桅上连接首尾的粗拉索，纸莎草船则绕甲板牢牢拴着一圈粗麻花绳，一方面相当于木船拉索的作用，加持纵向结构，使船体更结实；另一方面给桅杆提供固定点，纸莎草毕竟还是太纤细，禁不起桅杆直接绑在上面。

我们走过一间间墓室，穿过一条条甬道，绕过一根根列柱，三四千年前的古老壁画、浮雕，色彩鲜艳依旧，细节栩栩如生，那段旧时光的水上生活得以在我们眼前重现。远航前，我们只能通过这些古画来了解当年水手们的生活，毕竟这段历史被遗忘得太久，目前谁都没有第一手的经验。画中的木船和纸莎草船通常很难分得清，因为木船基本沿用了纸莎草船的形制。但墓室中有些壁画画到了建造纸莎草船的场景，包括在沼泽中收割纸莎草、背运纸莎草捆、学徒搓绳子，造船匠最终将纸莎草捆扎成船。

画中有大大小小的纸莎草船，船上有各行各业的人，各式各样的东西。有装满了水果、面包和各式糕点的篮子，有罐子、麻布袋、箱子、鸟笼、猴子、小牛，有渔夫、猎人、小贩、武士，还有游河的皇族。有送葬队伍，也包括神祇和鸟头人。有光着身子的渔夫，有的在撒网，有的在设陷阱，有的在垂钓。有陷入包围的小纸莎草船队，有站在甲板上拿着鱼叉捕猎河马的武士，有躲在芦苇丛中觊觎鸟儿羽毛的捕鸟人，有坐在货物上给孩子喂奶的女人。也有法老和王后坐在宝座上，面前的桌上摆满了珍馐，一旁的侍者等着为他斟酒。有的画中为了体现王权，将法老画得如同巨人，双脚开立几乎占满整条船，他的脚下细致地描绘着20对桨手，正在划船，船看外形像是纸莎草船，也可能就是纸莎草船，船上有高大的两脚桅，五六名水手正顺着索具爬上帆桁和支索，有的在拉升降索，如此复杂精细的帆组充分证明，5000年前他们的航海技术已经非常发达。最上等的纸莎草船，船头、船尾都有兽首装饰，船舱柱、遮阳棚、舵桨，以及各种陈设也都极尽奢华，雕刻、彩绘、描金不一而足，其工艺与品位与古埃及人在陆地上的建筑和日常用品相比也毫不逊色。

法老有的是石头，所以他可以把金字塔造得像山一样高大。他也有的是纸莎草，所以如果他想把船造得如同一座浮岛，也没什么不可以。而我们要造的纸莎草船，其长度只相当于狮身人面像的五分之一。离开木乃伊的地下世界，站在这只巨石怪兽的两爪之间，我们感到自己异常渺小。这也令我们明白，古人确实有能力用轻飘飘的纸莎草创造出巨大的物体。纸莎草经不起时光的摧残，但石头不怕。如果留下来的只有地下世界的壁画，现代的人绝对不会相信，比大航海时代早上几千年的时候，人们已经可以创造像狮身人面像及金字塔这样人力几乎不可能完成的庞然大物。尽管我们总喜欢把自己视为真正文明的一代，但金字塔的存在却在提醒我们，不要自以为是。最晚来到这个世界，并不意味着我们拥有比前人更高级的智慧。他们留在这世界上的痕迹表明，仅就人类行为背后的动机，包括理解力、创造力、组织性、精力、好奇心、品位、志向等，善也好，恶也好，我们和古人之间没有根本差别。这5000年的鸿沟，归根到底不过是日历上的数字和从古发展到今的科技。

　　船舷眼看就要完工，也到了去摩洛哥的时候。我得提前过去做些准备，才能把船运过去，再就是船最终要在古港口萨非出海，而我们大家都还不曾去过那里。稍后，我回到埃及时，最后几捆纸莎草也在船体就位。整条船用掉的纸莎草共计28万根。船完工后，工地上只剩下最后区区6根纸莎草。

　　4月28日，"康提基号"就是在22年前的这一天开始了远航，我们的纸莎草船也将在今天离开工地。金字塔后面人山人海。旅游部搭起帆布凉棚，下面摆上椅子，请吉萨省省长、埃及各部部长及外国公使们入席就座。今天，所有事都不劳阿布杜拉、穆萨和奥玛尔动手，他们已经换上了盛装，坐在观众席中。金字塔前的沙地上，纸莎草船胸宽体胖，脖子和尾巴都翘得老高，卧在原木上，活像一只正在孵蛋的大金鸡。其实造船之初，我们就先在地上垫了一个特大号的木橇，木橇前方系了四根长绳。此刻，人们正忙着用电线杆铺设滑轨，好把木橇拉过沙丘。至于拉木橇的人手，还要多谢开罗纸莎草学会的会长，他带我去了埃及体操学院拜访，我俩告诉学院的负责人，我们有个特别棒的训练项目——拉绳，地点就在吉萨的沙漠。我们负责接送，问他学院能来多少人。

学院最终选拔了500位体育生，如今他们身着统一的白短裤，列队整齐，跟随教练的口令在几条长绳旁就位。有两人站在船上引导方向，还有一人在木橇前方，手握指挥棒，只等他示意大家就一齐发力。眼前的场景令人不由得想起《圣经》中的故事。也许因为船只的样式太古老，结实的船体带着手工的痕迹，船舱、甲板都像篮子，又有金字塔作为背景，让人一下想起了诺亚方舟，所有动物都离开了，只剩方舟留在一片荒凉中。也许因为摩西曾到过金字塔，而他曾被藏在纸莎草篮子里，放到尼罗河中，随河水漂流。可以肯定的是，木橇上的人举起指挥棒的一刻，500位埃及年轻人同时用力，沙漠中响起有节奏的号子，木橇嘎嘎作响，巨大的纸莎草船开始缓缓向前移动，只有金字塔历经数千年还留在老地方。在场见证这一幕的人，不少都打起寒战，明晃晃的太阳底下，仿佛有幽灵走过。

"哎嘿，用——力！"伴随着埃及人有节奏的喊声，木橇发出吱吱嘎嘎的呻吟，摩擦石头的刺耳声音，太阳像往常一样照在金字塔上，今天又多了1000条腿，1000条臂膀供它游玩，指挥棒一抬，它们便隆起肌肉回应戏谑的阳光，即使没有机械，只要齐心协力，山也可移。

纸莎草船朝着通向撒哈拉市的柏油路远去，一时间只剩下帐篷还陪着金字塔，沙漠里的小山谷顿时显得怪异，且有几分凄凉。搭载着我们的"诺亚方舟"的木橇被吊到修建阿斯旺大坝时用过的大拖车上。体院的学生们一阵欢呼雀跃，我们连连致谢。多亏他们的辛劳付出，埃及最古老和最现代的交通工具才能一体同行，沿着棕榈夹岸的尼罗河行驶在柏油路上，来到河口的亚历山大港。

我们发觉，一接触海边湿润的空气，这艘干得发脆的沙漠之舟，立即恢复了生气，变得强韧。纸莎草像橡胶一样弹性十足。这艘木乃伊般的船第一次邂逅大海，就从沉睡中苏醒，焕发了新生。

第七章

出航大西洋

　　萨非。空气中带着清新的盐味。大西洋汹涌的海潮拍打着峭壁，溅起雪白的巨浪，冲上海岸边古老的防御工事。那是1508年，葡萄牙和柏柏尔人的首领叶海亚·伊本·坦夫特达成协议，接管萨非港的防务后，由瓦斯科·达·伽马的亲戚下令建造的。中世纪的城墙和有450年历史的葡萄牙古堡之间存在着一个充满活力的社会，阿拉伯人和柏柏尔人和平共处，在这个世界上最大的沙丁渔场中辛勤劳作，港口里各色的渔船排起了长龙，运送硫酸盐和其他货物的远洋巨轮进进出出，来和摩洛哥最重要的内陆城市马拉喀什做生意。[1]

　　我们坐在帕夏的棕榈花园中，这里是全城最高的地方，辽阔的海面从港口一直铺展到地平线，不知哪里才是尽头。在葡萄牙人接管之前，萨非港曾属于柏柏尔人；再往前数1000年，又曾属于腓尼基人，他们沿着这一带的海岸线开展贸易，所到之处已超出了今天摩洛哥王国的版图，时间的跨度更是越过了千年。考古学家在萨非以南的摩加多尔[2]陆续发现了不少腓尼基的遗迹，这儿的

---

① 译注：叶海亚·伊本·坦夫特为杜卡拉区Doukkalas地方酋长。杜卡拉是摩洛哥王国西部的一个旧区，西临大西洋，首府萨非。

② 译注：摩加多尔，摩洛哥独立后，恢复旧名索维拉。

一座小岛曾是他们在大西洋的前沿口岸。早在公元前，就已有水手、商人甚至殖民者往来于地中海被陆地包围的东部海岸和大西洋非洲沿岸最西端的古港口之间。在这里，卷入洋流的一切都会被带到大西洋彼岸。

直布罗陀海峡据说就是古时候的海格力斯之柱所在地①，所有打这里经过的船，只要像腓尼基人当初那样贴紧海岸线航行，总可以在摩洛哥低矮的海崖和开阔的沙滩找到躲避风浪的地方。芦苇船要从这儿到萨非去当然也不成问题，只要航行时别离非洲曲曲折折的海岸线太远，一旦有需要能随时拖上岸晒干，就不必担心船会浮不起来。问题是：假如离开海岸，远洋航行，它能在水面上浮多久呢？

我们已知，直布罗陀海峡之外的大西洋上曾有过芦苇船。直布罗陀海峡两岸至今仍在使用芦苇船。意大利的撒丁岛，岛上的努拉吉②遗址至今仍是未解之谜，西海岸的渔民也至今仍在使用芦苇船。我们的船也不会是摩洛哥人见到的第一艘芦苇船。卢修斯河汇入大西洋的入海口就在直布罗陀和萨非之间，在这一带，直到20世纪初，芦苇船一直用于日常捕鱼和交通运输，后来才渐渐换成葡萄牙人的木板船。1913年，一个西班牙科考队的成员发现，该地区的古埃尔约洛特部落仍在造芦苇船，这种船有帆有桨，可搭乘五六人。他们明确指出，这和古埃及人用的船同属一类，还特别说明，不只摩洛哥有，上尼罗河、乍得和南美洲的的的喀喀湖上都有这种船。他们向民族学家们请教，同类的船分布得如此分散，建造船的人之间会不会存在什么联系呢？还说，如果把大西洋沿岸这种叫作"美地亚"的摩洛哥船也算在内，在已知的芦苇船中这种船似乎是最坚固耐用的。③

① 译注：曾被认为是世界尽头。
② 译注："努拉吉"是指用石块垒成的平顶圆锥状建筑，石块间不用黏合，只靠自身重量和整齐对缝构成整体。腓尼基人在撒丁岛定居时曾使用并修葺过当地的努拉吉。
③ 原注：安吉尔·卡拉布雷：《卢修斯河下游的芦苇筏》，图库曼国立大学人类学研究所期刊。第一卷，第二册，图库曼，1938年。译注：图库曼为阿根廷西北部省份。

　　"你想看芦苇船？"海岸的地方行政长官反问道，我提出想去卢修斯河恐怕是冒犯到他了。"那你恐怕来得太晚了，上辈子来才赶得上。现在你只能看看塑料船啦！"

　　但我们的乍得朋友打造的芦苇船出现在萨非那天，街上却挤满了人，不拘肤色和服饰，都来一开眼界。它乘着车，一路来到港口，停在一片被拖上岸的渔船中间，马上就要下水。阿布杜拉把我们的计划说给周围的柏柏尔人及阿拉伯人听，但他的阿拉伯话是方言，也不知对方能听懂多少。穆萨和奥玛尔已经同我们告别了。他们乘飞机从开罗经喀土穆回了拉密堡，两人的行李箱和钱袋子都装得满满当当，打算回到博尔村后，买老婆，买牛。告别的时候，穆萨悄悄地在我耳边说，他在自己的新衣服上找到了一个谁也发现不了的地方藏钱。他得意地拉开外衣的领口，结果我一看，只是个普普通通的内兜。奥玛尔的治疗已经结束了，他有点嫉妒阿布杜拉。因为我们选了阿布杜拉和我们一起坐卡戴远航，但谁让他又会法语，身体又健康呢。

　　乍得还在打仗，阿布杜拉暂时不想回去。他决定和我们出海，这个决定对他来说也是豁出去了，因为他其实并没有得到托姆巴巴耶总统和内阁的批准。他和筹建营地的意大利人科里奥共同负责纸莎草船的水路运输。我们找了一艘瑞典货船，本来船从埃及的亚历山大港出发后应该直接来摩洛哥的丹吉尔港。但阿布杜拉刚同我们挥别，船长就接到指令，要先去苏伊士运河的塞德港拉一批洋葱。于是，阿布杜拉得以亲眼见习一下我们这些白人致力教会他们的究竟是种什么样的生活。他先是被响彻苏伊士运河的炮声叫醒，然后看到岸边那片破烂的阿拉伯房屋上空炸开一团团火光。他来到甲板上，站在一点儿火星都不敢碰的纸莎草船旁边，望着天空，有什么东西从他头顶飞过，落在港口炸开，他吓了一跳，但并不真的害怕。码头上找不到一个工人，所以船在埃及滞留了几天。但现在纸莎草船已经安全抵达摩洛哥，并运到我们预定的启航港口，阿布杜拉正忙着把它收拾干净。从开罗到亚历山大，又从丹吉尔到萨非，一路颠簸，它显得都有点儿狼狈了。船身变宽了，也没那么翘了，又是钻桥洞，又是钻高压线，船头和船尾的尖角都被碰歪，变得毛毛糙糙。不过这一段水路，海上湿润的空气倒是令金灿灿的纸莎草一天天柔软坚韧起来。

5月17日。今天就是纸莎草船下水的日子，刚好也是挪威的国庆日。帕夏将亲自主持这次下水仪式。他把萨非平时渔船下水的滑道安排给我们使用。作为国王的代表，他手中握有很大权力，给我们这次远航行了不少方便。我到萨非的头一天，就带上他的老友——摩洛哥驻联合国大使本希马的信来拜访他，从此，我们也成了朋友，不管何时我来帕夏府邸都会受到他的欢迎。泰伊白·阿马拉帕夏和他的妻子艾沙都不是俗气的人。他们同样聪明机敏，雷厉风行，热衷于社会事务。经他决策建立的现代学校、青年中心、工人住宅、海员之家和图书馆，使这个古老的海港一改往日的懒散习气，变得生机勃勃。艾沙夫人则是哈桑国王议会的20位女议员之一。

她身穿柏柏尔长袍，手拿一个色彩鲜艳的陶罐姗姗而来。我们连忙从骆驼皮的坐垫上站起来，随她一同到港口去。

"我是柏柏尔人，既然由我来给这艘船施洗礼，我想用羊奶再合适不过了。"她说着让我的妻子伊冯看了看陶罐里的白色液体，"古时候，摩洛哥就是用羊奶招待贵客的，代表着我们美好的祝愿！"

港口人头攒动，什么肤色都见得到。我们金色的草船被装饰一新，一面面代表远航成员国籍的旗帜迎风飘扬。艾沙把陶罐砸向船下的木架，羊奶和碎陶片溅得到处都是，不只纸莎草船，连来宾的身上也溅到了。

"我以太阳神之名，命名你为'太阳号'！"

现场响起锁链和齿轮刺耳的声音。人们纷纷后退。纸莎草船顺着滑道向水面滑下去，我和安高大使交换了个眼色。他是我们这次远航忠实的老朋友了，他面带微笑，站得笔直，深色西装的翻领上还带着羊奶留下的印子。他和妻子是专程从开罗赶来给我们送行的。此刻我们心里想必揣着同一个愿望：但愿最难的关口已经过去了。但是其他人的想法恐怕不太一样。就在船头碰到水面的那一刻，一位摄影师眼睛瞪得大大的，凑过来对我说：

"要是船当场沉了，你要说什么？"

我根本来不及回答，"太阳号"已经稳稳浮在水面上了。木架和用来固定它的铁制驳车已缓缓沉入水底，但"太阳号"兀自留在水面上，如同一只肥鹅，旁边还有不少船身和木橇上掉落的草屑、木屑，一起一伏地绕着它，追着它，活像一群小鹅。岸上的人群中发出一阵欣慰交织赞美的叹息。有些人本来认定它会沉。大多数人都觉得一定会翻船，一则它从没试过水，二则船身左右也不太对称。因为这船是手工造的，尺寸都是用木杆比着量，所以穆萨那边最终要比奥玛尔那边长出16英寸。但船身的平衡性能极佳，不管多少人跳上去，都不倒不歪。唯一浸在水下的部分，就是中间3个纸莎草捆凸出来的那8英寸，差不多6英尺宽的样子，前面提到过，这部分就相当于龙骨了。其余部分都在水面上，宽宽的船身就像个救生圈。

我们已经预备了一艘大驳船，并固定好，待会儿拖船会把"太阳号"拖过去，有它挡住潮水，"太阳号"就不会被抛到码头上撞烂了。我们把船在这儿泊了一星期，水面下的纸莎草吸饱了水，我们也利用这段时间把出海的物资一一装上船。直到这星期，"太阳号"探险队的成员们才彼此陆续见了面。这也是我有意为之。接下来的一段时间，那个小小的柳条篮子就是我们在海上的家了，大家也没别的地方好去，有的是时间分享彼此的故事。

诺曼·贝克，来自美国，他是我们这支队伍里唯一不打折扣的水手，在本次探险中担任领航员，兼无线电联络员。他为人可靠，工作素来严谨，此刻，正坐在船舱门口一丝不苟地检查设备。我之前和诺曼相识也不算深。他留给我的第一印象就是谦虚、沉着。那是在塔希提岛，我得到许可去复活节岛探险，于是租了一艘格陵兰岛的拖网渔船，他就那样出现在我的船上。当时他刚到塔希提岛，作为领航员，他和一位美国生物学家乘着一条双桅小船从夏威夷出发，足足航行了2000海里。他确实懂得领航。他还是美国海军预备役的一名指挥官，并在纽约海军学校担任海洋学讲师。但回到高楼林立的大城市，他还有一个比较普通的身份，就是建筑承包商。

"你真的完全没有航海经验吗？"诺曼不敢置信地转头问旁边的尤里。尤里拿着个呼吸器，笑眯眯地坐在舱门口，整个人圆滚滚的。

尤里·亚历山德罗维奇·先克维奇，苏联人，任本次远航的医生。他笑得更开心了。

"我往返南极都是坐苏联船。"尤里答道，接着就说起了马尼拉的漂亮姑娘。但是诺曼更想知道，他是不是真的在全球最冷的地方待了一整年。那是真的。那一年，尤里在沃斯托克担任苏联科考站的驻站医生。沃斯托克位于南极冰盖之上，海拔高达10000英尺，温度却能低到零下100华氏度。本次远航的队员中，只有尤里我是第一次见。他乘坐的飞机在开罗着陆时，我们俩心里都非常忐忑。我也是抱着试一试的心态给苏联科学院院长凯尔迪什写了一封信。他是一位聪慧而谦逊的学者，苏联的各项科学工作都由他负责，从人造卫星到考古学无所不包。在信中，我提醒他，他曾问我为什么我的科学探险队里从来没有过苏联人，现在机会来了。我们队里还少一位苏联人，要医生，也许凯尔迪什院长愿意帮忙推荐一位。我提出，这位医生不能只会说俄语，还一定要有幽默感。苏联人对我的第二点要求极其慎重。尤里从苏联民航总局的飞机上下来时，身上大包小包的全是礼物和医疗用品，嫌自己的样子不够搞笑似的，他还带了一瓶伏特加。他立即就和大家熟悉起来。他的英语水平其实非常稀松，但谁要是说笑话，他保证听得懂就是了。他生在蒙古国，所以有点亚洲人的味道。他父母也有一位是医生，这次苏联方面从卫生部的一众年轻科学家中选中了他，他本来的专业方向是研究加速和失重状态下宇航员的身体状况，针对的都是密封的太空舱环境。而我们这次远航要住的却是间四面透风的柳条舱，看过之后，他给出了一些评价，不过恐怕得要宇航员才明白好笑在哪儿吧。

我们的意大利成员也是位新相识，他叫卡洛·莫里，担任本次远航的摄影师。本来要来的是我另一位朋友，他人在罗马，曾是意大利最优秀的蛙人，现在是电影制片人，不久前还在大西洋底拍摄沉没的"安德里亚多利亚号"。[①]
但之前因阿布杜拉入狱，我前往非洲腹地，一下与大家失去了联系，他对我们
的计划也失去了信心，于是把卡洛·莫里推荐给我。莫里红胡子、蓝眼睛，很
像维京人，但他其实也完全没有航海经验。他是位专业的登山向导，也是意大
利最著名的登山运动员。他曾参与乃至领导过的国际登山活动有14次之多，足
迹遍及五大洲。不管是喜马拉雅山，还是安第斯山脉，或者非洲、新几内亚、
格陵兰岛各地的险峻山峰他都很熟悉。他也曾做过滑雪教练，但后来一条腿在
阿尔卑斯山摔断了，只得放弃，从此便将精力更多地投入登山运动中。听说我
们这个纸莎草船计划时，他人刚好在南极冰盖；而在此之前，则是在北极冰
盖，拍摄冰缝中的北极熊。想到远离冰雪，泡在赤道旁暖洋洋的水里，他觉得
还是挺不错的。

　　我们的计划险些在最后一刻开天窗。纸莎草船离开亚历山大港，启程前往
摩洛哥的当天，原定的墨西哥成员雷蒙，也就是上次陪我去塞里族印第安部落
的那位朋友，突发急症，被紧急送往医院，需要进行一场大手术。消息传来
时，我们正在举行新闻发布会，要不是有一位记者问到成员名单，安高大使
可能至少会压到发布会结束再告诉我。他坐在第一排，一改往日言笑晏晏的样
子，面色沉重地捏着一张纸。

　　"墨西哥队员是——"我一开口，他慌忙把电报递过来。我像被狠狠抽了
一鞭子。只求雷蒙安然无恙，别的事都无所谓。我知道话才说了一半，但一时
不知要怎么往下说。记者席中骚动起来。

　　"墨西哥队员是——圣地亚哥·吉诺韦斯博士。"

　　发布会暂告一段落。我立即往墨西哥拍了两封电报。一封给还在住院的雷
蒙，一封给吉诺韦斯博士。这位墨西哥籍的人类学家曾说过，如果需要他，提

---

① 译注："安德里亚多利亚号"是意大利航运旗下的一艘邮轮，1956年与"斯德哥尔摩
　号"相撞后沉没在波士顿外海，是2002年恐怖电影《幽灵船》的原型。

前一星期通知就行，当时他恐怕主要还是开玩笑。但事到如今，我做到了提前一周。而他来了。他实在精力充沛，居然还能绕道去巴塞罗那，接受教皇约翰二十三世颁发的1969年的年度和平奖。这个奖意在表彰他在《和平女神》一书中对战争和侵略的谴责，现在他正筹备将此书拍摄成影像。离开西班牙，他立即赶往摩洛哥，刚好芦苇船也在丹吉尔港上岸转走陆路，于是接下来就由他负责把船送到萨非。此刻，他俨然是我们这支探险队的军需官，正忙着把梨形的埃及陶罐装上船，甲板不怎么平整，所以这些罐子得一个挨一个地挤紧，空隙里塞上芦苇，再用绳子捆住。没有去皮的椰子也很适合拿来填空儿。这种仿照开罗博物馆古埃及陶罐制作的双耳罐，我们一共有160个，圣地亚哥把在墨西哥大学捧着古印第安人头骨的那股劲儿都拿出来了，一取一放都小心翼翼。他把所有的罐子、篮子、羊皮囊都编上号，并登记造册，这种凡事科学严谨的态度，多半得益于他长年担任国际人类体格学年鉴编辑养成的习惯，我在许多国家的科学研讨会上都遇见过他。西班牙内战期间，他就逃难出来了，但我后来也在西班牙见过他，最近则多是在墨西哥，他在墨西哥大学担任研究员，科研方向是美洲印第安部落的族源构成。他也全无航海经验，但有一点与我所知的其他学者都不一样，这位矮小精悍的科学家曾是一名职业足球运动员。

说到航海这件事，如果要找一个人，比尤里、卡洛、圣地亚哥懂得更少，那就非阿布杜拉·吉布林莫属了。他来自乍得的小村庄，从小到大都生活在非洲腹地的沙漠中，甚至不知道海水是咸的。如今却作为纸莎草船的专家，在我们这支探险队中拥有一席之地。这群脾气秉性各不相同的国际队员中，恐怕我最熟悉的还是他。前面，我两赴乍得，后面，我们又在金字塔后的工地上朝夕相处了七星期。他主意多，脑筋活，对人对事都小心谨慎，像头羚羊似的，可能阿布杜拉自己都没我这么了解他。剔除他那些去过巴黎、加拿大的大话，据我所知，他生在乍得湖畔，纸莎草沼泽旁的一个小村庄，在他幼年，还不记事的时候，部落里的人就把他从母亲身边强行抱走，在他额头和鼻子上刻下了部落特有的记号。长大后，他成了一名木匠，深得女士欢心。身为虔诚的伊斯兰教徒，多妻是他的权利，而养活她们却成了我的职责。他的第一位妻子是乍得人，他们有三个孩子；第二位也是乍得人，我们离开乍得前他才娶的，于是，我每个月都得算计着往乍得分别汇款；我去摩洛哥的那个星期，他又抓住机会在开罗娶了第三位妻子。婚宴一直推到我返回埃及。他们请我做主婚人，婚礼在他岳父那栋阿拉伯式房子的屋顶上举行，现场有埃及音乐，有肚皮舞，新娘漂亮又害羞，穆萨和奥玛尔简直着了迷，把差不多一周的薪水塞进了她本就满满当当的胸罩里。于是我又多了一桩每个月和埃及进行国际汇兑的业务，我发誓等到了摩洛哥绝不让阿布杜拉离开我们的视线。

我们几人中年纪最轻的是乔治·苏利尔，埃及人。他是个不可救药的纨绔子弟，但也是一位天分极高的化学工程师，职业蛙人，曾在柔道比赛中拿过六个埃及冠军和一个非洲冠军。他身高6.5英尺，身材堪比人猿泰山。乔治从来没有工作过，从大学开始他出没的地方就只有开罗的各个俱乐部和红海的波涛之间。他曾一掌劈开六块砖，称霸朋友圈，也曾被鲨鱼的利齿在腿上留下伤疤，还是我所知唯一敢潜下水用嘴叼着鱼喂海鳗的人，这些野性难驯的生物可以置人于死地，但他就像待自家养的宠物似的，边喂还边拿手拍它们的脑袋。乔治也没有航海经验，他对海洋的了解仅限于海面以下，知道了有我们这样一支探险队，也读过纸莎草专家的看法，他当时申请加入的理由简直令人叫绝——他说，他在水下比在水上更快乐。和埃及其他古老的科普特家族一样，苏利尔的姓氏源远流长，也可追溯到阿拉伯人将伊斯兰教带到尼罗河流域之前。乔治通常一天能睡上14小时，简直快比得上木乃伊了，自从发觉有那么一丝希望参加这次远航，他就变得黎明即起，跑到金字塔后的营地上来帮着忙这忙那。开罗的犄角旮旯他都有熟人，通过他，我们找到一位仍以针线缝制的老工匠制帆，一位编篮子的工匠造船舱，一位会用开罗博物馆典藏的古法做糕点的师傅烤埃及式面包，还有一群住在郊区半山腰的陶匠。制陶时，他们下到齐腰深的泥浆中，用身体和四肢搅拌黏土，光脚踩陶工转盘。我们那160只仿开罗博物馆5000年前样式的双耳陶罐就是这样做出来的。

　　一天天过去，纸莎草船在海面上起起伏伏，吸收的海水越来越多，而船上忙碌的工作也渐趋白热化。纸莎草船连同索具自重已经达到12吨，之后吸收的水也有好几吨，但船并没有沉。与此同时，成吨的货物，和船体的其他结构也一一加装上船，仍未发现船体有明显倾斜。它就像一座岛，稳稳地浮在水面上。船上最重的装置要数船头巨大的双脚桅和船尾的船桥，桅杆立在船舱前，船桥则架在船舱后用绳索捆扎的木柱上，站在船桥上我们就能越过舱顶，看到船头的情况。此外，还有沉重的舵桨，修缮用的备用木料，纸莎草船上载的木料总重计2吨，装在沉甸甸陶罐里的水也重达1吨，还有食物、容器、设备等也有2吨重。

　　最后一周我们几乎要忙疯了。专家说过，纸莎草船在水上待一天，寿命就短一天，仅凭这一点，我们就不敢有丝毫懈怠。何况还有一个限制条件同样紧迫，每过一天，大西洋彼岸的飓风季就逼近一天。我们的进度推进堪称奇迹，虽然乍得的事耽误了一点儿时间，还有其他一些林林总总的小麻烦，结果却只比预计多用了一周时间。但比起之前，现在才真叫忙得不可开交。因为我们一天也耽误不起了。我们连搬带扛，实在不行就把货物滚上甲板。攀爬、拉拽，把桅杆和索具系牢。切呀、削呀，用麻的、皮的绳子捆呀，把船桥和船桨固定好。甲板上挤满了主动过来帮忙的人。德·博克船长是法国、比利时赴复活节岛探险联队的老将，也是一名经验丰富的水手，他此前在安特卫普港担任引水员，那里进出港的尽是五万到十万吨级的大船。就是他帮我们推算了纸莎草船的航线。此刻他站在甲板上，看上去结实可靠，凭借多年航海的经验，指点我们装舱和捆扎货物。他的同事阿恩·哈特马克船长是挪威人，我到复活节岛探险时，他曾担任我的船长，这次也来了。他爬上桅顶，像个老水手一样和登山家卡洛·莫里一起将帆索系紧。康提基探险队的赫门·华辛格也从秘鲁赶来帮忙，但他这次不同我们出海，稍后就要去罗马。弗兰科·塔普林也从纽约赶来了，向我们转达了吴丹秘书长的美好祝愿。

　　我们和帕夏的妻子艾沙蹲在岸上的仓库里，把羊奶酪放进装着橄榄油的陶罐里，生鸡蛋泡进石灰水罐里，鱼干、坚果、羊肉肠分别装进篮子和麻布袋。艾沙把杏仁碎、蜂蜜、黄油、面粉、椰枣混合，做成塞洛，这是摩洛哥最古老的一种粉状食物，易于保存，适于旅行。码头挤满了记者、摄影师，还有好奇的人们。大家你推我搡，陶罐被踢破了，煤油灯也被踩扁了，还有人掉下了水。最后几天，萨非的帕夏只得叫来警察维持秩序，我们的工作才能继续进行。

　　终于，迎来了这个重要的日子。"太阳号"已经躺在港口，饱饱地吸了8天的海水，根据专家的数据，它已经算是年过半百了。5月25日，黎明时，吹向海面的还是一股柔柔的微风，但风力渐渐变大。到了早上8点，"太阳号"和葡萄牙古堡悬挂的旗帜都被风扯着指向开阔的大西洋。伊斯·法塔赫是我们远航队在本地的顾问，他是位身材高大的阿拉伯人，皮肤黝黑，在撒丁的渔民中很有威望，他找来16名渔民，每船4人，4艘渔船如今已在港口一字排开，待会儿就由它们把"太阳号"拖出港去。

　　下面长长的石码头上也是一番繁忙景象。人群挤成一堵密不透风的墙，每艘船里，每辆吊车的车顶上都有摄影师。艾沙在警察的帮助下才到达码头，她要送给我们一份临别礼物：一只活泼的小猴子。它是帕夏的手下最近在阿特拉斯山脉捉到的，取名叫萨非。它死死抓住我们纸莎草船的教母。然后，它发现船上有的人脸上长着毛，于是高兴地跳上了船。大家拥抱告别，用各种语言诉着衷情，只有它活蹦乱跳的。这一片喧闹中，渔民默默进行着自己的工作，他们把各自的船系在我们事先绕纸莎草船吃水线固定好的一圈粗绳上，只等一声号令，就会把我们从闹哄哄的人群中拖出来。我们依依不舍地同亲人们分开，跳下高高的石码头，跳到柔软、富有生机的纸莎草船上来。阿布杜拉、乔治和圣地亚哥不断飞吻，还把签名照递给岸上的人；卡洛与他金发碧眼的意大利妻子最后吻别；美国大使又是祝愿又是叮嘱，但诺曼咽喉痛，便尽量避开了接触；苏联大使则用力搂了搂尤里，这还是他平生第一次离开苏联的领导和组织。我手里被塞进一只麦克风，便借此机会最后一次向给予本次探险莫大帮助的朋友、伙伴致上谢意，虽然他们此刻留在码头上，但在我们心里他们与我们的小船同在。有自开罗赶来的挪威大使安高、摩洛哥帕夏阿马拉和他的助手、德·博克船长、哈特马克船长、管理营地的科里奥、赫门·华辛格、弗兰科·塔普林、布鲁诺·瓦莱塔。然后我也像其他人一样跳上船，感觉简直像走在了床垫上。我向伊斯·法塔赫打个手势，示意船上的人齐了，渔民们伸手拿桨，划了起来。8点半，我们这组宽宽的纸莎草捆缓缓离开了码头。

谁也没想到，岸上突然传来一声哭喊，接着大家哭成一片，我们起初吓了一跳，后来喉咙都像哽住了一般。港口内的渔船都按响了汽笛，岸上的工厂和仓库也传来低沉悠长的鸣响。伴着船上的喇叭，人群中的欢呼，一艘泊在港口外的货船发射了一颗信号弹，火花如同一阵星雨，缓缓落在前方的水面上，如同为我们铺设了一条硝烟做的红毯。这样盛大的告别仪式令我们简直受宠若惊。出发前，我们没时间试航。这会儿，我们站在这艘奇怪的船上，好奇地试着拉拉各种索具，摸摸平行斜放的两个像桨一样的舵。造船工匠和纸莎草船固然是失传了，幸好埃及先民将操舵装置记录在了墓室的墙壁上，但那之后就再没有人想过要用它。如果我们不会用怎么办？如果港口外的海浪把纸莎草船打散，我们只能游回码头怎么办？港口在我们身后远去。渔船、游艇和汽艇护送着我们驶过离港口最外围的防波堤，汽笛和喇叭声此起彼伏，如同在庆祝新年。一架大使馆飞机和一架从首都拉巴特来的直升机在我们上空盘旋。防波堤外，喧嚣渐渐平息，波涛变得汹涌，最小的船都掉转船头，返回平静的水域，只剩大渔船还留在大西洋上陪着我们。4艘将我们拖出港口的划艇也解开了缆绳，16个划手用阿拉伯语向我们祝愿致意，也跟在小汽艇旁朝高高的码头划回去。

我们第一次将"太阳号"的船帆升起。帆又大又沉，是用结实的埃及帆布做的，呈倒梯形，有26英尺高，顶部宽23英尺，底部离甲板很近，宽15英尺，刚好和船等宽，完全是古埃及的风格。现在海上只有几阵小风，根本推不动沉重的帆桁，它基本一直靠在桅杆上，看来那股岸上来的强风已经力竭。酒红色的巨大船帆渐渐一动不动，帆中央那轮新画上去的太阳就代表着"太阳号"，铁锈红的色彩正鲜艳。另有一排国旗按字母顺序排列，像一根彩色的晾衣绳在船舱顶悠悠荡荡。中间依次是乍得、埃及、意大利、墨西哥、摩洛哥、挪威、美国和苏联，两侧各有一面振奋人心的联合国国旗，浅蓝色背景映衬着白色的地球。

我和阿布杜拉站在船舱后的船桥上，手各握在一支大舵桨的柄上，紧张地看看软塌塌的船帆，再看看几百码外拍打着石头防波堤的白色浪花。我们是不是离那儿越来越近了？是真的。瞄着防波堤顶端到炮台高塔一线，就看得出我们正慢慢向陆地漂回去。也许是绵延多山的岬角向北突出，挡在萨非港前面，使岸上的风吹不到海上，帆才鼓不起来。我们把绳子扔给离我们最近的小渔船，很快我们就在一群小船的簇拥中，径直全速驶向大海。这个速度，是我们背弃自然规律换来的。果然要出问题。首先，我们带了一网活龙虾，准备路上吃，就拖在船后，现在网子缠在了一支舵桨上，桨片都被拗弯了，眼看就要断。我们只好一刀把网绳割断，桨片得救了，可是够我们享用好几天的大餐也消失在船尾的波涛中。

这还不算完，我们绑在船侧当作下风板的三支还蛮粗的划桨，也有一支因为船速太快折断了。诺曼恰好把接小型手提无线电地线的铜板装在了这支桨的桨片上，那可是我们未来与岸上的家人朋友进行联系的生命线。缺乏弹性的金属部件显然不适合这种随波适度扭转的纸莎草船，桨片断裂的部位刚好就在铜板的边缘，幸好事先已经接上了地线，这才能把它抢救回来。

这样不行，有没有风，我们都应该靠自己。我们示意护送的船队停下，收回绳子，重新升起了帆。我们发现，与大船相比，我们这艘不知算不算船的小筏子要平稳得多，就像它的前辈"康提基号"木筏一样，随波轻轻荡漾，而不是像周围的大渔船那样剧烈颠簸。开始那几阵微风过去，风越来越猛，而且风向变了。这个季节通常都刮东北风，现在刮的却是西北风，把我们朝着自萨非港向南延绵的低矮峭壁一股脑吹过去。此时我们离岸并不远，岸上的房屋都还看得清清楚楚。深咖啡色的崖壁被太阳烤得暖洋洋的，崖上则是摩洛哥青翠的低地，峭壁下变幻莫测的海浪无声地上下翻腾，然而无论大海如何嚣张，也从未在这场对峙中占得丝毫上风。如果我们不能将纸莎草船控制住，任凭风吹，就会一头撞到崖壁上去。

我们一船七人全都在琢磨一件事：这个操舵的装置要怎么用？这可能是我们最没有把握的一点，因为谁也没教过我们。我们原本以为，摩洛哥港口外，风和洋流都是离岸往海上去的，我们就有一到两星期来反复尝试，即便有失误也不必担心被冲得撞到崖壁上。其实，我们怕的是岸，不是海。我们特意没有选在尼罗河入海口启航，就是怕还没有弄明白这个埃及舵桨怎么操作，就被入海口的浪打回岸上。我们以为，从摩洛哥出发，会一路驶向开阔的大西洋，就有足够的空间试错，因为这片海域的风向和洋流会把一切带向大海深处。

制作"太阳号"转舵装置时，我们参考了不少模型和埃及初期的壁画。包括那两支巨大的舵桨，也打算参照埃及古船选用雪松，但古腓尼基王国境内现存的雪松已非常稀有，黎巴嫩也建立了国家公园将其保护起来。不得已，我们只好用别的木料替代，双脚桅用的是一种沉重的埃及木料雪尼巴，两支舵桨则是用一种摩洛哥人称作伊洛可的整棵非洲丛林木削成。舵桨长25英尺，桨片有普通写字台大小，现在已分别绑在船尾两侧，桨片斜向下插入水中。我们在船尾架起一根结实的横杆，取舵杆12英尺的位置，架在横杆上绑紧，上面一截则架在船桥的后护栏，两根横杆相比，后护栏要细一点。横杆上事先已挖好凹槽，并衬上皮子，然后将舵桨放在槽内，用粗绳捆牢，这样它就无法挣脱或晃动，只能在槽内水平转动。照我们通常的认知，这两支舵桨已经无法发挥转向的作用了。"康提基号"的长舵桨是靠灵活摆动来掌舵的，但这两支上下都被固定住了，所以不能那样用。在这两支舵桨的顶端，我们都绑上了与舵杆垂直的舵柄，又将两个舵柄的尾端以类似铰链的绳结绑在一根细横杆上，可一定程度左右摆动，这样一个人就能同时操控两个舵，只要站在船桥中间，将连接舵柄的横杆左右推动，两支平行斜插入水的舵杆将始终只在各自槽内转动，带动桨片侧翻。这套装置简直太巧妙了，和现在人们使用的操舵装置截然不同。我第一次试着将这根横杆往左推，"太阳号"就像一匹温驯的小马，听话地将船头转向右侧。我连忙又将横杆往右推，"太阳号"又缓缓掉头左转。大家提着的心都放下来，船上一片欢呼雀跃。

已经可以确定了。这就是转向装置，以发展的眼光来看，它代表了舵的某种早期形式，刚好可以将原始舵桨和现代纵舵间缺失的环节补充完整。不知什么时候，古代的埃及人早就发现，要想使船转向，完全不必费力将那么长的舵桨左右摆动，只要扭转舵杆，使水中垂直的桨片侧过一定角度，船就可以转弯了。于是他们在舵杆上加了一根横着的手柄，发明了我们正在学着使用的转向装置。后来他们又在两个舵柄间连上一根细杆，这一改进令一个人得以同时控制分置于船两侧的舵桨。至于我们今天使用的纵舵，只要等到某一天，古代的水手发现把斜放的舵桨竖直，只需转动小小的舵柄，便可带动垂直的桨片左右旋转，调整方向，也就不难发明出来了。

沙漠居民阿布杜拉和我并肩站在船桥上，他一点儿也不害怕，眼睛亮晶晶的，也握着那根细长的横杆。两个人，四只手，掌舵变得更轻松了。甲板上大家忙忙碌碌，根据诺曼的指示，拉动索具，升起主帆，并将帆布调整到最佳角度，充分利用今天突然变了向的风。我们终于迈出了战战兢兢的第一步，周围到处是船，发动机突突响成一片，它们一直跟到现在，大家发现纸莎草船真的能在海上航行，不管是激动的记者，还是经验老到的水手似乎都松了一口气。西北风不断吹向海岸，但我们将帆转过大约90度角，以右舷船头部位正对风口，于是船身转成与海岸平行，径直向西南方向驶去。我们已经航行到了巴杜萨角外，这一片海岸开阔，没有可避风的地方，浪也大，海面就没有平静的时候，所以也没有渔船在附近捕鱼，偶尔出现几艘船，都是为了来这儿掉个头。到了这里，一路跟随我们的船只也只得按响号角与我们告别了。我最后望着的人，是我的妻子伊冯，她其实会晕船，但还是努力站直，踮着脚，不停地挥动着手臂。直升机已经飞走了，大使馆的飞机也从我们头顶飞过，做了最后的告别。

大海上只剩下我们：七个男人，一只在索具上开心玩耍的猴子，一整笼咯咯叫的鸡，还有一只鸭子。周围突然显得异常安静，只能听到海浪在我们这艘"诺亚方舟"四围起伏翻涌。这感觉真的很难形容。

主帆升起，并确定所有的帆索都系牢后，诺曼终于撑不住了，他踉踉跄跄地走过甲板，告诉我，他身体特别难受。他脸色苍白，眼珠通红。尤里摇摇晃晃地走到他身边，我们的担忧被证实了，诺曼烧到了102华氏度。是流感。海风一阵比一阵冷，我们的苏联队医命令我们的美国领航员立即返回船舱，钻进睡袋躺好。于是，我们唯一的水手暂时离岗了。

西北风越吹越紧，一波波海浪翻起白沫。一道巨浪向我们扑过来，"太阳号"只是抬抬一边屁股，和气地让它从船底钻过去。但打在桨片上的浪却一点儿也不客气，两支桨杆都明显变弯，我大声喊着阿布杜拉，他力气太大了，我让他别握那么紧，不然舵桨受力太大会断的。

一切都很顺利，我们气势也高昂，就连我们倒霉的病号也一样，他不情不愿地躺着，嫌自己太没用。很快，卡洛就证明了他才是船上最厉害的绳结专家，吃饭、睡觉他都能挂在绳子上进行。他热情地给大家端上我们带上船的现成热咖啡和冷鸡腿，还欣慰地告诉我，他觉得在海上生活和在山顶上也没什么两样嘛。都要和大自然交朋友，和坏天气做斗争，同样充满乐趣，都会遇到突发状况，都必须迅速解决。

我们以三节的速度保持着稳定的航向，海岸线似乎没有逐渐逼近的迹象。现在的时间是下午3点15分，我感觉所有事都已按部就班，可以歇一会儿，让其他人来换我和阿布杜拉了。卡洛和柔道冠军乔治接过了班，两人意气风发，斗志昂扬，阿布杜拉爬进船舱，他是得好好休息一下了。我则沿着纸莎草捆往船头走去，船舱前的甲板上堆满了陶罐、羊皮囊和一筐筐蔬菜，再想往前走，就得沿着最外侧的船帮过去。而圣地亚哥就坐在鼓满的帆前，靠着鸡笼，面带笑容，欣赏着远方的海岸线。我握着舵桨足有7小时，身体都僵硬了，扑通一下坐在他旁边，高度紧张了几星期之后，这还是我第一次放松下来。我俩闲坐着，陶醉于纸莎草船超凡的航海性能，不管有多少浪向右舷扑过来，船还是稳稳的，甚至我们身上都没怎么被溅湿。我伸个懒腰，身体疲倦，但浑身幸福洋溢。这时，突然三道惊魂失魄的喊声，把我从美妙的白日梦中惊醒。

"托尔！托尔！"

我离开船桥才不到5分钟。我跳起来，帆突然鼓起，我及时抓住帆布边缘才没被扫下船。我继续抓紧帆布，从船舷外绕过去，往船尾赶，脑袋里一瞬间闪过上千种糟糕的情况。迎面，尤里摇摇摆摆，像走在钢丝上的醉鬼，他太紧张了，说的全是俄语，一个劲地往船尾比画。船桥上还剩两个人，往前探着身子，绝望而无助地向我大喊。太好了，所有人都在船上。只要人在船上，一切就都不成问题。乔治挥着双臂，卡洛用意大利语大喊，舵桨断了。两支都断了！一眼即明的损毁程度。两支桨都在桨片上方断裂，两支棕黄色的大桨片拖在船后的水面上，像冲浪板似的。当初人家还告诉我们伊洛可是最结实的木料，显然不是这么回事呀。幸好，我们也学埃及人在桨片上系了绳子，所以它们还漂在船后，恐怕被水冲久了绳子会脱，我们连忙把这两片重要的木头桨片拉上船。乔治和卡洛手里只剩下两根长杆子，不管怎么转动舵柄，没了船尾插在水中的桨片，都无法控制航向。

我心口好像挨了一记闷拳。

"我们只能放弃吗？"卡洛低声问。船尾的三个人都垂头丧气地看着我。

我还没想好怎么回答，就发现"太阳号"缓缓掉转了船头。船帆又涨得满满的，船头正冲着我们既定的方向。我们之前可是费了好大劲，它才肯乖乖顺着这个方向前进的。这一刻，我明白了，也狠狠松了口气。我们绑在船前端，充当下风板的两支桨也发挥了作用，这下真得全靠它们俩了，船尾再也没有长舵桨来把控方向。风继续朝岸上吹，船尾被它吹得偏过去，船头就自然背朝海岸了。此时，整条船自动转成了远离海岸的方向航行。

"太妙了！"我用英语喊，故意表现得特别开心，只有我找回信心还不够，我还要帮他们找回信心，因为任何人在这种情况下恐怕都不免失望透顶，会想就此放弃横渡大西洋。

这一场喧闹，连诺曼都惊动了，他发着烧还爬出船舱，刚好听见我的欢呼。他欣喜地问，有什么好消息了。

"太妙了！"我又情绪饱满地重复了一遍，"两支舵桨都断了！所以接下来的旅程，我们可以使用古印加人的方式航行了！印加人不用舵，都是靠下风板控制方向。"

诺曼看着我，表情一片空白，眼里布满血丝，不知道该哭还是该笑。其他人都细细地打量着我，不确定我是因突发的状况急疯了，还是真会什么他们不知道的印第安巫术。但有一点可以确定，"太阳号"沿着既定航线航行得比之前还稳定，不管是看指南针，还是船头相对海岸线的方向，都能得到同样的结论。卡洛把我的话琢磨了一会儿，蓝眼睛中的阴霾顿时消散，笑声从喉咙里滚出来，红胡子都开始抖动。船不用人管，也走得好好的，我们都松了口气。这时，船舱里的阿布杜拉也被吵醒了，见大家笑得这么开心，他也不由得笑起来。现在我们只需坐到货物上休息。没人去理钉在船桥上的罗盘，罗盘箱里的指针兀自指向正西南。那是我们要去的方向，也是"太阳号"扬帆破浪的前方，现在我们只管做它的乘客，好好享受生活。

"现在，我们是名副其实的漂流了。"我对同伴说，他们其实还有好多问题不是特别明白，于是我连忙解释，对我们这次实验而言，这再好不过了。古时候同样的纸莎草船，驶出直布罗陀海峡，沿着摩洛哥海岸想要去向更远的地方，也可能发生过类似的事情。现在我们就可以亲眼看看那些船究竟会在哪里靠岸。

卡洛像初升的太阳一样喜气洋洋。他摇着头，笑个不停。他同意，人只管顺应自然，自然会把你带到要去的地方。我们甲板上有一支备用的舵桨，但没有拿出来，怕还没正式横渡大西洋就把它也弄断了。几次下来，我们也明白了伊洛可这种木料有多脆，多不结实，冒险把备用桨放下水之前，必须先加固。

傍晚，尤里从船舱里钻出来，脸色沉重。

"这下，我们有两个病人了，都必须卧床休息。"他说道。

两天前，圣地亚哥皮带勒着的地方长了湿疹。海上的空气令他的病情越发严重，有些地方都脱皮了，他担心自己得了一种名为蒂娜的病，他之前在加纳利岛上见人得过，这病很凶险。我们的前方正是加纳利岛。尤里觉得圣地亚哥可能猜对了，蒂娜这种病在北非传得很广，很不好对付。

夜幕降临后，有好几艘船从我们旁边经过，它们亮着灯火，有迎面来的，也有同路去的，有的离我们非常近，卡洛做了盏小煤油灯，爬上桅杆，挂到桅顶，我们这只草船一旦被撞，肯定是要沉的。晚上要在甲板上轮守值班的有意大利人、埃及人和挪威人。苏联人要照顾美国人和墨西哥人。我们都觉得今晚还是让乍得的木匠好好睡一宿，明天他还要想办法修舵桨呢。风向变幻莫测，一会儿刮西北风，一会儿刮西北偏西风，总之都吹向陆地，让我们不敢掉以轻心。我大半夜的时间都盯住岸上一座灯塔看，它闪啊闪啊，最后也消失了。天全黑的这一段时间，不管多么困，我都不敢打瞌睡。领航员一直高烧不退，我们唯一判断与陆地之间距离的方式，就是在黑暗中找到一盏灯，盯住它。每当有船从前方或左边经过，我的心都发慌。那是不是岸上建筑的灯光，我们是不是正向海岸漂去，或者仅仅是一艘船？直到看到红色或绿色的行驶信号灯，尤其是确定那些船不会和我们撞上，才能放心。只要我们周围的水面够大，就不会出什么大问题。

东方欲晓，视线之内已见不到陆地。我们把尤里叫起来，他笑眯眯的，穿得好像要去南极。轮到他值班了，但他就算上了船桥也没事可做。于是他在舱门口坐下来，掏出烟斗来装烟，身形看上去坚毅又自信。我们几个都爬进船舱，钻进暖和的睡袋。纸莎草船则自己在海上航行。连续24小时提心吊胆，精神高度紧张，肯定不只我一个人感到精疲力竭。我一合眼就睡着了，根本没来得及熟悉这个极具个性的柳编船舱和它吱吱、嘎嘎、哼哼、呜呜停不下来的各种声音，它可比纸莎草捆活泼多了。

我们在"太阳号"上的第一天就这样过去了。

第八章

沿非洲海岸到达尤比角

公鸡在喔喔打鸣！清早。公鸡打鸣。新鲜干草的气味。我是在农场吧。不对，肯定不是农场，身体动不了，还摇啊摇的，我应该是躺在担架上。我醒过来，人在睡袋里，下方水哗哗作响，海浪声近在耳畔。显然，我是在船上。我微微睁开眼，顺着鼻尖瞄过去，柳条墙的裂缝间透出一格一格灰蓝色的波浪。我是在"太阳号"上！干草味是因为垫子里塞满了刚晒干的摩洛哥草。

喔喔——喔！公鸡又叫了，这下我是真的醒了，手脚撑地，趴在舱门口往前看。我们现在离海岸一定很近，恐怕快搁浅了。然而放眼望去，只见一片汪洋，一朵朵浪花争相跃起。转到船头方向，却景色一变，酒红色的帆鼓得紧绷绷，如同一张拉满的弓，要将我们射向正前方的海面。帆前奔涌的波涛声中，我还听到乱哄哄的咯咯叫，也再一次听到清晰的公鸡打鸣。原来是我们养在前甲板大鸡笼里的家禽。我如释重负，只穿着内裤就爬出船舱。外面的空气冷得刺骨，尤里像个因纽特人一样裹得严严实实，正坐在船桥上写笔记。

我们一定已经离岸很远了，海面上刮着凛冽的北风，一浪接一浪，跃起起码有10英尺，就算爬上桅顶，罗盘上标示的所有方向，也都只能看见天与海相接处那一圈微微蠕动的波浪线。

"我们到哪儿了？"尤里问。

"这儿。"我同他开着玩笑，钻回船舱，仔细查看领航员的情况，他还在昏睡，四肢无力地摊平，药物正在他体内与病毒激烈交锋。全船只有他会用六分仪。当初我在"康提基号"木筏上就只会随波逐流而已。天知道我们到哪儿了。我得赶紧穿上毛衣和外套。船舱吱嘎作响，海浪狺狺怒吼，船帆和船舱间的窄道传来一声欢快的口哨，穿透了它们的交响。卡洛那张红润、胡子拉碴的脸从柳条墙后面露出来。

"快来！有纳芙蒂蒂王后同款热腾腾的洛神茶，还有图坦卡蒙国王同款涂了蜂蜜的木乃伊面包！"[①]

船舱里，阿布杜拉也醒了，他晃晃乔治，把这位非洲老乡也叫醒。我们饥肠辘辘地围着卡洛，他把篮子放在鸡笼盖子上，大家都自动找东西坐下，有的坐在大陶罐上，有的坐在一袋土豆上，还有的坐在装水的羊皮囊上。等我们掌舵再熟练一点儿，就会把甲板收拾干净，不再过得这么邋里邋遢了。

"我们到哪儿了？"乔治问出之前尤里问过的问题。

"这儿。"尤里答道，给他的两位病人端去热乎乎的洛神茶。

"还在非洲附近。"我补充回答，朝右舷比画了一下，"还有什么想问的吗？"

"有。"乔治说，"古代又没有六分仪和罗盘，当时的人是怎么判断自己所在的位置呢？"

"他们通过观察太阳判断东西方向。"卡洛解释给他听，"通过北极星和南十字星来分辨南北。"

---

① 译注：纳芙蒂蒂是埃及法老阿肯纳顿的王后，被誉为"世界上最美的女人"。她和丈夫曾致力于宗教改革，背弃埃及自古信奉的神，转而信奉太阳神阿吞。过去曾认为纳芙蒂蒂是图坦卡蒙的母亲，但基因研究，图坦卡蒙的生母是法老阿肯纳顿的亲姐妹，即图坦卡蒙是亲生兄弟姐妹所生。图坦卡蒙原名图坦卡吞，埃及语"阿吞的形象"之意，此后他信仰改变，不再信奉太阳神阿吞，而崇拜古埃及的创世之神阿蒙，改名为图坦卡蒙。

"还有，通过测量地平线和北极星之间的夹角计算纬度。"我接着说，"站在北极不管朝哪个方向看，北极星和地平线都有90度夹角，从赤道往北看，北极星则落在地平线上。如果你在北纬60度，地平线就和北极星有60度的夹角，如果纬度是32度，那夹角也是32度。只要能看到北极星，就能直接读出纬度。腓尼基人、波利尼西亚人，还有维京人都会这种方法。但经度，他们只能通过航速进行粗略计算。然而，对古时候航海的人来说，陆地一旦消失在视野中，命运就有一部分交到了看不见的洋流手上。"

乔治曾在老家开罗的埃及博物馆中，见过从前的同胞用来测量天体角度的仪器，这些仪器都已有几千年的历史，他也知道太阳和北极星对占星术和建筑学中的计量有多么重要。在"太阳号"上，大部分时候我们都可以通过观察太阳、月亮和那些主要的星座来判断方向。我决定自己造一个小工具，不需要借助任何特殊技术或现代仪器，就能直接读取纬度。

热乎乎的埃及洛神茶，尝起来就像热樱桃汁，而且一样提神醒脑。埃及干面包看起来很像压扁的小圆面包，又香又脆，抹不抹蜂蜜都好吃，我们几个参与过的各类探险不算少了，但吃到这么好吃的饮食还都是第一次。新一天才开始，心情就格外美好，我们进船舱和两位勇敢的病人互致了好运。诺曼病得很严重，但他的士气并不输人，圣地亚哥也一样。圣地亚哥这病都怪船上的湿度太大，"太阳号"出水才两个巴掌的宽度，我们的衣物、睡袋、毯子全都被又咸又湿的空气弄得黏黏糊糊的，他皮肤蹭破了好几处，轻轻一碰都疼。尤里光是照顾他们俩就忙得不可开交。两个病号虽说什么也不用干，但肯定也躺不安稳，那些力道大的海浪起劲地折腾着小船，把它弯折、扭卷又揿直，它浑身捆着绳索，发出猛烈的撞击声，或吱嘎作响，它尖叫、喘息，听在耳朵里令人心惊肉跳。没过一会儿，诺曼躺着的木箱子底下就传来撕扯的声音，好像10万份周日版《纽约时报》被撕成了碎片。船舱里一共塞了16个木箱，我们每人2个，上面铺上草垫子就能睡觉，余下来的2个给诺曼放无线电和航海设备。纸莎草船如同香蕉皮，随着波浪起伏，船舱柔韧的地板则随着船身蠕动，地板上的木箱，木箱上的草垫，草垫上的脊背都只得跟着动。当然也可能是肩膀或屁股，取决于草垫上的人是平躺还是侧躺。这感觉就像睡在了游动着的海蛇背上。

在甲板上感觉也很明显。若站在船尾笔直往前看，起伏的黄色船舷仿佛和船身下浩瀚的大海在齐头并进，若是把头探到船舷外，看向被帆挡住的船头，就能看到它高高昂着头和前甲板你起我伏，轮流伸长脖子，好像都想看看浪头前面究竟有什么。你刚要喘口气，就见船头一个猛子扎下去，只剩一个小尖角没被鸡笼挡住。"太阳号"如同一头喘着粗气的大海怪，每次打水都划出好远，它一路游一路呼喝叫嚣，让礁石之类所有挡路的都赶快让开。最怪的要数那面巨帆和桅杆，如同一副展开的巨大背鳍，随着"太阳号"一束束伸缩的粗大肌肉，一前一后地摇摆着。这一刻，桅杆和前舱壁间还有3英尺宽，下一刻，要不是卡洛把几个箱子放在中间当厨房，它们恨不得挤到一块儿，站在中间的人，若是不当心就会被舱底或桅脚压在甲板上。桅杆、船舱和舵桥都只是用绳子固定在甲板上，有一定活动度，所以甲板这么来回动也不要紧。若非如此，我们的远航早在第一天就得宣告结束。假使我们没有完全遵循古制，而是用钉子搭建船桥，用没有弹性的厚木板造船舱，用钢丝而非软绳把桅杆固定在纸莎草上，第一波海浪的力量就足以令船身迸裂，被切断或撕碎。正是因为船体每个部分都不那么死板僵硬，大海纵然想扯断纸莎草柔软的纤维，也找不到地方下手。不过，第一天阿布杜拉的一个消息还是令我们大吃一惊。他拿着木匠尺，说舵桥桥板和后舱壁会时开时合，开的时候间距能有8英寸，合的时候能把手指挤成重伤。我们决心，在船上的这段时间要始终保持警惕，好好保住每根手指。至于我们这艘纸莎草船的表现将会如何，几星期之内自会见分晓，现在还真不好说，因为出海这才第二天，就已经有这么多地方松动错位了。

乘"康提基号"出海的经历令我学到，乘筏航海最危险的就是有人落水。我们既不能绕回去，也无法顶风逆行，至少以目前有限的航海水平，是做不到的。而我们当前的航速，不管是谁，靠游泳根本追不上。我们在草船上备了一个6人位的泡沫橡胶救生筏，装在一个大板条箱里，箱子则绑在舵桥底下的两根桥柱之间，但只有最紧急的情况才能使用，而且要取出它必须先将整座舵桥拆除。所以，我们也在旁边挂了一把斧头。但就算把救生筏放下水也无济于事，它是个棱角分明的长方体，根本追不上"太阳号"，两个筏最终还得是各漂各的。卡洛·莫里给我们每个人都做了一条6英尺长的安全绳，一头系着登山用的卡扣，我们将它一直绑在身上，一出舱门则立即将卡扣扣住船上的绳子、帆索或木质的结构。所以，"太阳号"上的第一戒律就是：待在船上。不管人在哪儿，要去哪儿，务必保证随时把绳子扣在船体上。

我恪守这条戒律，到了令人发噱的程度，哪怕风平浪静也绝不松懈。我把当初赫门·华辛格从"康提基号"上落水的事告诉大家，要不是诺特·郝格兰救回他，后果不堪设想。但乔治是潜水的行家，阿布杜拉生长在中非，他们总是只有单独值夜，或扒着横杆在船尾方便的时候，才想得起来系安全绳。要让他们明白这样是远远不够的可太难了。后来，乔治发现我是真的在乎这件事，才不再马虎。但我差不多每天都能看到阿布杜拉靠在草船的边边上，美滋滋地唱着歌，安全绳像猴子尾巴似的，随意耷拉着。终于，我忍不住找上他。

我说："阿布杜拉，这片海比整个非洲面积都大，乍得湖再深乔治也是能潜到底的，但这儿比乍得湖深1000倍。"

"啊，是哦。"阿布杜拉动容地说。

"而且海里有很多吃人的鱼，个儿比鳄鱼大，游得也比它快一倍。"

"啊，是哦。"阿布杜拉还是这一句，他总是很乐意学习新知识的。

"你还不懂吗？要是掉下船，你会淹死，被吃掉，就再也见不到美洲了。"

阿布杜拉脸上绽开慈父般的笑容，大手安抚地放在我肩上。

"是你还不懂。"他说道，"你看！"

他把厚厚的套头衫往上拉，露出圆滚滚的黑肚皮。他腰间系着一条粗绳，绳上4个小皮袋，垂在后腰。

"有了这个，我什么都不用怕。"他让我别担心。这是父亲给他的，里面的东西是家乡乍得的一位巫医放进去的。我在博尔村的市集上也见过有人卖这种东西，里面的东西有诸如猎豹爪、染色的水晶，还有植物的种子和晒干的其他东西。阿布杜拉把套头衫又拉下来，一副"早有准备"的表情。他得意地点了点头，意思是：这下你放心了吧？阿布杜拉根本不会有事。不过为了让我高兴，他也答应乖乖扣好绳子。

阿布杜拉遭遇的第一次冲击到来了。一天大清早，他跑来告诉我，水里进盐了，全都是咸的。怎么会发生这种事？我也慌了，忙问他，他都尝过哪几个罐子的水。

"不是罐子里，是那儿！"阿布杜拉摇摇头，往大海一指。这时我们才意识到，他不知道海水是咸的。我跟他解释，非洲到美洲之间的这一片汪洋全都是咸的，他顿时瞪大了眼睛，问，这么多盐，得花多少钱呀，哪儿买得到呀。我又把相关的地理学知识解释给他听，他一下急了。因为圣地亚哥早就叮嘱过我们，船上的水得省着喝，每人每天限量1升，相当于才1品脱多一点儿。阿布杜拉说他至少得用5升，他们穆斯林每次礼拜前都得洗头，洗脸，洗胳膊，洗腿，而他每天要做5次礼拜。

"你做礼拜可以用海水呀。"我让他别担心。但阿布杜拉不能接受。他的宗教要求洗礼必须用净水。海水里有盐。

盐的问题还没解决，阿布杜拉就又遇到了新的磨难。小猴子萨非本来在它开了孔的硬纸箱里睡得好好的，却被乔治拉了出来，它一兴奋，在阿布杜拉的草垫上撒了一泡尿。这下，阿布杜拉是真的要疯了。那猴子是真的干了这种事？如果穆斯林的衣服上沾到猴子或狗的排泄物，那他40天之内都不许向安拉祈祷！绝望之中，阿布杜拉快要白眼一翻昏过去了。40天啊！得不到安拉的指引！

为了让阿布杜拉不再苦恼，乔治说了个善意的谎言。他说，那不是猴子尿的，是海水溅上来了。阿布杜拉信了，因为他从心底里就希望这是真的，他选择不再深究。假使他真的过去闻，气味是骗不了人的。我宣布，以后小猴子一定得穿裤子，还有，绝不许再让它坐到阿布杜拉的草垫上去。

"阿布杜拉，"我继续开导他，"你说做礼拜需要净水，但你有没有想过，乍得井边有多少猴子，多少狗跑来跑去？而我们这儿，方圆几英里一条狗都没有，萨非就忽略不计了吧，它那么一丁点儿，才能拉多少尿。全世界，你再也找不到比这片海还纯净的水了。"

阿布杜拉听了，想一想。片刻之后，他拿起一只帆布桶，舀了一桶海水，仔细查看。接着洗礼开始了，他动作优雅又灵巧，像变戏法一样，一下子就完成了。然后，他跑到罗盘跟前，请尤里帮他找出麦加的大致方向，再回到船舱，把垫子挪到舱门口跪下，朝东方不断叩拜，额头每次都磕在垫子上，他的这份虔诚即使与出家的修士相比，也毫不逊色。最后，他取出一长串赞珠，一边祈祷，一边拨动赞珠计数，赞珠在他指间像从袋里滚出来的豌豆那样滴溜溜地转过。我们这群人中，有天主教徒，有新教徒，有科普特基督徒，有无神论者，还有人相信万物有灵，尽管信仰不同，但阿布杜拉对信仰的纯粹坚定，令所有人都肃然起敬。

风渐渐大了，有点发了狂。没有舵桨，我们对船完全失去了控制，虽然目前看来"太阳号"似乎还在朝着正确的方向前进。阿布杜拉感觉自己的精神和肉体都已得到净化，于是拿上刀和钻，到船桥上来找我。我们得想办法把折断的桨片重新接回舵杆上。阿布杜拉精神饱满，哼着中非的丛林小调，身上的白色长袍灌满了风，他得绷着劲儿，才能勉强站稳。卡洛也来帮忙，他在阿尔卑斯山练就的结绳手艺真没得说。第一支桨就要修好时，风变得异常乖戾。突然几阵不同方向的强风一卷，帆呼啦一下转了半圈，我们根本来不及调整帆索，帆布就拧成了麻花。

巨帆刚展开，又一阵当头风使尽全力扑来。长达23英尺的沉重帆桁重重砸在双脚桅的桅顶，几乎要把桅杆砸断，整张帆被风扯得呼啦啦响，仿佛桅杆再不让路，它不惜把自己撕成两半。乱摆的帆掀翻了装水果的篮子，刮倒了鸡笼，里面的鸡啊，鸭啊，咯咯嘎嘎吵成一团，比我们扯着嗓子喊的声音还大。我们突然发现船后面有一只四四方方的篮子，被海浪抛上抛下，不知道是什么食物掉到海里了。因为登记册在圣地亚哥那儿，而这位军需官还在卧床养病。然而这种时候他和诺曼哪里还躺得住，逼得尤里就差把他俩摁在床上了。我则爬上船桥，试图带领大家制服这面巨帆。但人的声音在风暴中太微弱了，一吹就散，船帆和纸莎草船发出的拍打、撞击和挤压摩擦的声音也都被湮没，甚至不如浪尖上泡沫碎掉的声音来得清晰。

现在降帆并不明智，一旦松开帆索，它必定会像只风筝般飞到海上。我们的首要任务是让船回到正确的航线，一是要调整帆的角度，二是要调整船身的朝向。乔治最强壮，他手拿一支划桨，靠住翘起的船尾使劲儿划，让"太阳号"的船尾对准风的来向。我们把一个伞状的帆布海锚抛下水，锚缆很长，这样能更有效地降低船速，且保证让船尾承风。罗盘的指针在缓缓转动了。一条松掉的帆索像鞭子一样抽过来，甩过去，我死死扒住船桥，才没掉下海。我一边努力把它系在船桥侧面，一边查看在舱外的几人有没有谁拉错了帆索，大家的安全绳是不是都好好扣在船身上。呼号的狂风中，我大声发出一个个指令，跟卡洛说意大利语，跟尤里说英语，跟阿布杜拉说法语，跟乔治则是英语、法语、意大利语轮着说，想到哪种说哪种，但其实，我要求他们拽住的帆索，即使用我的母语，我也不知道都应该叫什么。对于这支国际航海新手团队的理解能力，我的崇拜之情是与日俱增。

宝贝帆总算是保住了，每条帆索都系得很牢，我们把所有划桨都绑在船侧，像印第安木筏用的披水板一样，船头船尾端都有，又把海锚拉上来，一时间，一切都恢复了之前的平静。我们可算能喘口气了，我打算趁现在编几个人人都听得懂的短语，今天这种情况以后肯定还会遇到，现在省出的都是能救命的时间。呼呼的风声中，一道虚弱的声音从柳条舱中断断续续传出来。是诺曼，他撑着病体，给我们出了不少好主意。其实，他已经想在前面，也做在前面了，他提前教给我们用英语怎么说拽紧、放松，解开升降索，控制帆桁两端的叫帆脚前索，连接帆下端两角的叫帆脚索，还有左转舵，右转舵。但真到用时，却失灵了。今天和我并肩作战的其中三个人，有的懂一点儿英语，有的一点儿不懂，我如果冲着尤里或卡洛喊："拽紧右帆脚前索！"或对阿布杜拉喊："松开左帆脚索！"他们听成什么，可真不好说。

我们五个打算爬到船桥上去琢磨几个好说好记的短语，类似世界语那种，结果刚坐下，还在顺气呢，就听桅杆那里又示警般地传来撞击声，胜利的滋味顿时一扫而空。哪怕这次大家都迅速到位，帆和船还是偏离了正轨。同样的情形一次又一次地重复着。航线虽然是对的，但船不是横着就是倒着，帆和帆桁永远不在一个平面上。只有满帆，帆桁才不至于有折断之虞，于是我们有时得把帆转到不合常理的那边。按照航线和风向，帆应该在双脚桅的右桅脚外侧，然而为了让帆充分借上风力，我们却得把它转到左桅脚外侧，但这样一来，船头本就冲着岸，船自然而然就朝岸驶去，和原本的航线错开了近90度角。每次我们都得使出浑身解数让船回到正确的航向，又是划桨，又是拉帆索，把海锚反复提起放下，把划桨当作披水板这儿试了那儿试，绑了拆，拆了绑，费上半天劲，满帆的船还是闷头朝非洲海岸冲去。少了那两支大舵桨，它就是不肯听话。自从我们升起帆，船不是朝正东南走，就是朝正西南走，不存在别的情况。每次反季节的西北风一起，"太阳号"都会被牵住鼻子往东南方向走，离非洲海岸越来越近。卡洛几乎一直守在桅顶，随大风晃来晃去，幸好，始终没见到陆地的影子。但我们心里很清楚，萨非港以南凹进去的海岸线，再往南去就要凸出来了。每次我们才把帆摆正，它就马上扭到另一边，疯狂拍打甩动，我们如果不死命抓住它并向下坠，甚至连体重都借用上，早就被甩到海上去了。但帽子就保不住了，一顶接一顶地飞走，最令人惋惜的，要数阿布杜拉那顶五彩缤纷的穆斯林帽，它几乎就是阿布杜拉的一部分。现在，不论是谁，要去哪里，都绝对不会忘记扣牢安全绳了。小猴子也有它专属的小安全绳，它喜欢抓住桅杆的拉索，表演倒挂金钩。家禽很安全，都关在笼子里，笼子已经挪到帆扫不到的地方绑住，也盖好了盖子。

天色渐晚，风也越来越大，再不掉转船头，说不准哪一秒就船毁人亡，必须得降帆了。在这种狂风中降帆难度可想而知，但我们别无选择，只得勉力一试。

我们分出两人解升降索，三人拉帆脚索，控制帆桁下降，好让帆落到甲板上。然而升降索才解开，一阵狂风，沉重的主帆就被风掣旗帜般卷向大海。左侧的帆脚索一下飞出去，在浪头上巅荡，尤里和阿布杜拉拼了命想抓住它。我们右侧的三人则抓紧这边的帆脚索，用脚或小腿死死钩住、缠住任何够得到的地方，如果右帆脚索也被风带起来，不但我们这一串人都会掉到海里，帆也保不住了。桅杆和固定桅杆的所有缆绳都发出吱吱嘎嘎的声音，令人心惊肉跳，纸莎草船也吱扭一声歪向一侧，我们心里惴惴不安，头一次感到这艘奇迹般的小船也有可能会翻。但有一点可以肯定：这么大的风浪，换了世上其他50英尺长的海船，等不到船翻，桅杆早就折断了。

一英寸，又一英寸，我们小心翼翼降下帆桁，帆的大部分也收到了甲板上，但也有一大片还摊在海面上，折起来的位置兜着一大包水，帆加上水别提多沉了，我们使劲往上拽，像在从海浪手里抢东西，一不小心，有限的几支划桨又被碰掉了一支，它先是被海浪吞没了，一会儿才在船后冒出头，焦急地追赶着我们。

"美洲见啦！"卡洛对着那支划桨喊道，"不过我们肯定比你快哦！"

帆湿透了，乱七八糟地堆在甲板上，横着的帆桁又重又长，还有足足6英尺悬在船外，我们得把帆和桁竖过来，顺着放在"太阳号"左舷一侧。我们做到了，但也已精疲力竭，好像刚在拳击场上打了20个回合，我们5人坐在湿漉漉的帆布上压住它，这条酒红色的龙并不肯老实下来，它折叠的部位灌满了风，奋力地鼓动着身躯，想重新飞上天。但最终还是被我们捆得结结实实。

船上一下安静下来，反倒令人有些恍惚。只听得一道有节奏的吱嘎声，不疾不徐，如同母亲轻轻晃着摇篮，大海就是母亲，而我们就是她不听话的孩子，"太阳号"纸莎草船则被她当成了摇篮，哄我们入睡。我们刚才好像特别不乖，一心要打翻摇篮，弄伤自己。现在，"太阳号"桅杆上光秃秃的，但它终于可以按照自己的意志，顺着与海岸线平行的方向，行驶在正确的航线上，不用再担心会撞到岸了。

我看着卡洛。他露出微笑，接着笑出声，最后干脆放声大笑。顿时，大家全都看向他。

"现在，我们没有了帆，也没有舵桨。再也没有什么手段，让这只船听从人类的指挥。一切都由大自然主宰。看来只要我们不非得跟它过不去，就可以轻轻松松，享受生活。"

我们环顾四周。一切都平稳有序。没有帆，没有帆桁，没有引擎，也没有烦恼。我们坐在这只悠悠荡荡的纸莎草大摇篮里，让强劲的洋流把我们带到它属意的地方，而那也正是我们原本要去的地方。阿布杜拉爬进船舱躺下，把袖珍收音机贴在耳边。乔治要去钓鱼。尤里剥了个橘子，吃完又拿着橘皮去找医用酒精，要调杯利口酒。卡洛则在这个口袋里翻翻，那个篮子里找找，挑选食材，打算让我们吃顿好的。圣地亚哥躺在船舱里没有动，而是拿着登记册叫号，一一报出装着水、椰枣、鸡蛋、橄榄，还有喂鸡的粮食的罐子。我则拿出了猎刀，我早就想做一个测量纬度的小工具，现在终于有空了。这时，诺曼忍不住了。

"伙计们，咱们这会儿是挺舒服的。"他烧还没退，有气无力地说，"但是家里人该急坏了。大家说好昨天用无线电联系的。这会儿再不报平安，他们该以为我们的船沉了。"

尤里也同意，他帮诺曼卷起垫子，打开他原本压在腿下的箱子，拿出备用发报机，这台小型的无线电具有内置的手摇发电装置。信号发出去不久，萨非那边就有回应了，诺曼连忙告诉他们，我们的两支舵桨都断了，但不要紧，我们还将继续横渡大西洋。他还提醒对方，我们今后无法与他们保持定期联系，因为钉着铜板的桨折了，铜板不浸到水里，就接不通地线。但我们又不能光把铜板放下去，海浪一打，根本不知道会把铜板甩到哪里，万一削断绳子或纸莎草就完蛋了。诺曼还很虚弱，他躺回睡袋里，尤里替他把无线电收拾起来。卡洛端着杯热饮钻进船舱。

乔治没钓到鱼，但回船舱时也不是一无所获，他有了个主意。我们何不升半帆呢？哪怕一小片帆都有助于提高航速。这面帆的设计就是可收可放的，可以只展开三分之一或三分之二，收起的部分用绳索捆住，如果风力太猛，我们可以只用最上面的三分之一。我觉得这个主意很不错，诺曼也吃力地点了下头表示赞许。我们5人又回到甲板上，吃了一顿以咸肠和鲜蔬菜为主的石器时代午餐，顿时感觉浑身有使不完的劲儿。经过一番艰苦卓绝的奋斗，我们终于把贴放在左舷的帆桁带着浸满水的帆转过来，它们横在船身上，每侧出水3英尺。风很大，有时仿佛就要形成风暴了，这种天气想把帆卷起来太难了，但我们几人通力合作，还算顺利。要收帆首先得将它铺平，我们压在帆上，一点点展开，摊平后再一点点卷起来，到只剩最上面那三分之一，中间还要当心帆下面的鸡笼和其他货物。当那道窄窄的帆升上桅顶，被风鼓满时，大家的心中也充溢着巨大的满足感。我们重新放下海锚，绑好当作拔水板的划桨，小船朝着西南方向翻过一道又一道波浪，队员们则为再一次战胜自然而欢欣鼓舞。

15分钟过去了。时间刚刚过午，这才是我们在海上的第二天。突然，海面上又卷起一阵狂风。半卷的帆带着帆桁狠狠砸在桅杆上，砰地发出一声巨响。我们几乎同时跳起来，分别抓住左右各两条的帆脚前索和帆脚索。帆又湿又沉，被风吹得挤在桅顶，坚硬的帆桁一再捶打着桅杆。接下来那砰的一声，仿佛桅顶传来的呼救。撞击声过去后，只听咔嚓一声恐怖的脆响，接着是骨头碎裂般的声音，听在耳朵里，令人心都揪了起来。我们抬头一看，是帆桁一折两半，左右两端正慢慢耷拉下来，将帆夹在中间，仿佛蝙蝠收起了翅膀。没有帆桁还怎么挂帆呢。断裂处的尖锐碎木碴如同愤怒的爪子。我们担心帆被碎木头撕烂，只好把这堆乱七八糟的东西降下来。这时我们出海才不过两天。两天呀。

断掉的帆桁和帆才摊到甲板上，"太阳号"立即温驯下来，我们神奇的纸莎草船就如同一条驯良的海蛇，载着我们，乘着波浪，朝着我们预定的方向继续前进。

"你瞧，就是这样。"卡洛说完，志得意满地躺回床上。

阿布杜拉跑到船尾，把胳膊和腿都洗干净，准备向安拉祷告。尤里坐在舱门口叼着烟管嘿嘿一笑，写起了日记，我则拿着做到一半的测量纬度的小工具，坐在了他旁边。

"一切都好吗？"圣地亚哥躺在睡袋里，钻出来一点儿脑袋问道。

"一切。"我和尤里齐声道，"一切呀一切，现在一切能折的都折了。就剩纸莎草了。"

那天下午，风暴一直在呼号，但船舱内一派平静。这段时间，我们并未看到任何航船，但还是决定轮流守夜，因为我们正航行在非洲沿岸的航道上。我们得经常爬到桅顶上瞭望，看能不能看到岸上的灯火。除了怕撞到船，就只有岸边的峭壁令我们担忧了。

刚过午夜12点半，我就被卡洛摇醒了，他提了盏煤油灯，低头看着我。他眼睛睁得大大的，压低声音，忧心忡忡地对我说，船头左前方的地平线上出现了一排灯光。我们正被一股强劲的西北风推着，朝那边冲过去。我睡下时没脱衣服，于是系上安全绳，就钻出了船舱。风不太大，但冷得刺骨，天空阴云密布。地平线上那一排灯火穿透了浓黑的夜色，正如卡洛所说，就在我们当前漂流航线的正前方。其中有四盏灯特别亮，一盏稍暗一些。那儿一定是摩洛哥的海岸。卡洛又爬上了桅顶。我们的航速似乎相当快呀，离灯光处越来越近。另外三位健康的队员也出来了。这次我们得拼命划，不然纸莎草船只怕会撞上岩石，送掉我们几个的性命。这时，我和卡洛都想起来，其中有一盏灯是绿的，还有一盏是红灯。那不是海岸！是几艘渔船正鱼贯向我们驶来！这时大家早都冻得发紫了，赶紧钻回了被窝里。不一会儿，三艘大船分开波浪，贴着我们的船头开了过去。第四艘却关掉引擎，停在我们前方，它若再不走，"太阳号"的船头就要撞上它的船舷啦。我连忙打开手电筒，照亮船舱和船身，然后通过开关手电打出信号："'太阳号'很好，'太阳号'很好。"那艘大渔船这才重新开启引擎，推动水波缓缓滑开，只差一点，我们就撞上了。它的桅顶也一闪一闪，发来信号，可惜我们都看不懂，随后，它便消失在了黑暗中。乔治留下来守夜，他裹着风衣和毛毯，简直像个埃及木乃伊。我则回舱里接着睡。风从薄薄的舱后壁灌进来，送来乔治的歌声，这位不羁的尼罗河之子快活地哼唱着，整艘船的纸莎草吱吱呀呀的声音都不如他响。然而，正是这些扰人清梦的声音，勾勒出了我们这个凶险宇宙中的温馨小窝。

黎明时分，天依然很阴，这是我们在船上的第三天了。风小了一点，然而浪更汹涌了。但浪再大，也不过是把我们托得高一点儿。观察的结果令我们非常满意。大海一路带着我们前进，小心翼翼的，我们仿佛它手上托着的球，浪头再高再猛也扑不到甲板上。整船货物都还是干的。没有帆，没有舵桨，没有六分仪，我们看不到陆地，也不知道自己在哪儿，第三天就是这么宁静祥和。我们趁这段时间，接好一支舵桨，还给一根备用的木料中段做了加固，将来好当帆桁用。

阿布杜拉又要做礼拜了，正忙着洗他那光溜溜的脑袋，洗着洗着，他突然停下来，嘶声大叫。海水根本就不纯净！有人在海里拉屎，他还把屎水抹在了头上。阿布杜拉的帆布桶里，大大小小的黑色块状物正在桶底打着圈儿。我们往海面上望去。几百块类似煤块的东西从船两侧漂过去。软软的，看上去像沥青。一小时过去了，四面望去，还是有很多。一定是油轮泄漏造成的。我们爬上桅顶，想看看那只油轮在什么方位，但并未发现。接下来的一整天，海面上始终漂着这些黑乎乎的东西。

下午，我们看到了一条大翻车鱼，它懒洋洋地躺在水面上。从它身边漂过去没一会儿，一群海豚前来拜访我们了。它们突然出现，有将近100头，在我们周围追逐嬉戏，它们欢快地跃出水面，身体垂直地打着旋儿，带给阿布杜拉说不出的快乐，他看得正着迷，海豚却像来时一样突然不见了。

第四天特别暖和，也特别宁静。太阳从云层间露出一点点脑袋。有挺长一段时间，我们都能清楚看到远方陆地上隆起的两座驼峰似的淡蓝山影。圣地亚哥病势依然沉重，但诺曼好多了，他体温降了下来，尤里允许他在正午时分出舱晒晒太阳。但我们船上没有精密的计时器，备用无线电也再没收到过萨非的信号，所以我们无法精确对时，也就算不出自己的确切位置。这可急坏了船舱里的两个人，诺曼认为既然还能看到大片陆地，就说明加纳利群岛还在前头。富埃特文图拉岛和非洲大陆尤比角之间的这段航道非常危险。诺曼这点儿知识还只是从书上读来的，但圣地亚哥小时候就住在加纳利群岛，他说诺曼说得没错，尤比角确实是所有水手的噩梦，因为非洲西侧的海岸线正是从这里开始向南拐，而它岸边的岩壁下却伸出一条舌头似的浅浅沙滩，埋伏在最危险的洋流必经之路。

我们坐在那堆帆上吃东西，忽然听到阿布杜拉一阵惊叫。他刚吃完饭，正要回船舱准备礼拜。他眼睛一向很尖的。

"马！马！"他修正了一下，"有河马！"

我们往他指着的方向看过去，不一会儿，两头巨鲸浮上来，它们用小眼睛懒懒地扫了我们一眼，喷水孔里呼呼作响，气体携带着水雾喷射而出。阿布杜拉在乍得从来没见过这么大的巨鲸，他觉得这一天可真没白过。在他的认知里，哺乳动物坚决不能长着鱼尾巴，但当一头鲸彬彬有礼地翘起尾巴与我们告别时，造物主的手笔令阿布杜拉简直目瞪口呆。

第五天，我们醒来时，海面上刮着凛冽的北风，波涛汹涌。我们把带来的衣服全都穿在身上。阿布杜拉冻得牙齿直打架。五天来，海浪一直拍打着"太阳号"的右舷，这也在我们意料之中，因为按计划，我们这次航行根本离不开东北信风。所以我们把舱门开在了左舷一侧，也就是下风口。还把船舱和较重的货物都压在右侧，这样就算风很大，帆鼓满了，也不至于把船掀翻。在这一点上，我们和诸位顾问是有共识的，航船的大部分重量要压在上风舷，才不容易翻船。然而，五天以来的惨痛教训令我们明白，仅就这一点而言，纸莎草船和世界上其他船都截然相反。它可能是世上唯一一种需要把重量压在下风舷的航船。原因在这里，受风的一侧，海浪经常涌到船上来，吃水线以上的纸莎草也在不断吸水，渐渐就重了好几吨，然而背风那侧吃水线以上全都保持着干燥，所以重量也轻。受风一侧吸的水越来越多，船身也越来越沉，结果船反倒是往多加着重量的这边倒，而不是像我们以为的那样往下风侧倒。

现在已经不可能挪船舱了。当初我们是把结实的绳索打横绕过船底，将它和船身捆在了一起。我们把右舷所有能挪动的货物都搬到左舷，但效果并不明显。右舷吃水线以上的纸莎草想必吸进了好几吨海水，如今俨然一堆看不见的货物，远比我们之前挪到另一边的那几百磅食物和饮水要重，而且接下来的一路都别想甩掉这份额外的重量。我们的船实际上已经变成一艘斜肩船了。

诺曼终于痊愈，我们挪东西的时候，他就在尝试把铜板固定在水下，这样我们才能接通无线电，恢复联系，较正时间。他认为，我们距离海岸比他昨天算出的更近，由于缺少精确计时，他只能粗略估算，但他的判断很有说服力，也就是说，我们正朝着尤比角漂过去。

夜里刮起了狂风，拉扯着每一条桅索，"太阳号"似乎离散架也不远了。海浪前所未有的凶猛，朝我们扑来。我们两人一组，轮流守夜，就是担心万一哪一秒错了下眼珠，就被冲上尤比角的沙滩，此外，还得关照全船的绳索。结果整夜过去一条绳也没断，一根纸莎草也没掉出来。然而木制的船桥却疯狂地摩擦着船舱的壁角，结果那个角落里的所有东西都落了一层锯木屑。圣地亚哥饱受失眠之苦，除非累极了，要不他几乎整夜无法合眼，何况如今躺着的两个箱子一起一伏，船舱、船桥，还有桅杆都在晃，而且各晃各的，仿佛有一千只猫被系住了尾巴，同时发出惨叫。船舱其实也是偏的，往右斜得厉害，所以一侧躺就会往右滚。我们七人分成两排，脚对脚睡，我这排少一人，因为其中有两个箱子放着无线电和航海仪器。一旦睡下，结果总是阿布杜拉滚到乔治身上，乔治滚到圣地亚哥身上，圣地亚哥滚到尤里身上，尤里被压在墙上，有墙挡着他无处可滚，只能用膝盖和胳膊顶住斜坡上的那几位。我把不穿的衣物卷起来，塞到垫子底下，把右侧垫高，卡洛也学会这招，这样我们就不会滚到诺曼和装无线电的箱子那边了。

暴风持续了一整夜，海浪足有12到15英尺高。风一来，就仿佛在船上撒下一层细细的盐雾。第七天早上，"太阳号"似乎不像之前那么松垮了，捆纸莎草的绳子也变紧了，这可真是有点意外。这时不知哪儿来了一股大浪，从船尾砸下来，水直淹到诺曼腰部，而且久久不肯退去。看来因为海浪的漫涌，纸莎草甲板也和船底一样开始吸水，于是上下的草捆都膨胀了，彼此间挤得留不出空隙，绳子也被撑满，于是水也无路可退。船体因而显得比之前更结实紧凑，只可惜右舷斜得厉害。

我们纷纷对"太阳号"应对风浪的高明手段赞不绝口。诺曼打断我们，说我们正朝着岩壁冲去。我们要么升起帆，借助这股强劲的北风转向，要么继续漂，准备登岸。大家一致选择升帆，但只展开三分之二，用上我们加固过的新帆桁。出乎所有人的意料，连圣地亚哥都出来了，全体人马一齐上阵，我们不但挂起了帆，还把一支重新接好的舵桨支在船尾，斜插进水里。我们顿时如同一条在浪尖滑翔的飞鱼，离岸越来越远。没多久，我们又听到一声脆响，这支舵桨修补时明明加厚过桨片，现在却像根火柴似的又断了，我们只得再次把桨片拽回船上。大家明明都是航海新手，却越来越像老搭档了。阿布杜拉往前一扑，抓住了在风中猎猎舞动的主帆左下角，圣地亚哥钻出船舱后，看到他的背影闪过，立即上前牢牢抱住他。卡洛和尤里也没商量，就同时绕过船舱往右舷跑去，松开帆脚索。乔治全身上下只穿了一条内裤，他握住桨用力划，让船尾转向风来的方向。没有舵桨，我和诺曼就一一调整着充当披水板的小划桨的位置，直到"太阳号"又像条大鱼般乘风破浪。那一天，我们后来一直沿着预计的航向前进，没有一根纸莎草在风暴中折损。看来一直在给我们出难题的，不是纤细的纸莎草船体，而是船上粗大的木质结构。

隔天晚上，风停了，但浪并未平息，浪高可达18到20英尺。船舱明显不对称了，往上风舷那边偏，像顶戴歪了的帽子。快轮到我值班了，我提前出来，先四处看看。我想确定一下船前方的情况，于是钻到帆底下，结果一抬头，差点儿吓掉了魂。船头右侧出现了一座高大的灯塔，塔上亮着彩灯，周围还能看到一些其他建筑的灯光。我们正对着塔的左侧，也就是正向陆地冲过去。灯塔矗立在海中央，离主陆那么远，那里定是尤比角无疑了。

没有舵桨，我们只能分秒必争调整船帆，希冀可以掉转航向。但没用，留给我们的回旋余地越来越小，离灯塔左侧的岸却越来越近。我们的心怦怦直跳，知道这次躲不过去了，船正朝着暗处的岩壁撞过去。到了最后一刻，我们才发现，灯火摇摇晃晃的，好像塔和旁边的房子并不是建在沙滩上，而是建在了浮桥上。而这时，我们已经从那片灯火间穿了过去了，也就是说塔果然没有建在陆地上。原来它是一座停泊在非洲海岸外的巨型石油钻井平台，顶部的彩灯是为了避免船只和飞机撞上来。一时间，我们只能望着它，呆呆地站着。乔治手里还握着桨，都开始发抖了。我一发现，立即毫不客气地冲他嚷嚷。他不去穿衣服，又不赶快钻回睡袋里，是不是也想生病！

第七天，我们依然挂着这三分之二幅船帆，既然和奔腾的海浪同路，那就不妨比试一下，看谁更快。厚厚的云团从左右两侧涌上来，远处渐渐只余一线蓝天。云起的地方应该就是加纳利群岛和非洲大陆，夹在两岸间的是一片开阔的海面，蓝天架在海面上如同一幅穹顶，穹顶的正上方则连着那一线蓝天。"太阳号"扬着帆乖乖地往那一线蓝色驶去。尤里的医术不错，诺曼和圣地亚哥身体都恢复了健康，但乔治暂时需要卧床休养了。他之前划桨时拉伤了，夜里寒风刺骨，他却只穿了条内裤，结果现在背痛得要命。

快到中午，卡洛还在拽几条固定在船舱上的绳子，他想把船舱正过来一点儿。我站在船桥上，拿着望远镜，心里有点慌，每次船随着浪头爬高，都能在镜筒里看到绿草茵茵的滩涂。片刻后，卡洛带着诺曼爬上桅杆，卡洛在桅顶，诺曼在他脚下的位置。他们冲下喊，侧前方确实有一段青草坡，岸线与我们的航线平行，没看到人活动的踪迹，离我们最多6海里，可能还更近。我们立即掉转船头，能避多远避多远。很快那片草地就消失在我们视野中。那里一定是尤比角外围的滩涂，从这儿起，海岸就要往南拐了。这一定是我们路过的最后一个非洲海角，在到达彼岸之前，我们将不会再见到陆地。

卡洛开始做饭了，这将是我们本次航程的第一顿大餐。为了这顿大餐，阿布杜拉把舵桨当砧板，宰了三只鸡。尤里调好了酒。今天的确值得庆祝。第一杯敬伊洛可树，请它好好安息吧，它的木质也太脆了，当不了好舵桨。第二杯敬纸莎草，多么了不起的造船材料啊！现在已经是5月31日了，纸莎草已经在水里泡了两星期，不但没有泡得糟朽腐烂，反而变得更加结实柔韧。每一根纸莎草都守在原位。从萨非港到尤比角，我们航行了一星期，这段距离可比从尼罗河河口到腓尼基古王国的比布鲁斯要远，基本相当于从埃及到土耳其。所以我们已经证明了，古埃及人有能力把纸莎草运送到小亚细亚的任何地方，根本不需要借助其他国家的木船。

干杯，诺曼。干杯，尤里。干杯，朋友们。干杯，涅普顿。干杯，阿布杜拉的那些"河马"。萨非也坐在鸡笼上，喝着新鲜的椰子水，与我们同乐。

这时，我隐约听到有人说什么"白房子"，立即跳起来查看。乔治趴在舱门口，手指着非洲的方向。我们刚刚避开了一片浅滩，现在又遇到一片，滩上还有几排小小的白房子。这是个非常典型的非洲阿拉伯村落。村庄的右侧，是一座画中才会见到的古堡。这儿才是尤比角！我们还满心以为早把它甩在身后了。原来我们举杯欢庆时，正是最危险的时刻。几个世纪以来，不知有多少航船葬身在这片狭长的凶险之地。我们提心吊胆了整整七天，没想到不知不觉中，已经把它甩在了身后。这星期，最令我们煎熬的其实是控制方向，生怕船撞上岸，现在我们成功了，随着洋流，与尤比角擦身而过。

一眨眼，白色的房子退到了海平面之后，就像出现时一样突然。我们漂得可真快呀。再见了，非洲。再见了，旧世界。我们没有舵。因为这次远航并不需要。

这时不知从哪儿飞来一只大海鸥，它落到高高翘起的船头上。鸭子刚好在笼外放风，一见它就追了上来。海鸥飞走了。过了一会儿，又飞来一群吵吵闹闹的海鸟，笼子里的鸡也不甘示弱，咯咯嗒嗒地回应着。我们饭还没吃完，还要用鸡笼当餐桌呢。

"我知道刚才那只海鸥飞走后，跟这群鸟说了什么。"卡洛说，"它说，在尤比角附近发现了一个会漂的鸟巢。"

第九章

命运由大海主宰

　　加纳利群岛已被我们抛在身后。八天来，我们航行的距离相当于从挪威经北海抵达英格兰。能在汹涌的大海中航行这么远，通常意义上来讲，这就是一艘"海船"了。"太阳号"经历了暴风狂浪，舵桨断，帆桁折，七个外行粗手粗脚的对待，唯一的埃及人又不懂航海，还有因造船的技艺失传已久，导致设计上存在的先天缺陷，它却依然好好地浮在海上。船上的货物也依然保持着干燥。尼罗河的涟漪与我们这一路上遇到的巨浪相比绝不可同日而语。

　　路过加纳利群岛时，天下着毛毛雨，并未看到岛在哪里。现在天放晴了，头顶一片湛蓝，低平的云层像毯子一样，沿着金色的非洲海岸铺展开来，遮住了下方的海港。加纳利群岛位于我们右后方，其中特内里费岛上的火山锥泰德峰高达12000英尺，水汽到了这里被山体挡住，只能向上爬，海拔越高气温越低，水汽便凝结成了云，云又被风一缕缕吹送到海面上，远看便如同一艘拖着长长白烟的巨轮。因为云气缭绕，所以山其实并不可见，但也因为这片流动的白云，我们知道岛就在那里。

　　除了静静漂在乍得湖上的浮岛，阿布杜拉从未见过真正的岛，他听说风急浪恶的大海上也有岛，岛上还住着人，简直惊呆了。他想知道那些人是黑人还是白人，像我们还是像他。圣地亚哥在加纳利群岛上住过，又是人类学家，他告诉我们，岛上的居民是"关切人"。几个世纪以前，那时哥伦布还没"发现"美洲，欧洲人就"发现"了这里。加纳利群岛上的原住民，一部分肤色黝黑，身材矮小；另一部分白皮肤，高个子，金发碧眼，鹰钩鼻子。加纳利群岛上的一幅绘制于1590年的粉彩画中，描绘了这样一群关切人，他们雪白的皮肤，金色的毛发，留着大胡子，披着长长的柔软卷发。圣地亚哥还跟我们说到他在剑桥大学读书时见过的一位白肤金发的关切人，那其实是从加纳利群岛运过去的一具木乃伊。这些加纳利群岛的原住民和古埃及人、古秘鲁人一样，也会制作木乃伊，进行开颅手术。只看外貌，白肤关切人其实与大部分非洲人相去甚远，却与维京人极其相似，这个现象引发了无数猜想，有人认为古斯堪的纳维亚人曾在此地殖民，甚至有人大胆立论，加纳利群岛的前身就是失落的亚特兰蒂斯。但是古欧洲人根本不会制作木乃伊，也鲜有开颅手术。除此之外，还有很多文化特征，将关切人明确指向北非海岸的古文明。摩洛哥的土著民族如今被统称为柏柏尔人，但他们和关切人一样，并非同属于一个民族，当中有很多人的祖先是1000年前，因阿拉伯人驱赶，才南迁到阿特拉斯山一带的。他们有的个子矮，皮肤黑；有的个子高，皮肤白，金发碧眼。时至今日，在摩洛哥的村庄里，两种柏柏尔人都很常见，血统并未混淆。

我们用目光去寻找加纳利群岛上那座高耸入云的死火山，却只能看到峰顶飘浮而过的缕缕白云。其实天气晴朗的日子，从摩洛哥的海岸边是可以看到它的峰顶的。关切人的家乡，也许并不需要远赴斯堪的纳维亚半岛，或深潜到大西洋底去寻找。很久以前，他们很可能就是从离这里最近的那片大陆渡海而来，就是我们乘坐纸莎草船刚刚穿过的那片海。

关切人身上最大的谜团其实并不是他们来自哪里，而是当初是如何来到加纳利群岛的。从哥伦布发现美洲往前再数几百年，欧洲人发现他们时，他们根本没有船，连木筏或独木舟都没有。加纳利群岛上到处是参天大树，有的是造船的材料。但不论肤色，所有关切人都以种田放羊为生。羊是从非洲带过来的。他们当初能拖家带口地从非洲来到加纳利群岛，船上还带活羊，必然有人懂航海，会捕鱼，无论如何不可能所有人都是牧民。既然他们当初会造船，那后来的关切人为什么一艘船都没有呢？会不会是，他们的祖先熟知的只有一种船，就是摩洛哥北海岸一带至今仍在使用的、以风帆航海的芦苇船"美地亚"呢？如果他们只会造芦苇船，不懂怎么造高船帮、不透水的木板船，那时间一久，芦苇船朽烂，这片海滩上又找不到纸莎草或别的有浮力的芦苇，要造新船就得去别处找芦苇，但没有船又哪儿都不能去，面对这种困局，他们也只得认命了。

"太阳号"突然开始剧烈地上下颠簸，发出各种响动，我们顾不上什么关切人了，赶紧冲向扑打甩动的船帆。风其实没太大变化，是一股浪从后面追了上来，而且一波比一波凶狠，浪谷越来越深，每次船头都会狠狠栽下去，浪头越来越高，却怎么都扑不到我们头上，因为不管它跳多高，我们金色的纸天鹅只需要翘翘屁股，水便会迅速从船底下流过去。阿布杜拉头疼、想吐。虽然之前没表现出相关迹象，但尤里认为他是晕船了。他让阿布杜拉吃了点埃及"木乃伊"面包，然后去床上躺着。圣地亚哥的皮肤病已经痊愈，倒是可以来甲板上和我们一块儿坐坐。我们一群人围坐在鸡笼旁，享用着热乎乎的意大利炖饭，卡洛还在里面放了杏仁和干果。突然，有人喊了一句："抬头！"我们一愣，赶紧往上看，结果差点吓得落荒而逃。一道巨浪正向我们扑过来，浪头比舱顶还高。这时，我们又迎上一条深深的浪谷，船一头栽下去，身后那道巨浪这时也化成一小团泡沫，毕毕剥剥地散开，碎掉了。后面的浪也差不多是这样。像这样一浪高过一浪，又找不到什么明显原因，通常都是附近有江河入海，又有强劲的洋流经过，两相作用就有了这样的结果。我们现在的位置肯定是在加纳利最大的几个岛之间，来自葡萄牙的洋流从这段海峡经过，因通路变窄变得更强劲，有了它的助力，我们走得更轻快了。这就是加纳利洋流，将一路奔向墨西哥湾。也就是说，我们正航行在既定的路线上。

我们随着波涛起、落、起，又落下去。可惜阿布杜拉睡着了，错过了与五头大抹香鲸的会面。它们突然出现在纸莎草船舷一侧，没等卡洛去拿照相机，就又潜入水中不见了。我们继续随着波涛起、落、起、落下去，然后又听到了木头断裂的声音。这次是一只小划桨，船舷外只剩了一截晃来晃去的断柄。就连这种小桨也快不够用了。这样下去可不是办法。也许我们应该掉头去佛得角群岛，弄点儿更结实的木料？但大家一致反对。我们船上还有根结实的埃及雪尼巴木方材，是带来当备用桅杆的。但目前在用的桅杆一直也没断过，之前的风暴它也挺过来了，今后恐怕也用不上这块方木料。所以我们把备用桅杆绑在备用舵桨上，来加固伊洛可木的舵杆。这只舵桨我们还没用过，所以还是完好的，舵杆呈圆柱形，非常粗。当天夜里很晚，我们才完成加固，舵桨变得更粗更沉，得我们七个人一起抬，才能把它放下水。天上是一轮满月，还有几颗闪烁的星星。奔腾的海浪依然追在我们身后，它微微反着光，高高跳起，凶猛扑下，然后一团漆黑，但我们不怕，因为纸莎草在这场较量中，始终技高一筹。反倒是木料，只要入水，都会被海浪嫌恶地折断，但若光躺在甲板上不去逞强，海浪就奈何不了它。包括那160个易碎的陶罐和船上所有其他货物也都安然无恙。但现在，这支巨大的舵桨却即将下水，与海浪展开搏斗了。

这支舵桨长25英尺，我和圣地亚哥抬着舵杆这头儿爬上舵桥，绑好后，舵杆的尾端应该差不多到我们头顶的高度。其他人留在甲板上，挺直身体，把又沉又长的桨片举高。后甲板上架了根粗大横梁，舵桨可以固定在它左右任一侧，这次我们选择架在左边。等会儿把桨片推下水后，再把靠近桨片的这截舵杆牢牢绑在横梁上，就可大功告成。

我一声令下，巨桨被推向水中，周围的海水突然一片沸腾，纸莎草船随之躁动起来。原来是海上掀起了一道巨浪，桨片顿时脱了手，高高飞向空中，他们五人连忙攥紧系在舵桨上的粗绳，死命拽住。我和圣地亚哥站得比较高，待会要绑在船桥栏杆上的这一截舵杆又比较细，这才勉强没脱手。"太阳号"身下，浪头嘶嘶低吼着向前推进，一时间船尾的海水都涌到了船中段，船身后的海面顿时陷下去一大块，逃跑的桨片没了浪头支撑，顿时从半空跌落下来，狠狠砸在后甲板的横梁上，如同将巨锤抡圆了挥向铁砧。之后，桨片再次被浪抬起，又再次狠狠砸向横梁。他们五人拽紧系在舵桨上的绳索，甚至干脆用一双手掌，拼尽全力要把那凶悍的铁锤控制住。我和圣地亚哥就像两个轻飘飘的木偶，被上上下下地抛着玩，身不由己，只能趁浪头把桨抬高时，借着它的浮力将舵杆送到船桥栏杆上留好的凹槽中。每次浪头过去，桨片砸下来，我们俩就会被提到半空，甲板上的五个人则赶紧把绳子套在舵杆接近桨片的位置，可每次都等不到把它绑在横梁上，下个浪头就又来了，舵桨再度脱手了，桨片翘到了半空中，我们俩却猛地落下去，像是跷跷板。我们怕被甩到海里去，只好用双腿紧紧缠住船桥的栏杆。然而下落时速度又快，力道又猛，若是舵桨砸上栏杆时，我们的手指和脚刚好挡在中间，肯定会被砸得稀烂。但这支铅灰色的舵桨太疯狂了，我们很快意识到，再不松手，不但横梁会被砸断，纸莎草船也得完，因为很多固定船体结构的绳索都是绑在这根横梁上的。

但是一想到没了舵桨，我们的船就成了一堆只能随波逐流的草垛子，能不能到达美洲全凭天意，我们也不知从哪儿又生出了一股蛮力。但没等想明白，我们的运气就来了，舵桨落到了一个特别便利的位置，我们七个顺势用绳子一套一捆便将它固定下来。终于，这个怪物被我们拴在了"太阳号"上，舵杆两头都用粗绳绑牢，海浪怎么凶悍，绳子也不会让步。也就是说，我们终于又有了古埃及那种架在船尾的舵桨了，美中不足的是，他们有两支，我们只有一支。而且外形有点粗壮蠢笨，转动也非常不灵活，因为我们之前用备用桅杆给它做了加固，那块木料又刚好是根方柱，但结实是真结实，海浪已经无法轻易折断它了，加在桨片上的力只会带动纸莎草船掉转方向。

圣地亚哥说他这辈子都没受过这种折磨。我们好几个人手指都带了伤，好在不算严重，尤里帮我们处理了一下。但有了那根又沉又大的舵桨，航向果然保持得相当稳定，这下终于可以爬回睡袋睡觉了。我们其实早已精疲力竭，当然还是要留出人守夜。不过今天的夜班也不会太辛苦，只要注意着点儿来往的船只，别撞上就行。月亮、星座在天幕中的位置，浪花奔跑的方向，都表明

"太阳号"的航线非常稳定。我们可以坐在舱门口，根本不必一直待在船桥上吹冷风，只需要换班时爬上去看一眼罗盘。很快我们就发现，头顶就有一只璀璨的大罗盘，抬头就能看见，那就是满天的繁星。我们那个人造的小罗盘顿时相形见绌。"太阳号"正往正西方向前进。其实我们现在并不太在意具体的方向，反正离陆地越来越远就好了。

接下来的三天都很顺利，我们把两根断桨的杆凑一凑，将另一支舵桨也修好了。所有接头的地方都以绳索固定，一根钉子都不用，不然修好也不敢用，舵桨肯定一下水就会被折断。海浪仿佛不知疲倦，一直往"太阳号"上风舷涌，草船又吸了好多水，连舷侧的栏杆都潮乎乎的，这些水的重量使原本露在水面上的横梁渐渐往下沉。浪一直这么大，就算第二支舵桨修好了，我们也不敢轻易放下水。那太冒险了，万一现在用的这支舵桨断了，还得靠它顶上来呢。我们急着修好它就是以防万一，其实已经有好几次，遇上特别大的浪，现在用的那支舵桨的桨片被海浪拗得仿佛马上就断。但我们却鼓起勇气把整张帆全展开了，结果还不错。尽管我们仍能偶尔瞥见西属撒哈拉沿海低垂的云幕，海面上却已刮起了凛冽刺骨的北风。我们把货物尽量搬到左舷，这边背风，船舷出水依旧很高，与启航时相比没什么变化。风将帆鼓满，我们这艘身宽体重的纸莎草船，航速又提起来了，一路乘风破浪向西驶去，24小时的航程可达约60海里，也就是2.5节左右，船身滑过的地方留下了一道翻卷的浪花。经过11天的航行，我们与萨非港的直线距离已达557海里，跨过了一个时区，得把表往前拨一小时了。

这两天，我们经常能遇到别的航船。有一次，居然同时看见三艘远洋巨轮。我们一定正行驶在绕非洲的那条大圆环航线上。晚上，我们就把最亮的几盏煤油灯挂在桅顶上，以免被撞。但没过多久，海上除了"太阳号"，就再也看不到别的船了，只有成群的海豚在嬉戏玩耍，偶尔有几头游得特别近，伸出手还可以拍拍它们。有那么一两次还见着了翻车鱼，懒洋洋地从"太阳号"旁边漂过去，也第一次见到船前船后有飞鱼跃出水面。但天上飞的却没怎么见着。除了偶尔有几只迷路的小虫子，被风送上船。还看到一对小海燕掠过起伏的海面。这种小型海鸟睡着了也能浮在海面上，它们像纸莎草一样，都轻飘飘的，浪再大，翻过去就是了。几天前，开始有许多褐色的小虫子从纸莎草上的小洞里爬出来，但愿海水能消灭虫卵和幼虫，否则船怕是要被它们蛀空。有些善于提出疑问的人，当初看到骆驼想把我们的船舷当美餐，便扬言纸莎草必将成为海洋生物充饥的饲料。然而到目前为止，鲸或鱼类都没有要把这堆漂在海上的草捆当食物的意思。倒是那些密密麻麻的小虫子令我们很是头疼。

日月东升西落，循环往复，为我们指引着方向。一个人守夜时，时间仿佛变得无限漫长，像当年在"康提基号"上一样，我又一次感觉到了什么叫永恒。星空明亮璀璨，大海却一片漆黑。熟悉的星座在我们头顶一眨一眨，低下头，海面上闪烁着点点磷光，那是海里的浮游生物，如同七彩的荧光在柔软的黑色毯子上四溅开来，而这块黑毯就是我们漂浮着的大海。这些闪闪发光的浮游生物，总令我们生出某种错觉，有时仿佛是在一面倒映着星空的镜子上航行；有时又觉得大海一直通到地球的另一头，海水如水晶般澄澈透明，我们正透过它望着另一半星空。我们仿佛落入了星的国度，在星星间悠游，唯一让我们觉得熟悉，心里感到一点点踏实的，就是随波起伏的金色纸莎草船。它的方形巨帆如同横亘在星空前的一道黑影，从帆桁一直垂到甲板，抬头看时，它显得更宽大了。夜空中，这面古埃及的梯形帆，仿佛将我们带回到几千年前，今天的世界早就找不到这种形状的船帆。纸莎草、柳条、木头和绳子发出的那些吱吱扭扭的怪声，令这份幻觉变得更为真实。仿佛我们并非生活在原子弹和火箭的时代，而是一个天广无涯，地平有角的时代，我们不知道家园之外是否还有陆地和海洋，时间对每个人都很慷慨，人人都可以过得很从容。

连番与自然的搏斗令我们疲惫，但也健壮了一点儿。交班时，我们会点亮煤油灯，微弱的灯光随着草船摇摇晃晃，只能照亮小小一块甲板。值完夜，钻进温暖的睡袋，美美地睡上一觉，别提多舒服了。醒来后胃口也特别好。整个人神清气爽，精力充沛地开始新一天。再小的快乐也觉得趣味无穷，再大的烦恼也觉得不值一提。石器时代的生活又有什么比不上我们呢。我们一味想象，古时候的人们只知道辛勤劳作，从未品尝过快乐，就在苦难中耗尽了生命，未免有点太过想当然了。

从我们留在地图上的一串标记来看，我们每天都能向西航行60海里，但周围那一圈地平线的位置却好像从未发生改变。今天和昨天一个样，过一小时再去看，也还是老样子。不管我们怎么移动，始终停留在它的中央。它似乎把我们当成了自己的圆点，和我们同步移动。但在我们看不见的地方，还有一大股流水与我们同行，那就是加纳利洋流。它如同一条湍急的咸水河，伴着永不止息的信风，一路向西，追随着太阳的脚步。气流和水流，还有一切浮在水上、飘在风中的东西，都向西奔跑着，追赶着西沉的太阳和月亮。

我和诺曼站在船桥上，他拿着个普通的六分仪，我则拿着自己制作的"鼻式测纬器"。这个小工具是用来测量纬度的，我把两片薄木板装在一个木块上，将木块削出贴合鼻梁的弧度，因要架在鼻子上用，尤里就给它取了这么个名字。我的设计思路是这样的，让木块和视线齐平，左眼平视前方，让左侧板的上边缘与地平线齐平，保持不动；然后调整右侧板，贴在右眼下方，这块板是以皮革连在木块上的活页，将它转到在右眼视线中直指向北极星即可。两块板之间的夹着标好角度的表盘，直接读取两板夹角就得到所在地的纬度。这个原始的"鼻式测纬器"一经问世，就受到大家的广泛喜爱，它简单得不像话，又容易上手，而且精度可观，误差很少超过1度。我们依据它的测量结果绘制的行程图，与诺曼绘制的准确版本根本相差无几。

在与纸莎草船的相互试探中，我们逐渐学到了一些有趣的知识。斜放在水中的舵桨首先披露了自己的秘密，它其实是人类早期的一种操舵装置，刚好补足了从桨到舵缺失的一环。接下来，漏水草船展现了它的真正实力：除了它令人难以置信的运载力，纸莎草在波涛汹涌的大海中呈现的韧性和持久浮力远远超出了现代人盲目的预判。然而，这艘古船不为人知的惊人秘密其实在于它的索具，它表明这艘船在设计之初就不仅仅是一艘内河航船。我们作为造船蓝本的那张草图，桅杆和帆缆的所有细节都是兰斯特勒姆从古埃及壁画上照搬下来的。船头与桅顶间系着一根结实的绳索，但船尾到桅顶却没有。通常在平静水域航行的河船，船头、船尾都有与桅顶相连的绳索，这样才能保持桅杆直立。然而不知何故，古埃及的造船工匠却特意去掉了这条连接桅顶与船尾的缆绳。而是把缆绳系在桅脚上，从上到下共五六条，平行地拉到船中段，系在两侧的船舷上。船后端则没有一根索具与桅杆相连，可以任意地随着波浪起伏，而完全不会对桅杆产生任何影响。直到后来，"太阳号"在巨浪中上下翻腾，我们才发现这个特别的设计是多么必要。灵活的船尾就像拖车，与车头相连不相属，遇到沟沟坎坎，各自咯噔一下就过去了。要是也把船尾和桅杆连起来，"太阳号"被顶在第一波巨浪的浪头上时，桅杆就已经折断了。然而实情却是，浪头顶在纸莎草船身中部时，船头和船尾就自然地下垂，此起彼伏如同在浪间舞蹈。要是两端都与桅杆相连，以船头和船尾的自重加负重，桅杆早就断了。有了桅杆纸莎草编制的柔软船体，从船头到船中段都能保持一个比较稳定的结构，船头不至于歪斜，甲板不至于扭曲，而后面占据船身三分之一的船尾就可以随着海浪起伏了。

我们每天都忍不住要夸这绝妙的设计和各种索具独特的作用。诺曼不愧是航海老手，马上意识到这种特殊的设计意味着什么。一定是这样的。古埃及人设计的这种索具，令纸莎草船具备了一定的活动度，才能在波涛汹涌的大海中航行。出海第三天，我就在日记中写道："这种索具是多年远海航行经验累积的成果，绝不可能诞生在平静的尼罗河上。"

不过，我们这艘独特的埃及草船在设计上还有一个细节，我们直到后来才领教到它的高明之处，而那时我们已经付出了相当惨痛的代价。每天，我们看到那高高翘起回钩的宽大船尾，心里除了仰慕，更多的是困惑。它到底有什么用呢？虽然大家都说就是为了漂亮，但我们觉得肯定不止如此。然而，时间一天天过去，我们和那些埃及学者一样，根本想不出它有什么实际用途。但有一点我们可以肯定，上翘回钩的船尾并没有变直的趋势，依然保持着原本的形状。看来我们那几位乍得朋友说得对，他们的手艺的确高超，根本用不着那根把船尾系在后甲板上的短缆，船尾自己就能保持回钩。到目前为止，我们确知自己犯下最大的错误，就是按照通常航船的惯例，将存放货物的位置安排在上风舷。然而，只怕到现在，这世上也只有我们才知道，对纸莎草船来说，最重的货物应该集中摆放在下风舷。教会我们这一点的，不是任何人，而是在信风带上航行的惨痛教训，学费可说是相当昂贵。如今我们上风舷早已浸满了水，几乎要与海平面齐平了。情况最严重的要数船尾，在那儿打水洗漱特别轻松，换了别的位置，探着头打水时，脚就够不到甲板了。结果，我们都跑到那里洗漱，因为确实特别方便。

6月4日这天，躁动的大海平静下来。第二天一早，我们一睁眼，周围已经换了一番天地。天气晴朗、炎热，一排排长长的波浪，闪耀着金光。又有五头巨鲸来拜访我们，不过一下就又离开了。虽然数量只有五头，但在我眼里这仍然称得上一支雄师。或许之前来访的也是它们几个。它们可真是漂亮。说起来，这里是它们的家园，它们待我们这些外来客竟然非常友好。我心里却蓦然升起一种恐惧，也许有一天，人类会将鱼叉刺向大海里最后一头温血动物，到时在深海嬉戏的将是冰冷坚硬的金属潜艇。尽管大多数人类和造物主一样，都更乐于看到鲸鱼代代繁衍。

实在太热了，但天气这么好，乔治忍不住脱掉衣服，系着安全绳跳进海里。他戴着潜水面罩，一头钻到船底下，浮上来时，快活地大叫一声，这下尤里和圣地亚哥也坐不住了，系上安全绳，也跳下了海。我们几个就只好先过一过眼瘾，等会儿大家轮换着来。只有阿布杜拉闷闷不乐地坐在舱门口，瞪着平静的大海。不起风，我们就动不了，岂不是永远到不了美洲了。诺曼跟他讲了洋流是怎么回事，要他别担心。或许我们做不到像以前那样每天航行60海里，但30海里还是没问题的。

很快，我们每个人都到"太阳号"的肚皮底下转了一圈。只有阿布杜拉没有下海。他待在船上，仍旧用帆布桶打水，清洗过身体，朝麦加的方向跪下，开始祈祷。他的这次礼拜持续了很久，说不定是在求风呢。

下海洗了澡，我们全都神清气爽，如同焕发了新生。最让我们兴奋的就是在水下仰望"太阳号"。我们感觉自己仿佛是游在黄色巨鲸圆滚滚肚皮下的一群领航鱼。海底反射回的阳光，好像探照灯，在我们头顶的纸莎草捆上来回扫动。海水叠着万里无云的晴空，再也找不到比这更浓郁的蓝了，我们头顶黄色的巨鲸在这片极致的蓝中闪闪发光。船行得非常快，我们基本是被安全绳拖着走，若不想这样，就只能追着它，拼命游。我们还看到了黑白条纹的领航鱼，我之前都不知道"太阳号"也有了忠诚卫士。它们排成楔形，寸步不离地游在船头，就像从前为"康提基号"木筏领航一样。我们超过了一根非洲大树的树桩，它笨重地在海浪中一起一伏地翻滚着。一条胖乎乎的小刺鲀从树桩下探出头，它拼命地摇着尾巴，想游到我们的船旁边来，它早发现巨大的桨片周围有一两条个头儿较小的亲戚，不断跃出水面。有时甚至朝我们扑过来，淘气地在尤里的白皮肤上咬一口。

"太阳号"的船底下长了好多鹅颈藤壶，这种喜欢依附在岩石或船底的甲壳动物，有着蓝黑色的壳，橙色的鳃如同柔软的鸵鸟毛。但并没有发现有海草，或其他海洋植物附着在船底。在撒哈拉沙漠时，纸莎草船本来是灰黄色的，干干瘪瘪，如今吸满了水膨胀起来，却变成了金黄色，又滑又亮，用手按上去特别饱满柔韧，像轮胎的触感，再不像从前那样又干又脆。而且到目前为止，没有一根纸莎草脱落或折断。纸莎草船已经在水里泡了三星期。超过两星期时，它不但没有溶解，反而变得比之前还结实，并且依然拥有当初的浮力。至于上风舷一侧的倾斜，要怪吃水线以上的纸莎草也吸进了海水，就等于多载了一大堆毫无用处的货物。

水下的景象，令我们开心得不得了。我们爬回船上，不一会儿，后面船身划过的水痕上就多了一堆起起伏伏的鸡毛，卡洛又给我们准备了一顿大餐。

水下的情形让我们放心不少，胆子也大了起来，海面前所未有的平静，我们决定把另一支修好的舵桨也放下水。当初做加固时，我们用上了两支断桨，导致这支舵桨又长又沉。它本来搁在下风舷，所以得先把它搬到上风舷去。要绕过所有的桅索，越过舱顶，相当不容易，结果一耽搁天就黑了。海浪说是平缓，但真要把舵桨放下水，看浪头的高度，依然会有一场大麻烦，恐怕等不到我们把舵桨放到槽中绑好，桨片就又会在浪头上下翻腾了。有了上次的经验和教训，我们决定等天亮再说。今晚，我们姑且先把它绑住，桨片冲前，就搁在甲板上，舵杆冲后，船尾后面还伸出好长一截。

第二天早晨，天气依然很好。我跨过一个个陶罐，来到船尾，想好好洗个澡。早晨值班的尤里正坐在那里，乐呵呵地洗着自己的内衣，但并没有用帆布桶打水，而是直接在甲板上洗。原来，上风舷船尾已经成了全船最低点，每一朵浪都在那里留下一道涟漪，再加上压了一夜的舵桨，浪花不时打过来，船尾就出现了一个小水池。

"这游艇变得越来越实用了。"尤里高兴地说，"现在我们不单有了盥洗盆，还有了'自来'水。"

我们赶紧把沉重的舵桨放下水，让大海承受它的大部分重量。然而船尾最低的那部分还是没在水中，好处是我们有了个盥洗盆，而且大家越来越觉得这样也挺不错的。我们观察了一下船尾回钩的情况，还和以前一样，完全没有要变直的迹象。但安全起见，乔治还是游到"太阳号"底下检查一下，结果船身真的有点下垂了，就从船舱后壁的位置开始，此前从来没出现过这种情况。幸好纸莎草捆仍然完好、结实，手按上去，还有气泡冒出。这说明纸莎草的浮力没有变化，而是船尾的负载太沉了。

我们把船尾所有的货物都搬走。现在船舱之后的全部负重就只有那根支撑舵桨的沉重横梁，两根舵桨，船桥，桥柱，还有桥下存放救生筏的板条箱。

浪花依然不断地从上风舷船尾部涌上来。我们这次将船彻底查了一遍，不止检查水下的船体，也包括水上的船体。从桅顶斜拉下来的桅索，牢牢地固定在两侧的船舷上，"太阳号"从船头到系着最后一对桅索的位置，形体依然完美。可是从这儿往后，就能看出明显的变形，"太阳号"整个后半截船身都开始慢慢下垂了。

我们又开始了新一轮的思索。出现下沉的部位是可以随波起伏的船尾，而由桅索与桅杆相连的其他部分都完好如初。船头依然高高翘起。我们的金天鹅，依旧高昂着脖子，只是尾巴开始往下耷拉了。如果我们把船尾也系上一条桅索，是不是就不会发生这种事了。然而，假如我们真这么做，恐怕第一个浪头都来不及翻过去，桅杆就折断了。船尾一定是要能随波起伏的。可也不能像现在这样一直垂着呀。我们试了把固定在船尾的绳斜向上系在船舱两侧，把它拽起来；我们试了船尾系上粗绳，越过船桥护栏和舱顶，固定在前甲板的一根柱子上。这其实是古埃及人加固木船的办法，但是壁画中的纸莎草船并没有这种水平的粗缆。然而没用，不管我们用上多少力拉呀拽呀，都不能把船身的后半截提起来。卡洛试过了各种绳结，都系出花样来了，用力拽紧潮湿的绳索，根本不会有人像他这样仿佛不知疼痛，直到两个手掌都打起水疱，如同白色的通心粉。

时间一天天过去，每天都有水涌上后甲板。船尾上端回钩的弧线依然优雅，依然没有丧失其美妙形状的迹象，但下端却慢慢地浸在了水里。回钩的船尾不但没有用，反倒给支撑着它的脆弱的后甲板增添了负担。每次有大浪跃过上翘船尾，吃水线以上的部分都将吸上更多的水。而且船尾造得又宽又厚，比舱顶还要高，以现在这种潮湿程度，至少得有一吨重了。我们应该把它砍掉吗？这样做也许能让后半截船身重新浮出水面。可这就像要砍掉天鹅的尾巴，我们怎么忍心对引以为豪的纸莎草船下这个毒手呢？

当年那些造出如此精巧船只的工匠是如何做到不用一根绳索，却又能保证这华而不实的船尾不下垂的呢？不对，他们用到了绳索，然而非但没有把船尾向上吊，反而往下系到了甲板上。好在当初三位乍得造船工匠将那根绳给拆掉了，我们之前甚至都没想起它来。我把挖到一半的椰子扔出去，开始疯狂地写写画画。干脆一枪崩了我吧！我大声叫着诺曼、圣地亚哥、尤里、卡洛的名字，把所有人都叫过来。我找到了问题症结。我们始终不知道如何让这弯曲的船尾发挥它应有的作用。现在我终于明白了，但我们也已经付出了惨痛的代价。然而，我们只能从经验中学习，因为了解这个秘密的人早已在坟墓里沉睡了数千年。船尾特殊的弧形结构固然并不是为了美观，大家原本以为只是用来避免船尾回直的粗缆，其实也有着截然不同的用途。船尾的弧度不需要借助外力保持。那条绳子的作用也不是把船尾尖拽下来，而是要把后甲板提上去。高高翘起形如竖琴的船尾大概相当于充满张力的簧片，可以使灵活的后甲板保持一个相对稳定的结构，船体的其他部分通过桅索与桅杆相连以保持船体前段相对稳定。为了保证纸莎草船能在大海上航行，不会被大浪打断，聪明的古埃及工匠造船时，对船头、船尾做出了并不完全相同的设计。前半截靠桅杆和平行的桅索来固定，后半截可以随波摆动，但多亏了相当于簧片的回钩船尾和弦一般扯紧它的那根粗缆，最后总能回到原来的位置。

我们赶紧把弦系好，但已经太晚了。经过三星期，后甲板有点变形了，弧形的船尾往下垂得厉害，恐怕得动用起重机之类的大家伙才能把它吊起来了。就目前的情况来看，没有任何绳索可以改变我们的处境。但也实属活该，谁让我们和其他人一样，认为这种弓形的船尾只具有修饰性，而没有实际用途，却猜不透古代造船大师独具的匠心呢！

尤里和诺曼站在后甲板的水洼里，凝视着逐渐下沉的金色船尾，突然异口同声唱了起来：

"我们不要黄色潜水艇，黄色潜水艇，黄色潜水艇。"

我们也不想要！一会儿工夫，我们七个人全都站到后甲板上，和尤里一起唱起这段副歌来。其实没人把这真当回事。毕竟，船的其余部分都像香槟的软木塞似的，浮在水面上。尤里和诺曼就地坐下来，一边洗袜子，一边想着找几个能押上"潜水艇"韵的词。

在我眼中，当时迫在眉睫的危机，不是纸莎草船要沉，而是我们七个的关系。船舱只有8.5英尺宽，12英尺长，躺下来一屈胳膊都会顶到旁边的人。甲板上又是陶罐又是篮子，满满当当，根本没有下脚的地方。也就是说，除了自己的睡袋，我们的活动空间，就只有船舱和下风舷间窄窄的一带，以及双臂一展就前后左右都摸得到边的船桥。从白天到晚上，从来没有真正独处的时候。我们仿佛是连体婴，七个脑袋，七张嘴，说着各自不同的语言。我们中有黑人，也有白人，有人来自社会主义国家，也有人来自资本主义国家，彼此教育背景和生活水平也天差地别。例如，两位非洲队员，我都曾登门拜访过。其中一位，拉密堡的家里家徒四壁，地上只有一张草垫子，垫子中央放着一盏煤油灯，他就坐在垫子上，护照和机票则放在地板的角落里。家在开罗的那一位则住得富丽堂皇，仆人在廊柱间弯着腰为我带路，室内摆着气派的法国家具、挂毯、古董珍玩。我们中有文盲，也有大学教授。有活跃的和平主义者，也有海军军官。阿布杜拉平时一有空就要听他的袖珍收音机，他最关注的是以色列和埃及在苏伊士运河一带打仗的消息，运船时他其实也曾在那里亲眼见过纷飞的战火。位于拉密堡的非洲政权支持以色列，反对埃及和其他阿拉伯国家，他们已经请求法国出动伞兵空降沙漠，镇压阿拉伯人的暴动，我们去博尔村的路上也曾遇到过那些阿拉伯人。阿布杜拉是个狂热的伊斯兰教徒，自然支持阿拉伯人。诺曼是犹太人。乔治是埃及人。他们的同胞们此刻正隔着一条苏伊士运河交火，而他们却并肩躺在同一个柳条舱里，在大西洋上漂流。阿布杜拉对越南战争的消息也同样感兴趣，但越听，他越糊涂。尤里和诺曼都是白种人，但他们俩的国家却是死对头，自己不想打仗，就支持越南的黄种人自相残杀。这很没有道理呀，他希望尤里和诺曼可以给他一个两人都认可的标准答案。一连串的冲突蓄势待发。我们每个人都如同一只汽油桶，大家挤在这么狭小的空间内，免不了摩擦，但一见周围无边无际的海浪，心里的那点火星也就被浇灭了。

对每一支探险队而言，最致命的潜在威胁可能就是"远征热"。这是一种心理疾病，因为队员们往往得凑在一起过好几礼拜，时间一久，再平和的人也会变得暴躁易怒，甚至完全不可理喻。感知能力逐渐减弱，越来越狭隘，到最后，大脑皮层只记得同伴的过失，却对他们的优点视而不见。因而，作为探险队的队长，最要紧的就是不要让这种情绪有丝毫冒头的机会。启航前的那几天，我一直反复强调，大家可能听得耳朵都要长茧子了。

然而怕什么来什么，启航才第三天，我就听到好脾气的卡洛就用意大利语冲着乔治吼，他或许是个柔道冠军，但又脏又乱，不如雇个保姆伺候他。乔治立即予以回敬，两人唇枪舌剑，你来我往，但吵了没两句又都住了嘴，一时间只有纸莎草船还在吱吱扭扭地响。结果第二天，两人又吵了起来。卡洛过去紧一紧桅缆，乔治却气哼哼地把鱼竿一扔，大摇大摆地回床上睡觉了。后来，卡洛到船桥上来找我，跟我坦白，他快受不了乔治这个纨绔子弟了。卡洛12岁就出来工作，从扛米袋开始。他没读过书，能有今天，全凭自己这双手。而这个开罗来的富家公子，被惯得一身臭毛病，走到哪儿，东西扔到哪儿，光等着别人给他收拾。我答应他跟乔治谈谈，也同意他对乔治的看法，乔治确实还不太懂得什么叫团队精神，对他而言，远航不过是一个新游戏，一场毅力与体力的较量。但卡洛也得明白，乔治的生活环境就是这样，到目前为止他都是把东西随便一扔，要用时总能随手拿到，从来不需要他费心思，因为他的仆人、妻子和母亲总会帮他归置好。卡洛从生活中学到了很多，但乔治没有。所以我们得教他。

很快，我找到了和乔治单独聊的机会。我们站在船桥上，他闷闷不乐，表示并不想说那些难听话，但卡洛总是对他的私事指手画脚。乔治其实很明事理，我稍一解释他也就明白了，船上没有所谓的"私事"，每个人的私人空间仅限于自己的那个木箱。谁都没有义务跟在别人屁股后面收拾东西，谁也没有权利把鱼叉、脚蹼、书报、湿毛巾、肥皂、牙刷这些东西丢得船舱里、甲板上到处都是。船上每个人都是平等的，谁也不用替别人收拾整理，自己的事要自己做。

不一会儿，乔治散在甲板和船舱顶的渔具、磁带，还有脏衣服都不见了，他竟然和卡洛齐心协力拽着同一条缆绳。

船上的各项事务都进入正轨，我们腾出手来安排厨房的工作，于是第二场危机也来了。卡洛自告奋勇，承担起了厨师的职责，这种勇担重任的姿态，令他一下子得到大家的尊敬和喜爱。那收拾厨房、刷锅洗碗，当然就应该由我们几个负责。我们定好一人一天，还把值班表用粉笔写在黑板上，并挂在了船桥上。然而我们都忘了，阿布杜拉不识字。第三天轮到他时，他根本没注意前两天别人已经轮过班，当圣地亚哥把脏锅子和洗碗刷指给他时，他立刻犯了头疼，扑到床上，气狠狠地说：

"我懂。圣地亚哥，你是白人，而我是黑人，所以你让我给你们几个当仆人。"

圣地亚哥一直致力于和平事业，对他而言，阿布杜拉的话比匕首还伤人。他顿时义愤填膺。

"你居然对我说这种话，阿布杜拉！"他气急败坏地吼道，"亏我为黑人平权奔走了6年。这次远航对我而言最重要的就是——"

阿布杜拉不肯再听，他把睡袋拉上来蒙住脑袋。等他再往外看时，我刚好捧着一摞脏锅子往船尾走，他一见，登时瞪大了眼睛。

"今天我先跟你换吧。"我向他解释。

第二天，阿布杜拉站在船尾，哼着节奏明快的非洲小调，擦洗平底锅，心情显得很不错。

接下来的这天发生的事，出乎我们所有人的意料。乔治过来悄悄问我，今后厨房的杂务能不能就让他负责了。只是些琐事，轮岗也没什么意义，大家都还有更重要的事做。

居然是乔治——没错，就是乔治——成了固定的勤杂工，"太阳号"的厨房从此一直干干净净，其他人再也不用操心刷锅洗碗的事了。

又有一段时间，诺曼、卡洛和尤里、乔治有些不对付。诺曼、卡洛总是从早到晚主动找活儿干，很多根本就不是他们分内的事，而尤里、乔治则非得等着别人开口才肯动一动。诺曼他们能理解阿布杜拉不够积极，缺乏主动性，但这两位都是读过大学的人，不应该干等着别人安排呀。与此同时，尤里、乔治，还有阿布杜拉也开始对诺曼、卡洛心生不满。他们俩总是颐指气使，从来不能和和气气地说话，对待同伴不像朋友，倒像手底下的小兵，他们好像不知道什么叫放松，不懂活着这件事本身就值得庆幸。还有圣地亚哥，可谓偷懒大师。比如，要抬什么重物了，他就弯下腰，做个抬东西的样子，然后喊人来帮忙，等别人都来了，他却直起身，笑眯眯地指指方向，把体力活留给乔治、尤里和阿布杜拉来做。也有人表达了对我的不满，总有人在别人干活时，躲在睡袋里打盹儿，而我作为领队却听之任之，令他们觉得非常委屈。另一拨人则认为，我不应该由着别人发号施令，应该让他们客气一点儿。"太阳号"又不是什么军舰，我们也不是意大利山地部队，我们七个人地位平等，是彼此的同伴。

然而奇迹出现了。这些小摩擦并未进一步升级为"远征热"，每个人都尽力去理解他人行为背后的原因，圣地亚哥一直致力于研究"和平与侵略"的课题，他的一套哲学令我们大家都获益匪浅。尤里和乔治开始懂得欣赏诺曼和卡洛的优点，他们勤快又能干，令大家的生活质量都有提升；诺曼和卡洛也改变了对尤里和乔治的看法，他俩承担着船上最艰巨的任务，而且只要你开口，或不等你开口，只要他们发现谁需要帮助，总会立刻赶过去。圣地亚哥既是外交家，又是心理医生，身体上的病痛尤里还照顾得到，但那些看不见的伤口，往往需要圣地亚哥来安抚。尤里作为随队的医生，工作勤勉负责，从不叫苦叫累。阿布杜拉聪明好学，尽管他的成长环境、文化背景，与大家相比差异最显著，但他很快就融入进来，人人都对他心生敬意。他也喜欢我们每一个人，因为他看得出来，尽管肤色不同，我们却都把他当一家人。他央求尤里给他配一服药，也想像我们似的长一脸大胡子，尤其不能理解尤里为什么天天坐在水洼边把下巴剃得光溜溜的，看看别人，不管红胡子、黑胡子，大胡子、小胡子，都把胡子留起来了呀。既然长不出胡子，阿布杜拉只好开始留头发。他不再把头刮得光光的，即使一时之间，头顶还是亮得像漆皮。但很快，他就长出了一头浓密的小卷，他把木匠活儿用的大铅笔插在头发里，就像别了支红发卡。

乔治很有些怪癖。白天，他总是一闭眼就能睡着。但晚上，却非得抱着枕头，听着音乐，才能入睡。因而他特意带了一台录音机，来回放的都是他喜欢的那几首流行歌曲。我们睡得远的没怎么受影响，因为纸莎草和各种索具发出的声音比音乐声还响，但这也意味着，乔治也得和圣地亚哥一样问尤里要安眠药吃才能入睡。乔治的录音机不分昼夜地播放着他喜爱的歌曲。直到某一天，录音机不见了。半分钟前我还见过它，就搁在船桥上，在阿布杜拉脚下兀自唱着歌。阿布杜拉背对着它，正在掌舵。诺曼半个身子趴在船舷外，要将一支划桨绑牢。我和卡洛，还有圣地亚哥则在搬运货物，所以一直在后甲板来来回回，就是这样我之前才刚好瞄到它。尤里和乔治则在船舱另一侧工作。音乐突然停下来。过了一两分钟，乔治就跨过堆放的货物，来开录音机。但录音机不见了。乔治把整条船上上下下都翻了个遍。船头，船尾，垫子底下，舱顶上头，都没有。不见就是不见了。是谁干的？这位非洲的柔道冠军发怒的样子如同被惹毛了的大猩猩。是谁，究竟是谁把他的录音机扔到海里了？这次远航就到此为止吧，他没法继续了。不听着他喜欢的歌，他就睡不着觉。谁——是谁——究竟是谁干的？恍惚中，我的耳朵嗡嗡响，好像空气都为之颤抖。没觉睡了！小萨非顺着索具爬上桅杆，跑得远远的，它可不想遭受无妄之灾。

有可能是阿布杜拉把录音机踢下水的，但他太喜欢音乐了，不大可能这么做。诺曼离得太远，尤里则一直在乔治视线内。最后，只可能是我们这三个在后甲板来来去去的人。到目前为止，只有卡洛还像个没事人一样，继续搬运陶罐。是卡洛！除了他没有别人。他一定还在生乔治的气，才会这么做。万万没想到呀。这可不像卡洛平时的为人。我们现在简直就是坐在炸药桶上，而且引线已经点着了。

"乔治，"我叫他道，"你的内务现在的确很整齐，但怎么能把录音机放得那么靠外，让它掉下海呢？"

"我可能确实放在船桥边上了，"乔治说，"但要掉，也应该掉在甲板上，而不是掉到海里。"

我心里其实是同意的，但卡洛不能不救呀。

"肯定是掉在右舷边缘了。"我笃定地说，"可能当时船刚好往右歪得厉害，又有人碰到它，于是就掉进海里了。"

乔治不肯放弃，再不可能的地方他也要看一看，最后往睡袋里一钻睡着了。他一合眼就睡死过去，我们谁也没有叫他，让他一直睡。直到第二天早上，卡洛吹响了快活的口哨。要吃早饭啦。他给我们准备了美味的煎火腿和炒蛋。享用过如此美餐，谁还忍心生卡洛的气呢？此后，直到远航结束，谁都没再提过一句录音机。我们在大洋彼岸登陆后，某一天，圣地亚哥将手搭在乔治宽宽的肩膀上，淡定地说：

"乔治，那个录音机我应该赔你多少钱？"

论惊骇的程度，我们几个应该不相上下。乔治慢慢转过身，慢得令人心慌，转到侧对圣地亚哥时，发现那个墨西哥小个子脸上还带着笑。结果他也笑了，嘴几乎咧到耳朵根，说道：

"什么录音机？"

于是，这个话题就结束在这里。

"你怎么敢冒这种险？"我们后来问圣地亚哥。他承认，把录音机扔下海时，他也拿不准这么做是对是错，可以肯定的是，继续没日没夜地循环播放这几首歌，会把人逼疯的，到时这人绝对会用录音机砸乔治的脑袋。

时间一周一周过去，我们七个挤在狭窄的船舱里，像在参加一场永远不会结束的派对，"太阳号"被围在地平线正中间，仿佛有了一个亦步亦趋的魔法环。从6月4日到9日，浪一直很高，但水波只是缓缓地推涌，风很轻，有几名队员一天到晚都昏昏欲睡。纸莎草船不吵也不闹了，发出沙沙的轻响，像只晒太阳的猫。诺曼将自己的担忧告诉我们。"太阳号"正缓缓向西南漂去，风若是一直起不来，我们可能会被毛里塔尼亚和塞内加尔沿岸的涡流卷进去。我们目前正位于一条跨大西洋的航线上，经常能看到往来的客轮和货船，有的隔得远些，有的则离我们很近。6月6日夜里，一艘灯火通明的大型远洋客轮径直向我们驶来。船头正对着我们，所以船桥上的工作人员根本看不到"太阳号"桅顶挂着的那盏小煤油灯发出的微弱灯光，于是我们拿出手电筒疯狂地挥动。然而风力太小，即使我们转动舵桨调整了方向，恐怕也躲不开了。这个大家伙轰隆隆地继续前进，灯光如昼，好像要从我们头顶碾过去，突然它往我们右舷方向一拐，轮机也停下来。对方船桥上一闪一闪发过来一连串申斥，但他们信号打得太快，我们只看明白一个词"请"，它就靠着惯性静静滑过去了，错身时离纸莎草船只有区区几百英尺。之后，这艘钢铁巨轮又转动螺旋桨，向欧洲驶去，前路一片明朗。

我们的航行也在继续。隔天，风不大，海水依然清澈，但海面上漂满了黑色的沥青块，仿佛没有尽头。3天后，我们醒来时发现海水已经污秽不堪，根本不敢把牙刷泡进去，阿布杜拉的洗礼也需要额外配给我们自带的清水。大西洋不再是湛蓝的，而是呈现一种浑浊的灰绿色，海面上铺满了油凝块，小的如图钉帽，大的堪比普通的三明治，当中还有一些塑料瓶。这可能是某个港口城市排放的垃圾。当年我乘"康提基号"木筏在海上航行了101天，从来没见过这种情形。事实已经很明确了，海洋，作为人类最重要的生命源泉，地球不可或缺的过滤工厂，已经遭受到人类的污染，而且程度还在进一步加剧。其危害已经赤裸裸地展现在我们眼前，不只是对我们有影响，也将波及子孙后代。船主、工厂主，或是各类官员从来不曾像我们一样一连几星期直接在大海里刷牙洗脸，他们印象中的大海，往往是他们乘着快速航行的船只，站在甲板上往下望那一瞬间看到的样子。我们必须大声疾呼，让每个愿意听的人听到。假如各国都把人类共同的大动脉当成阴沟，将油污、化学废料都排入海洋，那陆地上的那些东西方社会制度之争又有什么意义呢？难道我们还像中世纪时那样，以为海洋宽广得无边无际？

奇妙的是，当你坐在一堆纸莎草捆上，乘着浪头起伏前进，看着身后的陆地越退越远，便会意识到海洋并非无边无际。五月流经非洲沿岸的海水，几星期后就将拍打着美洲的海岸，那些没有沉到海底或被海洋生物吃掉的漂浮物，也被海流带了过来。

6月10日，风变大了。这天，阿布杜拉杀掉了我们最后一只鸡，这样一来，笼里就只剩了一只鸭子。笼子很沉，我们决定把它扔下海，等吸饱了水，它就自然会沉到海底。但是谁也不忍心杀掉这只鸭子。我们最终饶了它一命，还给它取了个名字，叫辛巴达①。从此甲板就多了一个摇摇摆摆的身影，这可把萨非气坏了。我们把它的一条腿拴住，找了只篮子当窝，于是它便在前甲板安下家来，萨非只好退守到船舱一带。要是哪一方不小心进入另一方的地盘它们从来不会和平收场，不是萨非被辛巴达啄了屁股气得吱吱叫，就是辛巴达被萨非薅掉了羽毛，萨非握着战利品得意地跳回船舱。

到了晚上，海面变得极不平静，汹涌的海浪一浪压过一浪。站在吱吱呀呀、摇摇晃晃的船桥上，周围一片漆黑，只能看到桅顶的灯，还有它照亮的一小片帆。每当翻涌的风暴云间偶然露出几颗星星，那盏晃来晃去的灯，就好像一轮任性的月亮。令人恍惚中仿佛闯入了某个离奇的幻境。背后不时传来毒蛇吐芯时嘶嘶的声音，没有光，所有水体都是一片漆黑，只有与我们齐头高的浪尖翻涌着白沫，仿佛是浮在半空中，一边追赶"太阳号"，一边嘶嘶地自言自语。一旦追上我们，它就鼓起水做的肌肉，将船举到空中，再狠狠抛下，希望我们跌得越深越好，因为紧随其后的那道白色幽灵腾空更高，朝我们猛扑下来，一副志在必得的样子。尽管我们已将一支舵桨固定，基本只需操控一支舵桨，两小时的班值下来，还是累得精疲力竭。

天亮后，我们发现"太阳号"比之前更松垮了。埃及的船，双脚桅并不直接固定在纸莎草甲板上，而是甲板上的木头底座里，先将木块挖出浅浅的凹槽，桅脚套进去就像穿上了鞋。每边都还要用短树杈加固，树杈的形状如同跪倒的膝盖，竖着的一头和桅脚绑牢，横着的一头绑在底座套住桅脚的部分。现在绑在底座上的绳索松掉了，桅脚像要从槽里跳出来。桅杆前后摇晃，在舱顶这个高度，晃动幅度来回都有2英尺。桅杆有30英尺高，大风中，桅顶晃动的

---

① 译注：取自《天方夜谭》中"辛巴达的七次航海"。

幅度就更大了，卡洛只能抱住桅顶尽量不被甩下来，已经顾不得姿态是不是滑稽。保持桅杆竖立的那几条桅缆，一头系在左右桅脚上，一头系在固定于船舷外侧的那一圈粗缆上，平行斜拉，绷紧时如同一组琴弦，但如今也松了。随着桅杆的晃动，它们一会儿耷拉下来，起不到任何支撑作用，一会儿又绷得似乎要把桅杆拉断，或把纸莎草捆拽散。我们先把固定桅脚的一圈木楔都钉牢，再去系那些松垮的桅缆，然而刚开始一直提心吊胆，因为桅缆总得一条一条地系，怕松紧不一，万一桅杆剧烈晃动，会把先系紧的桅缆绷断。终于，活蹦乱跳的桅杆老实下来了。

这一天，海上可说生机勃勃。飞鱼雨点般落在我们周围的水面上。又有一条翻车鱼从"太阳号"旁边漂过，它又大又圆，还是那么懒洋洋的。忽然，乔治固定在船上的鱼竿的鱼线被扯直了，有东西咬钩，正在拼命挣扎。但乔治还来不及提竿，一条难看的大鱼就将它一口咬断，最后钓钩上只剩下半个无法辨认的鱼头。其间"太阳号"一直以创纪录的速度翻过一道道波浪，但中午确定所在位置后，诺曼报出我们这一天航行的距离却非常一般，大家不免有点失望。有一股往南去的洋流一直拖着我们侧漂。过去的24小时，"太阳号"的船尾右侧还在继续下沉，支撑舵桨的横梁擦着水面，随着波浪一顿一顿的，简直就是刹车。船尾的水已经淹到脚踝，浪头不断扑上船桥底下装着救生筏的板条箱，将板条箱冲得前后移动，来回摩擦着捆扎纸莎草的绳索。

第二天，海浪依然汹涌，而且毫无规律可循，北方刮来了一股强风，气温又迅速降下来。船尾支撑舵桨的梁柱，有一条缆绳绳头松了，一直拍打着水面，尤里过去，想把它系好，却看到梁柱上有一团蓝色的泡泡，他伸出手想把泡泡拽下来。尤里从来没见过葡萄牙战舰水母，他还不知道怎么回事，就被大西洋上最小却最致命的怪物蜇人的长触须缠住了。但这个狡诈的泡泡并不是某种动物的单体，而是许多微小个体形成的集合体，营群体生活，结构复杂，个体分化程度极高。其中最大的个体就是这个泡泡，作用是带着整个群体在水面上漂行。泡泡下的触须长度可达好几码，它们就是群体的其他成员。有的负责捕猎，为成员提供食物；有的负责繁殖；有的负责进攻和防御，将酸性的毒素注入敌人或猎物体内。大型的葡萄牙战舰水母可以将人麻痹，甚至杀死。

烧灼般的剧痛从尤里的皮肤传至他的神经系统，他右手的肌肉已经麻痹了，心脏也开始感到不适。我们倒霉的医生，掏空了药箱，从药膏到镇静剂、强心剂能用的都用上了，直到4小时之后，疼痛才渐渐得到缓解，他的右手也可以动了。

6月13日东北偏北风呼号着，穿过一条条索具，钻过舱壁上的孔隙，在我们耳边呜呜咽咽，浪更高了，海面仿佛煮沸了的水，我们还不曾遇到过这种景象。小船上下颠簸，没有一处不是吱嘎作响，碎浪争先恐后，压在前浪头顶，从船尾扑上来。有时候，一个浪砸下来就是好几吨海水，每当这种大浪打过来，船尾便肉眼可见地沉下去一点儿，渐渐越沉越低。然而我们却无计可施，只能等待成吨的海水从船身两侧流下去，但等水退下去，那个曾经深得我们心意的盥洗池里已经水深及膝了。阿布杜拉并不气馁，他跟我们保证船尾变成这样是挺倒霉的，但不要紧。只要绳子撑得住，船就不会沉。他穿着油布雨衣，将收音机贴在耳边，来回溜达，尽管冻得发紫，却还哼着歌。他正在听一个讲法语的阿拉伯电台，消息称乍得内战中，目前是穆斯林一方占据上风。

有一条漂亮的蓝绿色海豚总是绕在纸莎草船旁游来游去，可惜乔治没钓到它，还被它弄断了鱼线，而且吃过这一次亏，它也学乖了，鱼叉也奈何不了它。卡洛只好准备用鱼干做午饭，这时噼里啪啦一阵响，一条湿乎乎的鱼狠狠拍中他后脖颈，其他的则撞到船舱又掉到甲板上。这下，他旁边一共有11条活蹦乱跳的飞鱼等着下锅了。

6月14日到17日，海面一直如煮沸一般，有时浪从两三个方向同时打来，简直匪夷所思，这其实是洋流遇到陆地后形成的逆流相互影响的结果。乔治背疼起来，得要人扶才能躺到床上。阿布杜拉也病了，但他煮了十二瓣大蒜，捣成泥吃下去，把自己医好了。船桥晃得厉害，吱嘎作响，得立即用绳索加固，拉索也得换成新的。尤里不知哪来的鬼点子，他把辛巴达带到后甲板，小鸭子立即在船内泳池快活地游起水来。萨非一看，气得开始拉肚子，但每次要腹泻，它都会跑到船舷边，拉在外面。它现在可爱干净了。突然，一群金枪鱼跃出水面，每条都有6英尺长，萨非吓坏了，它躲进一只篮子里，谁哄都不出来。最后还是乔治把它放回船舱内睡觉专用的箱子里，这时天已经渐渐黑了。

桅杆又开始踩在它的"平底木鞋"里跳脚，"太阳号"摆出各种极限的体操姿势，配合着海浪的疯狂舞蹈。它发出一种我们此前从未听过的陌生嘶吼，如同大风反复扫过水汊，一万捆芦苇被吹得东倒西歪。柳条舱的舱顶、舱壁，还有地板也上下左右地扭动着发出声响。我们睡觉用的箱子被挤歪了，盖子卡住动不了，我们站的、坐的、躺的，没有一处地方是安稳的。每一条桅缆都绷得像要断掉，不知应该系得更紧，还是放松一点，浪这么猛，我们根本不敢轻举妄动。这么冷的天气，但安全起见，乔治、尤里、诺曼都曾潜到船底下去查看纸莎草捆的情况。回到船上，他们冻得牙齿都在打战，还让我们放心，船底的纸莎草捆状况完好，只是下垂的船尾制动的效果太强大了。我们得想想办法了。

这时，将右侧舵桨固定在船尾横梁的绳子松脱了，舵桨疯狂地跳荡起来，想把舵桥上的绳索也挣开。我们蹚进水里，和它激烈搏斗了一番，终于把它按回原位，拿最粗的绳子捆好。水里到处都是鱼，乔治趁乱叉中一条海豚。亲身体验过船尾的水量，我们知道不能再拖下去了，此时此刻就有大量的水疯狂地涌进来。每个大浪都会在船上压上一波沉重的分量，如此大的负载，船尾还能撑多久？这要是只木船，早一折两半了。

我们得想办法挡住大量涌入的海水。我们找出所有备用的纸莎草，圣地亚哥和卡洛协助阿布杜拉，用纸莎草捆加高船舷，以期可以挡住海浪。本来水深才到他们大腿，但每当大浪浇下来，水都会涨到他们胸口。阿布杜拉有好几次被冲下海，但幸好他系着安全绳，都能立即爬回船上。他哈哈一笑。毕竟，他那条腰带是有法力的。工作结束后，他向安拉表示了感谢。

我担心的是，堤坝越高，船尾蓄的水越多，船底的纸莎草已经吸水膨胀了，水根本漏不下去。大量的水流出不去，只能存在船尾，势必将它压得更低。于是我们将阿布杜拉刚绑上的纸莎草捆又拆了下来。但经过刚才那一番折腾，原始的船舷已经被压低了，成吨的海水涌上船，冲得装着救生筏的箱子在船桥桥柱间荡来荡去。我们只好立即把刚拆掉的纸莎草捆又绑回来。不但如此，我们拿出刀子，还把两条预备紧急情况使用的小纸莎草船拆散了，这些草也交给阿布杜拉加高船舷。之后，连仿古埃及墓室壁画制作的救生圈也拆了。最后，我们一根纸莎草都没剩下，但船舷确实高了，船尾的水池也更深了。现在整个后甲板都泡在水里，但有了纸莎草舷墙阻挡，涌进来的水力量确实小多了。而且船中段和前甲板还和以前一样是干燥的。

6月17日，风转向正西，暴风使出了它全部威力，海面涌起巨浪，但不再像之前那样狂乱了。飞鱼落到船上，到处都是，甚至咖啡壶里都掉进去一条小不点儿。我们一定回到了主洋流中，感谢厚厚的云层开了一条缝，诺曼抓住这个转瞬即逝的机会，根据他的测算，虽然下垂的宽胖船尾活像龙虾的尾巴，拖慢了航速，但过去24小时，我们依然航行了80海里，即148千米。这么长的距离即使放在世界地图上，也能保证可见。

风暴最猛烈的时候，我们离开西非海岸已经有500海里了，正朝着达喀尔以西的佛得角群岛径直驶去。此时我们感到深深的不安，毕竟北风和洋流把我们带向哪儿，我们就只能漂向哪儿，那一大片群岛随时可能出现在我们周围，与此同时，我们还得拖着不听话的船尾和暴风搏斗，就像拖了一艘黄色的潜水艇。有一天晚上，海上漆黑一片，一想到随时可能撞上某座岛屿，我们就心慌意乱，诺曼拿出美国出版的航行指南，翻到我们所在海域的章节，借着煤油灯的光，大声读出来。舱顶起起伏伏，油灯也摇摇晃晃，我们的影子像是在围着我们跳舞，左突右冲，忽长忽短，"太阳号"发出各种恐怖的声音，如同一支乱哄哄的管弦乐，在给影子伴奏。

我们了解到，佛得角群岛高山耸立，但浓云密布，尽管最高的山峰高达9000英尺，由于云汽的遮挡，除非海岸已近在咫尺，看得到海浪在礁石上溅起的雪白浪花，否则根本不会察觉船已来到岛屿跟前。而且，群岛一带还有多股强劲的洋流，十分危险，已经有数不清的船只在此遇难。每逢新月、满月，这里的海浪就格外凶猛。"因此，在此群岛附近航行时，务必格外小心。"诺曼读完最后一句。现在刚好就是月初。

"小伙子们，你们听到他的话了吧，要格外小心啊。"尤里苦涩地自嘲，说完将睡袋拉到鼻子下边，皮帽子拉下来，遮住整张脸。

我们又能怎么办呢？现在就是新月。晚上黑得伸手不见五指，白天也是灰雾蒙蒙。四天来，佛得角群岛始终位于我们正前方，如果航线不发生改变，我们迟早要经过那里。如果遇到往南去的强劲洋流，说不定当天晚上或隔天早上，它就会出现在我们面前。雨落下来，云层压得很低，六分仪和鼻量器没了用武之地，我们无法确定自己的位置了。

6月18日充满戏剧性。佛得角群岛一定就在前头，要不在我们正前方，要不就在左前方，藏在云雾和雨幕中。两星期前，我们刚刚与加纳利群岛惊险地擦身而过，但因为云层遮挡，甚至没看到岛在哪里。但我们今天需要面对的问题不在船外，而在船上，而且更为致命。我们已经在纸莎草船上坚持了25天，也就是说纸莎草已经在海上漂了至少一个月。尽管困难重重，我们还是绕过整个非洲西北海岸，航行距离超过了1000英里。现在，真正意义的跨洋航行才正要开始，我们即将从非洲海域进入美洲海域了。假如埃及人也曾航行过与我们相当的距离，那么以尼罗河河口为起点，他们至少能航行到苏联的顿河，或穿过直布罗陀海峡，进入大西洋。小小的地中海显然不足以穷尽纸莎草船的航海能力。

但船尾真是要人命！要是古人留下一点儿说明，我们就能对纸莎草船的设计原理多几分了解，就能顺顺利利地穿越大西洋了。现在，船已经不能像刚开始那样从水面上滑过去。海浪不再把我们托高，而是涌上船尾，让船一点点下沉。头一天晚上，一个大浪冲进舱壁，我仿佛被当头浇了一桶冷水，立即醒过来。海水继续往下流，我的睡袋里面也湿了。

"我们的船的确存在先天缺陷。"我对大家坦白。

接下来，圣地亚哥的话就像往炸药桶里扔了根带火的火柴。

"咱们把救生筏割开吧。"他突然说。

"好啊。"我说，"反正我们已经拆了两艘小纸莎草救生船，索性把橡胶筏也割开吧。"

"我是说真的。"圣地亚哥说，"咱们得想办法让船尾浮起来。现在已经没有纸莎草可用了，但救生筏是用泡沫橡胶做的。我们可以把它切割成条，把它当成纸莎草，古埃及人怎么用，咱们也怎么用。"

"他疯了。"好几种语言一同嘀咕着。

但是圣地亚哥非常固执，不肯让步。

"你选的这艘救生筏只有六个位置，可我们有七个人。"他向我发出质询，"你明确表示过，到时自己绝不会上救生筏。那凭什么我们就会上去呢？"

"再大的救生筏就是12人位了，"我解释道，"那就太大了。不过你说得对，如果真到了你们六位决定登上那艘小救生筏的时候，我还是会选择留在这一大捆表现出色的纸莎草上。"

"我也是。"阿布杜拉说，"我们把筏子割开吧。它外面包的那个板条箱快把绳子磨断了。"

"不行。"我说，"橡胶筏的意义在于给大家提供安全感。我们这次航行只是一个科学实验。没有了橡胶筏，万一有人想离开纸莎草船，也办不到了。"

"来吧，锯在哪儿？留着某个永远不会用的东西有什么意义？"圣地亚哥咄咄逼人。

大家都有点不高兴，但决定先去船尾看看，至少得检查一下那个阿布杜拉说要扔掉的沉重板条箱。

船舱之后唯一露在水面上的部分是弯曲的船尾艄，它自成一国，孤零零地与"太阳号"的其他部分隔水相望。这一带水，从船身一侧涌上来，又从另一侧淌下去，装着救生筏的板条箱，随着碧绿水波在船桥的桥柱间荡来荡去。

阿布杜拉拿下我们一直挂在船桥上的斧子，但尤里强烈抗议。这太疯狂了！我们总得为家人想想。诺曼和尤里意见相同：要是家人知道我们没有救生筏了，怎么受得了呢？乔治从阿布杜拉手里拿过斧子。卡洛拿不定主意。他希望我可以做出决定。"太阳号"远航第一次出现了严重分歧。这个决定对我们而言性命攸关，双方各持己见，立场针锋相对，且寸步不让。

我们来到前甲板，各自找了羊皮囊、麻袋、陶罐坐下，卡洛端来了腌肉、洋葱煎蛋卷，以及摩洛哥塞洛。但这只是暴风雨前的宁静。我们脚下干燥的纸莎草甲板像一束束纸卷，随着汹涌的海浪弯直自如。水下潮湿的纸莎草则更结实。船尾垂在水下，样子像龙虾尾巴，作用等同于制动器，再加上两支加固过的舵桨，"太阳号"不需我们掌舵，便顺风前行。尤里、诺曼，还有乔治，脸色就像笼罩在我们周围的乌云，攥紧拳头，准备好捍卫自己的立场，手里的杏仁都要捏碎了。是脓包就得挑开。

"我们可能遇到很多突发状况。"我尽可能让语气轻快些，"咱们想想，究竟什么时候需要用到救生筏。就我个人而言，最担心的是有人落水。"

"我最怕撞上别的船。"诺曼紧接着说，"还有船上着火。"

"船头还浮着，目前没问题，但船尾不行了。"尤里说，"谁知道再过一个月，这些纸莎草还浮得起来吗。"

"有道理。"我承认，"理论上讲，那些怀疑论者有可能是对的，纸莎草可能会渐渐腐烂，并被海水分解。"

乔治素来天不怕地不怕，这次他轻声说："我担心的是飓风。"

除了这六条，我们也想不出什么别的"必须保住救生筏"的理由了。但六条也不少了。我们决定一同探讨一下，万一发生不测，这六种情况分别应该怎么应对。一条一条来。

第一种可能：有人落水。因为我们都像登山运动员一样系着安全绳，所以大家都觉得没什么好怕的。而且，船尾还有一个救生圈，用一条长绳系在船尾。如果有人单独值夜时，绊到罐子，不慎落水，放下救生筏也无济于事。一来，救生筏是准备紧急情况下使用的，要先拆除整座船桥，才能下水。二来，它四四方方，两面都有充气帐篷，哪面朝上都可以。这种结构就决定了它无法快速航行，即使"太阳号"放下船帆，它也会被远远落在后头。因此，假使有人落水，放下救生筏也于事无补。这一条不需要再讨论了。

第二种可能：撞上别的船。大家都同意，要是"太阳号"被撞成两半，我们也就没时间放救生筏了，又或者救生筏已经放下水了，我们也更愿意爬回"太阳号"的残骸，因为相比救生筏，还是"太阳号"上空间更大。

第三种可能：着火。在撒哈拉沙漠里，"太阳号"就像纸巾一样易燃，但在这里，想把它点着却很难。就算真的着火了，我们还有灭火器。我们规定了，只能在下风舷抽烟，这样火星会被风吹到海面上，而现在上风舷已经湿透了，不管船体别的部分着不着火，这部分是不怕的，还将继续浮在海面上。和小救生筏相比，我们还是愿意选择空间更大，湿得烧不着的"太阳号"。

第四种可能：纸莎草船丧失浮力。这一个月的经验告诉我们，即使纸莎草吸水，也沉得很慢，我们有充足的时间发射紧急求救信号。就算我们转移到窄小的救生筏上，也还是要发射信号，等待救援的。然而在等待的过程中，仅算"太阳号"的船舱都比救生筏宽敞，我们还可以伸一伸腿脚；但到了救生筏上，就只能蜷缩着坐在一起。

第五种可能：纸莎草会腐烂分解。通过观察和触摸，我们已经明白纸莎草专家在这一点上存在误判。在实验室里，他们的海水浸泡试验想必是在静水中进行。而实际情况是，下海后，纸莎草和捆扎草捆的绳索都比原来还要结实，这一点可是千真万确的，所以我们一致同意，这种担忧并无必要。

第六种可能：飓风。在我们漂流至西印度群岛之前，确实随时都可能遭遇飓风。飓风可能会把桅杆、桨、舵桥全摧毁，甚至泡透了的船尾也可能被它撕扯下来。但我们在"太阳号"经历过的风暴也不止一场了，可以肯定的是，结实的柳条舱已经和"太阳号"中段的纸莎草捆死死捆在一起，无论如何也不会分开，与泡沫橡胶救生筏相比，这里空间更大，可以储存更多的食物和饮用水。真遇到飓风，相信谁也不会选择上救生筏。

　　讨论结束，大家全都士气高昂。不论发生什么紧急状况，与救生筏相比，纸莎草捆成的"太阳号"都是更好的选择。尤里眼见着松弛下来。他笑着摇摇头，惊叹不已。卡洛朗声大笑。诺曼深深吸了一口气，率先站起来。

　　"好。咱们这就去拿锯子！"

　　大家都想往船尾去，但后甲板已经兜了一大包水，海浪还在继续往里灌，三个人的体重已经是它难以承受的重负了。最后是我、诺曼和阿布杜拉蹚水过去。我们拿着斧头、刀、锯，拆解着沉重的板条箱，一边拆一边就把木板和塑料内包装扔下海。这些东西在"太阳号"上显得格格不入。终于，绿色的泡沫橡胶救生筏出现在我们眼前。救生筏底下的情况，把阿布杜拉吓出一身冷汗，因为海浪冲刷，捆扎纸莎草的绳索，有好几根都被板条箱蹭来蹭去地磨断了。绳子的断端像从纸莎草捆间伸出来的骷髅爪子。因为纸莎草吸水膨胀，把绳子挤住，它才没有滑脱，船尾才没散架。阿布杜拉趴下去，另拿了一截绳子把断绳接起来。我们站在及膝深的浪花中，阿布杜拉让我看他的腿，连续几天泡在海水里工作，皮肤都泡糟了，泛白，还脱皮。这时，一股巨浪砸到"太阳号"上，我们先是随着大水浮起，然后被卷向舷边。我挣扎着想要站稳，就又听到巨浪没顶时的怒吼，还有木头断裂的声音。海浪从我身后涌来，淹到了我的腰际，在海洋的威压之下，木头和绳索都屈服了，渐渐败下阵来。一股激流将我冲向左舷，我连忙弯腰抓住一根绳子，结果我还没被冲下船，就被一截砸在背上的沉重木料压倒了。我听到诺曼大吼一声："当心，托尔！"我敢肯定，刚刚我们头顶那个木头断裂的巨响就是船桥轰然倒塌的声音，因为绳子捆得结实，木头无处可逃，就被海浪折断了，整座桥都垮下来。我脚下本来就摇摇晃晃，又被恶浪冲来的断木压住，我总感觉船尾和船桥随时会和船体分家，漂在"太阳号"身后，到时我们仨就会落入海里，被安全绳拖着走。但大水退去，我发现水还是只有及膝深，只是我被断木压得趴倒了。

　　"是那根备用桅杆加固的舵桨断了。"诺曼一边喊，一边把压在我身上的断木抬起来。

　　我们头顶，捆在一起的两根粗大断木上下晃荡着。舵桨杆和备用桅杆，一圆一方两根粗柱，直到此时依然肩并着肩，断都断在相同的位置。巨大的桨片还挂在绳子上，拍打着水面，如同愤怒的鲸鱼尾巴。但是不一会儿，诺曼就和卡洛、圣地亚哥一起把它拽了上来。救生筏在船上漂来漂去，阿布杜拉正试图控制住它。我则在对付一只重达200磅的装满腌肉的木桶，不知怎么它突然漂到船桥底下，要是再让它这么横冲直撞，后果不堪设想。

　　当天晚上，我来接阿布杜拉的班，他对我说，现在海面上都是一排排大浪，起伏平缓，没有那种难缠的碎浪。"太阳号"也一起一伏地平稳前进，左舷现在架着两支普通的小划桨，暂时顶替断掉的那支舵桨。当我们打开手电筒，发现空中有一只乌贼，它好像游在水族箱里，但其实是跃起的海浪在我们旁边竖起了一道水墙，它刚好被裹在这堵水墙中了。天上布满了浓云，有时云层裂开一点缝隙，露出闪烁的星星，偶尔船头翻过浪峰，埃及古帆又会将星星挡住一下，但是黑暗中，却看不到地平线的位置。通常你以为落在地平线上的星星，其实只是荧光闪耀的浮游生物，被几乎与我们齐头高的海浪托到空中，只是黑夜中，我们无法分辨海浪的位置罢了。

　　第二天，我们要锯救生筏了。要硬生生弄坏完好的筏子，这感觉总归是非常别扭的。我和诺曼面面相觑，我犹豫了一下，拉下了第一锯，锯片划破绿色的帆布，嵌入泡沫橡胶中。于是，我们站在及膝深的水里，把离开纸莎草船唯一的念想给肢解了。

　　"别人肯定会觉得我们都疯了。没有人能理解这种行为。"尤里笑着说。

　　但这是经过大家慎重考虑的共同决定。救生筏被我们锯成一条一条的，和纸莎草捆的形状相似，然后我们将其摁到水下，绑在吸水膨胀的甲板表面。奇迹出现了。船尾开始上浮。我们掌舵都变得轻松了许多，海浪又开始往船底下钻，不再把大量的水灌进后甲板的泳池里。我们有心好好庆祝一番。然而，海浪又开始悄悄涌上船，将泡沫橡胶条一点点拽走，最后船尾又只剩下纯天然的纸莎草茎。这或许是涅普顿在提醒我们："不要作弊。法老的水手当年可没有泡沫橡胶。"快乐就是这么短暂。但是少了救生筏和沉重的板条箱，后甲板的负重轻了很多，还是相对安全了。

6月19日，海上掀起巨浪，"太阳号"在狂躁的海面上荡来荡去，加上向岸边涌去的水波被峭壁阻挡形成的回浪，把大海搅得浪涛翻滚。"太阳号"的甲板好像一条抖动起来的毯子，有些纸莎草捆最上面一层的草茎已经干得发皱，微微卷曲。桅杆和船舱间通常可容两人并排走，但现在要打这儿过必须得多加小心，一溜小跑冲过去。船桥和舱壁间的缝隙一直开开合合，如同胡桃夹子。回船舱坐坐也得小心，要是坐到两个并排放的木箱中缝处，往往会夹到屁股。有个陶罐碎了，这还是出航以来第一次发生这种事，里面的坚果撒了一地，简直把萨非乐坏了。我们还发现一个空罐子，相邻的罐子彼此蹭来蹭去，把它磨出一个小洞，里面的水就漏光了。舵桨接好了，船尾一波波海浪劈头盖脸地砸下来，我们好不容易才把它架回右舷，但过了没多久就听到一声脆响，桨片已经漂在船身后面的水面上，帆被风吹得转了个圈，卡洛和圣地亚哥被它一扫，滚到了船舷边。他们俩之前光顾着把羊皮囊里的水倒出来，要不是系着安全绳，恐怕就得葬身大海了。一条大飞鱼飞到船上，在船尾的小池里快活地游起泳来，阿布杜拉费了好大力气，也没抓到它，它最终重返大海。

索具、船帆、断掉的舵桨，不知在对付哪一个的时候，我的手被挤了一下，晚上我去换圣地亚哥的班时，疼得比刚受伤时更厉害了。他没有说话，指着左前方。有灯。我们扒着船舷栏杆，叉开腿站低点儿，怕待会儿光顾了观察，不小心翻下船。是佛得角吗？不，是一艘船。正朝着我们驶来，还在给我们发信号。但灯光闪得太快，我们跟不上，只看出它在询问什么。

"'太阳号'一切正常，'太阳号'一切正常。"我们也用手电筒发送摩斯电码。那船离我们很近了，我们猜它是佛得角的巡逻船。它颠簸得非常剧烈，相形之下，"太阳号"不过是随着波浪微微起伏罢了。

"'太阳号'，一路顺风。"它让灯光慢慢闪烁，发来了最后一条法文信息。然后掉转船头，那抚慰人心的灯光消失在了浓浓夜色中。

"一路顺风。"我对圣地亚哥说，他该回船舱睡觉了。

两小时后，我隔着舱壁，小心地冲尤里的方向吹着口哨，轮到他值夜了。船还是吱吱嘎嘎地响，所以口哨声要大得足以把他叫醒，又不能把别人都吵醒。黑暗中，我突然觉得海皇涅普顿本尊在大海里握住了舵桨的桨片。一股强大的力量要将舵桨从我手中抢走，船身整个侧倾，耳边一片轰鸣，愤怒的雪浪从黑暗中腾起，大浪过后，已经淹到了我的大腿。船桥颤抖着，我又一次听到木头断裂的脆响。这一次终于轮到船桥了吗？不，是另一支舵桨断了。这下我们没舵可掌了。我只得冲船舱大吼，把所有人都叫醒。帆在风中疯狂拍打。海水一片沸腾。我发出一个个命令，但索具、木头发出的声音，可比人类的声音响多了。下雨了。我们把两个海锚都扔下水。一切这才消停下来。

"他们祝我们一路顺风呢。"圣地亚哥望着夜空说道。我们感到前所未有的孤寂。海面上看不到一盏灯光，不管是岸上的人家，还是船上的灯火。终于，我们周围只见浩瀚的大西洋。

"值夜班顺利呀，尤里。你肯定没问题，毕竟也没舵要掌了。"

第十章

进入美洲水域

我们在"太阳号"上举行了一场派对。连蓝天和大海也忍不住微笑。热带的艳阳炙烤着干燥的前甲板；大西洋则静静地来回冲刷着后甲板。柳条舱内阴阴凉凉。黄色的舱壁上挂着一张蓝色的大西洋海图。图上有一串铅笔留下的小圆圈。最后一个圈就画在西经40度以西，今天才刚画上去，也就是说，我们已经进入大西洋的美洲板块了。这几天，巴西成了离我们最近的陆地，因为与远去的非洲相比，南美洲现在反而更近。但我们目前近乎是径直朝正西方前进，也就是说我们将穿过大西洋最开阔的一片洋面，最近的登陆点应该会在西印度群岛。

这种时候怎能不庆祝一番。今天厨房里除了意大利大厨，又多了一位美食家外援，乔治在陶罐里精心挑选，卡洛用他选好的食材为我们呈上一道道极致的美味。开胃菜是摩洛哥腌橄榄、切片的腌肠和晒干的埃及鱼子，然后是每人一大份煎蛋卷，新鲜的鸡蛋包裹着洋蓟心、洋葱、番茄、熏羊肉丁和加胡椒的羊乳酪，调味用到了好几种特别的香料，有埃及的"卡蒙"，摩洛哥沙漠的香草，还有红椒。甜点有葡萄干、西梅干和杏仁，但最棒的是艾沙夫人做的摩洛哥塞洛，能尝到蜂蜜的甜味，而且分量相当于平时的三倍。

此情此景谁还想得起冰箱和开罐器？我们这七国代表尽情享用着法老级别的盛宴。纸莎草船则懂事地扬着帆，自顾自朝正确的方向驶去，根本不需要我们去船桥上值班。

我们船上就有个浮动的杂货铺，由墨西哥籍军需官圣地亚哥掌管，唯一的合法顾客则是卡洛。但也有小偷造访过，而且还被我们抓了个人赃并获，那个小偷就是萨非。它有个特殊的才能，尽管不认识圣地亚哥标在陶罐上的数字，但它总能一下找到装着果仁的那个，拔开塞子偷吃。根据我们在圣地亚哥的小册子读到的，1号到6号罐子里是泡在石灰水里的鲜鸡蛋；15号到17号罐子里是浸在橄榄油里的整个儿熟番茄；33号到34号罐子里是切成小块并浸在橄榄油里的胡椒羊奶酪；51号到52号罐子里是艾沙用柏柏尔传统方法制作的摩洛哥黄油，这种黄油要先煮过，再加盐揉匀，再于罐内压实；70号到160号罐中是萨非城外一个乡村水井里打上来的清泉水，我们也学着他们在沙漠中储水的方法，往装满水的羊皮囊里丢了几小块树脂，避免清水变质。其他的罐子、篮子、麻袋里有蜂蜜、食盐、豆子、大米、各种粮食及面粉、菜干、洛神花、椰子、卡鲁巴豆、坚果、椰枣、杏仁、无花果、西梅干，还有葡萄干。篮子里新鲜的薯类、蔬菜、水果，两三星期内就吃完了。船舱顶加编了一小截，作为储藏室的房檐，下面挂着腌肉、熏肉、腌肠、熏肠、几挂洋葱、鱼干，还有几网兜捏成块的埃及鱼子。这些熟食下面有几个柳编的篮子，里面是各种配方的干面包，有古埃及的、苏联的，还有挪威的。我们的实验，意在验证纸莎草船能否进行海上航行，而不是我们能否依靠正宗的埃及食物度日。此外，我们还想验证一下，陶罐、篮子能不能坚持完成远航而不损坏，如果远航途中捕不到鱼，又没有罐头或冷冻食品，草筏上的人能不能活下来。显然，别的远洋船只能存储的食物，换到纸莎草船上来也不成问题。

越过西经40度，令乔治极为亢奋，他甚至不介意违背埃及传统，稍微破一下戒。"太阳号"上带了两支香槟，他打开其中一瓶；尤里则拿出苏联的手绘木质酒杯，倒满他自酿的烈酒。阿布杜拉不喝酒。他拍拍圆滚滚的肚皮，跨过一个个陶罐，往"太阳号"自带的内陆湖清洗身体去了，他要向安拉表达谢意。

当回到尘世的朋友身边，他问了大家一个问题，那些画在海图上的铅笔线是什么意思，我们这顿大餐是为了庆祝什么呢。他懂为什么我们要经常对时间调手表，因为地球是圆的，太阳照亮每个地方的时间都不一样。他也理解卡洛的自动陀手表为什么自打上船后就没上过弦，五星期来一直躺在他的箱子里，也能走得很好，因为"太阳号"船舱整天都在晃荡，人类步行不论时长还是幅度都望尘莫及。他不明白的是，我们每天做标记的那张海图，上面画着好些横的、竖的直线，整张图分成了好多小块，这是什么意思呢。今天我越过了西经40度，但他看了半天，一条线也没见着啊。诺曼解释给他听。这些线并非真实存在，而是人们为了定位方便，用假想的线将陆地和海洋分成小块，标上数字，这样只要给出一组数字，就能知道其确切位置。

"啊。"阿布杜拉说，"陆地上，那些小方块是静止的，但在海洋中，它们会随着洋流移动，不管有没有风。"

"我们要把这些线想成是画在海底的。"诺曼打断他，继续解释。我们启航的萨非港，位于西经9度，而我们现在的位置是西经40度。同时，我们也在向南航行，起始位置是北纬32度，现在则位于北纬15度。我们现在的位置纬度与阿布杜拉的家乡乍得差不多。

接着，阿布杜拉自己指出了非洲的最西端，位于西经18度的达喀尔；巴西的最东端，位于西经36度的雷西非；以及我们当前的经度，西经40度。我们已经越过了巴西的最东端，也就是说已经进入大西洋的美洲水域了，当然值得大肆庆祝一番了。

甲板上的庆典仍在继续。尤里爬上厨房柜顶，唱起苏联民歌，他边唱，还边使劲跺脚蹦跳，这种苏联的舞蹈也不知我们的草船禁不禁得住。当他唱起《伏尔加船夫曲》，我们忍不住跟他合唱起来。之后，诺曼也拿着口琴跳到箱子上，我们随他一起唱起《在山谷里》，还有其他乡村歌曲。意大利人紧随其后，唱起雄浑的高山进行曲，还有墨西哥人朗朗上口的革命歌曲，挪威人快活的水手号子，埃及的乔治则跳起了肚皮舞，嘴里还哼着一支婉转悠长充满异域风情的调子。不过最后还是乍得人拔得头筹，他站在箱子上，把一个平底锅当作鼓，唱着一支节奏明快的丛林小调。一来因为阿布杜拉表演得特别投入，二来也因为背景中的一片汪洋和演出的中非黑人呈现出的强烈反差吧。

值班的人要定时去船尾查看罗盘。风推着我们朝正西方向前进，速度正常，平均每天可航行五六十海里。船行过非洲海岸附近的佛得角群岛后，我们度过了6天地狱般的日子。下垂的船尾极难控制，能依靠的只有那两支修补了好多次的粗笨舵桨。但进入远洋后，海浪倒比近海更懂得合作，我们和周围的大海达成一项临时协议。只要我们让海浪趴在船身和船舱上，搭个顺风船，大海就让洋流快速把海浪和人一同向西送去。卡洛看到"太阳号"曾经高高翘起的船尾只剩一小截突兀地立在后方的水面上，心中暗暗难过。其实不只是他。海面上这只曾经令我们无比骄傲的金色大鸟，只有脖子还有点天鹅的样子，屁股已经活脱脱是一只癞蛤蟆了。但在这个喜庆的日子里，我们只要记得它天鹅般高昂的脖子和躯干，就忘掉船舱后面的蛤蟆屁股吧。

太阳西沉前，我们已经用卡洛的厨房工具组成了一支乐队。"太阳号"的吱呀声轻轻柔柔，完全淹没在我们的交响乐中。卡洛根本摸不到厨柜的边，让我们这一顿就吃干面包和蜂蜜。大家都觉得，这面包的味道比我们吃过的最精致的蛋糕还要好，只是又大又黑又硬，握在手里倒像拿了块煤。我一气吃了好几块，突然咔的一声，我唯一一颗假牙飞到了甲板上，我傻乎乎地坐在原地，用舌尖舔舔那个小缺口。

"糟糕的社会主义面包！"诺曼说道，故意斜了我们苏联队医一眼。

尤里弯下腰，捡起那个小碎片，仔细查看。

"糟糕的资本主义牙医！"他来了招四两拨千斤。

我们欢声笑语，唱着歌，听着音乐，欢乐仍在继续，直到太阳的神主拉神，在以他的名字命名的海船面前沉入海中。这个耀眼的天体，对我们天鹅般高昂脖颈的"太阳号"似乎充满吸引力，让它追随着那团光一路向西。这种永恒向西的运动轨迹，一定对虔诚崇拜太阳的人产生了巨大的诱惑。海的尽头，那射向天空的璀璨光芒，如同一顶王冠，但又有哪个皇室的王冠能与之媲美呢。这片热带的海洋仿佛在模仿北极光。海面开始呈现一片炫目的金色，接着变得血红，又变橙、变绿、变成紫罗兰色，最后一片漆黑。随着太阳渐渐消失在西方的天际，他的子民却悄悄从东方地平线现身了，闪烁的星星们追随着国王陛下的脚步，成群结队地向西方奔去。

我们躺在或空或满的羊皮囊上，进行哲学思考。船舱外，天海无限开阔，我们可以自由地畅想。这一天多么美好，我们享用了美食，纵情欢笑，现在只想看着天上的星星，放任思绪信马由缰。

"你是个好人，尤里。"诺曼说，"苏联还有其他像你这样的人吗？"

"还有两个。"尤里答道，"其余的都比我好。不过，你跟我们在一起，美国还有像样的资本主义信徒吗？"

"多谢夸奖。"诺曼说，"要是你觉得我还行，那么另一个阵营的人还是值得你期待的！"

我们心平气和，讨论了社会主义和资本主义，反社会主义和反资本主义，独裁统治与人民专政，要食物还是要自由，为什么人们选出的代表彼此憎恨，普通民众一旦有机会相处却很友好呢。还有席卷东西方的嬉皮运动到底是这一代年轻人发起的，还是他们的父辈；随着文明的进步，它是会消亡，还是更加繁荣；它是否证明了，我们和父辈的信仰，夜以继日创造的一切，也将被子孙后代所摒弃。埃及人、苏美尔人、玛雅人、印加人都建造了金字塔，制作了木乃伊，并相信自己这么做是正确的。他们用投石器和弓箭来捍卫自己的信仰。但在我们看来，他们并不懂得生命的真谛。于是我们打造核弹，飞上月球。我们用原子弹和反导系统来捍卫我们的政治信仰。如今，我们的孩子坐下来抗议，他们脖子上戴着印第安项链，把头发留长，坐在地上弹着吉他。他们渴望返璞归真，但手段却非常刻意，这段旅程恐怕比从地球到月球，再到太阳还漫长。

望着漫天的繁星，闪耀的浮游生物，人往往会变得比较理智。早在人类诞生，并哪里都要插一手之前，它们就是这样闪烁。大家这样一起坐在星空下，知道身边的同伴将与你同生共死，即使彼此观点不同，也更愿意相互包容；但若回到各自的国界线内，盯着本国的报纸和电视屏幕，却很容易变得势不两立。"太阳号"上从来没有因政见或宗教信仰不同而发生激烈的口角。每人都有各自的观点。我们应该代表着各种差异极大的意识形态，事实也的确如此。但我们发现彼此的共同点并不像以为的那么少，而且很容易找到。也许因为，与我们的邻居相比，我们七个才是同类。它们用鳃呼吸，兴趣和理想也与我们大相径庭。尽管有人长着鹰钩鼻，有人的鼻子扁平，但怎么说，人类还是非常相似的。

黑暗中，突然响起噼里啪啦的声音，是一条大鱼拍打着甲板和舱壁。乔治一声欢呼，告诉大家，他叉着了一条两英尺长的海豚。借着诱鱼的灯光，我们看见船边跟着许多乌贼，它们的触角长在头顶，一蹿一蹿地倒退着走。它们吸饱水，从头顶用力喷出，借助水的反作用推动身体前进。这就是喷射系统的原型。有了这个系统，它们就可以摆脱猎食者的追捕了。它们掌握这种技巧可比人类早得多。之前拜访过我们的抹香鲸，能潜到水下3000英尺的地方，那里的压力是大气压的100倍，而且深海没有一丝光，它却不会一头撞到海底，因为它天生便有一套雷达系统。这也比人类的发明要早。

"尤里，你是无神论者，你说这世上的一切会不会都是某个智慧体系创造的，他们就在这些闪耀的星座之间？是谁将星星排列成星座？毕竟人类还没有这个本事。"

"我算不上真正的无神论者，只是不相信教堂里那一套。"

"不管怎样，达尔文也好，教堂也好，都认为太阳、月亮、鱼、鸟、猴子先于人来到这个世界。人类诞生的时候，万事万物都已有了自己的秩序。事实上，我们的所有研究，都不过是为了了解人类的大脑、肠道、整个宇宙是如何构成的，又是如何运转的。"

　　只要大海不找麻烦，像这样无所事事地躺在平静的海面上真是惬意。几千年前，海上的水手，沙漠里的旅人一定也看到过同一片星空。然而现代都市中，到处是令人眼花缭乱的街灯，人们即便抬起头也看不到璀璨的繁星。于是派出了宇航员，想把这片星空重新找回来。我困了。我们决定回去睡觉。不过，值班的人还是要留下。之前的重重难关都已过去，但谁知道等在前头的又会是什么呢。再来一场风暴可不是好玩的。船尾已经不能保护我们了。我们把船舱后墙和右舷墙都盖上了帆布，因为海水总是从船尾涌上来，我们几个头朝后睡的，老是睡着睡着就被灌一脖子水。前些天，大海还不像现在这样平静，一想起那几天，我心头便涌起无限感慨。

　　刚过佛得角群岛的当天夜里，两支舵桨就都断了，幸好尤里和乔治想出了个救急的法子，就是拽着两侧帆脚索，两人共同控制船帆，结果还不错，航向保持住了。说白了，关键就是要使船尾保持在上风的位置，让帆鼓起来，不要来回拍打桅杆。我们要做的就是顺天而行。那天晚上，海面上巨浪滔天，雷鸣般的声音从船舱的后壁袭来，浪头从两侧包抄，先是高高跃起，再哗地浇到船上。床头砰砰响个不停，我们根本无法入睡，就算睡着了一下子，也会有人叫我们起来，在黑夜中同那面巨帆搏斗。翻涌的海浪，舞动的巨帆。我们活像它们手中的几个玩偶，被甩过来，抛过去，一会儿一头栽到堆放的陶罐中间，一会儿又从舱壁和缆绳旁滚到船舷边上。我们的脸上、背上淌着的也不知是海水还是汗水。刚钻进睡袋，又得跑出来。十四条飞鱼落到甲板上，成了我们的早餐。乔治一口气抓了七条海豚，可真够疯狂的。阿布杜拉觉得，既然一顿吃不完，就养在后甲板的水洼里吧，这样一来，什么时候想吃都是新鲜的。结果竟然莫名其妙少了两条海豚，原来一条钻到了船桥底下，还有一条躲到了撑舵桨的横梁下面。想要赤手空拳抓住它们，还有些费劲。它们就如同一束滑不溜手的强健肌肉，起劲挣扎着，想随着海浪在水洼里一进一出，借势翻下船去。我们一手抓住鱼尾最细的部位，一手扣住鱼鳃，这才没让它逃掉。支撑桥柱的横梁突然滑脱，咔嚓一声，整座船桥都塌下来。绳子，快拿绳子来！我们一头扎到水下。干得漂亮。桥柱总算又竖起来了。你心里应该也挺得意吧，卡洛？和在阿尔卑斯山时没什么两样。乔治，别在这儿睡。我们把你扶到床上去。要命，我胳膊怎么这么疼！我睡着了吗？差一点。我们还在"太阳号"上吗？对，听见草船吱吱扭扭响了吗？舱外只见满天繁星，再也没有雾气遮挡，就是说，我们已经离岸很远了。

过了佛得角，开头那几天在我脑海里是一片混沌，发生的一切好像都随着时间一股脑儿地流过去。但根据我们的航海日志，6月20日是最艰苦的一天。6月21日那天的日志一开头就写道，刚刚过去的那晚是我们经历过的最恐怖的夜晚，白天也好不到哪里去。没有了船帆和舵桨，还拖着海锚，我们的航速慢了不少，不过依然航行了31海里，离美洲又近了一点儿。但这已经是我们出航以来的最低纪录。6月22日，支撑舵桨的梁柱早有大半没在水下，给我们控制航向平添了不少麻烦，乔治只得戴上潜水镜钻到水下，将其锯断。傍晚，我和乔治及阿布杜拉趴在船舷边，竟然看到了十来条花灰色斑斑点点的鼠海豚，我们仨使劲往舷外探，只见它们钻出水面，在船边嬉戏，近得一伸手就摸得到。这些小型鲸鱼跃出水，从纸莎草船上方翻过去，再优雅地钻入水中，没溅起丁点儿水花，轻巧得根本不像是几百磅重的结实肌肉辊，倒像是一股肥皂沫。乔治跳下水，我和阿布杜拉则坐在后甲板的舷边，一坐下海水就没到了我们胸口，一下接一下地拍抚着。我们好像在鲸鱼的家中做客。这些哺乳动物并不来打扰我们，我们也只是看着它们自在玩耍，这片大海也是我们平时洗澡的地方呢。那一天，我们头一次发现，围住舱壁的帆布没能完全挡住前赴后继的海浪，水已经漫过船舱地板，我们睡觉用的木箱都已经泡了水。诺曼放无线电设备的木箱箱底已经湿透。船舱往右歪得越来越厉害，好几个人都试着把垫子横过来睡了。

6月25日，气温有些异样。一下冷，一下热，热起来简直像身处热带。偶尔空气还会变得特别干燥，还闻到撒哈拉沙漠那种干热的沙尘味。要不是对我们所处的位置心里有数，我恐怕会以为还在沙漠海岸附近航行呢。后来我才知道每过一段时间，撒哈拉沙漠的沙子都会随风降落到中美洲。那天夜里，浪比以往都凶猛，我们只得继续把东西往前甲板挪。尽管"太阳号"依然像从前一样，柔韧的船身一仰一啄，就从浪头上翻过去，如同一条魔毯，船舱里还是泡了水，我们睡觉用的箱子都湿乎乎的。之后，我们终于迎来了风和日丽的好天气，阳光温煦，微微起伏的海面上，吹着清新的风。这是东北信风，风力和风向都很稳定，气候终于呈现出这个纬度应该有的样子。刚刚风平浪静，我们就看到了出航以来见到的第一条鲨鱼，它仿佛在水中滑行般，向我们游来，几乎贴着乔治的腿蹭过去，他慌忙把腿缩上来。但它就只是经过而已，兀自继续游弋，消失在了船尾。

6月28日可算是我们在"太阳号"上度过的最美好的一段时光，大家都不慌不忙做着自己的事。乔治坐在船舱门口，教阿布杜拉读写阿拉伯文字。其他人要么洗衣服，要么钓鱼、写日记。这时我们听到一声惨叫，不由得心惊肉跳。是诺曼！但他素来不是大惊小怪的人呀。他不是下水去鼓捣接无线电地线的铜板了吗？他之前找了支断桨，把那块铜板钉在桨片上，想把这支断桨固定在船头左舷外。可现在，他扒着船舷，面孔扭曲，身体似乎已经麻痹，根本无法把自己撑上船。我们顿时都想到了最糟糕的情况：鲨鱼。我们赶紧跑过去，把他拽上来。还好他哪里都没少，反倒还多出一部分。他的下半身缠着许多亮晶晶的粉红色丝状物。那是一群硕大的葡萄牙战舰水母。[①]原来就是它把诺曼害成了这样。他已经陷入昏迷，我们连忙把他拖进船舱，给他注射强心剂。

"得用氨。"尤里焦急地说，"可我们偏偏没有氨水。只有氨才能中和渗入他身体的酸性毒素。尿里有氨，所有人，快收集尿液。我不是在开玩笑。"

诺曼痛得不住扭动，毒素也令他不时抽搐。接下来的两小时，尤里一直守在他身边，拿布从椰子壳里蘸尿，给他擦拭身体。渐渐地，他平静下来，睡着

---

① 译注：葡萄牙战舰水母并非真正的水母，而是僧帽水母的一种，包含水螅体及水母体。其个体高度分化，社会分工明确，但不能独立生存，终生营群体生活。

了。他整个下半身，包括双腿，到处是蜇伤，红彤彤的，看上去像一条一条的鞭痕。醒来后，诺曼看看自己的腿，又看看波光粼粼的海面上普普通通的海泡沫，突然大喊起来，活像个喝多了的醉汉："看，葡萄牙战舰水母的孩子，海面上到处都是。"我们用果脯给他煮了碗汤，让他趁热喝下去，他这才不再折腾了。第二天，他情绪仍旧不太好，乔治不知怎么惹到他，害他发了一大顿脾气。结果晚上两个人又和好了，坐在一起唱那些牛仔喜欢的乡村歌曲。

6月30日，海面上又一次铺满了油凝块，和纸莎草船朝着同一个方向漂去。只是船有帆，漂得要比这些油凝块快得多。从早到晚，也不知有多少黑乎乎的油块被我们追上又落下，简直不知什么时候是个头。这时，船后升起一轮光辉的满月。这一夜的景象，我可能永远不会忘记，月光洒落在黄灿灿的纸莎草船和酒红色的船帆上，星星渐渐消失在东方的地平线。五月过去了，六月也近尾声，七月即将开始。而我们依然浮在海面上，船上还载着成吨成吨必要的货物。

7月1日，西北方向的海平面冒出几根桅杆和油井架，那是一艘船，它从离我们不远的地方开过去，继续向东南方向行驶。我们刚好要穿过美国和南非之间的航线。我们纷纷爬上船桥、舱顶或是桅杆的脚蹬，无限怀恋地注视着它，直到最后一根桅杆的桅顶也消失在海平面之下。它就如同20世纪的一个掠影，令我们感觉无比亲切。然后，大海上又只剩下我们孤零零一艘船了，此时的孤独比之前还要强烈。乔治依然留在船桥上，哼着一支忧郁的小调。突然，他大喊了一声。

"他们回来了！"

真的。刚刚它消失的地方，又出现了船的影子，还是那艘船，正径直朝我们驶来。他们肯定觉得刚才看到的东西太不可思议了，议论纷纷，于是船长决定返回来看个究竟。那艘船速度极快，直奔"太阳号"而来，它的船头上印着"海神号"，在"太阳号"旁边一起一伏，甲板上挤满了人，都在向我们挥手。

"有什么需要效劳的吗？"诺曼朝他的同胞们大声喊道，喜悦溢于言表。

"谢谢，不用。也许我们能为你们做些什么。"那边的船桥上有人冲我们喊。

"水果！""太阳号"的队员用各种语言喊道。

"太阳号"还在继续向前推进，差点就要一头撞上那钢铁的船身了，我们急得大喊大叫，疯狂地打着手势，把对面的船长吓了一跳，赶紧启动螺旋桨绕开。要想把东西送到"太阳号"这样荡来荡去的小船上来还真不容易，它根本不受控制。"海神号"兜了一大圈，绕到"太阳号"前方，一个系着橙色的救生圈的袋子被扔下来。但是大船的螺旋桨卷起浪花，把它推远了，我们根本够不到。乔治担心遇到葡萄牙战舰水母，早就穿上了橡胶泳衣。他在身上系了一根长绳就潜入水中。之后，我们又把他拽上船。袋子里的东西我可能永远不会忘掉：39个橘子、37个苹果、3个柠檬、4个葡萄柚，还有一卷湿漉漉的美国杂志。我们挥着手，大声向他们道谢。前甲板顿时摆开一场五彩缤纷的盛宴。在这个咸味的海世界，我们享用着新鲜的水果和水果沙拉。核儿归萨菲，籽儿归辛巴达。

我们在大西洋的中部，度过了"太阳号"上最美好的一段时光。阿布杜拉的纸莎草舷墙，卡洛系在船舱四围和船尾的各种密密麻麻的索具，令我们这艘岌岌可危的草船还能勉强撑住。所以从起伏的远洋轮船上看，我们大概还算体面。身在纸莎草船上的我们，同样因纸莎草令人难以置信的强度和负载能力感到震撼不已。说它是纸船？也许吧。但一直以来发生损毁的都是木头。纸莎草已经证明了自己，它是顶级的造船材料。不管是人类学家，还是纸莎草专家，这些理论家对它在海水中强度的判断都大错特错。其实我们也未能免俗，以为古埃及壁画中的纸莎草船只是一种非常原始的船。埃及的纸莎草船和木筏唯一的共同点，就是船底有洞，但仍能浮在水上。"太阳号"和"康提基号"都没有船壳，因此都属于筏。但是，拿"太阳号"与"康提基号"相比，就好比是拿汽车比马车。是马都能拉动马车，但是开汽车之前，要先读说明书，考到驾驶执照。但这两样，我们都没有。我们根本没想到自己驾驶的居然是一辆高级的埃及"汽车"，它并非一个简单的草筏子，不懂它巧妙的装置，则根本无法正确驾驭它。它由一流的造船材料打造，但就像汽车一样，若你没有学习过每个部件的用法和用途，在反复的尝试中，可能还来不及搞明白其中的原理，就把重要的零部件弄坏了。我们学习驾驭"太阳号"的整个过程，正是伴随着一次次的成功和一次次失败。

7月4日，乔治把我摇醒了。在他脸上，我看到满满的焦虑。他依稀看到地平线上喷起几条水柱。太阳升起后，我们看得就更清楚了，仿佛几条连接着天海的黑色丝带，确实有点儿吓人。其实那只是几场零星的阵雨。不一会儿，雨点儿就浇在我们的纸莎草甲板和柳条舱顶了。许久未闻的隆隆雷声把大家都惊醒了。大家都跑出来，借着雨水洗去头发里和身上的盐粒，迎接新的黎明。我们罐子里的淡水还很充足，并不需要收集雨水。阵雨下一会儿，停一会儿，下了一天。第二天依旧。海浪来不及涌起，便被雨水按住，不过这下纸莎草船也被浇透了。一连淋了三天雨，船体变得又湿又重。信风也一阵阵的，一会儿往这儿吹，一会儿往那儿吹，仿佛在与雨帘嬉戏。"太阳号"好像是踮着脚在浪尖上走，那些吱吱呀呀的声音一点儿都听不到了。是暴风雨前的宁静吧？

这下我们可以多下几次水，游游泳，以鱼类的视角好好欣赏一下我们柔韧结实的纸莎草船了。唯一遗憾的是，我们又遇上了密密麻麻的油凝块，和我们一样，它们也将漂往美洲。整整两天，这片当年哥伦布经过的海域到处都是这些黑乎乎的小玩意儿，只要摸到，手立即就变黑了，有的油凝块表面还粘着小贝壳。数百只鹅颈藤壶和一只受了惊吓的小螃蟹，都在"太阳号"的肚皮底下安了家。我们还不时能在船头前，看见大群大群外形与鲱鱼有几分类似的飞鱼游泳。这些飞鱼都十分胆小，不过，身披条纹的小领航鱼和斑点小刺鲀却十分大胆，偶尔会咬我们一口，卡洛挂在舷外浸泡的鱼干，好几个袋子都被它们咬破了。

7月5日，埃及人乔治平生第一次看到彩虹。那天的落日也同样绚烂。仿佛有一支看不见的画笔，蘸上了足以画出一百条彩虹的颜料，在我们正前方的天幕上开出了一道拱门。船舱内挂着一块木板，上面贴着海图，诺曼正抱膝坐在海图跟前，手里拿着尺子比比画画。我们几个则躺在草垫上，等着听他计算的结果。透过柳条舱壁的孔洞，我们看见绚丽多彩的晚霞渐渐暗淡，卡洛点亮煤油灯，然后拿出去挂在了桅杆的踏脚上。

"我们目前已经航行了2150海里。"诺曼终于开口，"也就是说，我们的行程已经过半。从这儿到西印度群岛还有1300海里，比回萨非近多了。"

"可惜船尾拖了后腿，不然我们的航速还会更快的。"尤里说，"昨天我们慢到才航行了40海里。"

"是啊，除了拖慢速度，这个船尾最要命的问题在于会令我们偏航。"诺曼说，"尽管今天我们一直在调整舵桨，但航向不是偏北30度就是偏南30度，就是不能沿着正确的航线前进，里外差出了60度，我们肯定走了不少冤枉路。而且正午定位后，我测量的只是两点间的直线距离，如果不是船尾害我们拐来拐去，恐怕我们现在就已经抵达目的地了。"

"换了那些熟知纸莎草船底细的人，早就顺顺利利地抵达大洋彼岸了。"乔治说。

纸莎草船一派平静，吱吱扭扭地响着，我们的床头外，传来水花轻轻溅起的声音，仿佛柳条屏风后面，有人正坐在浴缸里洗澡。

"我本来以为，越是远海浪越大，没想到恰恰相反。"圣地亚哥喃喃说道，"我们这些人类学家经常讨论，古人是怎么从海路前往各个地方的，大家都认为只要保证贴着海岸航行，就不成问题，其实，这样才是最危险的。"

"靠近海岸和岛屿的海域，海浪和洋流受到陆地阻挡，很容易形成各种复杂的漩涡和回流。"我证实了他的分析，"事实上，越接近陆地，海浪就越凶险。开阔的海域，海浪有足够的地方腾挪，反倒不容易形成惊涛和复杂的碎浪。就连风暴，也是海岸附近的更危险。"

"问题在于，"圣地亚哥说道，"人类学家和其他科学家总是在争论纸莎草船和木筏到底能否横渡大洋，却永远不可能达成共识。但若有人想通过实践找出答案，他们又会火冒三丈，好像受到了深深的冒犯，因为这种方式不够学术。"

这种事我和圣地亚哥早都司空见惯。我独立工作的，是可以一笑置之，可是圣地亚哥却要费许多周折才能得到学校批准，来参加草船远航这一类的"不科学"的玩意儿。浴缸就可以拿来测试纸莎草的性能。科学家应该在图书馆、博物馆、实验室里工作，而不是跑到大西洋上当野人。

只是，我们在海上航行了几星期，胡须长长了，鼻子也晒脱了皮，得到的结论却与书本上大相径庭，与那些将纸莎草草茎泡进一小钵水里进行研究的专家得出的结论也相去甚远。如果取一小块轻木在实验室里进行试验，一两星期它就会沉到水底。但如果像印第安人那样，砍伐新鲜的树木，在树液依旧饱满时下海，将会发生令你意想不到的事情：你便可以乘着轻木木筏在海上航行101天，一直漂到波利尼西亚。现在纸莎草专家又是取了一小段纸莎草草茎泡进水箱里，在死水中它不仅很快失去了浮力，还开始冒泡，最终腐烂。书上说，整个过程最多需要两星期。而现在七星期过去了，要是放在实验室纸莎草早就沉没了，但同样材质的船却依然载着我们，包括好几吨货物浮在海面上。这是怎么回事？因为专家在浴缸进行试验，用的是松散的纸莎草；而我们航行于海上的，则是一艘完整的船。从埃及到秘鲁的拥有丰富造船经验的工匠都知道，纸莎草是通过断面的孔道吸水的，而覆盖外侧的纤维鞘则密不透水。所以他们采用了一种独特的技法打造纸莎草船，就是将纸莎草断端用绳索系紧，这样草茎基本就不怎么会吸水了。事实证明，纸莎草和纸莎草船完全不能一概而论。就像铁和铁船一样，完全是两回事情。

阿布杜拉每天都要说的一句话是："只要绳子撑得住，船就不会沉。要是绳子松了，纸莎草就会吸水。要是绳子断了，我们就要掉到海里了。"

还不到两个月，我们就已完全习惯了在纸莎草船上的生活，常常觉得自己就来自那个纸莎草船广为使用的时代，当年的船上，想必也摆满了陶罐、篮子、皮囊、一卷卷绳索，以及腌制和风干的食物、坚果和蜂蜜。远古和中古时代的水手，一定也曾体会过我们这些纷繁的心绪。我们现在所做的一切都算不得新鲜，也算不得稀奇。我们仿佛与那些先辈已血脉相连。遇到过同样的问题，体会过同样的欢乐，乘着同样的黄色草船，漂浮在天与海之间。时间在我们的草船上失去了意义，在这里我们不再是科学家，而是科学实验中的一组数据，实验并不由我们掌控，而是自行开始并进行。渐渐地，我们仿佛已跳出时间的维度，时空扭曲，几百年被压缩为一瞬，一代代航海的前辈，就在我们中间。维京人出现在北大西洋的海平面上，哥伦布的船就在我们的身后乘风破浪。那些建造金字塔的人一下子成了乔治的祖父母，至少他越来越为祖先感到自豪，从前他只当那是枯燥的课本里一些虚无缥缈的东西，与自己毫不相干。

"如果船尾撑得住，我愿意一直航行下去，穿过巴拿马运河，再横渡太平洋。"乔治做起了白日梦，"如果我们这次最终还是失败了，我就再造一只纸莎草船，从头再来。可以肯定，我的祖先是最先横渡大西洋的人，至少从非洲到美洲这个方向上是的。"

"也没那么肯定吧。"我和圣地亚哥同时出声，让乔治醒一醒，"可以肯定的是，只要有人试过，就肯定有人能做到。纸莎草船非常适于航海。但是会造纸莎草船的并非只有埃及人，古时候整个地中海沿岸，从美索不达米亚到大西洋沿海的摩洛哥，都有纸莎草船。"

"既然我们现在并不是重走埃及水手的旧路，我们当初为什么要仿照古埃及壁画造船呢？"

"因为只有埃及才有保存完整的古代壁画，可以看清当年草船结构上的所有细节。这都多亏了法老的信仰和沙漠的气候，让我们对四五千年前的埃及社会风貌有了这么多了解。"

我们睡觉用的那16个木箱，其中有一个里面装满了关于世界古老文明的书籍。在一本论述古代美索不达米亚的专著中，有一张尼尼弗石板的照片，石板上的浮雕纸莎草船，有战争场面，也有和平场景。尼尼弗的遗址位于遥远的内陆，距底格里斯河河口近500英里，距腓尼基的地中海港口比布鲁斯要稍近一些，近100多英里。美索不达米亚的石匠、士兵和商人，同地中海和波斯湾都有往来。现存于大英博物馆的这块尼尼弗石板，显示他们当时使用的有两种芦苇船。一种和古埃及的船差不多，用绳索扎制，船头、船尾都向上翘起。浮雕中，这样的船共有七艘，船上载满了人，画面中央是一只形象逼真的巨蟹，周围环绕着游鱼，所以波浪代表的肯定是大海。另一种船较大，两排身穿铠甲的武士正登上船，把船上原本的水手逼下海。有的水手正往船下跳，有些已经跳进水里，正在游泳，还有几艘芦苇船正在撤退，船上的水手长着长长的胡子，正谦卑地对着太阳祈祷。海岸被刻成了直线，还有两座小岛，岸边、岛上都生长着高大的芦苇，还有三艘船就藏在芦苇丛中。最远处的那座小岛，旁边的船上有成排的跪姿弓箭手，正准备战斗。而海岸上和最近的那座岛屿却如同一首恬淡的田园诗：男人、女人结伴坐在芦苇船上，姿态亲昵地聊着天。

浮雕传递出很多信息。比如，开阔洋面上和近海岸边的芦苇船之间存在区别。远洋航行的船，和古埃及还有古代秘鲁的船非常相似，船头与船尾渐渐变细，并向上翘起。海岸边芦苇丛中的船，船尾则平直宽阔，完全无法阻挡后方的海浪涌上船体，但要每天晾干却很方便，新旧大陆目前都还有这种用过即需晾干的小型芦苇船。

幸好有这块古代尼尼弗寺庙的逼真浮雕，以及古代埃及和秘鲁的墓葬艺术，我们才知道有这么多大小不一的载人芦苇船，包括那种象牙型的小船，都具备基本相同的设计，这些曾是小亚细亚、北非和南美早期文明共有的重要文化元素。随着这些伟大的古文明纷纷消亡，芦苇船也从尼罗河流域彻底失去了踪迹，然而尼尼弗浮雕镌刻的那两种芦苇船却流传下来，和从前相比，只是变得小了一点。从美索不达米亚、埃塞俄比亚、撒哈拉沙漠地区、科孚岛、撒丁岛、摩洛哥，到墨西哥、秘鲁——包括复活节岛，大西洋东西两岸至今都能见到这两大类芦苇船。这些地方又分别属于两个分野明确的地理区域：古地中海文明主导的区域和古美洲文明主导的区域。现在，我们七个人，再加一只猴子和一只鸭子，正航行在大西洋美洲那一半的水域，而乘坐的小船却是以非洲产的纸莎草，在非洲大陆上建造的。我们不禁要问：旧世界在哪里结束？新世界从哪里开始？有芦苇船分布的这两个区域，分界线又在哪里呢？海洋对陆上的交通工具而言是道障碍，但对水上的交通工具却是纽带。我们可以把分界线设定在静止的海床，但若设定在船只航行的流动洋面则没有意义。因为，非洲海域的水几星期后，就会进入美洲海域；正如，非洲天空的太阳，几小时后，又将在美洲升起。

自人类开始航海，数千年间，难道只有我们乘着原始草筏，操舵装置失灵，被卷入直布罗陀以南的洋流吗？

曾经只关注柔道和蛙人技术的埃及人乔治，如今突然对神奇的古代世界产生了浓厚的兴趣。难道就没有什么文字记载表明古埃及人曾在直布罗陀海峡以外进行过殖民吗？

是的，还真没有。但是他们几千年来的近邻，地中海东部的腓尼基人，倒是定期往返于直布罗陀海峡，并沿着摩洛哥的海岸一路南下，所到之处远远不止萨非和尤比角。非洲西海岸近来一直有刻着腓尼基铭文的碎陶片，和腓尼基殖民社会的其他遗迹发现，有些地点比我们途经之处还要靠南。几年以前，学界才知道这些来自地中海东岸，已知最早的水手，曾在萨非以南，莫加多尔附近的一座平坦小岛上，建立起一个进行海外贸易的重要殖民地。从这里一直到摩洛哥南部的里奥德奥罗海岸一带，都挖掘出了腓尼基的遗迹，包括当时用紫色软体动物生产染料的工厂。现代考古学家发现，腓尼基人和关切人关系很好，加纳利群岛也有他们的一席之地，他们将这些岛屿当作中转站，以期能平安通过尤比角和博贾多尔角。腓尼基的商贸活动发达，于是不得不冒险远航，他们曾经常来常往的那些危险地带，不久前，我们的纸莎草船过得可谓非常惊险。

历史学家希罗多德访问埃及后，曾留下一份文字记载，公元前600年左右，法老尼科统治时期，埃及曾派出一支腓尼基船队进行环非航行。虽然史料明确记载着，这支船队征用的是腓尼基的船只和水手，但作为主导这次远航的一方，显然埃及这边也有人参加。他们自红海岸边启航，三年后经由直布罗陀海峡返回，其间曾两次扎营种植庄稼。据他们的报告，在环绕非洲大陆的航程中，太阳曾一度向北移动。

一个多世纪后，汉诺领导了史书记载中腓尼基规模最大的一次远航。这次远航的目的是建立殖民地，与直布罗陀海峡以外的区域开展贸易。殖民队伍共计3万余人，来自各行各业，分别搭乘60艘海船，每艘船都配有帆和50支桨。这支浩浩荡荡的船队驶入大西洋，经过利索斯，这是古代的一处殖民地，被称为永恒的太阳之城，一路上，他们在摩洛哥沿海停泊了6次，把殖民者放下船。我们经过的那些危机重重的海岸，他们都曾走过，而且比我们走得更远。他们绕过尤比角，穿过塞内加尔附近的佛得角群岛，一直航行到西非的热带丛林中的某些河流。

众所周知，腓尼基人也与西非的丛林部落通过陆路开展贸易。他们借助努米底亚人的商队，把象牙、黄金、狮子和其他野生动物从内陆带出来，运到西边的叙利亚、埃及、以及地中海一带的岛屿和摩洛哥大西洋沿岸所有的重要城市。这些城市中都有马戏团，需要这些猛兽来吸引观众。公元前几百年，整个北非贸易和探险的路线便已如蛛网密布。每一条路线都能看到腓尼基人勇敢无畏的身影。结果我们绕了一圈又回到起初的问题：这些神秘的腓尼基人究竟是谁？他们的祖先是谁？是谁教会他们航海？我们从罗马人那里，将"腓尼基人"一词拿来直接就用。方便是方便了，凡是罗马时代之前，从地中海内缘出海的人，统统可以归入这个词的范畴。

在我们启航地点萨非以南，有一片荒凉的海洲，上面有一座巨石构筑的防波堤。当年数量惊人的巨石从采石场运到这里，再由那些经验丰富的海防建筑师，拖入水中筑成堤坝。几千年来，大西洋的海浪不停地冲刷，却始终奈何不了它，数万块的巨石至今仍拦在礁石前，给往来船只提供了一个宏伟的港口。是谁需要在如此荒凉的沙洲构筑如此规模的港口呢？那时，阿拉伯人和葡萄牙人的航船还不曾到达大西洋非洲海岸一带。

摩洛哥的西北海岸，有一座小圆丘，宽阔的卢修斯河就从它周围的沙洲间蜿蜒而过，汇入大西洋。圆丘上则矗立着一片宏大的废墟，古代这里曾是最强盛的一座城镇。随着历史的进程，它未被书写的过去已经湮没在黑暗中。重达数吨的巨石，一块摞一块，垒成一道庞大的斜坡堤，从海上就能看到。这些石块被切割打磨得整齐光滑，隼接处严丝合缝，误差不过毫米。这种工艺极具特色的巨石墙，在埃及、撒丁岛、墨西哥、秘鲁、复活节岛都能见到，而这些也正是纸莎草船存在或使用着的地方。同样是这里，而且只有这里，这片古代废墟的脚下海域，摩洛哥的人民至今仍在使用名为"美地亚"的芦苇船。这座巨石城镇最古老的名字意为"太阳城"。罗马人找到这座被沙洲围绕着的小圆丘，它还只是卢修斯河口的一座小岛。关于这座城早期的历史，罗马人写下了许多天马行空的传说。他们将这座城命名为利索斯，意为"永恒之城"，并在那片废墟之上建起了自己的神庙。同构筑废墟残垣的巨石相比，他们的建筑和柱廊简直小得可怜。罗马的历史学家把英雄海格力斯的坟墓安在这里。罗马艺术家还用马赛克镶嵌工艺制作了一幅涅普顿的彩像，海神须发中伸出许多螃蟹爪，衬着背景开阔的大西洋，真是相得益彰。之后罗马人走了，阿拉伯人来了，他们慢慢融合到周围平原的土著居民中去，也学着把这片废墟称作希米什，意即"太阳"。在他们的传说中，统治这里的最后一代女王叫作希米莎，意思是"小太阳"。

只有极少数几位考古学家，在这里进行过小规模的试探性挖掘，结果发现腓尼基人使用"太阳城"这个称谓要比罗马人早得多。那么是谁建造了这座城呢？也许正是腓尼基人。如果是这样，那腓尼基人处理巨石的工艺与大西洋两岸最高的水平相比也毫不逊色。腓尼基人的家乡位于遥远的地中海东部，就是现在的黎巴嫩。太阳城并不是地中海港口，而是真正的大西洋港口，强大的洋流正是从这里向西拐，穿过加纳利群岛奔赴墨西哥。石墙究竟在这里矗立了多久，没有人知道。但堆积在其上的地层已经有厚厚的15英尺，其中包括但不限于腓尼基人、罗马人、柏柏尔人和阿拉伯人的遗迹。罗马人崇拜海格力斯和涅普顿，并不崇拜太阳神，所以顶层的罗马遗迹朝向与太阳不存在关联。但是最近的试探性挖掘，已经挖到了最底下一层，巨大的石块裸露出来，罗马人到来之前，这里已经覆盖着其他文明的遗迹，所以罗马人没有能够拆除或重建他们的神庙，这些巨石作为地基，可以看得出太阳城当年的建筑规划，并精准依据太阳选定朝向。腓尼基人和他们的邻居埃及人，以及大多数地中海早期文明，都崇拜太阳。

太阳城也好，永恒之城也罢，或称为海格力斯的长眠之地，总之据罗马人说，这座城比迦太基还古老……但为什么要给这样一个大西洋上偏远的巨石港口冠以这么多美名呢？其建造者为什么将永恒之城建在直布罗陀海峡之外？从这里到腓尼基人聚居的小亚细亚和印第安人居住的美洲，几乎一样远。太阳城的建造者若要经常往返于此地与小亚细亚之间，航海的水平势必得非常高明，才能在危机四伏的北非海岸一带航行，那里的洋流和风向变幻莫测，根本不能成为航行的助力。如果从这里穿过大西洋，把石刻技艺带到美洲，传授给印第安人，要容易得多。只要把桨收起来，像我们一样漂流就可以了。如果真的是腓尼基人建造了太阳城，那么选择在这里建立殖民地时，船上除了水手，一定还有祭司、建筑师和各行各业的精英。事实上，腓尼基人最初为人所称道的，并不是他们的航海技术，古时代，他们最响亮的名声其实是商人和文明的传播者。他们同埃及和美索不达米亚联系都非常密切。如果这座大西洋城的先民真的是腓尼基人，那他们肯定对旧世界的古金字塔了如指掌。阶梯金字塔和棱锥金字塔他们都很熟悉。我们之前说过，腓尼基人曾应埃及之邀进行环非航行。埋葬在埃及金字塔脚下的船只用的是腓尼基的木材，腓尼基的书本用的是埃及的纸莎草纸，腓尼基海岸崖壁上有三个地方，錾刻着埃及法老拉美西斯二世的肖像，还刻有铭文。无论是战是和，两国来往都非常密切。古埃及的税收制度发达，除了本土，地中海诸岛还有叙利亚海岸一带都需要向法老纳税。由于现代学者不相信埃及的纸莎草船适于航海，因而学界普遍认为埃及人是乘腓尼基船征收税赋的。腓尼基人知道石头可以用作建筑材料，也知道如何晒制土坯砖。他们最为熟悉的恐怕是小亚细亚的土坯砖平顶金字塔，与埃及的金字塔不同，这些金字塔侧面正中有狭窄的阶梯或斜坡，分一或两级平台，塔顶平台有小庙，和大西洋彼岸美洲最古老的金字塔属于同一类型。然而，他们同埃及的关系也非常密切。

"但我们埃及人也在海上航行过。"乔治争辩道。作为一个虔诚的科普特基督徒，他援引《圣经》支持自己的观点。《旧约·以赛亚书》第18章第2段中写着：埃及使者乘坐芦苇船漂洋过海来到他的家乡。詹姆士国王的新版《圣经》中还特别指出芦苇的种类就是纸莎草。乔治还提醒我们，《旧约·出埃及记》第2章第3段里说，摩西曾被他的母亲藏在涂抹着沥青和树脂的纸莎草方舟里，放在尼罗河上漂流。还在埃及时，乔治带我参观了位于尼罗河河谷卢克索城的哈特谢普苏特女王①神庙。庙里的壁画就描绘了她曾经派几艘大型木船沿红海航行到索马里兰的蓬特，船队返航后给女王带回了各种物品，包括整株异域的树，后来移植到了她的花园中。

乔治所不知道的是，有些平民商人驾驶着普通的纸莎草船，去过的地方比女王著名的豪华木船队还遥远。位于尼罗河河口的亚历山大图书馆藏有大量埃及纸莎草抄本，后来图书馆发生了火灾，成千上万珍贵的纸莎草孤本在大火中焚毁，但这之前馆长厄拉多塞②就曾留下这样一份记录："与尼罗河航船具有同样帆、索的纸莎草船曾航行到遥远的锡兰和印度恒河口。"罗马的历史学家普林尼③后来在他的著作（《自然史》卷六，22节，82页）中对锡兰的地理情

---

① 译注：埃及首位也是唯——位女法老。摩西即她的养子。古王国时期的埃及人称自己来自蓬特之地，许多神庙的碑文中都提到这个地名，传说中此地出产芦苇，但其确切位置仍待考证。埃及各个时期都有法老派出远征队寻找蓬特，其中最著名的即公元前15世纪，哈特谢普苏特女王主持的这次探险，她还在神庙中保存了当时的航海报告。

② 译注：古希腊天文学家、数学家、地理学家、历史学家、诗人，最早测算出地球周长。

③ 译注：《自然史》的作者盖乌斯·普林尼·塞孔都斯，又称老普林尼，古代罗马百科全书式的作家。

况进行描述时，引用了这位博学的图书馆馆长的记录，说纸莎草船从恒河到锡兰，要花整整20天，而"现代"的罗马船只需7天。这段史料被记录下来只是偶然，却极具价值，也令我们得以知道，如果"太阳号"船尾没有下垂，减缓航速，我们的航速将和古代纸莎草船相当。虽然厄拉多塞没有直接写出来，但通过测量恒河与锡兰之间的距离可以算出，使用与我们同样帆、索的古埃及纸莎草船平均每24小时航行75海里，即三节多一点儿。

然而，印度洋和大西洋毕竟是两回事。也许埃及人的海船真的曾经驶出直布罗陀海峡进入大西洋，但确实没有相关史料来证明这一点。不过，腓尼基人却很熟悉我们启航点一带沿岸的礁石、浅滩。后来，还把附近的洋流情况也渐渐摸得一清二楚。

大西洋的海水不断从船尾涌来，推着我们一路前行，几条飞鱼被冲上了甲板。然而最初在这片大洋上航行的船只和人都还笼罩在迷雾之中。我们躺着翻阅相关学术书籍时，蓬乱的大胡子总会挡到书页，恍惚间竟觉得，书里讲的就是我们自己的故事，我们就是那些水手，正身处那个时代。我抬起头，看到墨西哥人正把羊皮囊里的水往陶罐里倒；埃及人肩上挎着纸莎草救生圈摇摇晃晃地从我身旁走过；我正用鼻量器测定和北极星之间的夹角，小猴子那张逗趣的小脸却突然冒出来，把它偷走了。

在给墨西哥考古研究所所长的一封无线电短信中，我这样写道："大胡子男人向西横渡大西洋。"所谓大胡子男人，一是对我们自己的戏称，二是指建立起墨西哥最古老文明的长胡子奥尔梅克人。当诺曼把那套小型无线电设备从他垫着睡觉的箱子里拿出来，古代的一切倏地从眼前消失，我们又回到了这个现代化的世界。这套小型无线电是佛罗里达一位业余无线电爱好者迪克·埃尔霍恩组装的，我们和摩洛哥失联后不久，突然听到麦克风传来一个声音："LI2B，LI2B，这里是奥斯陆的LA5KG，克里斯·博克利。"此后，克里斯就在这个魔法盒子里随我们一起穿越大西洋。除了他，这个盒子里还有：他的同胞奥勒松的LA7RF，尤斯特；热那亚的I1KFB，弗兰克；纽约的WB2BEE，赫布；列宁格勒的UA1KBW，阿里克谢；还有这套小型无线电的缔造者佛罗里达的W4ETO，迪克；等等。要是古代人听到了这些声音，恐怕会以为他们是阿拉丁神灯里的妖怪腾云驾雾，钻进了羊皮囊和陶罐间的这个小盒子里。多亏这些无线电爱好者一路替我们报平安，家人才能一直跟进我们的情况。他们也在墙上挂了一张大西洋海图，以便及时把我们的位置标记在上面。航程过半，我们曾和吴丹秘书长及七位成员的国家领导人互致了问候。东西方两个超级大国的首脑竟在同一天向我们发来了亲切慰问。诺曼那只潘多拉盒子一关上，我们便立即穿越到古代；一打开，船舱里便响起兹兹拉拉的电流声，将我们立即拖回到现代，每个国家的无线电爱好者都在尽力帮助我们。然而，每当通信结束，我们的世界又只剩海水汩汩流动，水花溅起的声音，还有各种索具咿咿呀呀的呻吟。视野里只有大海和飞鱼，只额外看到水下滑过一条绿色的脊背，可惜这张"美钞"不能兑现。①

"大胡子男人"，没想到这是我们最后一次在航行报告里开玩笑。之后我们便落入了命运的掌心。船尾泡在水里，海浪如同涌上海滩般，不费吹灰之力，便扑上来拍打着船舱后壁。小鱼在后甲板游来游去。接下来的航程，假如能免于和风暴的遭遇，一两星期之内，我们就能带着塞满船舱和前甲板的食物及货物，漂抵美洲海岸。但只要再遇上一场风暴，等待我们的就将是一场船难。自打从摩洛哥出发，只有"海神号"曾拍摄到"太阳号"在海上扬帆航行的照片。我们只有系上安全绳游出去，才能看到"太阳号"的全貌。几星期以来，我们除了彼此，不管站到船的什么位置，都只能看到"太阳号"的一部分，一想到要一睹它的全貌，大家都激动不已。乔治拿着水下照相机游出去，趁着被浪头托高按下快门，拍到了"太阳号"破浪前行的照片，原来这就是我们在别人眼中的样子。

---

① 译注：绿背代指美钞。原指美国南北战争期间发行的一种不能兑现的钞票，正面为黑色，背面为绿色。

7月7日，纸莎草船一如既往的美丽，它金色的船头高高昂起，东风从我们身后吹来，酒红色的船帆鼓得比以往都满。但一场风暴便足以令"太阳号"面目全非，我们的远航电影也不会有纸莎草船在大海上航行的长镜头了。卡洛已经拍摄好的胶片，恐怕也很难保住。所以再次与意大利进行无线电联络时，我交代妻子伊冯找一位电影摄影师，让他找一条小船，从西印度群岛出发，来迎我们。虽然我对大家只字未提，但这个安排其实还有一个目的，就是希望给大家多提供一重保险。毕竟保障大家的生命安全，我责无旁贷。

那大家想要摄影师捎点什么呢？我们一致选择了水果，圣地亚哥还提出要一盒巧克力，别的就没有了。船上的食物和水都多到用不完。我们有腌肉、火腿、香肠，罐子里，篮子里装满了蜂蜜、鸡蛋、黄油、干果、坚果，还有埃及面包。前甲板和船舱外左舷依然堆满了食物，满得简直不知往哪里下脚。

只有尤里还坚持站在船尾及膝深的水里刮胡子，别人都留起了胡子，有红胡子也有黑胡子。就连阿布杜拉头顶也长出了头发。拉动同一条索具的手臂有黑有白，和古时候没什么两样，完全不必觉得新鲜。古埃及的壁画上，就有黄头发和黑头发的人携手建造纸莎草船的场景。就在我们建造"太阳号"的地方，基奥普斯的儿子法老希夫伦，就将他的王后埋葬在自己的金字塔脚下。画中的皇后一直都是金发碧眼。开罗博物馆中，有一具玻璃棺，里面躺着的是拉美西斯二世，不同于其他法老的木乃伊的黑色直发，他的头骨上覆盖着柔顺的黄色发丝，此外他还长着鹰钩鼻子。可见历史上金发白肤的并非只有诺斯人。早在维京人的祖先在斯堪的纳维亚落脚前，地中海一带，也包括小亚细亚和北非，就已有金发白肤的人种。如果从体质人类学的角度，两者之间真存在什么联系的话，也必然是南方在前，北方在后。埃及法老希夫伦将他金发碧眼的妻子埋葬在父亲的雪松巨船旁，3000年之后，维京时代才拉开序幕。

雪肤金发的大胡子男人，在阿特拉斯山脉的土著居民中非常常见。在大西洋沿岸，太阳城周围平原上的柏柏尔人中也非常常见，他们的后裔至今仍在那里生活。他们携家带口，还带着羊群，从非洲海岸出发，来到大西洋上的加纳利群岛定居下来，成为后来的关切人。

　　从秘鲁到墨西哥，每个古美洲文明都流传着他们的传说。他们建造金字塔，崇拜太阳，显然不是维京人。美洲的整个热带地区，到处都能见到他们当年留下的金字塔和巨石雕像，如今都已是一片废墟。西班牙人不管走到哪里，都会有人告诉他们，早就有白皮肤大胡子的男人从大西洋彼岸来到此地。他们在此定居下来，和土著印第安人朝夕相处，是他们教会了印第安人晒土坯砖盖房，城镇规划，建造金字塔，在纸张、石头上书写文字。印第安人将他们视为老师，将这些往事一一记录在每个传说中。也就是说，这些白皮肤大胡子的外来客，已经得到当地土著居民的信任，被他们当成自己人，并携手为美洲文明的发展奠定了最初的基础。印第安人是不长胡子的，而西班牙人却和白皮肤的大胡子长得很像。因为这些传说的存在，西班牙人轻而易举便征服了墨西哥和秘鲁，但这些传说的确不是他们杜撰出来的。早在西班牙人来到美洲的1000年前，从墨西哥到秘鲁，艺术家们创作的陶画和石雕中，便都能看到大胡子男人的形象。在维京人扬帆大西洋之前，玛雅人表现海战传说的绘画中，就曾出现过披着金色长发的白皮肤男人，战场就在大西洋上，墨西哥某一处海岸边。几十年前，美国的几位考古学家在奇琴伊察考察时，打开了其中一座大金字塔的一间厅室，室内除了色彩明丽的彩绘厅柱，还发现了几幅精美的壁画。因担心此地湿热的气候，以及后续大量游客的到访，对壁画造成损毁，考古学家们便立即将其仔细临摹下来。画面中黄色的船只头尾上翘，船上的人白色皮肤，行过割礼，他们赤身裸体，正遭受着猛烈的袭击。和古时候的尼尼弗浮雕一样，波浪中画着一只巨蟹，以及各种海洋鱼类和贝类，看来水手们不是从海上来，就是要逃到海上去。岸上，白皮肤的水手双手被绑在背后，一群头上插着羽毛、皮肤黝黑的武士，正在剥他们长着金色卷发的头皮，其中一人还被放在了祭坛上。船即将倾覆，其余人都赤身裸体跳进海中，金色的长卷发漂在水面上，波浪间还能看到鳐鱼和其他的海水鱼类。有些白人被抓着头发拖走，根本无力反抗；另一些则收拾好所有财物，背上包袱，平静地沿海滩走远。

　　早在西班牙人抵达美洲之前，这些壁画便已在世间留存了数百年，玛雅人将其画在如此重要的金字塔的圣室内，肯定是希冀它能伴随金字塔永垂不朽，那么这究竟是哪一段传奇或历史呢？至今无人知晓。将壁画临摹下来的三位美国考古学家曾审慎地写下：神殿中，那些白肤黄发的男人肖像，引发了众多关于他们身份的有趣猜想。

　　其中想得最多的想必是我们。"太阳号"根本不需人费力划桨，便带着我们向墨西哥湾一路前进，我们好像躺在了传送带上，大自然就是它的动力。我们倒不至于幻想自己的航海水平能赶上古代那些真正的航海家。我们当中，只有诺曼称得上是水手，但他之前从未见过纸莎草船。阿布杜拉倒是熟悉纸莎草船，可他又从未见过大海。古埃及人曾驾驶着纸莎草船，仅凭风帆便能驶过锡兰周围危险莫测的水域，他们的航海水平是我们永远也无法企及的。我们也没有腓尼基人那样的本事，能够驾船在小亚细亚和里奥德奥罗之间往返，这段距离甚至比非洲到南美洲还要远。但要模仿那些在非洲海岸遇到风暴，失去掌舵能力的古人，还是不成问题的。

　　天空中乌云密布，雨一阵一阵浇下来，落在我们头顶和甲板上，纸莎草湿得可以沤出水来。后甲板积存的海水越来越多，水位虽然涨得很慢，但范围肉眼可见是越来越大了，已经漫到了船舱边，上风舷一侧的甲板都淹了水，幸好我们早把货物搬走了。桅杆太沉，因而右桅脚底下也汪着水。这也足见上风舷一侧倾斜得有多厉害，纸莎草全都泡在了水里。而下风舷一侧却是另一番景象，我们得趴在船舷边才够得到下方的浪尖。

　　我们现在离南美洲大陆想必很近了，已经有海鸟飞过来拜访。美丽的热带鸟拖着长长的尾羽，从桅顶飞过。一条鲨鱼从后面追上来，狠狠地攻击着我们拖在船尾的救生圈。卡洛见了大叫起来，我们听说有东西在攻击救生圈都连忙赶过来，那些没见过鲨鱼的人简直惊呆了。不一会儿，这条两码长的黑色大魔头，背鳍划破水面，威风凛凛地游上来，随着海浪一起一伏。等它游到"太阳号"旁边，便又发了狂，它打个滚，肚皮向上，尾巴一甩，张开血盆大口往船底咬去。它是看中了那些美味的鹅颈藤壶吗？不管它想咬的是什么，对捆绑纸莎草的绳子而言，都是实实在在的威胁。仗着乘"康提基号"漂流时抓鲨鱼的经验，我将身体探到船舷的栏杆外，伸手去抓它粗糙的尾巴，我知道那触感就像砂纸一样，摩擦力非常大。这时我看到它背上有一道伤口，两条大领航鱼紧贴在上面。有两次我差点就抓到它了，然而下风舷还是翘得太高，又没什么适合抓手的地方，弄不好我反倒会被它拖下水去。这时，大块头乔治的鱼叉刺中了鲨鱼。它扭动钢铁般的肌肉，奋力挣扎，尾巴才甩了几下，便泡沫横飞。不一会儿乔治手里就只剩下了半截鱼叉线。另外半截，和乔治最后一支鱼叉，都随它消失在了大洋深处。

我们又沉浸在宁静的白日梦里，思索着古时候的那些未解之谜。诺曼从小受到的教育就是：在他们的祖先将知识与文明从欧洲带到美洲之前，这里还是一片蛮荒之地。政客们都相信这一套，大部分常见的教科书也都是由孤立学派的学者编写的。阿兹特克人、玛雅人和印加人，都是纯粹的阿拉斯加和西伯利亚原始野人的后裔。小亚细亚和非洲的文明，曾通过克里特岛和狭长的地中海传入欧洲。但美洲文明在哥伦布到来之前，却从未受到过大西洋彼岸的影响。他们说，原始船只可以在海岸附近航行，哪怕礁石遍布也不要紧，但若驶入开阔的洋面则万万不行。现在，诺曼想听一下传播学派的不同意见。墨西哥和秘鲁的美洲印第安文明，与后来成为欧洲文明基石的地中海内缘亚非语系文明，这两者难道不是截然不同吗？

这个问题我和圣地亚哥都能回答，基本上差异并没有那么显著。对于该领域的专家，尤其是专注于细节的人而言，确实存在许多不同之处。但对于非专业人士，只要你不去深究陶片的厚度、棉布的纹饰，而愿意从更宽泛的角度考虑两者之间的共同特征，结果可能会令你大吃一惊。

公元前，在美洲中部，有一连串丛林和沙漠部落迅速崛起，短短几百年便追赶上了旧世界最先进的文明，这种速度即使放到世界范围内也堪称绝无仅有。然而气候更宜人的南北回归线一带，在欧洲人到来之前，当地人一直都和他们的祖先一样过着原始部落的生活。今天我们已无从得知，墨西哥和秘鲁的热带部落是从什么时候决定要从原始社会进入文明社会的，又是什么在敦促他们快速发展，他们又是从何处获得了这种创造纪录的能力？可以肯定的是，美洲最古老的文明在公元前就已经取得了实质性的突破；而这时，小亚细亚文明早已达到巅峰，他们的水手也已带着必要的物资，乘船航行到直布罗陀海峡之外，沿着大西洋的非洲海岸建立起了一个又一个重要的殖民地。

是什么样的契机，促使大西洋沿岸的墨西哥雨林文明和太平洋沿岸的秘鲁沙漠文明，同时开始演化呢？太阳忽然被奉为神明。尽管一地丛林密布，阴雨连绵，另一地烈日当空，炙烤着干燥的沙地，但这都不重要。墨西哥和秘鲁的土著印第安人，突然都开始建造阶梯金字塔，朝拜太阳。两地金字塔的建造都出自神的旨意，依据同样的信仰，都有一位至高无上的祭司国王，自称是太阳的后裔，是神的血脉，而不是本部落的肉体凡胎。和埃及一样，祭司国王也要和自己的姐妹通婚，以保证血统的纯净。原本绕着图腾柱跳传统部落舞蹈的习俗，被祭司国王禁止了。他还禁止人们再向其他神灵鬼怪和从前祭拜的超自然现象贡献牺牲。从此以后，研究和崇拜的对象只能是太阳。墨西哥湾和秘鲁沙漠海岸的印第安人都不再用树枝、树叶搭造棚屋。两地都开始造砖，用土坯砖盖房。而且他们造砖的工艺和地中海沿岸的文明如出一辙，数千年来，从美索不达米亚到摩洛哥，人们都是这样造土坯砖的。将一种特殊的土掺上草，和成泥，填进长方形的木质模具里，压制成型，再倒扣出来，在太阳下晒干。每一块土坯砖的大小形状都完全相同。从墨西哥到秘鲁，这些崇拜太阳的印第安人已经住进了考究的砖房；而相邻区域的印第安人，却还和祖先一样，住在草棚、茅屋、木板房中。他们的砖房和旧世界的结构一模一样，一般都有几层，屋顶有排水沟，相邻屋舍一字排开，留出位置修建街道、阴沟和水渠，整个城市社区井井有条。

不管是自己的发明还是由他人传授的，土坯砖的出现，令秘鲁和墨西哥的某些部落得以建造起太阳神神庙。现在丛林和沙漠中依然能见到这些神庙的遗迹，如同一座座矗立的山峰。他们也开凿山岩，将坚硬的岩石削凿成巨大的石块，再用一种特殊的石工技法连接起来。这种砌石工艺，只在地中海东部地带、埃及，以及摩洛哥太阳城等有限几个地区才能见到。老天对奥尔梅克人其实并不吝啬，墨西哥湾有着丰富的木材资源，但他们并不满足于木材和土坯砖，突然开始长途跋涉，穿过丛林和沼泽，寻找适宜的坚硬岩石进行开采。早在公元前1000年左右，他们就穿越丛林和沼泽，辗转60英里，将那些重达25吨的巨石运到墨西哥湾附近的神庙基址。而这里早已矗立着一座103英尺高的阶梯金字塔，塔身由他们之前自制的土坯砖建造，其结构朝向则是依照与太阳运行轨迹进行设计的。3000年前的欧洲，可曾有谁想到并着手建造这种十层楼高的建筑吗？其实这种用土坯砖建造金字塔的习俗在埃及的土地上都消亡已久，不知怎么奥尔梅克人却在此时萌生了这样的想法。不过，在有"腓尼基后花园"之称的小亚细亚有一种庙塔，人们依然在这种阶梯金字塔顶的神庙里祈拜太阳。而且，它并不同于埃及的吉萨金字塔，而是和美洲的奥尔梅克及前印加的神庙金字塔有着基本相同的结构特征。

早在公元前，墨西哥湾的丛林印第安人就已经掌握了某套完美历法体系的精髓。总结这些天体的运行规律，旧世界的人们用了数千年，他们却能在极短的时间内一一勘透。古埃及人、巴比伦人和亚述人，生活在开阔的平原或是沙漠，抬头便能望见整片星空。腓尼基人将这些古文明的智慧成果全部继承下来，才有能力进行远海航行。那么墨西哥海岸的丛林印第安人是如何赶上他们的水平，并在速度上更胜一筹的呢？毕竟他们生活的雨林枝繁叶茂，斧头砍伐出多大的空地，他们才能拥有多大的天空。然而，这些早期的印第安人掌握的历法可比"发现"他们的西班牙人要精确得多。就连我们现行的公元历法也不如哥伦布抵达美洲之前墨西哥湾的玛雅人使用的历法准确。他们将一回归年[①]精确到了365.2420天，也就是说每5000年少一天；我们现行的历法，一回归年为

---

① 译注：指太阳连续两次通过春分点的时间间隔。

365.2425天，即每5000年多出了一天半。这些知识的获取，除了计算上存在难度，也不可能一蹴而就。结果玛雅人计算出来的一年的时长要比我们现行历法精确8.64秒。他们早年的邻居，也就是帕伦克那些将太阳国王埋葬在雨林金字塔下的人，曾留下铭文，81个月共有2392天，即每月29.53086天，与每个月的真实时长只相差24秒。

而玛雅人的天文学知识，都是从生活在大西洋沿岸的那些更古老的奥尔梅克人那里学来的。早在公元前，奥尔梅克人就在他们优美的石碑上刻下了精确的年代。当时的欧洲甚至还没有开始历史纪年。公元历的起点即耶稣诞生那年的1月1日。伊斯兰历的元年是穆罕默德从麦加逃到麦地那的年份，即公元历的622年。佛历元年即释迦牟尼诞生的年份，约为公元前563年。[①]按照我们现行历法算，古玛雅历始于公元前3113年8月12日。他们的历法为什么偏偏要从这一天开始，谁也不知道。有些人认为他们觉得历法反正总要有个开始，于是随便选了一天；也有人认为他们倒推出那天出现了什么特殊的天象，即使那时的美洲大陆还是一片蛮荒，尚未进入文明时代。而埃及第一王朝恰恰始于公元前3200至3100年，与玛雅历法的起点惊人吻合。但据我们所知，同时期大西洋彼岸的美洲还没有出现任何文明。如果丛林印第安人是15000多年前来到墨西哥，直到公元前几世纪才突然创造了令人赞叹的奥尔梅克文明，那他们为什么要将自己历法的起点，定在了代表世界其他最早已知文明起始的时间呢？确切地说，就是美索不达米亚、埃及和克里特文明蓬勃发展的时期。

如果这个时间对玛雅人没有特殊意义，他们为什么要把如此精确的历法起点定在自己的祖先还是野人的时候？况且，那个时候，连奥尔梅克人都还没有开始进行天文观察，也许他们的天文学知识本也承自某个已经成熟的文明。这是否可以解释玛雅纪元与旧世界文明伊始之间的惊人巧合？人类在地球上游荡

---

① 译注：释迦牟尼诞生年份尚无定论。佛历以他涅槃的年份为元年，即公元前543年，每过一个佛诞日即增加一年。

了数千年，来到墨西哥之后，突然选了一个日子作为纪元起点，并且与埃及法老王朝的纪元起点一致。也许这不仅仅是巧合。不管这个特定的日期代表着什么，玛雅人正是在公元前3113年8月12日这一天开始了他们的精确纪年。

奥尔梅克人在美洲建立了文明，继而消失。墨西哥低地的玛雅人和高地的阿兹特克人，都有写成文字和口头传诵的记载：有一天，一群白皮肤的大胡子男人来到墨西哥湾，并将文明带到这里。他们自称太阳的后裔，当中有哲学家、天文学家、建筑师、祭司和音乐家。玛雅人称他们为"库库尔坎"，阿兹特克人称他们为"奎兹特克"，意思都是"羽蛇"。我们也不知道是谁想出了这么别致的名字。不过，在埃及法老的墓室中，还有纸莎草手卷中，经常出现这种巨大的长着膜翅或羽翅的蟒蛇，通常体形巨大。这种鸟类和蛇的结合体在大西洋两岸都是一种神圣的象征。在美索不达米亚、埃及、墨西哥和秘鲁，猛禽、蛇和猫科动物这三种特殊的形象符号都被视为太阳或是太阳国王的象征。在这些地方，太阳国王的头饰和其他徽记，都能看到这三类动物的头像或全身像。在美索不达米亚和埃及，还有一个形象与以上三者同样重要，那就是鸟头人。艺术作品中，鸟头人总是跟在太阳国王或是太阳神身边。墨西哥也有鸟头人，秘鲁更多。和埃及一样，他们的形象都是鸟头人身，通常都画在岸上，负责替太阳国王拉纤，令形如新月的纸莎草船溯水前行。鸟头人的形象还从秘鲁传到了复活节岛，通常画着鸟头人的地方也画着纸莎草船。然而，将文明带到美洲大陆的，并不是这些虚幻的形象。在玛雅人、阿兹特克人和印加人的文明中，这一殊荣都属于真正的人类。不同于大部分印第安人，这些人都皮肤白皙，长着大胡子。他们没有翅膀，因为并不是飞到美洲来的。而是系着斗篷，扶着拐杖，穿着凉鞋，步行穿过了丛林。他们教会了当地人书写、营造、纺织，并将太阳视作至高无上的神。他们还设立了正规的学校，主要讲授本族的神圣历史。从他们最初在墨西哥湾登陆开始，再到阿兹特克高地，又到玛雅丛林半岛，再向南穿过热带森林，到达中美洲地区，所到之处皆留下了他们的故事。人们追随着他们的脚步，将这段美洲最初的历史记录下来，永为流传。从厄瓜多尔到秘鲁和玻利维亚，整个印加帝国广袤的疆域内，各地的印第安人讲述的故事都基本相同：是大胡子的白人乘坐纸莎草船，给他们带来了文明。为首的就是太阳国王，康·蒂奇·维拉科嘉。他们先是在的的喀喀湖中的一座岛上安顿下来，这座岛就是现在的太阳岛，后来又乘坐纸莎草船，搬到了湖南岸，并开始建造太阳金字塔、巨石墙和巨石人像。至今在蒂亚华瓦纳科古城的遗址上，仍能看到当年那些巨石人像。然而，他们和当地尚武的部落之间总是冲突不断，最终这些文明的使者被逼得不得不往北方迁移，经秘鲁的库斯科抵达赤道线上的厄瓜多尔港口曼塔，之后又从这儿转道向西，消失在太平洋上。如同"水上的泡沫"，因而他们的绰号"维拉科嘉"就是海上泡沫的意思。后来，当地人也用这个词来称呼西班牙人，还有其他白人。

倒不是说一定要把这些都当成真相，尽管各地的传说细节都很详尽，而且能够彼此印证，但如果你愿意相信的话，这几个平行发展的文明之间的相似性便会更为显著了。头发乌黑，不长胡子的印第安人的雕刻、绘画作品和文字记载中却出现了金发白肤的大胡子，而且与我们在古埃及墓室以及摩洛哥和加纳利群岛的描绘历史事件的插图中所看到的一样。我们相信墨西哥人精通石工技艺和天文学，因为有那些遗迹作为实证，无法抹杀；但却拒绝相信他们的历史传说，因为它记载的是与我们完全不同的宗教，而且我们只相信文字材料，或者说是欧洲人写的文字资料。我们忘了，墨西哥古代文明有自己的文字，纸上、木头上、黏土上、石头上都能见到他们留下的文字。我们还忘记了，他们还在象形文字旁附上了逼真的图像来加以说明。那些竖立的石碑，在上面刻下公元前日期的奥尔梅克人，也给后人留下了代表两种截然不同种族的石像，可谓穷尽人力之所不能。

虽然两种雕像的细节都非常写实，但和现在的印第安人都完全不像。其中一种显然雕刻的是黑人、圆脸、厚唇，鼻子又扁又宽又短。这一类雕像有个更通俗的称呼，即"娃娃脸"。另一种雕像则轮廓鲜明，鼻梁高挺，鼻尖鹰钩，嘴巴小，嘴唇薄，通常留着小胡子、山羊胡，或是络腮胡。考古学家将这一类雕像戏称为"山姆大叔"。"山姆大叔"一般都戴着威严的头饰，披着斗篷，系着腰带，脚穿凉鞋。其外形与闪米特人极其相似，而且，他们还总像个行者一样，挂着手杖，从奥尔梅克地区向南，凡是传说中白人所到之处，随处都能见到这一大类非常重要的雕像。现代的宗教派别，例如，"失踪的以色列部落"或是神圣"摩门经"，常常借此来证明自己信仰的真实性。秘鲁的的喀喀湖北岸，矗立着一座精美的雕像，表现的原本是将文明带到美洲的康·蒂奇·维拉科嘉。然而西班牙人到来后，却误以为那是圣·巴塞洛缪，于是建了一所修道院来纪念他，后来发现自己竟然弄错了，就把那座文明使者的古老雕像，包括他10英寸长的石雕胡须，全砸了个粉碎。

在奥尔梅克人的作品中"山姆大叔"是爱好和平的旅人；而面部特征与黑人类似的雕像则显得原始且好战，通常都跳着奇怪的舞蹈，弓背弯腰，甚至只用巨石刻一颗圆滚滚的脑袋，直接搁在地上，其重量可达25吨左右。那么，"山姆大叔"和"娃娃脸"究竟是谁？谁才是奥尔梅克人？其实两者都不是。正是因为我不知道他们真正的来历，才杜撰了"奥尔梅克"这个名字。

奥尔梅克人会写字。阿兹特克人和玛雅人都是从他们那里学会了书写，不过他们使用的是两类完全不同的象形文字，因此，虽然都生活在墨西哥，但两个古国的人民却读不懂对方的文字。学会写字并不难，但要创造文字可就不容易了。为了使信息保留下来，要将表意和拟声的语汇转化成无声的符号。跨出这一步之后，就容易多了，人们创造出各种新鲜的符号、字母、卢恩字母^①、楔形文字或象形文字。在地中海地区，一种文明从另一种文明那里学会了创造文字。奥尔梅克人是在墨西哥湾丛林海岸上自己琢磨出了如何创造文字这门艺术的吗？孤立学派认为是的，他们的论据是，奥尔梅克的字符与埃及或是苏美尔的文字都不相同。可是，文化交流频繁、密切的埃及人和腓尼基人尚且使用

---

① 译注：一类已灭绝的字母，用以书写某些北欧日耳曼语族的语言，随着犹太教传入北欧，逐渐被罗马字母取代。

着截然不同的文字，我们凭什么认为能在墨西哥找到任何和旧世界文明一模一样的文字呢？还有苏美尔，它的楔形文字完全不同于埃及人的象形文字，但我们知道，这两种文明几千年里一直都存在着密切的联系。

纸的发明并不是文字产生的必然结果。不过，墨西哥的原住居民也创造出了可以用于书写的真正意义上的纸张。与我们不同，他们造纸用的并不是木浆，而是采用了与古埃及人和腓尼基人制造纸莎草纸同样的工艺。他们将芦苇、木槿树皮和其他植物纤维拍打、浸泡，滤去杂质，再将湿透的纤维纵横交错地叠放几层，用特殊的棍棒捶打成薄薄的纸张。这种造纸术非常复杂。位于开罗的现代纸莎草学会经过了几年的试验，直到最近，哈桑贾·拉加卜才成功地复制了这门古代制造纸莎草纸的技术。然而，墨西哥印第安人早在西班牙人到来之前，就已经完全掌握了这种工艺。而且和腓尼基人一样，他们也热衷于生产书籍。西班牙人将他们的书籍称为抄本，而且与欧洲人不同，他们的书籍并未进行裁切分页，而是整张纸折起来，展开后也和纸莎草古卷一样又宽又长。上面除了象形文字，还有大量彩色线条勾勒的图形，这一点与埃及的纸莎草手卷相同。记载的内容也包括那些大胡子的传说，图文并茂。

欧洲人到达美洲之前，南方、北方的印第安人还过着石器时代的生活，而墨西哥到秘鲁一带的丛林印第安人和沙漠印第安人，已经像地中海的航海家们一样，开始寻找金属矿藏了。他们探寻矿址的眼力高明，开采的金属包括金、银、铜、锡。不仅如此，他们还锻造出铜锡合金，生产青铜工具，而大西洋彼岸的古代文明民族也正是这样做的。从墨西哥经巴拿马地峡，一直到秘鲁，珠宝工匠都会用金银丝制作胸针、别针、戒指和铃铛，上面通常都镶嵌着宝石，其精湛的工艺，在旧世界也只有顶级的珠宝匠人才能与之匹敌。然而，他们的精湛手艺却反而招致了灾祸。墨西哥、中美和秘鲁的大量贵重金属，对于追随哥伦布而来的贪婪征服者来说，远比美洲其他各地印第安部落粗糙的石器和骨器更具诱惑力。直到现代，才有爱好和平的民族学家将这些乏人问津的石器和骨器收集起来。

还是这些墨西哥和秘鲁一带的印第安人突然开始雕刻巨石，制造土坯砖，开采金属，造纸，揭示出天时历法的各种奥秘，记载下祖先的传说。同样是他们，将两种无用的棉花杂交，成功地培育出可以用来纺织的长纤维良种。之后，这些印第安人开始大规模地种植棉花，像旧世界那样，采摘棉桃，梳棉，纺成长长的棉线，再染上各种不易褪的颜色。和古代地中海地区一样，他们也有两种织机，水平织机和立式织机。织机架好后，他们便织成挂毯，其材质之细密，工艺之精美，都堪称世界顶尖水平。

在人类发明出制陶工艺以前，北非的早期文明就开始种植葫芦，用以制作盛水的容器。制作时，首先将葫芦掏空，再于火上烘干即可。因而葫芦是当地非常重要且普遍的一种作物，时至今日，从埃塞俄比亚到乍得的纸莎草船匠还在使用这种储水容器。墨西哥和秘鲁的早期文明，不知从哪里弄到了这种有用的非洲植物，而且也把它当作盛水的容器。在西班牙人到来之时，葫芦已成为他们培植的重要作物之一。任何在大洋上漂流过的人都很清楚，像葫芦这样的可食用的小型物体，会立即被鲨鱼和船蛆等讨厌的生物吃掉。葫芦从非洲漂过大西洋需要4个月的时间，这期间，它可能会被食腐的鲨鱼吞下上千次，或者被无处不在的船蛆咬穿，很快变成一团死物。对于乘筏子远航的人而言，这种说法与我们之前听过的那些论断未免有些矛盾。同样是非洲文化的元素，陆生植物葫芦可以横跨大西洋漂到美洲，但船却不行！即使奇迹发生了，葫芦没被吃掉，完整地漂到美洲海岸，那也根本等不到印第安人发现并研究出它的用途，而是早就腐烂了。

因此，它很可能是随船来到了美洲。对于能在美洲培育出棉花的人而言，非洲葫芦制作的容器固然不错，但他们并不满足于此，还学会了古代地中海的制陶工艺。他们找出适宜制陶的土壤，掺上适量的沙子，用模子塑造成型，上色，然后烧制成容器，全套技术堪称专业。他们烧制的陶器包括：罐耳式样各不相同的大小陶罐、盘子、有脚的和无脚的花瓶、带嘴儿的壶、纺轮、笛子，还有外观和细节都与美索不达米亚和埃及陶作极其相似的小陶俑。有一种动物形状，壁很薄，背部留孔的陶罐，制作时，要先分成两部分倒模，再进行合范。然而大西洋两岸居然都能见到这种独特的陶器。同样的，还有陶制的平面印章或圆柱体印章，分别通过按压或滚动，将花纹印在物体上。近期，最惊人的发现或许是一种带轮的小陶狗，它和现代的玩具差不多，轮子是可以滚动的。而且除了公元前1000年前的奥尔梅克古墓，在美索不达米亚的古墓中也发现了同样的陶狗。这一点尤其值得注意，因为孤立学派的主要论点之一，就是在哥伦布抵达美洲之前，这里根本没有旧世界使用的轮子。然而，目前看来，事实并非如此，哪怕有些地区确实没有出现过，至少墨西哥最古老文明的缔造者知道轮子是什么。若不是这些小狗是陶制的，我们可能至今都不知道，哥伦布到达美洲之前，印第安人就有带轮子的玩具了。其实人们早就发现，墨西哥的丛林中有铺设的石子路，其年代在哥伦布抵达美洲之前，带轮子的运输工具完全可以在上面通行。当时，奥尔梅克人还不懂冶炼铸造铁器，陶轮又并不适合运输，所以当时常规的车轮应该是木制的。而木头太容易腐烂，所以奥尔梅克时期的木轮也就没有相应的文物了。后来的美洲文明为什么没有出现轮子，则需另论。至少在当地文明之初就已有了车轮。也许是因为墨西哥茂密的丛林，泥泞的土地对行车都极不方便，何况他们也没有马或是驴，于是轮子便渐渐退出了历史舞台。

马匹显然无法用纸莎草船运到美洲来，但狗却不成问题。在地中海区域，狗是人类最早的伙伴，大部分旅程，它们都陪在人类身边。奥尔梅克人也有狗，只看他们那种带轮子的玩具就能知道了。通过玛雅人、阿兹特克人和印加人的艺术作品，以及西班牙人的早期记录可知，养狗这个习俗被延续了下来。前印加时期的秘鲁，狗也被制成了木乃伊，随主人葬在沙漠的墓穴中。他们至少养过两种狗，但都不是美洲原生的犬种，也与其他印第安人从西伯利亚带来的因纽特犬大不相同，反而与古埃及的狗极为相似。古埃及和古代秘鲁一样，也有把狗和鸟制成木乃伊的习俗，而且工艺都相同，都是当地的一种文化。

雨林的气候其实并不适宜保存人或动物的木乃伊。不过，古代美洲的太阳崇拜者为了使其重要人物获得永生，会对他们的尸体进行防腐处理。秘鲁的沙漠中，就有数百具精心处理过的木乃伊躺在各自的墓室中。墓中的殉葬品表明了墓主的高贵身份。有些秘鲁木乃伊和现在印第安人一样，长着粗硬的黑色直发；另一些发色则金中带红，甚至完全就是金发，发质柔软，卷曲，而且他们身材高大，与今天生活在秘鲁的印第安人截然不同。这些印第安人是目前世界上较矮的种族之一。这些前印加时期的木乃伊，在制作时，首先要把内脏取走，再塞上棉花，用特殊的药剂涂抹揉擦，然后缝合，缠上裹尸布，最后戴上面具，这些细节都和埃及制作木乃伊的传统方式一模一样。在帕仑克的金字塔内，重达5吨的棺盖下，一位身材高大的太阳祭司国王平躺在石棺内，他身上戴满了各种各样的随葬品，脸上也戴着面具。他修长的身体曾经裹在一块红布里，如今他的骨骼上还粘连着一些布的残片。然而，墨西哥热带雨林中的气候，令任何防腐技术都无法保住他的肉身。

在墨西哥，用红布包裹祭司国王的木乃伊，并将他的石棺内侧涂满红色，都是很自然的事。因为在墨西哥和秘鲁，红色是神圣的颜色，人们通常也都喜欢红色。腓尼基人也是这样。秘鲁人曾专门乘上巨大的轻木木筏和纸莎草船，沿海岸北上，采集并带回某种特殊的红色贝类。腓尼基人也曾派出探险队寻找某种紫色的软体动物，以便提取红色染料，为了满足他们对这种染料的需求，腓尼基人还沿着大西洋的非洲海岸建立了不少殖民地。

墨西哥和秘鲁的印第安人有许多习俗，是其他地区的印第安人所没有的。其中有些奇特的习俗颇为值得关注。他们对男婴要进行割礼，这是地中海东部地区的犹太人和其他民族的宗教习俗。他们规定，地位较高的太阳祭司，如果不长胡子，就必须戴上假胡子，在埃及，大祭司也有这种习惯。有那么多星星可供选择，他们偏偏选择昴宿星群首次出现在夜空中的日子作为农历年的开始，这也与地中海东部某些民族的习俗相符。墨西哥的外科医生，特别是秘鲁的外科医生，还会做颅骨钻孔手术，其中一部分只是巫医法术，另一部分则是为了治疗骨折。在西班牙人来到美洲的时候，这种难度极高的颅骨钻孔技术在世界范围内也不多见。仅限于沿地中海从美索不达米亚到摩洛哥这一狭长地带，奇妙的是，加纳利群岛的关切人也能进行这种手术。

尽管地中海到墨西哥湾距离遥远，但是两地日常生活的细节却相差无几。其家庭生活和社会结构都大致遵循着相同的模式，以祭司国王为最高统治者，最底层为奴隶和阉人，等级森严，不容僭越；家庭事务也只有一些细微差别。墨西哥和秘鲁的农民已经开始耕种梯田，开渠灌溉，以动物粪便作为肥料，地中海地区的农夫也是这样。孤立学派自己也发现两地的锄头、篮子、镰刀、斧头外形上存在许多极其相似的特点，不过他们都将之归因为巧合。两地渔民的渔网，包括上面的坠子和浮子都一样，设置的陷阱，鱼钩、鱼饵、鱼线也是大致相同。两地的芦苇船也一样。两地都有皮鼓、各式各样的号角、带吹嘴的喇叭、各种笛子，包括排箫、竖笛和不同种类的铃铛。孤立学派自己也指出两地军队的结构建制某些方向有些相似。野战时有专用的军用帐篷；用士兵盾牌上所画的标记来区分番号；还有投石器。事实上，穿过白令海峡而来的印第安人根本不知道也不会用投石器，但它却曾是地中海东部地区士兵的基本配备，后来在前印加文明覆盖的地区又成为重要武器之一。传播学派和孤立学派都强调，两地的服饰在设计和制作上也存在惊人的相似之处：像是男人都穿兜裆布，披斗篷；女人的衣服腰间腰带，肩膀处要别别针；用兽皮和麻绳制作凉鞋。还有饰品、金属镜、镊子、梳子、刺青的工具、扇子、阳伞，地位显贵的人才能乘坐的轿椅，还有木枕，以及同类的秤梁和秤盘。棋盘和骰子，高跷和陀螺。相似的图案和设计更是不胜枚举。总而言之，在欧洲仍处于蛮荒时期时，小亚细亚和埃及所创造的东西，与几千年后西班牙人来到美洲后的发现，看不出什么本质区别。这一次，他们举着十字架，将一种新的宗教，从小亚细亚带给了大洋彼岸那些崇拜太阳的印第安人。

我们时而各自思索，时而彼此讨论，而大西洋的洋流则一直推着我们的纸莎草船朝美洲的热带地区不断前进。也许，我们乘坐的纸莎草船才是那60个平行文化相似点中最显著的一条。船尾还在逐渐下沉。这正是我们的阿喀琉斯之踵。起初，来自中非的造船匠根本就不愿意帮我们造这种上翘的船尾。他们用的船和古埃及以及美索不达米亚人造的船根本不一样，他们没学过，也没造过这种两头上翘的船。然而，秘鲁印第安人却并不以这种外形的船为怪。早在前印加时期，秘鲁的陶工就制作过新月形芦苇船的模型，造船工艺也被一成不变地代代相传下来。全世界，只有南美的的喀喀湖上，还能见到带帆的芦苇船，而且，南美这一带帆船用的桅杆也和古埃及船只一样，都是那种罕见的两脚桅，令人啧啧称奇。如今，也只有的的喀喀湖边的印第安人还能造如此结实的纸莎草船，船头和船尾尖尖翘起，一条绳子绕着船身从头缠到尾，整只船密不可分，各类索具都和古埃及墓室壁画中描绘的一模一样。而我们的乍得朋友造船时，则是把纸莎草先扎出许多小捆，再从中间往外逐层加宽，捆与捆两两相连，用掉无数段绳子，如同锁链般环环相扣。尽管我们最终说服他们加上了这个上翘的船尾，但实际上，也只是外形和古埃及船只相似罢了。除了几条商道，地中海沿岸这些伟大的古文明和中非的乍得并没有什么深入的联系，而他们却曾组织一批批殖民者迁移到地中海沿岸直至摩洛哥。直到此刻，我才猛然惊觉，我是不是也受到地图的误导了呢。我之所以把造船的重任交给乍得船匠，是因为旧世界没有比他们更好的选择。但如果大西洋两岸的文明同源呢？那么的的喀喀湖湖畔的印第安人造船的手艺，可能比非洲中部偏远的布达玛部落造船匠更正宗，他们的船可能与地中海沿岸的古筏相似度更高，毕竟他们生活的地方可是前印加文明最重要、最古老的中心。我记得，孤立学派声称，地中海内缘到秘鲁的距离是无法逾越的。难道我也被这种武断的教条迷惑住了？难道我们都忘记了西班牙人弗朗西斯科·皮萨罗？他没有飞机，也没有公路或是铁路，他带领的水手也都是普通人，没有什么神通，但他们却穿过大洋和丛林，从地中海来到了秘鲁，和埃尔南·科尔特斯到达墨西哥高地的速度差不多。经过一代人的努力，整个墨西哥到秘鲁的区域就都成了西班牙的殖民地；为什么早期的航海家就不可能经巴拿马地峡来到秘鲁呢？孤立学派有一个强有力的理论，那就是：历史总是不断重演的。西班牙人当时首先发现的是墨西哥湾前方的一些岛屿，而他们并没有急于将那里作为他们的主要定居点，而是进一步向内陆的秘鲁和墨西哥推进。我们七个人，分别来自七个不同的国家，登上同一只纸莎草船，希望可以证明，不论来自何方，人类本质上并无不同。然而，我们发现，相较空间上的差异，更难突破的是时间上的障碍，人们很难相信，古人和今人本质上也并无不同。古埃及人也会写情歌；亚述人也会改进战车；腓尼基人不但是我们著书人的先行者，还曾扬帆西非，积累财富。

七月的第一星期过去了，我心底感到深深的不安。但愿摄影师的船能尽快出发，这几天一直在下雨，我担心他再不来，这一片片阵雨要连成风暴了。我们目前航行的区域已进入飓风季。但大家心态都还好，非常从容。

7月8日这天，风力加强了，海面上一浪高过一浪，也许在我们看不到的地方已经形成了暴风雨。巨浪一个接一个扑上我们可怜的船尾，甚至冲到了紧贴着船舱后壁的船桥上，因为桥柱较高，所以这还是出航以来的头一次。这一夜太难挨了。周围一片漆黑，狂风怒吼着，海浪时而咆哮，时而低鸣，时而汩汩流动，时而水花飞溅，四面八方都如雷鸣一般。船舱里，我们睡觉用的木箱，在身下起起伏伏，磕磕碰碰。睡在右后角的人不得不把箱子全清空，因为木箱已经一大半都淹在水里了。清出来的东西则放到情况不那么严重的箱子里，那些箱子虽然也进了水，但只有几英寸深，而且至少还流得出去。尽管船舱已经蒙上了厚帆布，每隔几秒，就会有一波海浪拍在船舱后壁，不过我们已经拿帆布把它罩住了。但船舱依然免不了随之震动，海水还是会从四面八方涌进来，只要不是一大股直接浇在头上，就算是幸运。我们渐渐也习惯了头顶这种无休无止有节奏的撞击声，只有圣地亚哥还离不开安眠药。但如果听到的是另一种声音，我们就会立即钻出睡袋，这种一下一下，更干脆也更可怕的声音，是风撕扯着帆不断砸在桅杆上，我们又得和这面巨帆搏斗了。然而，灯光昏暗，我们根本什么都看不清。我们常常踢到脚趾，圣地亚哥安排的陶罐，或卡洛拉起的各类索具交织如网，也不时绊到我们。第二天清早6点左右，我站在船桥上，因为一支舵桨已经绑在船上固定不动，我便一直握着另一支舵桨，尽力让右侧船尾始终保持在迎风的方向。风一直很猛，这时，海浪突然涨起来，将我和周围的一切都吞没了。一股亮晶晶的海水慢慢淹到了我的腰部，又悄无声息地淹到与我胸口齐平的舱顶。几秒之后，"太阳号"猛烈地晃动起来，船被风吹得翘起来，我死死抓住舵柄，否则肯定会滑下去，掉进海里。每一刻，我都在担心沉重的双脚桅会把船身撕裂，然后一头栽进海里。然而，"太阳号"虽然在不停颤抖，却只是侧过身子，把船上的水都倒干净，便恢复了平衡，当然是不可能像最开始那样完全平衡了。右桅脚深深陷入纸莎草捆里，船舱也往右倾斜。以后，我们再上船桥掌舵时就只有右腿能伸直了，左腿得弯着才能站住。

船尾斜着伸进海里，仿佛海滩一般。现在我们在船上洗澡也不敢不系安全绳了，就怕万一被冲下海去。海浪不断向前奔腾，船舱两侧都会涌起很高的浪头，下风舷一侧，我们在舱门后方用空篮子和绳子编成一道屏障，再用之前一直闲置的备用帆罩住。到处都是死去的飞鱼。尽管船尾犹如一个高效的制动系统，而操舵系统又不够给力，航线一直曲曲折折，但这一天我们还是被强劲的风推着向美洲又靠近了63海里。这个距离只比图书馆馆长厄拉多塞记载的古纸莎草船每日的平均航程少了一二十海里。白尾的热带海鸟又一次来拜访我们，它们的家乡巴西或圭亚那目前就位于我们的正南和西南方向。大家的精神状态都十分饱满。诺曼通过无线电同奥斯陆的克里斯取得了联系，他告诉我们，正在帮伊冯联系纽约的摄影师。一旦摄影师准备好，就会从西印度群岛乘船出发。

7月9日，我们发现海浪顺着舱顶，流进一个装着200磅咸肉的木桶里，肉很快就臭了。早上进行巡视时，乔治急匆匆地跑来，告诉我们一件比这糟得多的事。因为船舱被海浪冲得荡来荡去，固定上风舷一侧纸莎草捆的绳索，禁不住舱底不断摩擦，已经全断了。乔治脸色惨白，几乎说不出话来。我和阿布杜拉立即跳到船的另一侧。眼前的这一幕令我们永生难忘。船身竖着裂开一道大缝，只有船头和船尾还连着，"太阳号"才不至于一分两半。右边那一半纸莎草捆，支撑着右桅脚，缓缓地一开一合。每次海浪把这一大捆纸莎草顶开，我们都能一眼望到这清澈湛蓝的海水深处。若不是纸莎草裂开了这么一个小世界，我还从来不曾见过如此清澈、深邃的大西洋。要不是阿布杜拉够黑，他脸色早就变白了。他坦然而平静，嗓音没有一丝颤抖，平铺直叙地说：我们完了。绳子磨断了。接下来，绳圈会一个一个松开。一两个小时，纸莎草就会完全散开。

阿布杜拉？阿布杜拉的意思是放弃了吗？有好一会儿，我和乔治只能呆呆地站在原地，看看脚下开开合合的裂缝，裂缝下的海水，再看看绑得紧紧的桅顶。其实，现在船头船尾还能连在一起，主要是因为两只桅脚各自控制着自己脚下这半边船身，要不然那些绳索早被海浪扯断了。这时，诺曼突然来到我们身边，眼睛瞪得仿佛要捕食的老虎：

"咱们不能放弃，兄弟们。"他咬紧牙关说道。

下一刻，我们全都行动起来。卡洛和圣地亚哥拖出一圈圈绳索，找出最粗的，量出需要的长度，砍成一截一截的。乔治跳下水，拽着绳索从船底下游到"太阳号"另一侧去。我和诺曼爬前爬后，检查那些被磨断的绳子，估算船还能撑多久。已经有一根一根、一束一束的纸莎草脱落下来，漂在船后。阿布杜拉握着一柄大锤，将一根巨大的针敲进船身。与其说是针，不如说是尾端有针眼的细铁钉，能穿过一根四分之一英寸粗的绳子。我们就要用这根针把这条"纸船"缝起来。一连几小时，都是尤里独自掌舵，他累得精疲力竭。乔治带着我们最粗的绳索，从船底来回游了四次，我们用这四股绳子将船身像箍桶一样捆住，希望纸莎草捆不要再一开一合，免得捆住双脚桅桅顶的绳索突然被绷断。接着他又钻到船底，等阿布杜拉捶到"针"露了头，就把针眼里的绳子拽出来，之后，阿布杜拉会换个地方下"针"，等针再次露头后，他就把绳子穿过针眼。我们就是这样把这条致命的裂缝补上了。然而，这时脱落的纸莎草已经相当多了，船身也向右倾得更厉害了。双脚桅也歪了。不过，"太阳号"的速度依然很快，乔治得系上安全绳才不会被甩掉。最后，我们把他拽上船来，才算大功告成，幸好那根大针一直没钉到他的脑袋顶。

　　卡洛过来道歉，海水总是冲上灶台把火浇灭，我们只能将就着吃点儿了。黄昏时分，我们发现一个本应在船上的大柳条箱漂在船后，随波起伏，我们甚至不知道里面装的是什么。我们趁着天还没黑，检查了一下纸莎草捆缝合的部分，也就是说船舱右侧从头到尾都检查了一遍。然而，缝合用的绳索太细了，纸莎草捆扭得令人心慌。而且船舱右侧整个都泡在水下，纸莎草彻底吸饱了水，我们检查时都得蹚着及腰深的水。夜幕降临了，我最后看到的是舱门内一侧阿布杜拉的两个白眼球，他跪在草垫上，一边叩拜一边祷告。诺曼收到一份电报，伊冯租的船可能四五天后就能和我们碰头了。

　　7月10日日出时分，我们醒是醒了，就是有点睁不开眼。我们睡觉用的箱子整个晚上都没消停过，晃荡得特别厉害，而且还是和"太阳号"各晃各的。诺曼那两个箱子尤其叛逆，他实在躺不住，就横躺在我们脚底睡了一夜。我们首先想到的就是把昨天那四股绕过整个船身的绳子再捆紧一些。此外，我们还在桅脚下也加了一股绳，以免两根桅脚劈了叉。我们又拿出那根长针，接下来的一整天，就是将它一次次从甲板穿到船底，再一次次拔上来，继续缝补纸莎草船。

　　那天，诺曼听说两名美国摄影师要去马提尼克岛，一艘名为谢南多厄的小型摩托艇会去那里接他们。但是意大利的电视台竟然报道，纸莎草船已经用不得了，我们早就坐上橡皮救生筏了。我们不由得想起将它拆解掉的那天，觉得既讽刺又滑稽，但并不惋惜。即使它还完好无损，也不会有人想坐到橡皮筏上去。船身剩下的纸莎草完全足够我们继续漂流下去。几道恶浪扑下来，只听卡洛大喊一声，原来他最好用的炖锅被海浪卷走了。这时，乔治突然出现，他刚从及膝深的水里捞出一个红色的东西，还在滴水。

　　"咱们还用得上这个吗？没用的话，我就扔到海里了。"

　　那是一个小型灭火器，之前我们的右舷还是禁止吸烟的呢。看着它被扔到海里，我们忍不住哈哈大笑。就连萨非也倒吊在桅缆上，注视着灭火器消失在海上，它龇着牙，喉咙里呵呵作响，意思是它也觉得很好笑。

7月11日，海面平静下来，海浪如同平缓的折痕，但依然从船尾涌上右侧的甲板。我值夜班时，几个星座和北极星出现在夜空中，这么多天以来，这还是第一次看到星星，我拿出仪器，很快便测定我们目前正位于北纬15度。

午夜时分，几道巨浪从没在水里的右舷扑上来，穿过柳条舱壁涌入船舱，诺曼睡觉用的其中一个木箱顿时四分五裂。箱子里的东西早就腾空了，所以被水流推着在船舱里漂来漂去只有几块碎木板。"太阳号"修补过的那一侧传来了一些响动，令我们深感不安，结果谁也没听到萨非呼救的声音。其实就在此刻，萨非睡觉的那只带透气孔的小箱子被浪从舱壁上打下来了。然而它还关在箱子里，夹在诺曼那只箱子的碎木板中间漂来漂去，后来也不知它怎么把箱盖打开钻了出来。它湿淋淋的，坐在圣地亚哥脸颊旁边，尖叫着想钻进他温暖的睡袋，这才把圣地亚哥弄醒了。

7月12日，又有海鸟从陆上飞来拜访我们。我们通过无线电得知，接应我们的那艘快艇得晚几天出发，因为到达马提尼克岛之后，有两名船员退出了。那天真正令我们大吃一惊的，是一艘眼看着就要散架的破船。它从南方的海平线上冒出头来，摇摇晃晃地向我们驶来。起初，我们还以为是什么人开着自己造的船来冒险，等看清后，才发现那是一艘修补过的破旧渔船，船身上写了许多汉字。船上挂满了咸鱼，船员们站在船舷前静静地注视着我们，这艘"Noi Young You"就这样摇摇晃晃地从我们旁边开过去。直到两只船已经错开了差不多200码，我们双方还站在各自的船上同情地望着彼此，心情沉痛，并为对方拍照存证。这些中国人向我们挥挥手，冷漠中带着一丝和气，大概是觉得我们的船比他们的差远了吧。显然，他们以为"太阳号"是一艘在巴西近海捕鱼的本地带帆草筏，或原始的轻木木筏。看到我们时至今日还在用这种破草垛子当船，他们显然大为震惊。那艘渔船在我们后方远去，掀起的浪花拍打着"太阳号"的后甲板。不一会儿，海面上又只剩下我们一只小船。雨又落了下来，风也刮了起来，掀起一层层海浪，不一会儿，便分不清哪里是雨水，哪里是海浪，到处都是水花、水柱兜头浇下来。

雾蒙蒙，且惨白、阴沉的天空渐渐被夜色覆盖，天边的乌云也越来越厚，暴风雨要来了，浓云宛如黑压压的愤怒牛群，从西方的天际线滚滚而来，轰隆隆地追在我们身后。狂风呼啸，电闪雷鸣，我们深知接下来要面对什么，风已经越来越猛烈了。而帆的承受能力是有限的，但我们依然选择让它挂在桅杆上。剩下的路程已经不多了，我们当然越快越好。"太阳号"在狂风中颤抖。海浪高高跃起。这面埃及帆从未绷得这样紧过，我们又像是骑在了野兽的背上。眼前的景象有一种野性、原始的美。漆黑的海浪泛出了白色，仿佛沸腾了一般，卷起一道道泡沫，浇在船上的水，多半是海浪，而非天上的雨水。大风从海面扫过，海浪被压得抬不起头来，"太阳号"走得飞快，连扑上船尾的一股股激流也稍显后继无力。但只要扑上船的浪都很不好对付，而且一波接一波，我们丝毫懈怠不得，哪怕打个几秒的盹儿都不行。

危险无处不在，我们必须保证身上的安全绳时刻都牢牢系在船舱和船身上。大量的水浇在舱顶，柳条编织的舱顶都被压弯了，越来越低矮，几乎只到我们鼻子的高度。圣地亚哥还没固定好安全绳，就被冲到船外，幸好他还抓着船帆的一角。"太阳号"时常侧倾得特别厉害，我们不得不抓住桅缆吊在船舷外，令船身保持平衡。充作灶台的箱子有个被海浪打碎了，另一个漂到了桅杆之间，卡洛只得蹚着水过去抢救。无线电的天线被刮断了，这下也用不得了。鸭子被冲到海里好几次，幸好它腿上拴着绳子，虽然大难不死却还是断了一条腿，后来尤里又帮它接上了。萨非待在船舱里，倒是没受什么伤。大群的飞鱼在深深的浪谷间冲过来冲过去，我此前还不曾见过数量如此惊人的飞鱼群。黑暗中，阿布杜拉这一班就要结束了，他有心要唱首歌。然而一道巨浪从船尾扑到舱顶，令他的歌声戛然而止。接下来，轮到我值班了。阿布杜拉站在高高的船桥上，身上系着安全绳，被海浪弄得湿漉漉的头发在煤油灯的灯光下闪着光。

"今天天气如何，阿布杜拉？"我和他开起玩笑。

"不错啊。"阿布杜拉一派平静地说。

连续三天，暴风雨不断施展着威力，只是有时大，有时小。扬帆航行的时间越久，遇到危险的可能性也就越大，但我们还是坚持了两天，"太阳号"在汹涌的海面上疾驰。右桅脚跳上跳下，渐渐嵌入下方的纸莎草捆中，这半边损失的纸莎草太多了，纸莎草捆和船体的连接已经相当松散，甲板都已浸在水下。因而，双脚桅也越来越向上风一侧偏，驭帆倒变得容易了一些。只是右桅脚的底座往松散的纸莎草捆里陷得越来越深，眼看着船底都快被戳出破洞，乔治和阿布杜拉连忙想方设法把这处的纸莎草捆缝补起来。两只桅脚不断跳起，多亏自身分量够重，还有桅缆约束，才能每每落回底座里。右舷那些捆扎纸莎草的绳子有的断了，有的松了，根本无法限制纸莎草吸水。草捆变得绵软无力，弄得我们有点不敢随意收紧桅缆。每当双脚桅往后晃，那几条平行的桅缆就会耷拉下来，像跳绳似的；下一刻，它们又猛地往前扑，桅缆顿时绷得犹如一排弓弦，那个力道，要不是我们也像古埃及人那样在船舷外绕了一圈粗缆，船早被撕烂了。每一根纸莎草在从草捆中脱落之前，都和刚在水里泡过一天一样结实柔韧，仍能漂浮在水面上。但当它有机会不断地吸水，倾斜的双脚桅重量几乎全压在右舷，还不断跳宕，结果右侧的甲板渐渐往水中越沉越低。舱底因是柳条编织的，所以极具弹性，也随着下沉的右甲板弯曲，却并未折断。

诺曼的箱子碎掉后，船舱就空出来一块，我们想把这块空间填起来，但还没弄完，他的另一个箱子就被从船舱孔隙中涌起来的又一个浪打碎了。船舱中，一个接一个箱子在我们身下变成一堆碎木。碎掉的箱子越多，剩下的箱子就越难控制，因为可活动的空间更大了，它们两两一组，上面铺着沉甸甸的草垫，在船舱里漂来漂去，像小船驶入了拥挤的港口。海浪退去时，我们的内衣、袜子也被卷入水中，然后又在某个莫名其妙的地方冒出来。诺曼和卡洛搬到了船舱前檐底下储存食物的篮子里睡觉。尤里那两个箱子被打碎时，里面还装着他带来的各种药品。玻璃瓶、试管都碎了，软管、纸盒也都压扁了，药片、药膏撒了一地，船舱里弥漫着一股难闻的气味。现在要是从箱子上掉下来就危险了，于是凡是有空隙的地方我们都塞上草垫、睡袋，或任何能用的东西，这样海浪再涌进来时，剩下的箱子才不会胡乱漂移，我们才敢放心躺下。之后尤里也搬了出去。舱顶中部越来越低，低得刚到我们鼻子的高度。我们只得把摇摇晃晃的煤油灯挪到角落里，毕竟那儿还相对高一点。搬到舱外的三个人开着玩笑，笑声不时地透过薄薄的柳条壁传入舱内。看来不论舱内还是舱外，大家都还保持着高昂的士气。

海上狂风大作，电闪雷鸣，但是我们其实根本听不到雷声，它已经被右舷的水声淹没了。海浪从那里涌上来时，会发出可怕的仿佛吮吸般的声音，之后是水在船舱内汩汩流动的声音，之后则是水退去时从右侧舱壁向外倾泻的声响。每次值班都感觉特别难挨，我们只能缩短时间，多换几班。右侧船体沉到水下，右侧桥柱自然也跟着下沉，桥面变得像斜屋顶一样陡峭。我们站在上面时，只能一直守在舵桥最左侧，也就是桥面最高的位置，这样一来就完全够不到右侧的舵桨柄了。不过，我们最终还是想出了办法，只是想法有多巧妙，执行就有多费力。我们在右侧的舵桨上系上两根绳子，掌舵时一根握在手里，一根系在脚上，通过拉扯绳索使舵桨摆动控制航向。这种方式太辛苦了，所以只有在单靠左侧舵桨无法控制航向的时候才用。一般我们也只能坚持几秒，就得把左侧舵桨依然用绳子固定住，以保存体力。毕竟最重要的还是让帆充分借助风力。我们把船帆每个角的上下角索都系在船桥的栏杆上，万一只靠舵桨无法控制航向了，舵手还可以拉拽绷紧的帆索来转动帆桁借助风力。船桥都被各种索具罩住了，而没入水中的船尾却如同一支无法预判的巨桨，令掌舵这件事变得难上加难。如果暴风雨中我们对"太阳号"失去控制，船尾不再对准风向，等着我们的就只有一个结果，那就是桅杆脱离船体，要么被狂风连根拔起，要么它戳破船底。显然，我们的纸莎草船就算湿透了，也还是不会翻的。

7月14日，我们通过无线电与谢南多厄号取得了联系，它已经从巴巴多斯岛出发了，正在向东航行。他们说，自己也遇上了风暴，浪头比他们20英尺高的驾驶室还高。他们还收到其他业余无线电台的信息，说海况很危险，这艘快艇的设计并不适合在狂风中航行，所以他们也考虑过是不是应该返航。只是一想到我们也在面对同样的天气条件，而且离岸更远，还是觉得应该继续向东迎着风暴前进。航速达到了八节，这在船长的判断下，是他们可以承受的最快速度，大概相当于"太阳号"航速的三到四倍。然而，他们刚好是顶风航行，所以实际速度应该达不到这个水平，假使我们双方能沿同一条航线相向航行，最快也许一两天就可以碰面。一位无线电爱好者收到了一条商船发出的信号，然后转告了我们，那艘船和我们相距30英里，万一我们需要，可向他们求救。但"太阳号"全体船员都希望可以靠我们自己继续相向航行。

凌晨1点，夜色深浓，我们听到尤里喊帆桁断了，他刚听到了木头断裂的可怕声音。大家都跑出去。但谁都看不出什么异样，帆还好好地挂在帆桁上，帆还是满的，帆桁还是直的。但的确从这时起，掌舵变得极其困难。天亮之前，我们都轮了一班，大家交流过后，都觉得当天夜里航向特别难控制，"太阳号"根本不听舵桨指挥。直到太阳升起，我们才明白是怎么回事，卡洛发现舵桨的桨片已经不翼而飞，原来昨晚我们一直在用一支光秃秃的舵杆掌舵。尽管已经加固过，但这支粗重的双轴舵桨还是再一次被折断了，仿佛挨了一记重锤。黑夜中，那支巨大的桨片已永远地消失在了大海里。尤里听到的那声巨响其实是舵桨断裂的声音。亏我们还握着两根光秃秃的舵杆累死累活地掌舵，其实"太阳号"唯一的舵桨是它沉在水下的船尾，这一段航程全靠它自己把握。

7月15日，风暴又升级了，天气情况是最为严峻的一天。帆已经达到了极限，这么狂的风，换了别的船早翻了。我们把帆降下来，它在狂风中舞动的声音仿佛一声声霹雳。闪电划破天空，大雨倾盆而下。没有了帆，双脚桅支着几根疏落的桅梯，孤零零地晃悠着，电光一闪，活像一把骷髅。只是少了一面帆，那种空洞和死气沉沉的感觉却仿佛足以没顶。我们的速度一慢下来，海浪的攻势似乎更猛了。余下的几个充作灶台的箱子也都被卷入海底。有一个陶罐也被打破了，一时间，碎鸡蛋和石灰粉随着水流绕着卡洛的腿打转。不过，前甲板和左舷依然堆满了食物，装在盖得严严实实、完好无损的陶罐里；香肠和火腿也依然好好地挂在舱檐下、桅梯上。与蛋黄相比，蜇人的葡萄牙战舰水母要可怕得多。它们不知从哪冒出来，拖着长长的细丝游过甲板，缠得船上到处都是。我踩到的是气囊，这才没被蜇到，但乔治和阿布杜拉就惨了。他俩正在补船，有些地方的绳索磨断了，得重新缝合，他们站在齐腰深的水里，那些细丝便悄然缠到了他们腿上。尤里立即用那种即产即用的纯天然药物，给他们两人进行了彻底的清洗。阿布杜拉说自己一点都不疼。不过他胳膊上的确有几个烟头烫出的伤疤，而且是他自己烫的，证明乍得人根本不像有些人那样，还怕疼。

现在最安全的地方在船舱外，也就是左舷，风再大，这里基本也能保持干燥。陶罐都放在这边，我们甚至可以在靠舱壁放着的陶罐上坐下歇歇，像是坐在了长椅上。包括所有的胶卷和贵重的设备也都放在这边，因而，其实基本没有我们落脚的地方。鸭子和猴子目前也住在这边，它们都有各自睡觉用的篮子，篮子就堆在我们的私人用品上。船舱里，海浪从舱壁的孔隙间涌入，继续肆意破坏。一个接一个的箱子碎掉。到了晚上，只有我和阿布杜拉还留在船舱里，别人都搬了出去，睡在柳条筐上、桅杆底下，或是舱顶上。舱顶下陷得已经相当严重了，两三个人睡上去已经相当勉强了。开始那16个睡觉用的箱子只剩下最后3个。一个是我的，两个属于阿布杜拉。因为我们睡觉的地方最靠近左舷，所以我们的箱子撑得最久，但该来的还是会来。我垫在腿下面的箱子其实早就破了，衣服和书本漂在我们周围，如同黏稠的麦片粥。我把一个箱盖戳起来，双脚支在上面，挤在下陷的舱顶和墙壁之间，这样大股的海浪从我们旁边冲过时，我躺着的这个箱子才不容易被掀翻。我这副尊容诚然是很怪诞的。阿布杜拉跪在舱门口祈祷完，才钻进睡袋，躺在他那两个完好无损的箱子上进入了梦乡。黑暗中，我们身边汩汩的水声听起来就不怀好意。我的枕头掉下去了，立即被卷入绕着船舱四壁打转的漩涡中，只要东西落到它手里，它是绝对不会放过的。我们好像落入了鲸鱼的肚子里，柳条墙就如同鲸须，将海水过滤出去，食物则被留了下来。我连忙伸手去抓漂在水里的枕头，结果捞上来一个软乎乎的东西。是一只手。一只橡胶手。应该是尤里做手术用的手套，里面灌满了水，于是便鼓起来了。简直能把人吓死。我坐起来，熄掉煤油灯，接着就撞到了头，兜在舱顶帆布里的水一下灌进我脖子里，我小心翼翼垫在脚下的箱盖一歪，被水卷走了。我唯一的那个箱子也翻了。我只得也像其他人那样，爬到舱外睡了。哪怕下着雨，船舱外也更安全。我们曾经温馨的小窝，目前只剩下阿布杜拉一个人了，他在舱内最靠左舷的位置睡得正香。

7月16日凌晨，我们恢复了同谢南多厄号的无线电联系，这时离日出还有好久。我不停地转动手摇发电机的手柄，一次又一次地搜寻我们渴望的声音，终于听到了对方的无线电金属般的声音。谢南多厄号的船长让我们趁着天还没亮发射几颗信号弹。风停了。大风已经向西狂飙着走远，恐怕已经抵达了西印度群岛。全船上下，只有鸭子辛巴达在大风中受了伤，折断了腿，我们其余七人一猴全都毫发无损。我们锯开救生筏时，曾把信号弹留下来。诺曼把它们找出来，划着了火柴，却发现这些信号弹已经湿得连引线都点不着了。贴在上面的标签也失去了黏性，我们拿起来读道："干燥处保存。"我们只得让谢南多厄号发信号弹。过了一会儿，对方船长的消息反馈回来了，他们的信号弹也没法点着。风暴过后，我们双方都无法确定彼此的确切位置，但据现在我们能掌握的情况判断，我们应该位于相同的纬度，相向而行。

无线电里传来的声音告诉我们，要让发电机一直发电，持续送出信号，这样他们才能追踪，免得又失去联系。尽管风停了，滂沱大雨将海浪也压得抬不起头来，但我们的船都不太大，距离一远就很难被发现。我们知道谢南多厄号是一艘排量80吨的机动快艇，长74英尺。我们坐着摇手柄发电时，又看到海面上铺满了沥青状的油凝块，前一天也是这样。海浪退去后，那些油凝块就被留在了纸莎草船上。我采集了一些样本，准备附上一份简报，交给挪威代表团上呈联合国。我们这一路走来，在大西洋两岸及中间都曾遇到过大面积的这种污染物。

诺曼负责按钮发报和用耳机接听，我们其他人则轮流摇手柄发电，卡洛则为大家准备了最美味的冷餐。令他遗憾的是，现在的厨房和之前根本没法比，所有的锅都漂走了不说，普里默斯炉①也沉入了大西洋底。但是如果我们想吃熏火腿或埃及鱼子倒是没问题，他还剩下一把刀。"木乃伊面包"管饱，可以抹上柏柏尔黄油和蜂蜜，也可以配着浸在橄榄油里的胡椒羊奶酪一起吃，而且总觉得比之前味道还好。风暴对我们存储给养的陶罐倒是蛮和气，它们至今仍好好地摆放在柔软的纸莎草上。它的厉害似乎只会对木箱。纸莎草、绳索、陶罐、皮囊、柳条和竹子都没什么问题。全船上下，在与海浪的搏斗中，每每折损的都是坚硬的木材。

7月16日下午晚些时候，天又转晴了。我们爬到舱顶、桅顶四处张望。尤里不停地摇着内置发电机的手柄，诺曼不停地对着麦克风重复着我们的呼叫信号。突然，情况变得有点诡异起来。诺曼本来一动不动地坐在舱门口，双手摁着按钮，突然直勾勾地盯着前方，激动地说：

"我看到你们了，我看到你们了；你们看不到我们吗？"

但他根本没看我们任何人。我们根本不明白他这份激动从何而来，一言不发地坐在他周围，这才突然明白过来，他是在和谢南多厄号的无线电话务员说话。谢南多厄号！我们立即扭头，乔治在舱顶上，只是一直望着错误的方向，卡洛脖子里挂着相机，爬到了桅顶，随着桅杆大幅度地前后摇晃。

在那儿！它不时出现在我们的视野里，如同远处浪尖上的一粒白沙。等离得近一些了，我们才发现它上下起伏的幅度特别夸张。显得"太阳号"在和海浪交手这件事上额外隐忍克制、从容不迫。我们能找到彼此，简直就是个奇迹。但结果就是，我们在西印度群岛附近的海上相会了，两艘船都随着海浪一起一伏，你起我伏。一只大黑鸟在我们头顶盘旋。鲨鱼的背鳍划破海面，来到"太阳号"周围。它们一定是跟着快艇，从西印度群岛游过来的。我们又是拍照，又是摄像，把对方的样子记录下来。我们若是能早一天相遇就好了。就在

---

① 译注：一种便携式汽化煤油炉。

前一天，"太阳号"的主帆被永远降了下来。右桅脚的底座已经被磨得只剩下薄薄的一层，哪怕只挂一小片帆，一旦桅杆摇晃起来，底座也肯定会被戳穿。

快艇上放下一只小小的橡皮筏。阿布杜拉看见上面划桨的人，兴奋地欢呼起来，对方有着和他同样的肤色。他大声地打着招呼，先用乍得阿拉伯语，然后又用法语，那位黑人也回致了问候，但一开口却是英语，阿布杜拉顿时目瞪口呆。在美洲迎接阿布杜拉的居然是非洲人。然而这位非洲人却早已成为彻头彻尾的美洲人。

我们首先把远航途中拍摄的所有胶卷都放进在水中跳荡的小橡皮筏。谢南多厄号的船员是一群开朗、直爽的人。送完胶卷之后，我们又轮流乘坐小筏子，划过去和他们会面。我们爬上快艇后，双脚落在纤尘不染的甲板上，却发现自己居然连站都站不稳，要知道我们可是在"太阳号"上过了八星期呢。只怪这艘快艇艇身太高太窄，才会颠簸得这么厉害。我们的卡洛和他们的吉姆站在各自的船上，拍摄对方，结果他们一致认为在纸莎草船上拍摄快艇要比在快艇上拍摄纸莎草船容易得多。

船长和海员都是年轻人，大部分是临时雇用的，所以他们全都急着让我们全都到谢南多厄号上来，这样他们就可以立即返航回家了。但我们当初租船时签订的合同已经说明了，我们的目的并非如此，我们没打算放弃"太阳号"。谢南多厄号给我们每人带了四个橙子，还给圣地亚哥带了一盒巧克力。但这些临时集结的船员出航时，才发现船上能吃的东西并不多，主要是些瓶装啤酒和矿泉水。船长的底线是：在食物吃完之前必须返航；以及，必须在下一场狂风来临之前返航。我们借用谢南多厄号的小救生筏，从"太阳号"给他们带过来几条火腿、腌羊肉、香肠，还有几罐其他的食物。"太阳号"上剩下的食物和水依然能够满足我们所有人一个月的饮食所需。

于是，谢南多厄号决定再等等。"太阳号"的左舷依然完好无损，但是右舷的纸莎草缺了不少，这副30英尺高且沉重的双脚桅杆对右舷而言已经是不可承受的负担了。我们决定将桅杆砍倒。我们骄傲的桅杆倒下去，沉入了海中。

诺曼便立即又竖起了一副轻巧些的双脚桅，他将两支15英尺长的划桨顶端绑在一起，然后又做了一片帆挂上去。就这样，"太阳号"继续航行。7月17日到18日，我们把一切不必要的物品都搬到谢南多厄号上，开始缝补纸莎草船，能缝多结实就缝多结实。卡洛在新的双脚桅上摇晃；乔治在"太阳号"船底工作；尤里负责运输，他不顾危险，一个人划着小筏子往返于两船之间；我们其他人则有的拿着绳子补船，有的来回搬运各种湿透的东西，蹚着水，在纸莎草船上忙活。深海里来了许多访客，聚在我们周围。我们发现，水面上滑过的鲨鱼背鳍越来越多，如同一张张玩具艇上的帆。如果我们把脸浸入水中，就能看到清澈的湛蓝深处，巨大的鱼的形体在缓缓地游弋。谢南多厄号的船员开始捕猎鲨鱼。他们接连捕到两条鲨鱼，一条6英尺长，长着白鳍，另一条稍小一点，都被拽上了船。于是我们就享用到了美味的鲨鱼肝，配上我们"太阳号"上煮的大米饭。但那条12英尺长的蓝鲨就狡猾得多了，怎么也不肯上钩，一直在水中游来游去。

尽管我们反复强调，一切都以小心为上，但乔治还是狠狠吓了大家一跳。他突然钻出水面，扑上"太阳号"淹在水下的右舷，惊险万分地鲨口逃生。那条大鲨鱼差点就要咬到他的腿了。其实乔治腿上本来就有一处被鲨鱼咬的旧伤。我对他下了禁令，只要这些嗜血的杀手还在我们周围出没，他就不许下水。但他说，这样的话，我们恐怕得空等很久，因为他数过，我们周围这片湛蓝色的海水下，有25到30条鲨鱼。拿生命冒险毫无意义，我们决定暂停缝补纸莎草船。就目前而言，一根两根纸莎草，或哪怕成束成束的纸莎草漂走了，也不是什么了不起的事。只要草船中轴段和左舷还是完整、结实的，就是整个右舷的纸莎草都漂走了，我们也能撑得下去。

谢南多厄号收到的天气预报并不理想，船长催我们尽快随他们返航也完全可以理解。但"太阳号"全体队员都认为，假如风暴真的要来，还是留在我们这只残破的纸莎草船上更安全。它的确已经算不上一艘适航的船只，舵桨都断了，船桥也斜得站不住脚，但剩下的纸莎草捆还浮在海面上，而且将继续向西漂流，如同一个巨型的救生筏，直到被海浪送上海岸。谢南多厄号则不同，尽管大风过后，它的两个水泵都坏了，两个柴油引擎也坏了一个，但依然可以航行。但船长和船员都很清楚，只要一场飓风，不管风力多小，谢南多厄号还将发生新的损坏或翻船，届时这艘金属船将沉入大西洋底。

我将"太阳号"的全体队员召集起来。这还是继在非洲海岸附近海域，将橡胶救生筏锯开之后，我们第一次这么正式、严肃地"开会"。我向大家说明了发起这次会议的原因：我认为，本次实验可以到此为止了。我们已经在纸莎草捆做的船上生活了整整两个月，而船依然浮在海面上。不算我们走的那些曲曲折折的冤枉路，我们已经几乎航行了整整5000千米，即3000多英里，相当于横跨北大西洋从非洲到加拿大的距离。我们已经证明了纸莎草船是一种合格的海船。我们已经找到答案了。没有道理再拿生命进行无谓的冒险。

在座的每一位无不须发蓬乱，一脸沧桑，掌心满是各种索具、舵桨留下的老茧。我的话说完了，他们全都表情凝重。我于是请每个人都谈谈自己的想法。

"我认为，我们应该留在'太阳号'上。"诺曼说，"食物和饮水都很充足。我们可以用柳条筐和破木箱搭个平台，在上面睡觉。肯定会非常艰苦，但有现在这面小帆，再过大约一星期，我们就能到达西印度群岛了。"

"我跟诺曼意见相同。"圣地亚哥说，"如果我们现在放弃，别人根本不会相信当年那些水手能乘着纸莎草船到达美洲。而且，还会有许多人类学家说，关键不在于我们航行了多么远，而在于我们根本没有完成全部航程。哪怕只剩最后一点点路程。哪怕只差一天就能靠岸，他们也只会盯着那一天。我们必须走完全程，从非洲海岸出发，到美洲海岸结束。"

"圣地亚哥，"我说，"当年那些水手祖祖辈辈都在用纸莎草船，他们的航海技术比我们强得多。如果那些人类学家意识不到这一点，那你怎么都无法说服他们的。哪怕我们航行到亚马孙河也没用。"

"我们一定得坚持下去。"乔治说，"就算你们都放弃，我和阿布杜拉也会坚持下去的。对不对，阿布杜拉？"

阿布杜拉沉默地点点头。

"这是一艘埃及草船。我代表着埃及。我一定会坚持到最后，哪怕只剩下一捆纸莎草，只要我能把头露在水面上，我就不会放弃。"乔治戏剧化地结束了发言。卡洛递给我一个探询的眼神。

"如果你觉得我们应该继续，我们就坚持下去。"卡洛摸着他的大胡子说，"由你来做决定吧。"

尤里一直坐着没说话，望着前方。

"我们七个是朋友，理应有福同享，有难同当。"他最后说，"不管是继续，还是放弃。我唯一的坚持就是，我们要共进退。"

不论最终决定是进是退，对我而言都是种折磨。大家都希望坚持下去。也许一切都会很顺利。但只要一场小小的风暴，都有可能令我们损失一名，甚至两名队员。根本不值得。我发起这个实验的初衷是寻找答案。现在我们已经找到了。纸莎草船能够远海航行。尽管船尾存在先天缺陷；载重放在了错误的一侧；队员是一群不懂航海、频频犯错的新手；同时代的人也都不了解这种古船，没有人能教给我们如何操纵它，甚至哪怕给出一点建议；还遇到了特大风暴，尽管航线曲曲折折，但我们在开阔的洋面上已经航行了整整八星期，人和动物至今仍一个不少，必需的物品也都一应俱全。如果我们以本次远航的起点，腓尼基的古港口萨非为圆心，以我们的航距为半径画一个圆，那么莫斯科和挪威的最北端都将包括在这个圆内。圆周将从格陵兰岛中部、纽芬兰、魁北克，还有北美的新斯科舍穿过，还可以切过南美巴西的边缘。如果我们没有选择萨非作为起点，而是选择了非洲西海岸南端的塞内加尔，如果算两点之间的直线距离，那我们的这段航距将足以令我们穿过大西洋，几乎可以抵达亚马孙河的源头。大西洋两岸最窄处间距为1900英里，而我们已经航行了3000多英里。倒不如见好就收。目前这两艘并肩向西行驶的船，都有着明显的缺陷。而且我们都知道，前方正是大西洋上飓风生成的地方。而我们还不知道的是，当年的第一个飓风安娜，已经在我们刚刚驶过的海域形成了，就在我们身后，风力正逐渐加强，朝着西印度群岛的最北端移动。我们的目的地是巴巴多斯，位于岛链的最南端。我们同样一无所知的是，美洲巴巴多斯海洋和气象试验项目的科考飞机，不仅观察到了飓风的形成，还发现巴巴多斯最上层的空气中飘浮着来自撒哈拉沙漠的细沙。撒哈拉沙漠的沙粒随着雨水降落在中美洲的雨林。在我们之前，或之后，都有油凝块从非洲海岸漂到中美洲的沙滩上。假如我们离开，"太阳号"的归宿也不难预料，它最终也将被大自然送到前方的热带大陆。

我感到肩头无比沉重。

第十一章

"太阳号"二世乘纸莎草船从非洲前往美洲

　　我感到一阵莫名的忧惧和不安，从睡梦中惊醒过来。我紧紧抓住身体下的卧具。我在晃，上下起伏，左右摇晃，还听到水流奔腾的声音。天黑着。我是在做梦吗？难道我还在"太阳号"上？难道船尾下沉，砍断桅杆那些事，都只是一场噩梦？要不就是我正在做梦，梦魇中我们还没有离开那残破不堪的纸莎草船？一时间，我真的糊涂了，分不清什么是梦，什么是现实。"太阳号"的航行已经结束了。我也发过誓，再也不干这种事了。然而此刻，我还是躺在柳条舱里，舱门又阔又矮，舱外刮着海风，见不到一点儿人工痕迹，夜空中，汹涌的海浪高高跃起，雪白的浪头连成一线，黑色的海面如同涌过一带带白色的条纹。前面还是那张鼓得满满的埃及巨帆，但双脚桅我们应该已经砍断了呀；后面，渐细卷曲的船尾高高翘起，但我们是亲眼看着它渐渐被翻涌的海浪吞没的呀。我累得要命，胳膊异常酸痛。但看见诺曼钻进船舱，我还是坐起身来，他好像是真的，不是梦里的影子，他先用手电筒照了照我，然后又往我旁边照，那个睡袋里伸出个红胡子、头发乱蓬蓬的脑袋。

　　"托尔，卡洛，该换班了，轮到你们了。"

　　我拿起自己的手电筒，向四周照了照。大家都躺着，船舱里还是那么挤，应该说比以前还挤。诺曼的铺位跟我刚好是对角，对面那排已经找不到他的位置了，他只得小心地挤进去，旁边的人依次翻了个身，他才算真正躺下。我看到有卡洛、圣地亚哥、尤里、乔治。可还有一张陌生面孔挤在他们中间，那是一张亚洲人的面孔，头发乌黑、顺直。那是启，日本人小原启。他怎么会在"太阳号"上？想起来了。我往后一躺，先穿上裤子，船舱太矮了，根本站不直，就连坐着头都不能挺太高。比"太阳号"一世矮多了。我想起来了。这是"太阳号"二世。我又从头开始了。我们又一次从非洲出发，目前还没到尤比角。船舱外一团漆黑，船桥上等着换班的不再是阿布杜拉，而是另一位皮肤黝黑的非洲人，他叫迈达尼·艾特·奥哈尼，是个血统纯正的柏柏尔人。我对他其实还不是太熟悉。

"快起来，卡洛，你躺到我垫子上了，我的衬衣袖子都被你坐到屁股底下了。"

船桥上很冷，但太太平平。风还是冲着岸的方向吹，迈达尼拉下柏柏尔人用的头巾，告诉我舵要转到什么位置，才能让帆保持平展，船又不被吹向海岸。陆地上和来往船只都会有灯光，卡洛就负责观察这些。我们离非洲海岸线还很近，撒哈拉沿岸尽是凶险的礁石，环非洲航线船只来来往往，危险可能来自任何方向，现在还不到放心的时候。

但这些我们早都经历过一次，说起来，现在不过是重复之前冒过的险。上次我们总算是平安经过了尤比角，结果这回又遇到了向岸的风，万一遇险，之前的成功恐怕也就不能算数了。这次我们完全可以从尤比角以南启航吧？何必非得重复"太阳号"的路径呢？何必把这本厚厚的航海日记从第一页写起呢？我能回答吗？

"这次无论如何都要成功。"卡洛的声音从舱顶飘过来，"一定得走完最后那几海里，在巴巴多斯登陆。"

我选择从头再来，是因为要满足他和其他同伴的要求吗？还是因为少航行了几海里便无法理直气壮地回应他人的质疑？毕竟上一次我们只是仿照数千年前的古墓壁画建造的纸莎草船，摸索着航行，但这次我们有了之前的经验，是不是只要再把船完善一点，就能横渡大西洋了呢？我如此想探个究竟，到底是基于好奇还是欲望？也许，两者都有。我也没想到，从"太阳号"一世被拖上岸到"太阳号"二世下水，中间只隔了短短10个月。但这期间我们经历了太多事情。我四处走访，见了更多的芦苇船。古代文明从地中海内缘向大西洋传播的每一步都留下了深深的印记，芦苇船在这些地方依然焕发着勃勃生机。

撒丁岛西南沿海奥里斯塔诺沼泽的一个大潟湖上，有一种名叫"法索尼"的芦苇船。这是当地的传统船只，我和卡洛·莫里坐上船，跟当地的渔民一道用三股鱼叉捕鱼。周围的山丘上，几座努拉吉古塔静静矗立着，令人仿佛回到了过去！考古学家认为，这些残损的石塔，最古老的大约建于公元前3000年，应该是从地中海的内陆盆地传到此地的。那之后很长一段时间，撒丁岛的建筑都延续着这种风格。渔民把我们带进保存得最为完好的圆锥形石堆内部，巨大的石壁上长满了青苔，但历经几千年的战火和地震，依然完好无损。巨石筑成的塔，门口很窄，我们摸索着往里走，刚打开手电，立刻觉得似曾相识。我以前就见过这种复杂的回旋阶梯结构，那座建筑的甬道又高又窄，越往上圈越小，巨石垒就的墙壁向内倾斜，充满压迫感，可惜高高的穹顶塌了一半。这里的环形甬道和我从前看过的一模一样，也连着一条低矮的走廊，穿过走廊，是一条狭窄的隧道，隧道尽头应是石塔的中心，里面可能有一段旋梯，爬到顶就是塔顶的观测点。

太神奇了！这座古塔的结构并不寻常。早在西班牙人到来之前，玛雅人就在尤卡坦半岛上建起了一座椭圆形的天文台，即著名的奇琴伊察"蜗牛"，[①]它的平面结构图和撒丁岛的石塔一模一样。在椭圆形天文台的旁边，有一座玛雅金字塔，里面有一幅画，画上金发的水手正在海滩上同黑人搏斗。这二者之

---

① 译注：奇琴伊察是古玛雅城市遗址，位于墨西哥尤卡坦州中东部，有勇士庙、城堡和被称为"蜗牛"的圆形天文台。

间是否存在着某种联系？那么玛雅建筑工匠的老师，也就是那些神秘的奥尔梅克人，是否也曾建造过与撒丁岛古塔类似的神圣观测塔呢？

站在这座圣塔用于观测的塔顶上，我眼前的景象，几千年前撒丁岛的建筑师们也一定见过：海浪不断涌来，把雪白的浪花洒进潟湖，岸边戳着一排排金色象牙般的芦苇船，在地中海的阳光下晾晒。人类最早的海上探险就是从地中海开始，深海潜航①也是从这里开始，自海格力斯开凿出直布罗陀海峡，地中海便永远向世界敞开。文明经由这片海连续传播。从小亚细亚和埃及的一带，传往克里特岛；从克里特岛传到希腊；又从希腊传播到意大利。公元前1000多年前，也曾从腓尼基人的故乡传播到利索斯，甚至穿过直布罗陀海峡到达其他的摩洛哥殖民地。

在地中海东部这块文明发源地，芦苇船是人类最早的水上交通工具。尼尼弗古代浮雕中描绘的芦苇船，科孚岛上的希腊渔民至今还在使用。不过，造船的原料并不是纸莎草，而是一种特大的茴香茎。这种船在科孚岛至今仍被称为"婆派瑞拉"，与纸莎草的发音、拼写都非常相近。但是岛上的人却并不知道纸莎草这个词，也不知道这种植物。我们还发现，撒丁岛的意大利渔民也在使用芦苇船，不过造船的又是另一种芦苇了。我们从塔顶看见的就是这种船。不过这些石塔究竟是何人建造的依然是个谜，只知道他们来自地中海的东部海岸，围绕着这片海不知诞生了多少文明，自古就有各地的航海家往来。失落的文明，失落的船只。难怪先知以赛亚说，使者们会坐着芦苇船横渡大海拜访圣地。

埃及、美索不达米亚、科孚岛、撒丁岛、摩洛哥，是的，甚至摩洛哥，都有芦苇船。我一发现撒丁岛仍在使用古时候传下来的芦苇船，便立刻想到摩洛哥也曾使用过芦苇船。根本没有什么芦苇船，我们只有木板船和塑料船。电话里，卢修斯地区的行政长官斩钉截铁地答道。但就在第一次世界大战爆发前不

---

① 译注：公元前4世纪，马其顿国王亚历山大，曾乘玻璃制成的大桶潜入地中海。

久，还有相关报道提到了此地的芦苇船。当我重返摩洛哥，开始建造"太阳号"二世后，一想到自己竟毫不迟疑地接受了这个答案，就懊恼不已。现在，我乘着老朋友——萨非的帕夏借给我们的汽车，带着他介绍的翻译，沿着平坦的公路，一路开到大西洋位于卢修斯河口附近的港口拉腊什。这是一座现代化的小镇，一年以前，镇上的人从来没听说过什么芦苇船，而现在他们说得出的，也只有去年由拖车运到萨非去的那只巨大的芦苇船。我们决定不必在城市里浪费时间了，于是往渔民码头驶去，到了码头，只见几位老水手正坐在大圆石上补渔网。

芦苇船？你们是说"美地亚"？当然知道了！

我们请了一位柏柏尔老人做向导，很快上了路。整整两天，我们一直在稀稀拉拉的栓皮栎林中兜着圈子，寻找车辙，据说穿过树林，海边有一个约洛特小村庄。最后我们还是改成步行才找到地方。这座小村庄仿佛停留在了石器时代。这里没有柏油马路，也没有可供飞机起落的跑道，和不远处的现代非洲俨然是两个世界。别致的小房子，用树枝搭成骨架，外面再糊上泥就成了墙，屋顶则铺着厚厚的芦苇，这也是他们造船的材料。尖尖的芦苇屋顶隐约可见，还有大鹳在上面筑巢，迷宫般的仙人掌丛好像一道篱笆，挡住了我们的去路。山羊、狗、小孩、小鸡和老人，共同生活在村子里。有的人家，全家都是白肤金发碧眼，也有的都是黑人。这里一个阿拉伯人都看不到，他们那段移民历史仿佛止步于这个村庄之外。村里的居民全是摩洛哥土著，白皮肤和黑皮肤的族群混居在一起，简直就是摩洛哥土著人口的经典样本。但两个族群究竟是何许人，我们还不了解，他们仍需被标记为"身份未明"，但为了方便起见，便被统称为"柏柏尔人"。一位高大的黑人过来把狗都赶开，领着我们穿过仙人掌围成的篱笆。篱笆里自成一个小王国，被烈日烤得暖烘烘；篱笆外除了我们刚刚经过的树林，还有大海、河流。

美地亚？当然有了。所有的老人，无论是花白胡子的驼背老头儿，还是满脸皱纹的没牙老太婆，都知道"沙法特"和"美地亚"，几十年前，这两种芦苇船在卢修斯河口还很常见。两位老人立即给我们做了两个模型："沙法特"船身平阔，船尾被拦腰斩断，是在河里运货用的。"美地亚"的船头、船尾都往上翘，不畏风浪，能够在海上航行，而且想造多大都可以。因为造船用的芦苇"恰布"又扁又薄，能在水上漂浮好几个月。老人们现造了一艘船。这艘船只有床那么大，船头上翘，船尾切平，他们一下跳上去五个人，在我们面前划过来划过去，想让我们看看它的载重能力有多优秀。

同撒丁岛一样，卢修斯河口也高高矗立着巨石建筑的遗迹，芦苇船在水上来来去去。这就是利索斯规划宏大的古城遗址。坦白讲，若不是要四处寻访芦苇船，我怎么都不可能到利索斯来。即便是我的那些考古学家同行，甚至摩洛哥当地人，都不太熟悉这片已成废墟的古城。研究埃及和苏美尔的专家，对大西洋的非洲沿海都知之甚少，更不用说那些研究古墨西哥的专家了，大家对卢修斯河旁的遗址更是一无所知。只有几位专门研究摩洛哥的考古学家愿意花时间，想办法在这里进行一些小规模的试探性挖掘，这才令利索斯埋藏于地下的古墙巨石重见天日。我也是偶然发现这片古城的遗址。在从拉腊什来这座小村庄找芦苇船工匠的路上，还没到栓皮栎林时，我看到了这片古城的遗迹，俯瞰着这条现代化公路。宏大的废墟与古朴的村庄相隔不过几英里，但是两地建筑在规模、体量，以及文化水平上，都存在极大的差异，令人不禁猜想这一带从前用的船到底是大是小。怎么偏偏是这里，卢修斯河口，宏大的废墟脚下，直到20世纪仍能看到芦苇船的踪迹。罗马时代的仓库从山脚下的淤泥中露出头来，它见证了利索斯过去的辉煌，这里曾是大西洋上的重要港口，来自地中海的水手纷纷在这里停留。

芦苇船将我引至利索斯。没有什么景象比这更让我吃惊的了。我们面前是大西洋，连绵不绝的非洲大陆就在身后，一直延伸到埃及，再过去就是腓尼基和美索不达米亚。古城的建造者从遥远的小亚细亚一路走到地中海最东端，又从这里乘船经直布罗陀海峡，沿着非洲西海岸南下。他们当中有天文学家，有建筑师，有陶工，还有纺织工匠，有妇人，也有儿童。罗马人也穿过直布罗陀海峡航行至此时，他们早已在这里定居了很长时间。这的确是一片历史悠久的土地。也因其古老，罗马人把这座坐落在大西洋沿岸的古城，称为"永恒之城"，并将它与神话中的巨人海格力斯联系起来。在希腊神话中，他叫赫拉克勒斯，是天后赫拉和众神之神宙斯的儿子。

这最古老的城墙，虽然大部分都被埋在腓尼基人、罗马人、柏柏尔人和阿拉伯人的瓦砾之下，但足以激起任何人的无限遐想。当年，无数巨石被开采出来，运上这座山顶。这些巨石虽被切割成不同的形状和大小，有些石块并不是长方体，被削掉了角，变成十面体，甚至十二面体，但不论横向纵向，它们都能彼此完美契合，如同一幅大型拼图。这是怎么做到的，无人知晓，也无人能模仿。从复活节岛到秘鲁和墨西哥，再到非洲的几个伟大文明和地中海内缘，这项特殊的石工技术，就像是刻在石上的签名，每个芦苇船存在过的地方，都见得到。奥尔梅克人和前印加时代的人都熟练地掌握了这门技艺，几乎达到尽善尽美的地步，与古埃及人和腓尼基人不相上下。可是不管维京人还是中国人，不管是黑人还是草原上的印第安人，包括我们这些现代的学者，全都对此一窍不通。如果把他们带到山坡上，让他们去开采石块，按照上述原理将石块砌成墙，哪怕让他们使用钢制工具，并准备出模型让他们照着抄，他们也将一筹莫展。

如今这座永恒的太阳之城已半埋在地下，我漫步在残损的巨石间，认出了这种精妙的特殊石工技巧，美洲和地中海东岸仿佛一下子被拉近了许多。利索斯位于两地的中点，就是这两个地区的纽带。地中海东岸文明早在公元前几个世纪就传播到了这里。这里的殖民者和商人们装备精良，准备充分，绕过恐怖的尤比角，往返于大西洋上，一路上始终与非洲这一带以及更南边的崖岸保持着安全距离。恰恰就在此时，长胡子的奥尔梅克人出现在大西洋彼岸，在丛林中开垦出空地。就在地中海的石匠走出直布罗陀海峡，大量涌入大西洋的各个殖民地时，那些神秘的奥尔梅克人也开始向在荒野中漫无目的游荡了数千年的印第安人传授石工技艺和其他文明。虽然岸上生长着各种树林，有的是木材，但典型的芦苇船却得以在这个河口被保存下来。在这片芦苇船依然焕发着生机的非洲海岸，恰好有一股洋流奔向大西洋。在不到一年的时间里，这已经是我们第二次被卷入这股洋流之中。

我将那支笨重的舵桨又往外推了一点，尤比角周围的暗礁密布，安全起见我希望尽可能绕得远点。早在利索斯时期，有多少船只也曾和我们一样，想方设法避开这里危险的暗礁。非洲海岸就是从这里开始往南拐，而腓尼基最远一处殖民地就在博贾多尔角以南。

"这次，舵桨应该没问题。"我握着左舷的舵桨，拍拍手里粗粗的原木，对卡洛笑着说。右舷的舵桨则用结实的绳子捆好，让它固定不动。我们上次的舵桨桨杆弄得太细了，一遇上海浪就双双折断，结果"太阳号"一世的整个航程基本全靠漂流。

这一次，单说纸莎草船身，也比上次结实得多。"太阳号"二世的建造地点我们定在了摩洛哥，却还是选择到尼罗河的源头采集纸莎草，因为摩洛哥的纸莎草长得稀稀落落，根本不够用。乍得的反政府武装又在沙漠地区发动了袭击，整个地区都被法国伞兵部队封锁了，我和阿布杜拉都没法到乍得湖去接穆萨和奥玛尔。而且，中非的造船技术似乎也存在一些问题，之前的"太阳号"一世就没经受得住海上远航的考验。它坚持了两个月，就有一侧开始掉纸莎草了。因为船尾是应我们要求临时改的，启航后便慢慢下沉，根本挡不住后面来的海浪，船被冲得荡来荡去，如同一把锯子，把捆扎纸莎草的绳子都割断了。我决定找别处的造船工匠试试，有些地方的芦苇船还保留着地中海古船的结构，船尾与船头都高高翘起，非常结实。像是南美洲的玻利维亚和秘鲁，当地印第安人造的船就是这个样。他们的船还有一个显著特点，与古代尼尼弗和古埃及画作中的古船是一模一样的：他们的船是一条绳子扎到底的，从一头开始，将绳索螺旋绕过船身，直到另一头，整艘船就是一个扎实的大草捆。而乍得湖上的船，除了船尾平直，要先扎出许多小纸莎草捆，再把这些小草捆扎成船体。中间的草捆最长，两边依次减短，扎完下层，再往上面加第二层。捆扎的方式也不一样，是每隔一段扎一圈绳子，绳圈之间彼此平行。

南美印第安人造船的方法竟然比中非现存的方式更接近古地中海地区。真是颇值得玩味。会不会是因为乍得湖上的布达玛人同古代文明从未有过任何密切接触，而的的喀喀湖上的盖丘亚和艾马拉印第安人都曾有过？阿卡帕纳金字塔和蒂亚瓦纳科的其余巨石建筑正是在艾马拉人祖先的帮助下修建的。蒂亚瓦纳科曾是南美最重要的文化中心，在印加时代以前就已矗立在的的喀喀湖岸边。正是艾马拉人将这些巨大的石块用芦苇船运到湖边。也是他们告诉西班牙人，在他们的祖先时代就有大胡子白人来过，这些巨石建筑也是由他们指挥建造的。他们来的时候，所乘正是这类芦苇船。艾马拉印第安人始终也没有学会运用巨石的技术。但他们完全掌握了制造芦苇船的精髓，直到今天，依然乘着这种船在湖上捕鱼。

"太阳号"一世全体成员都表示愿意回来参加这次航行。圣地亚哥又一次放下墨西哥大学的本职，去的的喀喀湖寻访造船工匠。我联系了亚的斯亚贝巴的马里奥·布斯基，叫他不要声张，几个埃塞俄比亚人，再去塔纳湖采12吨纸莎草来。后来，埃塞俄比亚的纸莎草和玻利维亚的造船匠都被悄悄送到摩洛哥。我们要在这里造船了，为了能不受干扰地写作，在船造好前我们没向任何人透露丁点儿风声。我就是趁着这段时间把"太阳号"一世远航的章节写完的，毕竟第二次远航的费用，就着落在这上面。我们以"竹子"的名义，将12吨纸莎草从埃塞俄比亚，绕过半个非洲，运抵萨非港，卸完货，这批"竹子"也就功成身退了。圣地亚哥带着四名正宗的艾马拉印第安人和一位玻利维亚翻译飞抵摩洛哥，飞机在卡萨布兰卡机场降落后，他们也立即销声匿迹。除了萨非的帕夏和几位最亲密的合作伙伴，谁也不知道我们的第二艘"太阳号"已在摩洛哥动工了。

5月6日，萨非市立苗圃的高墙突然塌了一段。一辆轰隆隆的大型推土机，从棕榈树和花丛中开出来，后面是一艘看似脆弱的小船，它拂过较矮的植株，仿佛是从这片绿园中长出来的一般。

"太阳号"二世诞生了。

它慢慢地穿过砖墙上的缺口，犹如一只破壳而出的大纸鸟。它高贵而庄严，坐在车上，缓缓穿过狭窄的小巷。戴着面纱、穿着长袍、蒙住头的阿拉伯人和柏柏尔人，蜂拥而至，在一旁围观。警察一路护送，光着脚的小孩追着列队手舞足蹈。兴奋的园丁和电工爬到树上、电线杆上，甚至红色移动式爬梯的顶端，保护着船头和船尾，一来不要被树枝剐着，二来避免碰到电线起火。当它颠簸着跨过铁路，停在一排排新漆过、等待春天沙丁鱼开渔季的渔船中间，当地官员提着的那口气才吐了出来。

"我命名你为'太阳号'二世。"帕夏夫人艾沙说。她又一次把羊奶泼在干燥的纸莎草船上，距上次还不到一年，之后，草船滑入水中。

"万岁！"码头上人山人海，纷纷鼓掌欢呼。这艘奇特的船在水面上起起伏伏，就像一只玩具纸船。许多看热闹的人都认定船待会儿肯定要翻，至少肯定会歪，因为它完全靠手工制造。看到它在水面浮得稳稳当当，我们几个人心里的大石头才算落了地。拖船上的工作人员静静地注视着它，等待着指令。万岁！

现在该干什么了？"停下来！""帮帮忙！""哎，哎，哎！"人群中突然传出一阵绝望的尖叫。拖船上也乱成一团。谁也没想到，这时一股狂风从山顶吹下来，把纸莎草船吹得直打转，它突然从拖船边漂开，以极快的速度径直朝高达12英尺、坚硬的石头防波堤撞去。一片哭喊声中，还能听到有人用法语和阿拉伯语发出一道道指令。许多人用双手捂住脸，摄影师们则拿着照相机，跳进浅水区。这刚刚受洗的婴儿就这样转着圈，全速朝防波堤冲过去。砰！纸莎草船那全新的优雅上翘的船尾猛地撞在墙上，顿时变得像根羽毛。令人不忍目睹。船尾！这次它必须得无懈可击，臻于完美。这时船身侧了过来，在浪尖上疯狂起舞，一次又一次往石壁上撞去。狂风中，谁也无法控制它。难道"太阳号"二世的远航实验还没开始就要宣告结束？当然不是。竖琴般的船尾竟如同弹簧一般富有弹性，草船撞到石壁后竟像皮球似的弹了回来，一次、两次。

这要是木船早就撞得粉碎，葬身海底了。而"太阳号"二世却安然无恙，只在船身上蹭出几块灰斑。终于，拖船上的工作人员抓住了草船上的缆绳。查看过后，确定草船根本用不着修补。"太阳号"二世便随着拖船高高兴兴地往码头驶去。我们要在这儿给它装上两脚桅。一阵阵风吹来，它随风左摇右摆，犹如一只振翅欲飞的风筝。

我握着舵桨，想到船下水时的情景，依然为之感到震撼。同时我又觉得，就是现在，在雾中撞上暗礁和岩石，这只干草球也不会说沉就沉，我们应该还来得及自救。它的船体紧密扎实，并不会随着波浪弯曲。若说"太阳号"一世像条游动的海蛇，"太阳号"二世则硬得像个棒球。船上的每个人都为印第安人巧妙的设计而惊叹不已。那完美的线条，那精巧的手艺，"太阳号"一世结构上存在的所有问题都迎刃而解。艾马拉印第安人其他陆地上的建筑，从风格到质量与之相比，都绝不可同日而语。所以这一定是他们从别处学来的。这项古老的技艺已经引起了一些专业或非专业人士的关注与探究，我们自己的研究和试验也表明，的的喀喀湖上的这种船，是现存唯一一从船型到捆扎方式都与古地中海浮雕中的古船完全相同的芦苇船。用芦苇造一只船，让它浮在水面上并不难，但要造成新月形，还能经得起海上的风浪就没那么容易了。用其他方法捆成的新月形芦苇船，都不免松垂变形，最终将捆绑船身的绳索磨断。然而，这几位印第安人的方法看起来如此简单，却又如此巧妙，据我所知，还没有哪个现存的部落或个人，不经指导及大量实践，就能模仿出来。

这四位印第安人分别是德梅特里奥、约瑟、胡安和保利诺，来自玻利维亚的翻译是赛伯罗斯先生，他在拉巴斯的一间博物馆任馆长。五个人全都寡言少语。再加上几位摩洛哥当地人，大家有条不紊地开始了"太阳号"二世的建造工作。他们实在太安静了，我有时甚至会有点不安，忍不住放下手稿，往帐篷外看看。但不论何时，都会看到棕榈树间造船的工作正在全速推进。他们交流主要靠手势，偶尔也用艾马拉语、西班牙语和阿拉伯语简短地说上两句。

几个印第安人先将两大捆乱糟糟的纸莎草茎堆起来，再分别用薄薄的纸莎草席裹得严严实实。草席编织时把所有断端都留在内面，裹紧后就都被压平了。在绳索拽紧前，这两个长达30英尺的圆柱体都非常粗大，不用脚手架根本爬不上去。他们在这两捆纸莎草之间，又弄了一捆，与前两捆长度相当，但细得多。三捆草并排横放，两捆粗的在外，一捆细的在内，捆成一体。拿一条几百码长的绳子，把中间那捆和外面的一捆绕螺旋缠住，另一捆也是这样和中间那捆缠在一起，而且两边要同步进行。最后使劲一勒，两侧的纸莎草捆就同时挤在了里面的纸莎草捆上，根本看不出三捆草的分界在哪里，只能看到两个大卷筒，都使劲朝中间挤，于是形成一个不可分割、坚实紧凑的双柱船体。绳索间互不交叉，中间也没有打结。如果嫌船不够大，就按这种方式继续扩展，再将草捆两头向上扳，就能拥有尖翘的船头和船尾了。再在甲板那面两侧各绑上一道香肠形的草捆，一来增加船的宽度，二来也可以挡一挡两侧的浪。我们又在船身上绑上10根横木，将来船舱、船桥的立柱，还有双脚桅都要架在这上面。于是"太阳号"二世完工了。它有39英尺长，中间最宽的地方达16英尺，6英尺深。船舱长13英尺，宽9英尺，算好了要能躺得下8个人，我们分成两排，像埃及木乃伊那样躺平，一排4人，脚对着脚。"太阳号"二世不但比"太阳号"一世短10英尺，船体横截面也更接近圆，所以也就更窄。一想到工地上还剩下差不多三分之一的纸莎草，我就忍不住感到遗憾。但不论晓之以理，还是动之以利，都无法说服我们的艾马拉朋友多干一天，或哪怕往纸莎草船上再多加一根草茎。根本没有商量的余地。他们就是要马上回家，回到阔别已久的的的喀喀湖和家中的妻子身边。

"一路顺风，我们在苏里基岛迎接你们。"苗圃的高墙倒下了，他们的杰作也离开了建造它的工地，这时德梅特里奥摘下绒线帽，亲切地说道。

"苏里基岛？"我们都感到匪夷所思。

"好吧，也不必非得是我们那座小岛，总之欢迎你们到的的喀喀湖来。"

地理知识显然不是艾马拉印第安人的强项。他们根本没有意识到自己是在大西洋的彼岸建成了"太阳号"二世，更不知道家乡的那座湖泊位于海拔

12000英尺的高原。但他们能把纸莎草船造得完美无瑕，这门手艺，现代的工程师、模型师、考古学家，都只能望尘莫及。

"硬得像木头。"卡洛说道。一艘灯火通明的货轮从我们身边呼啸而过，幸好并未撞上，我们都松了一口气。"硬得像木头，而且还在下沉。"他接着说。

"不会一直往下沉的。主要是船的载重太大，等吃水量和总重达到平衡，就不会再沉了。"

"诺曼认为我们应该像《圣经》里说的那样，把所有的纸莎草都涂上沥青。"

"没那个必要。"我说道，"纸莎草的断端才会吸水。所以这次我们把大部分纸莎草尾端都往沥青里蘸了蘸。"

但实际上，我也忍不住怀疑，当初是不是真的应该把整艘船都涂上一层厚厚的沥青。那样的话，船就不会往下沉了。古埃及的草船若是涂过沥青，也一定是涂在了纸莎草席的内侧，否则壁画上的船就应该是黑色，而不是绿色和黄色的了。

在"太阳号"一世远航结束后，有几位牧师写信告诉我，《圣经》里的诺亚方舟是涂过沥青的，摩西母亲也是先用沥青涂了纸莎草篮，才把摩西放进去，放入尼罗河中漂流的，最后他才得以被法老的女儿发现。这种说法并非毫无依据。沥青封层在古代埃及和小亚细亚运用都非常普遍。但是，从"太阳号"一世来看，只要捆得结实，绳索不断，即使不涂沥青，纸莎草船也照样能浮在水上。

说到绳索，建造"太阳号"一世时，我们用的绳子要粗得多。穆萨和奥玛尔是一根绳子打一个结，一共捆了有几百根绳，哪怕有的绳断了，也影响不到其他绳索。乍一看，印第安人捆绑绳索的方式似乎有点荒谬。他们就用一根细绳，从船头一直绕到船尾。而且，还断然拒绝使用超过半英寸粗的绳子。他们说，只有这样才能保证绳子受力均匀，即使断了也不会脱落，因为吸了水的纸莎草会把它卡住。果真如此吗？可除了他们，我们还能相信谁呢？船上的每个人都很清楚，这是一次全新的尝试。我们本可以继续采用乍得人的方式造船，我们之前有了经验，只需要做一些必要的改进，就不至于面临新的风险了。船尾那根性命攸关的弓舷也已经系到了甲板上。而且根据上次的经验教训，我们把所有的货物都集中放在了下风舷。但全新的"太阳号"二世依然存在太多未知。我们害怕的不光是那条捆住船身的细长绳子在汹涌的大海中会突然崩裂。"太阳号"一世好像一条铺在海面上的床垫，我们可以躺得舒舒服服，而"太阳号"二世却起伏剧烈，使我们站不能站，坐不能坐，干什么都得扶着点儿东西。启航第一天，我们系了几根绳圈，可惜都是徒劳，因为只要掉下船是肯定上不来的。我们的船速非常快。我们的船吃水很浅，不管海浪怎么翻腾，船几乎是从浪尖上滑过，第一天就航行了95海里，也就是177千米。我们可以做的也只有牢牢控制住巨帆。只要两根帆脚索一脱手，帆就会被风扯烂，变成一面巨大的竖旗，在狂风中扑打、甩动、翻卷，到时候船都得散架。启航第一天晚上，我们驶过了摩加多尔的一座小岛，腓尼基人曾在这座小岛上建过一个紫色染料工厂。我们当时离小岛非常近，都能隔着它分清大陆上每栋房子的灯火。第二天，从撒哈拉海岸吹来的风太狂太猛了，我们只好把船帆降下来，当时，一个不小心，船头可能就会被砸得稀烂。到了第三天，风停了。真的一丝风都没有，在航行这件事上我们已经一点主动权都没有了，只好躺下来，无可奈何地打着哈欠。这时，非洲海岸已消失在浓雾中。我们吃力地摆弄着沉重的舵桨，和松松垮垮的帆，扯扯这根索，拽拽那根索，只求不要撞船。我们很明白，只要来一阵小小的向岸风，几小时内，我们就会撞上岸边的崖壁。幸运的话，吹来的可能会是几阵离岸的风，尤其到了晚上，不管风力多小，总能将我们带离海岸。

可风并没有刮起来。到了第四天，海上风平浪静。

"我们还在往下沉。"大家纷纷这么说。水面平静，这一点并不难判断。整艘船仍在继续往下沉，每天至少下沉4英寸。这是我们从未遇到过的情况。"太阳号"一世从来不曾这样下沉。难道印第安人螺旋绕圈的捆法没有将纸莎草扎紧吗？还是因为他们以前造船用的是另一种芦苇，从没用过纸莎草？

圣地亚哥拿着纸和笔，在船上绕了一圈，做了一次匿名的意见调查，问题是：我们会平安地横渡大西洋，还是会失败。认为能平安横渡的有两人，另外六人全都认为我们会失败。我很好奇，另一位乐天派是谁。也许是诺曼，他总是说，只要我们平安绕过尤比角，我们就不必操心航行的事了，让船自己走也能顺利抵达美洲，有洋流和风管着，它想偏航都没机会。也可能是卡洛，他对"太阳号"一世的感情实在太深，他甚至嫌"太阳号"二世作为一艘帆船，有点儿过于完美。

我们下沉的速度有点吓人了，要不是洋流还在推着草船前进，我们可能要陷进这片水中了。这是我们出航的第四天，乔治走到我面前，我从没见他这么严肃过，他告诉我，军需官圣地亚哥和厨师卡洛都认为，我们带的食物和淡水太多了，所有不必要的东西都应该处理掉。他说完，拿起一个羊皮囊，打开塞子，把里面的东西倒进了海里。

"这是我们的饮用水！"

"限量供水总比沉船要好，不然，我们可能都到不了加纳利群岛。这一次，我们务必要成功！"

"快点儿动手把东西扔进海里吧，多好玩啊。"圣地亚哥想开个玩笑，但谁都听得出他言不由衷。

"不容易熟的食物都得扔掉。"听卡洛的语气，仿佛还有点开心，"这次带来的普里默斯炉太差劲了，一个烧裂了，另一个也不太稳定。"

尤里从船舱里探出头，神情极其严肃。迈达尼在他身后一言不发，不确定地看着我，眼里满是焦虑。启站在船桥上，如同一尊神秘的瓷人，根本猜不透他的想法。诺曼则忙着测定我们所处的位置。

"我们正在下沉。"尤里声音低缓地说道，"上次的经验告诉我们，沉下去的东西是不会再浮上来的。我们必须立即把能扔的东西都扔掉！"

诺曼默默听着我们这场争论。气氛非常压抑。没有风，船的浮力也不够。

上次并没有遇到这种情况啊，也许陆地上那些专家上次没说中，这次却被他们说中了？也许纸莎草船真的最多只能浮两周？其实，我们之前特意先把纸莎草船在萨非港泡了10天海水，给它充足的时间吸水。纸莎草质轻，船身又厚，船本来就容易头重脚轻，何况还有个巨大的船帆。现在我们离港已4天，算上之前的10天，刚好两个礼拜。而纸莎草船已经有一半浸在水中了。

"我们把前甲板的那两艘纸莎草船扔了吧。"诺曼建议道，"根本用不上，而且这次还带了那只3人位的充气筏，拍摄也够用了。"

我们刚把字条写好，装进瓶子，系到那艘最大的芦苇船上，就有人迫不及待地把它推下海。另一艘船我们都没来得及往上面系东西，便也被悄悄推下去了。永别了。它们两个气球，随着微弱的风向陆地漂去。几天后，在一片荒瘠沙滩上，瓶子里的短签竟被一位独自在撒哈拉沿岸巡逻的警卫捡到了。但当时，我们并不知道，下沉的问题还没得到解决，任凭洋流带着我们沿着平行于海岸的方向继续漂流。

土豆不容易熟，所以我们把一大袋土豆也扔下了海。接着是两罐米，还有面粉、玉米，还有两个麻袋，甚至不知道里面是什么东西，以及一个柳条篮子。饿肚子总比沉下去好。大部分喂鸡的粮食也扔了。然后轮到了备着修补、加固用的大梁、木板和硬木板。然后又是装满东西的陶罐。迈达尼睁大眼睛，不安地看着我。小原启抬头仰望着船帆，咧嘴笑笑，说不出是什么滋味。一大捆绳子、一块磨刀石、一把锤子、就连乔治修船用的那根沉甸甸的大铁钉也永远地消失在海底。船旁边漂满了书籍、杂志，有的才撕开包装。我认同，每盎司都不能放过。但也从心底里强烈反对。前面还有几千英里的路要走。我们这才刚刚离港。照这个速度，还得航行好几个月，得有足够的食物和必要的物资才能度日呀。可他们说得也没错，我们是在下沉。但这是为什么呢？会一直这样吗？我先得说服自己，才能给别人信心。浸在水下的纸莎草越多，排水量就越大，也就是说随着浸在水下的纸莎草变多，浮力也会变大。等到排水量相当于船身重量加载重时，船就会停止下沉。5月17日，启航前，我们匆匆往船上堆了好多东西。今天已经是5月20日了，我们的船仍在迅速下沉。

我们在桅杆前面的纸莎草上铺了一小片木头甲板，用绳绑住，现在尤里正狠心地将它拆下来。这块甲板曾带给我们多少欢乐呀。昨天，圣地亚哥和乔治就把这里当成舞台，穿着木屐在上面跳舞，还表演小丑，把我们逗得开怀大笑。我们几个躺在船上，船仿佛漂在一片明净的玻璃上。我拜托尤里别都扔了，剩个一两块，我们这艘纸莎草船两个大卷筒中间凹陷处很容易绊到，万一风浪大了，船又晃得厉害了，有这两块木板垫脚，就可以走得稳一点。

有人坐在舱檐下，把埃及洛神茶都扔下海了，它那点分量也值得一扔吗？陶炉和木炭也被扔进了海里。然后是厕纸、调料。不管多轻似乎都没有资格留在船上。

我的喉咙仿佛哽住了。有的人挤出笑容，却无精打采；有的人神情复杂，既有羞愧，也有痛苦。如果船还将继续往下沉，那想扔什么就继续扔吧，我们暂且还承受得起，否则他们会不断怀疑自己是否没有尽力，越想越害怕。最大的危险，其实是每个人的心理，如果内心的平静被打破，才将真的失控。这时，鸡也扑腾着落下了水。我们有两个人拿出斧头和刀子，要把鸡笼拆下来，扔进海里。反正普里默斯炉不好用，也吃不成鸡肉。终止这场混乱的机会终于来了。鸡都完蛋了，乔治给我们唯一的鸭子求了情。和"太阳号"一世上的辛巴达一样，我们也让这只鸭子在甲板上随意走动，萨非也很讨厌它，因为它有时会啄萨非光秃秃的屁股。萨非长高了几英寸，但还是原来那个小坏蛋，这次航行，它还是我们的吉祥物。我叫停了这场混乱，提议把这个空鸡笼当成一张轻便的餐桌。但有人不同意，要把鸡笼和几条简陋的长板凳都扔掉，他们说我们可以端着杯子和盘子吃饭。但遭到了我和诺曼的一致反对，我们俩都觉得吃饭是一天当中最享受的时刻。

作为一名经验丰富的海军官员，诺曼这样说："总之，一旦我们活得像猪一样，士气就垮了。"

我们头脑冷静下来。空气中不再火花四溅，也许被避雷针导走了吧。这下，船上空出不少地方，我们终于不必翻山越岭，可以来去自如了。但风还是没有刮起来。

第二天仍然风平浪静。第三天、第四天照旧。我们几乎原地不动。但船好像不再往下沉了，但谈不上有什么起色。

"据统计，每年五月，在这一带你有百分之一的机会遇到风平浪静的天气。"诺曼手指航海图说道，"但我们遇到了整整一周的百分之百。"

划桨又长又重，但我们还是试着划了两下。一点用没有。不过，危险也不那么迫在眉睫。应该可以享受一下了。于是我们纵身跃入大海。耀眼的阳光照在身上，我们左右两侧应该是加纳利群岛和非洲大陆，但看不见具体的位置，因为两岸都笼罩在雾气中。海水又清又凉，诺曼牵着小鸭子一起游泳。萨非倒挂着，也想撩一撩水。都怪这海水太诱人了！可是，天知道，我们是不是永远也别想摆脱那些在水面上下浮动的黑乎乎的油凝块了？打从我们离港的第一天起，迈达尼每天都会捞一些油凝块采样。这次，我们决定进行一次更为系统的研究，坚持每天采集水样。上次我们的确发现了海洋污染的问题，但水已经脏到不容忽视的程度，我们才开始关注。后来，我们把报告和样本送至联合国挪威代表团，引起了他们极大的兴趣，认为这很值得进行更彻底的研究。既然，我们又一次登上了纸莎草船，跨洋航行，那不如就着手做起来吧。我们从早到晚都要用到海水，它就相当于我们的漱口杯、脸盆、澡盆和浴缸。幸好，油凝块没有密集到一下水就必定会沾到，中间还是有很大的空间的。我们钻到纸莎草船底，海水晶莹剔透，还有各种各样的鱼。身披条纹的是领航鱼，斑点的是刺鲀，它们在"太阳号"二世的影子下游来游去，要不就贴在纸莎草旁休息。"太阳号"二世的纸莎草光滑、结实又强韧，船腹圆鼓鼓的，比"太阳号"一世还像鲸鱼的肚皮。看！好大一条大石斑鱼啊，得有差不多5英尺长，显得又大又笨重。可见，我们离加纳利群岛真的没多远。这种鱼喜欢在海岸附近生活，一般不会冒险游到远海。那条石斑鱼径直游过来，顶了顶乔治的潜水面具。一条8英寸长、黑白条纹的领航鱼向我的手指冲过来，速度快得像一艘小型的齐柏林飞艇。圣地亚哥说得没错，鱼类浮在水面上时才叫游动；在水里，只能叫飞。如果你刚好潜得比它们深，抬头看时，飞速移动的鱼仿佛鸟儿在天空中自由飞翔。两个怪模怪样的生物从我的鼻子跟前游过去，活像两只光秃秃的袜筒。远处一个很有弹性的圆盘，像是水母。但我们见识过葡萄牙战舰水母的厉害，而且记忆犹新，因而遇到这种不知名的无脊椎动物，我们一律敬而远之。

"鲨鱼，大鲨鱼！"

它离我们很远。隔着这么远，都能看清它的背鳍和尾鳍是怎样划破了水面，可见它有多大。但它对"太阳号"二世完全不感兴趣。自顾自地朝前游，我们双方和航线刚好彼此成直角。

"太阳号"二世水下的状态如此完美，大家都感到特别开心。船尾依旧结实、优雅，船身也没有向上风舷倾斜，也没有一根纸莎草脱落。尤里和乔治甚至认为船头稍稍浮上来一点儿，也许是因为前几天艳阳高照，纸莎草吸的水被蒸发了一部分，吃水线就往下移了。前一天他们还说，为了防止船头下沉，桅杆前方最多只能同时过去两三个人。而现在，大家都同意用现有的材料做几把椅子，让我们可以舒舒服服地在前甲板吃饭。

一星期以来，我们一直在向东南方向漂流。东边、西边偶尔会吹来一丝微风，但帆桁根本纹丝不动，帆不时贴在桅杆上。我们什么也不用干，就懒洋洋地躺着，整片大海在我们船下缓缓地流动。海洋并非静止的，只是我们看不出来而已，因为我们的船和海水在以相同的速度前进。这时，空气有了一丝波动，虽然很微弱，但总算有了希望，我们满怀期待，盼着风快点吹起来吧，有了风，我们才能调整航向。我们有时候会下海洗澡，或潜入水下同温驯的鱼类嬉戏，身上总会绑着一根长绳。毕竟谁也不知道什么时候会起风，风会往哪个方向吹，万一风把船推着走，我们也可以借由绳子让船拖着走。万一船走了，我们却没跟上，那就糟糕了。

最后一个风平浪静的日子。诺曼、圣地亚哥和鸭子辛巴达都系着绳子在水里游泳，我也系好绳子，跳下水。我钻到纸莎草船底下，然后游到船的另一侧，躺在微波粼粼的海面上，畅快地沐浴着阳光。再完美的假期也不过如此吧。大概很少有人从水下见过鸭子游泳的样子，不过也没什么稀罕，就是个肥肥的肚子，再加上一对奋力划水的鸭蹼。我转过身，欣赏着旁边这只奇妙的纸莎草船。它还真有点诺亚方舟的意思。草茎和泛黄的柳条。桅索上的猴子，舱顶上的鸽子，伸在舱门外的两只光脚丫，这景象真是无比奇妙！船帆微微鼓起，舵桨周围荡起小小的涟漪。船真的在动。奇怪，我感觉不到绳子在拉我呢，它得有多长啊。绳子！绳子哪儿去了？没有！它不见了！一定是刚才游泳的时候，我从绳圈里钻出去了，亏我还躺在水上晒太阳呢。"太阳号"二世都漂走了。我不由得感到一阵恐慌——我被落下了。我立刻告诉自己不要紧张，"太阳号"二世并未走远。虽然比不上乔治和诺曼那样的游泳好手，但这点距离，我还是赶得上的。我做到了。我用手指扣住绑在船身上的细绳，爬上甲板。谁能想到这结实的纸莎草捆能带给人这么强烈的安全感。我什么也没说，只是把淋浴网挂在船尾的下风处。这个东西是我设计的，就像个大网兜，人钻进去，再把它吊在船外，就能安心洗澡了。在船上洗的话，纸莎草的甲板不像别的船那样可以冲刷干净，肥皂水会积在纸莎草缝隙里。我们不确定肥皂水会不会对纸莎草造成影响，所以不敢冒险。

我们盼了好久，终于起风了。东北信风从右侧舷尾吹过来。我们把两支舵桨都推到最右侧，波浪推着纸莎草船向前飞驰，无论哪个方向，都看不到陆地的影子。5月26日，诺曼拿着六分仪、铅笔和纸从舱顶下来，他如释重负，长吁一口气。想必我们已经通过尤比角了。万岁，海岸峭壁才是"太阳号"最危险的敌人，现在已经被我们甩在身后了。大海又一次向我们敞开怀抱，而这一次，我们的船尾依然高高翘起，两支电线杆粗细的舵桨也完好无损。启航前，凡是见过这两个粗笨圆柱的人都觉得我们夸张又好笑。他们说，我们根本用不着这么粗重的舵桨，细一点，轻一点也无妨；要是这么粗大的原木都能折断，那纤细的纸莎草茎早就碎成渣一百次了。

我们从没有想过纸莎草船上的生活竟会如此惬意。我们两侧都有海岸，只是看不见，但却遇到一群海岸边飞来的色彩鲜艳的飞鸟。它们拍打着翅膀，似乎在经过长途飞行后早已疲惫不堪。它们排着队落在帆桁上、舱顶上、舵桨杆上、船头或船尾尖上。卡洛曾把纸莎草船比喻成漂浮的鸟巢，而今幻想成真了。里面有许多我们家乡的老朋友，有野鸽子、山雀、燕子、达尔文雀族，还有麻雀。一只鹦鹉般绚丽的佛法僧，翅膀长着蓝色绿色的羽毛，光彩夺目。还有一只信鸽，腿上套着铜环，在我们的头顶盘旋，累了便在桅杆上落下脚，然后再展开翅膀滑翔到船桥上，和操舵的人会合，他们头顶上就是蓝色的联合国国旗。我们一下就想到了和平鸽。它仿佛和船上悬挂的联合国国旗融为了一体。在那个铜环上写着"27773-68A-西班牙"。我们的纸莎草船成了一个漂浮的动物园，水下各种不会说话的鱼类游来游去陪伴着我们。船上，到处都栖息着色彩鲜艳、叽叽喳喳的鸟儿。原来准备给家禽的水碗和粮食这下又都派上了用场。可是，它们发现，我们离加纳利群岛已经越来越远，丝毫没有要靠岸的意思，便一一向我们告别，飞走了。只有那只顶顶漂亮的佛法僧走不了。它是食虫鸟，但我们船上连一只苍蝇都找不出来，它变得越来越虚弱了。那只信鸽却爱上了鸭子辛巴达的口粮。它吃得胖胖的，羽毛越来越润泽，也越来越温驯，显然打定主意要跟我们一路往美洲去。

起风后，"太阳号"二世似乎也稍稍浮起来一些，看上去如同鼓满风的巨帆把船头提起来了。我们好像在乘着风筝航行，只可惜太沉了，始终飞不上天。清新的微风令"太阳号"二世从沉睡中苏醒，它立即加快速度，好像要把荒废的时间补回来。它每天航行的距离达到了60海里、70海里或80海里，即每天110千米、130千米，甚至150千米，带着我们继续横渡大西洋。

船上的生活每天都差不多。大家都十分愉快，总能听到歌声与笑声。船只完好，哪里都不用修，值班也很轻松。陶罐里有各种美味的食物，而且并不限量。船上还有四位一流的厨师。乔治又香又辣的埃及菜，好吃到法老都要妒忌我们；小原启的手艺，任何艺伎都望尘莫及；迈达尼的柏柏尔式洋葱炖咸肉总让我们胃口大开。若哪天没有别的大厨主动要求，卡洛就会照旧为我们呈上美味佳肴。这一切使我们觉得自己仿佛坐在头等舱内，正乘风破浪飞速向前航行。

黄昏，巨帆的影子铺在船身上，七个晒得黝黑的大胡子围坐在空鸡笼旁，兴高采烈地吃着晚餐。还有一个人站在船桥上，转动着粗大的舵桨，追随着西沉的太阳。罗盘指向正西，落日把最后一束光芒洒在海面上，宛如孔雀，在我们这只金天鹅面前展开了尾巴。我们的纸莎草船还和从前一样，紧紧随着这永恒的太阳神，不断前进。北极星和北斗七星，踩着右舷的横梁走入空中。它们是我们的老朋友了，我们早把它们当成我们这个小天地的一分子。自上次航行以来，我们就十分熟识了。

夜风清新宜人。我穿上长裤和厚毛衣。迈达尼也穿上厚厚的摩洛哥长袍，袍子连着尖顶帽，戴上后，他就像一个中世纪的僧侣。他跪在舱顶上，身后是整片夜空，俯下头去做礼拜。他和气友善，是一位难得的好旅伴。他代表非洲的有色人种，补上了阿布杜拉的位置。他的皮肤没有阿布杜拉那么黑，但也是柏柏尔人中最黑的了。遗憾的是，阿布杜拉是"太阳号"一世队员中唯一没能参加这次远航的人。启航前三天，我们才确定他不会出现在萨非港。过去一年，乍得内战愈演愈烈，北部的伊斯兰教徒和法国海外兵团支持的基督教黑人政府冲突不断，一片血腥。他自愿加入我们的远航队伍，才得以暂时逃离乍得。他越来越不安，几位妻子居住在不同的地区，令他无法享受正常的家庭生活。他经常是这只手拿着一张相片，里面是生活在乍得的三个漂亮非洲儿童；那只手拿着一封电报，说他在开罗新娶的妻子刚刚为他生了个女儿。如果阿布杜拉再次坐纸莎草船出海，谁来替他处理这些事情呢？再见，阿布杜拉，我们都会想念你的。阿布杜拉刚刚走出大门，迈达尼·艾特·奥哈尼就从旅馆的前台后微笑着走了出来，问他能不能和我们一起去。不久前，萨非一家大型磷酸盐工厂接手了这家旅馆，迈达尼被任命为主管。我们正需要一个纯正的非洲人来接替阿布杜拉。于是，他就这样被七个即将启航的客人从旅馆带走了。

我们认识迈达尼三天了。可是我们之前谁也不认识小原启。刚好我有一个瑞典朋友要去东京洽谈电视节目的互换事宜，我便请他推荐一位日本摄影师，要性情随和，身体健康。没过多久，敦实矮小的小原启就背着摄影器材，推开萨非旅馆的大门，冲了进来。他很懂享受生活，喜欢音乐和柔道，所以一身肌肉。我们问他有没有航海经验，他说，他曾坐水上巴士游览过东京湾。后来，他又被派到南美的的的喀喀湖，拍摄那些乘坐芦苇船的印第安人。

"你呢，迈达尼？"诺曼急切地问道。

"我刚从马拉喀什来萨非时，曾跟船去捕过一次鱼。但我晕船了，只好又回到岸上。"

"这次又是一群'旱鸭子'。"诺曼看着我，有些失望地说。

"所以他们不会像坐惯了普通木船的水手那样，非得把重的东西放在上风舷。"我想到去年的那场惨败，"能意识到自己对纸莎草船航海一无所知，反而不容易出错。经验丰富的跳台滑雪运动员往往成不了优秀的跳伞运动员，很少有人能轻松转换身份。"

头两天，细长的纸莎草船像个空瓶子一样在波涛汹涌的海面上颠簸，这两位航海新手都晕船了，难受得不得了。后来，佛祖和安拉似乎听到了他们的祈祷，不管那些统计数据和气象图了，给了我们整整一星期的风平浪静。等到海风再次悄悄吹起，就已经看不出日本代表和摩洛哥代表在海上生活的能力和我们有什么差别了。像在"太阳号"一世上一样，我们有福共享，有难同当。有人苍白的皮肤已被晒成棕色。肤色本来就黑的人比较有优势，根本不用担心和家谱、洗礼证书、会员卡或护照上的照片相比，已判若两人。前甲板几乎没什么空地，后甲板就堆得更满了。船舱两侧的过道只有3英尺宽。船舱还是只有一间，矮得让人直不起腰，除非你爬到舱顶上去；也特别窄，要是侧睡的时候翻个身，不是膝盖顶到别人肚子，就是胳膊肘砸到别人眼睛。不管谁骂脏话、打呼噜、吃个饭弄得乒乓响，或说了什么笑话，所有人都听得见，只是夜里漆黑一片，桅杆和船桥也总是吱吱嘎嘎地响，所以无法确定什么声音是谁发出来的罢了。只有圣地亚哥和乔治偶尔会找尤里要安眠药。我们像是参加了一场永远不会结束的派对。这里没有隐私可言，从早到晚，不分场合，我们全都形影不离。

如果说，美国人和苏联人存在隔阂，现在两人却已将彼此视为知己。如果说，阿拉伯人和犹太人是天生的敌人，两人中早应该有一个葬身大海。如果说，全能之神不允许人们以不同的名义崇拜他，那船上早就该爆发宗教战争。"太阳号"二世就如同巴别塔，我们来自八个国家，说着八种语言。[①]但彼此交流说得最多的是英语、意大利语和法语，偶尔也说阿拉伯语或西班牙语，俄语、挪威语和日语只用来讲梦话。我们总有话题可争论，有趣事可讲，有歌要一起唱，只要一有空闲，尤其是晚饭后，大家就会聚在一起，通常两三个人坐在桅杆下，其余的人则围坐在鸡笼餐桌旁。我们不去船舱，一般只有想睡觉才去。我们讨论政治问题，有什么观点从不遮遮掩掩。因为在这里，你可以自由讨论东西方的优劣，没有人拿着上了膛的手枪守在你身边。船上勉强算得上武器的，有鱼叉、斧头和鱼钩。但这些东西都是用来为大家服务的，因为我们都在同一条船上。和其他人一样，我们聚起来，也会被巴勒斯坦问题、非洲的部落纷争，以及美国对越南的干预、苏联对捷克斯洛伐克的干预这些事务弄糊涂。但谁也不会生气，不会往心里去，不会声嘶力竭，通常，我们也能达成共识。我们也谈论宗教，但谁也不会展示神圣之怒。我们中有科普特基督教徒、天主教徒、新教徒、伊斯兰教徒、佛教徒，也有无神论者、自由思想家和半基督教徒的犹太人，哪怕再多一位也实在盛不下了。在我们的小方舟上，猴子才是诺亚，我们则充当着各种动物的角色。我们的船上不存在宗教争端，但在讨论那支失而复得的牙刷所有权问题时，我们听到了各种语言的愤怒脏话和怒

---

① 译注：这里用到了babel一词的两重意思，一指巴别塔，二指嘈杂声。人类决定造一座通天塔，即巴别塔，由于语言相通，齐心协力，很快高塔就直插云霄，惊动了上帝。上帝便变乱众人的语言，使大家无法交流，通天塔也因此半途而废。

吼。看来，地理环境可以将人区别开来，但在内心深处，我们都是一样的。鼻子底下的牙刷比千里之外的大炮重要多了。人与人之间千差万别，但作为人类的共性更为显著。不管我们是否愿意相互理解，我们都已登上了同一条船，这艘纸莎草方舟上的我们，就如同一条面包上的不同切片。我们悲喜相通，竭尽全力互相帮助，因为帮助别人就是帮助自己。一人掌舵，他人便都能休息；一人做饭，大家就都有饭吃；一人缝补帆布，拉拽索具，我们就能扬帆飞驰。我们要时刻保持最佳状态，随时准备着全力以赴抵御来自外界的威胁。

日子一天天过去。几星期过去了。一个月过去了。

"越来越无聊了。"卡洛捡起鱼竿，乐悠悠地发着牢骚，"什么都不坏，哪儿都不用修，也不用接绳子，跟'太阳号'一世可真是不一样。"

他在船头坐下来，脚伸到舷外，将一条小飞鱼挂在钩上钓鱼。我们船上有好多飞鱼，都是自己飞上来的。船底下有许多领航鱼，也有几条小刺鲼，一般都很乖，偶尔也会咬我们一口，但都是我们故意让它们咬着玩的。可是我们垂涎已久的海豚或金枪鱼，本来是海上最容易捕获的美味，这次却很少见到，金枪鱼离得远远的，拍拍尾巴，跃出水面，完全不给留出鱼饵诱惑它的机会。有一天，乔治游过一片仿佛一眼看不到边的银色雪茄，这是一种叫作狐鲣的鱼。还有一次，在靠近非洲的海面上，一群大鲸鱼飞快地游了过去，说不定还是我们上次遇到的那一家子。有一条扁扁的蝠鲼，有我们的船桥那么大，猛地跃出水面，然后像张煎饼似的，哗啦一下拍在水面上。几只活力满满的海豚打着水游了过去，快活地追逐嬉戏，跃出水面。我们船后方有一条胖乎乎、懒洋洋的海鳗，一人多长，大腿般粗，慢悠悠地扭动着身体。一天下午，有一条粉红色的大鱿鱼，从船底爬了上来，它摸索着从船身爬到舵桨，十根触手全都举过头顶，将水一喷，向后弹射出去，回到了大海中。

可见，大洋里的确有不少生命，但里面的油凝块要比鱼多得多。头一个月里，只有三天，迈达尼没在水上见着漂浮的黑色油凝块，但那是因为当时海面上波涛汹涌，无法进行有效的观察。6月16日，我们出航刚好一个月。海水变得污浊不堪，在里面盥洗，令人感到非常不适。海面上铺满了大小不一的黑块，大的如土豆，小的如豌豆、米粒。这次远航中，比这更糟的情况也有，那是在摩洛哥和加纳利群岛之间的洋流带，但那是因为当时风平浪静，海面上有什么东西都看得清清楚楚。5月21日，我在航海日记里写道：

"海洋污染的程度早已不容乐观。迈达尼捞上来的那些状如沥青的油凝块基本都有西梅大小，大块的上面还长着小藤壶，也有小螃蟹、肉虫，还有多足的甲壳动物在上面安家。下午，平静的海面已经被大量褐色和黑色的油凝块铺满了，油凝块之间的海面上浮着一层白沫，如同肥皂水，有些地方则五彩斑斓，反着光，仿佛蒙着一层汽油膜。"

同一片海域，还有几个形似长袜的腔肠动物游来游去。活着的时候，它们的身体圆鼓鼓的，好像橘色和绿色的腊肠形气球。然而，死去后就像气球被戳破瘪下来了。那些漂浮的油凝块间就有成千上万这种腔肠动物的尸体，我们在这些令人作呕的东西中漂了整整两天，才脱出身来。海面上的这堆污物最终也将漂到美洲去，而且和我们是同一条航线，只是速度慢一点。这段风平浪静的日子结束后，海浪曾把油凝块冲到船上，当海浪退去，海水从纸莎草间的缝隙流走了，就像须鲸滤掉海水一样，却把这些拳头大的油凝块留在了船上。然而，石油污染并不是现代送给海洋的唯一礼物。根据我们的观察，几乎每天都能见到塑料容器、啤酒罐、瓶子，或是其他比较容易腐烂降解的东西，例如，木质装货箱、软木塞和其他垃圾，从"太阳号"二世旁边漂过。

我们第二次遇到油污特别严重的情况时，离当初启航的地点已经有1725海里，离终点则还有1525海里。第二天，风很猛。隔天，也就是6月18日，海浪越涌越高，哪怕算上上一次远航，这都是我们遇到的最大的浪。听风声，还以为风力必然特别强劲，但其实还好，问题是浪，隆起如山脊一般的大浪，还不断有碎浪从后面加入进来，巨浪越堆越高，按说这种力道的风掀不起这么大的浪。也许东北方向什么地方正在刮大风暴吧。起初我们都很兴奋；渐渐开始感到担心害怕；之后是惊讶，我们表现得好像还不错呀，所以可能还有一点欣慰；最后，我们心中涌起一股抑制不住的赞叹，我们这枚小小的芥子面对滔天巨浪竟胜似闲庭信步。值班时，我独自一人站在船舱后的船桥上，调整左舷的舵桨，让船尾迎接海浪。我们已经把右舷的舵桨绑死了，它现在的作用其实就相当于龙骨。船走得堪称平稳，深海区壅高的碎浪波与浅滩的碎浪完全是两码事。倾斜的浪基面追到我们后，顶到镰刀形的船尾，水体陡然升起，将我们托到半空中。往往等我们被托在浪头顶上了，陡峭的波浪也要碎掉了，浪头轰然崩塌下来。我们被风、水流、浪花推着往前冲去，头低尾高，箭一般地射向蓝绿色的波谷。要紧的是船一定不能侧过来，不然就没命了。

"20英尺，25英尺。"

这是大家在猜测浪高，有点兴奋，又有点害怕。

"30英尺。"现在浪尖比桅顶还高。

30英尺呀。迈达尼晕船了。空中乌云密布，暴雨落了下来。船上的一切工作都井井有条。"太阳号"二世身姿优美地翻过一排排巨浪。除了甲板上偶尔溅上一点水花，简直无可挑剔。只要让我们神奇的船尾对准追赶的海浪，就不会出问题。幸运的是，浪起是有规律的，前后两道浪的间隔，"太阳号"二世的长度和形状刚好与之相适。海浪仿佛排着队涌来，一号，二号，三号，一个跟着一个，保持着适当的间隔。掌舵的人此时最好不扭头，只要把稳舵，让船直线航行。身后，一堵接一堵玻璃高墙向我们倒下来，想把我们埋在下面，再也别想跑。除了我还要值班，大家一个接一个爬进了船舱。但大海的怒涛震耳欲聋，躺着也睡不着，只能眼睁睁地瞪着舱顶。只有卡洛还坐在船头上。他真不愧是登山运动员，最喜欢待的地方就是高高的船头，他双腿晃来晃去的，仿佛骑在马背上。

我感觉船又被托到半空了，而且比之前还高，然后水墙塌了，它也随之向前俯冲。这时，刚刚那道浪已经钻到了我们前头，它渐渐隆起，如同一条流畅的白线，一路向前横扫而去。

"这个浪头比桅顶还要高。"卡洛兴奋地高喊，雪白的牙齿在他火红的大胡子间闪闪发亮。

过了一会儿，他从船头上下来，摇摇晃晃地往后走，拖着安全绳，也钻进了船舱。他告诉我们，每回"太阳号"屁股翘起来，要往下冲了，船头下的海面就会裂开一道深谷，深得好像探不到底，感觉像一个水的坟墓，在等着我们一头栽进去。还是眼不见心不烦吧。

再过一会儿，就会有人来换我的班了，但我一秒也不敢松懈，绝不能让船侧过来。快到下午4点钟了。船后面，传来了下一道巨浪浪花堆高凝聚的声音，这一次的浪头比之前更高。我使出浑身的力气，不让海浪把桨片荡开。我感到船尾好像卡在了一堵水做的高墙里，被它抬高，抬高，再抬高。我眼睛盯紧罗盘，好随时确定航向。船身一定要和海浪保持垂直。这个浪究竟要把我们托多高，怎么还不从船底下涌过去？这时浪花飞溅，浪峰从船侧滑过，好像就要涌到船头前方去了，谁知船头猛地栽下去，不要命般地向前俯冲，"太阳号"二世现在就如同一块装上巨帆的冲浪板。要来的终究还是来了。一声巨响。非常刺耳，是粗大木料断裂的那种声音。船身和舵桨全都晃动不止，"太阳号"二世失去了控制，左侧船头对准浪谷，斜向前冲去。

仿佛当头一棒，把我打蒙了。一时之间，我都不知道该干什么，我强迫自己把头转回来，直面眼前的难关。是舵桨！我手里这支舵桨已经折了，宽大的桨片已经和粗大的舵杆分了家，挂在安全绳上晃来晃去。我刚看了一眼，就见大股的海浪从右侧船尾朝我们涌来，一路畅通无阻，浪头比后甲板的横梁还高。船尾已无法再抵御海浪，海浪也不再把我们抬到半空了。

"全都到甲板上来！左边的舵桨断了！尤里，把海锚带出来！"

船身和船桥在巨浪的冲击下，已经严重变形。待在船桥上也没用了，我从它侧面滑下来，跑到右舷，去解固定舵桨的绳子。巨浪拍击着舱壁，主帆扭卷、甩动，一下下撞在桅杆上，这些轰鸣巨响，可比我在船桥上那一嗓子有用多了，船舱里的七个人都被吵醒。他们蜂拥而出，咬紧牙关，一声不吭，将安全绳松松地系在腰间。

"要哪个锚？"

"最大的那个。"

我解开了捆住这支完好舵桨的绳子，但支撑它头尾的两个硬木叉都歪了，舵桨被卡住一动都不能动。一个又一个巨浪砸在我们头上。风和浪恣意推搡着帆和船。这时，桅杆发出了恐怖的吱嘎声。

"降主帆！"

为了加快船速，诺曼最近在一根竹竿上挂起了一面小上桅帆。竹竿早折了，小上桅帆抽打着主帆，像只破气球。

"快降主帆，不然要被撕裂了！"

诺曼本来站在前甲板指挥，他亲自爬上桅顶，把上桅帆用刀子割断。然后，五个人抓住升降索，将主帆一点点放下来。很快23英尺长的帆桁离开了桅顶，但并没有继续乖乖下降，而是被帆带得向前挺出去。这时主帆已经兜满了风，如同一张风筝，要飞向大海，前甲板上的五个人，死死拽住帆索，几乎相当于吊在帆上，胳膊都被抻长了。又一道浪呼啸着吞没了我们。

"快抛锚呀，该死！"

"海浪冲得锚缆都缠在一起了！"

"那就先扔个小锚，还等着海浪把我们撕成碎片吗！"

又一道浪打在船上。接下来的一道浪更大。不幸中的万幸，是右舷冲着浪，舱门开在左边，所以我们早把右边的舱壁整个用帆布盖住。如今海浪拍打着舱壁，浪头几乎有舱顶那么高。

"小锚已经抛出去了。"卡洛狂喜中大喊。

但是，小海锚的力量太小，这只小袋子在我们船后随着水波摆动，根本无法让吸饱了水的船尾拨正过来。尤里和卡洛站在船尾齐腰深的水里，每次大浪打来，他们都会完全淹没在浪花里。但他们的心思全在两只大海锚上，只想在那团乱麻般的锚缆中找出系着大海锚的那两根。

"大家检查一下安全绳，都必须系好！"

终于，卡住的舵桨转得动了，我转了几英寸，又转了几英寸，又转了几英寸，但无济于事。狂风猛地把巨帆的底边刮到了船头，左边一卷，右边一卷，船头的尖端就被它裹住了，它往左一扯，船头被拧歪了。风浪咆哮呼号着，所以我们每个人都得充当起传声筒的角色，把彼此的话从船桥传到桅杆，从桅杆传到船尾，来回传递。

"快降帆，否则整条船都会被撕成碎片！"我大声嚷道。

尽管主帆并不老实，但总算在往下降。

"快住手！把帆拽上去，再降就要被海浪卷走了！"诺曼嘶声喊道。

"主帆一旦落入海里，我们就再也别想把它弄上来了。"乔治也大声喊道。

他说得完全正确。这幅埃及式主帆底边与甲板一样宽。但顶边和帆桁却宽得多。所以降帆的过程中，保证它伸出船外的上半截帆布和帆桁不被疯狂的巨浪逮住，基本就是不可能的任务。

办法不是没有。因为帆每降下几英寸，他们五个就立即将帆布向上卷，从来没让它落过地。他们一边警惕地关注着帆，一边还要小心不要被狂风、大浪、翻腾的小船抛下海去。我握着那支完好舵桨的桨柄，又是晃又是拽，终于让它横着移动了，我猛地推了几下，它摆开了几度，但仍然是徒劳。帆一点一点被卷起来，差不多已经卷了三分之一，他们将这卷帆紧紧捆住，帆上本来就有一排绳子，是专门供卷完帆捆帆用的。轮到桨片了，它现在就拖在船后，被海浪抛过来丢过去，还不时被重重地甩到船尾。我们按照古埃及墓室壁画，在桨片上系了一根安全绳，只要收起绳，也就把它拽上船了。折断的位置就在舵桨被硬木叉撑住的那一处。这次我们都以为会万无一失。我们选用了最结实的北美脂松木做舵桨，从上到下胸径都是6英寸，和电线杆一般粗，而且我们选的木头之前绝对没有一点儿裂痕，但它还是像火柴棍一样被折断了。但纸莎草却一根未断，也没有从船身滑脱或受损。纸莎草捆比原木更经得起考验，结果，哥利亚的力量再一次输给了大卫的灵巧。这次的问题在于，我们用来捆绑舵桨的绳索太粗了。其实桨片这头的绳子应该细一点，这样断的就会是绳子，而不是舵桨了。绳子就相当于舵桨的保险栓。然而，我们也是航行结束后才学到这一点。在回头研究埃及古画时，我们才发现古代埃及人是怎么捆舵桨的。但起初，我们以为舵桨上下两端的绳子粗细有别只是艺术家的再创作，便忽略了这个细节。然而，当我们回过头来重新研究古船的设计时，绳子粗细有别这个特点是具有普遍性的。看来，古代埃及人一定曾在狂风巨浪的海洋中航行过。

乔治把沉重的桨片拽上船，上面已经长满了美味的藤壶。他把绑在桨片上的一束纸莎草段割断。那是诺曼绑的，因为桨片和舵杆连接固定的那侧不是平面，于是他在那一面绑上一束纸莎草，使桨片两面都做成流线型。割下的草被乔治扔到了海里，他默默站在原地，等着看这束饱受摧残的断草是浮是沉。草沉下去了。乔治对此事只字未提，但他不知道，船桥上有个人目睹了这一切，而且和他同样不知所措，心情沉重。纸莎草为什么会沉下去呢？难道是因为里面的空气都被挤出来了吗？幸好尤里和卡洛背对着乔治。他们的心思全被手头的工作占据着，那个大海锚的锚缆终于被他们找到了。我们把大海锚抛进海里，小海锚拽上来。大海锚的帆布袋撑开了，船尾慢慢地扭了回来。只是还没完全正过来。船身还是有点歪，风吹着船侧，巨浪依旧拍打着后甲板的右舷。这情形和当初的"太阳号"一世简直一模一样。

风暴依然肆虐。船上的时间是差10分钟9点。夜幕开始降临。前甲板的那几人已将主帆卷起了一半，帆布上橙红色的太阳也只能看到上面一半，仿佛西沉的落日，虽然现在看不到，但我们知道乌云的后面，真正的太阳也正在缓缓落入海中。但假使我们能看到它，此刻它必然也不会在我们的正前方。我们现在是侧着漂的，太阳应该远远地挂在我们被帆拧歪的船头的左边。

太惨了。看看什么叫自作自受。舵桨断了，我们却没有够长够粗的木料备用。在加纳利群岛一带，那些适于加固的沉重硬木就都被我们扔下海了。如果大海锚的制动效果够好，船的航速够慢，我们继续束手无策地躺着，说不定它们漂着漂着就追上我们了！唉，烂笑话。烂局面。无计可施。晚安吧，各位。

我们必须睡了，把难题都留到明天吧。两支舵桨，一支不起作用，一支只剩一半，还没有桨片，也不必掌什么舵了。有大海锚能稳定航向，海浪来就来吧，反正也不会涌进舱门里，最终还是要流回大海的。但夜班还是要轮着值的，就怕万一巨浪里"太阳号"二世被别的船撞翻。

然而，这一夜我根本睡不着。我们好像又回到了"太阳号"一世上，回到了最后那个大海即将赢得胜利的夜晚。成吨的海水拍打着右舷的后舱壁，在我们周围涌动、翻腾、吮吸、咯咯作响。船舱底下，甲板上面，有一条真正的河，在构成船身的两大卷纸莎草筒之间，那道又深又宽的沟中规律地来回流动。这些积水挤在纸莎草茎的缝隙间激荡，但已经渗不出去了。因为纸莎草不断吸水膨胀，缝隙被堵得严严实实，之前的积水还没有流下去，新的激流又涌上来，大浴缸就这么渐渐灌满了。

我在睡袋里翻来覆去，怎么也睡不着，结果又轮到我值班了。我坐在船舱门口，捆在船上的一条竹凳上，一会儿就睡熟了。我忽然被惊醒了，很是难为情，根本想不通自己怎么能这样。叫醒我的原来是一只蝙蝠，啊不，是只猫头鹰。它一直绕着"太阳号"上空盘旋，一不小心，挂到了桅缆，便朝我俯冲过来。然而这位夜间造访的客人飞行技巧也太糟糕了，一只翅膀又碰到了某条拉索，根本没有扑到我，踉跄了几步，最后站在我旁边的长椅上。结果这是一只鸽子！是我们那位套着脚环的旅伴！一定是主帆和巨浪的那场恶斗吓跑了它，它想念人类的陪伴，但飞回来后，通常总有人值守的船桥上却空无一人。我们在舱顶放了一个篮子给它做窝，如今也空荡荡的，这种孤寂令它害怕，它又飞出去，想找一块干燥的地方落脚，但根本找不到，于是飞了回来，现已精疲力竭。后来不管谁来换班，它都一直坐在竹凳上，紧紧挨着值班的人，直到天亮。海浪从右侧船尾一马平川般涌上来。然后从船舱两侧流下去，所以下风舷这边也有一条小溪流，在我们脚下来回流淌，最终流入大海。

这本不是一艘普通的船。麻烦的是，当它变得跟普通的船一样，船底不再漏水了。船身滴水不漏，海水再也不能像从前那样迅速流下船去。

第二天仍如入地狱。我们蹚着泛着白沫的水，一趟趟把上风口的陶罐都搬到安全的地方，已经破了的就扔掉；松脱出来的货物捆好，系紧桅缆，缝补破帆；绞尽脑汁想着怎么才能重新开始操舵。要是一直像现在这样，不能尽快使船身回正，上风舷就会继续吸水，海洋取得最终的胜利将只是时间的问题。我们船上，无论纸莎草还是木头，都是用绳索固定的。现在船体承受着如此巨大的张力，这些绳索随时都有崩断的可能。缠绕捆绑纸莎草的长绳只有半英寸粗，和男人的小手指差不多。固定船舱、桅脚和船桥用的绳索要细得多，只有三分之一英寸粗，不过是像编麻花辫那样三股编在一起用的。造船的印第安人坚持，凡是穿过纸莎草捆的东西都不能比这粗。结果我们就像颗球一样向前弹跳。假如船舱、桅脚、船桥的各个连接点不够活泛，海浪早就将"太阳号"撕成碎片了。它折断木头，拗弯钢材的手段有多残暴，我也已经见识过了。刚开始，大海拿我们这只纸莎草球毫无办法，才挨到它，它就立即弹开了。但大海还有别的计谋。它一点一点爬上船，如同一堆无用的货物，唯一的作用就是把我们向下压。我们又开始以可怕的速度下沉。一是因为，成吨成吨的海水溅上来，两卷纸莎草筒间又深又长的沟里存了大量的水，增加了船的负载量；再是因为，这些积水从上往下渗，原本干燥轻巧的纸莎草捆，上半部分早已湿透。整艘船的纸莎草都在拼命吸水，船变得又湿又重。我们真的又在迅速下沉了。关于这一情况，大家都心知肚明。但谁都没有惊慌失措，大家心中都很坚定，我们能经受住这次考验。大家都提出了自己的意见，但讨论过后，都被一致否决了。迈达尼没有见识过"太阳号"一世航行的情形，他把我拉到一边，紧张地问我现在是不是很危险。我告诉他，暂时还没有。他听了立即展颜一笑。小原启使劲晃着脑袋，把耳朵里的海水甩掉，黑亮的头发也跟着甩动，他边笑边说，万万想不到世上竟会有这么大的浪。

多亏了海锚，船身稍稍转回来一些，终于是船尾迎着海浪。假若把锚收起来，船身就又会横过去，整条船便相当于敞开在海浪面前。但若不把锚收回来，纸莎草船就基本相当于原地踏步，根本不往前走。然后我们就会被困在大西洋中心，最终在这个离起点1900海里，终点1300海里的地方，沉入海底。

在这两天的时间里，我们除了保护好自己和船上的货物外，也没别的事可做。风浪太大，根本不可能去修补舵桨。每一道浪都有20到25英尺高，有的甚至高达30到35英尺。我坐在船舱里，剪开便笺簿封底的硬纸板，做了一个模型，包括单独的一片桨叶，两截断掉的舵杆，连上下两处支撑舵桨的硬木叉的相对位置都做到了还原。通过这个模型，我们发现，断掉的上半截舵桨比较长，把桨片的上半部分固定在它上面，舵杆顶端刚好能够到船桥的桥面。那就照这个样子办吧。最后通过大家的共同努力，我们发明了一个掌舵的新方法：掌舵时人站在船桥右侧，用右手转动右舵桨，另一侧短了一截的那支舵桨，或者系上绳子，用脚控制，或者接上竹竿，用左手控制，令它左右摆动。跟杂技表演也差不多了。而且还有更高难度的挑战，因为纸莎草吃水太深，有时只靠两支舵桨还不足以控制航向，所以我们把帆脚索系在了船桥的栏杆上，如果船不服从舵桨指挥，我们还得拉拽帆索，一切的一切，都是为了让船不要横过去承受风浪。

我们准备好检验这套新方法管不管用时，已经是第二天晚上了。"太阳号"二世深深地浸在水里备受煎熬。我们每个人都意识到这是个极其艰巨的任务，但要想完成后半段航程，就必须迎难而上。那支短腿的舵桨刚一入水，情况就立即有了改善。我们连忙调整舵桨，终于做到让船尾承浪了，再把海锚收起来，那面半卷的帆便带着我们加速向西行去。第二天，我们决定再大胆一点，把主帆完全展开，升起了满帆。船身似乎又被它提了起来，以大约三节的速度向前行驶，每天能走60多海里。但现在，甲板只比海面高一点点。船尾的情况是，海浪依然不断从上风舷涌上来，再从另一侧流下去。在前甲板则是，如果我们还像从前那样围坐在鸡笼旁边，那汹涌的海浪就会毫不留情地浇在我们的头上。所以大家只能挤在一起，坐在桅梯上吃饭，就像是一群栖息在枝头的小鸟。

"我们得弄个屏障，有的碎浪一波一波的，太要命了，水都来不及流下去。再不想办法，我们会沉的。"尤里也不只是说，他挂起了一长条帆布，最前头系在右舷的桅索上，上下都用粗线固定。

"算了吧，尤里！"大伙都笑起来，"只要一个浪帆布就会被撕裂了。"但尤里不是个会轻易放弃的人，他想到就要做到。

一个浪头拍在右舷舱壁上，慢慢划过帆布，将它顶起来一个浅浅的小鼓包，就流回海里。只有前甲板渗进了一点点水，其余的水顺着帆布流走了。尤里得意扬扬地在鸡笼旁坐下，吃着饭。结果下一个浪，下下个浪，都是这样，我们瞪大眼睛，端着盘子从桅梯下来，也坐在充当餐桌的鸡笼旁，看着尤里，他在我们眼中简直就是个巫师，竟然只用一块帆布就挡住了海浪。其实，真正的原因是，海浪的冲击力被船尾化解了，而海浪遇到阻挡，整排的水墙被一劈为二，横断面擦着舱壁往前涌，其实帆布帘对付的只是横断面的那部分水，将其引入大海。

"再找点帆布！"

我们用猎刀把覆盖在舱前壁的帆布割开，从此，我们可以透过柳条间的孔隙看到鸡笼、桅杆和大海。然后我们又把备用帆也割开了。尤里把它们一片片挂起来，顿时，我们就拥有了一扇扇酒红的、橙红的、黄的、绿的屏风。海水在屏风外壁涌动，有时开玩笑似的撞它一下，桅缆就像风中的晾衣绳似的摇摆起来，只有一点点水流到船上。

"嬉皮士！吉卜赛人！"卡洛和乔治大叫一声，捧腹大笑起来，然后立即把那只三人位的橡皮筏放下水，要从草船外拍摄我们现在的样子。我们把脑袋从五颜六色的屏风间钻出去，也看着他们，两人不时被跃起的浪峰挡住，一下又露出头来。

"快回来。"我朝他们大吼道，"快回船上来，那小筏子不行，等下要翻了。"

我们之前也给橡皮筏充上气下过水，但当时风平浪静，后来也只是起了微微的涟漪。可现在，我们都对大风大浪司空见惯，习以为常，于是有点不管不顾了。

时光就如这奔腾的海浪，永不停歇。在不到一年的时间内，我们参加过"太阳号"一世远航的六个人，前后已经在一起共同生活了将近4个月。自从舵桨折断之后，我们就开始限量饮水了，每人每天两杯，做饭的水另算，每天一共9夸脱。[①]有几个储水的陶罐碎了，还有几个进了海水。羊皮囊里面的水大部分是被我们自己倒掉的，但这个话题很敏感，既然事情已经过去，最好就别再提起来了。可以说都是冲动惹的祸！因为海水长时间浸泡，卡洛的腹股沟发生了溃烂，尤里规定他每天要用淡水清洗两次。但可怜的卡洛每天只用一杯水，坚决不肯多要。鸭子、鸽子和猴子加起来每天的供水量按一个人算。乔治对此表示强烈抗议，他认为动物和人不一样，它们又不懂事，不应该对它们限供。圣地亚哥的情况也不太好。他患了肾结石，出发前还在进行治疗，不能吃咸肉、坚果、菜干和鸡蛋。然而我们的菜单上基本全是这些。他浑身无力，但该他干的事从来都兢兢业业，没发过一句牢骚。不用工作的时候，他就钻到船舱最里面的角落躺下来休息，尤里会一直关注他的情况。

一天夜里，大家都很疲惫。圣地亚哥黑着脸，走出船舱，和我们一起坐在鸡笼旁。他看看卡洛，又看看乔治。

"我在船舱里听到了几句下作话！"

卡洛一下就火了："收起你那副教授派头吧！"

"那你怎么不多干点活儿呢，像我们大家这样。"乔治插话进来，"换班的时候，早来个10分钟，表现得主动点儿，别老等别人累得半死了才出现。"

这场控诉远不算完。上次远航中，吃苦耐劳的卡洛和纨绔子弟乔治可谓相看两相厌，不过现在已成为最好的朋友，况且，这会儿我们寡言少语的人类学家把他俩都惹毛了。他们说他，人家在工作，他却躺在角落里对别人进行心理分析。还有，用陶罐储存食物、饮水也是他出的馊主意，明明可以选择轻巧的

---

① 译注：美制1夸脱约为0.946升，英制1夸脱约为1.1365升。

罐头，用压制钢桶装水。上一次航行，我们已经证明了没有现代食品也可以在海上维持生存。为什么非得再证明一次呢？既然他这个军需官非得要带这100多个陶罐，我们也只好同意了，那他就应该把这些罐子保管好呀，怎么能碎了这么多，弄得我们还得限量供水呢。

"陶罐和装水的压制钢桶一样轻，倒是谁把羊皮囊里的水倒进海里了呀！"圣地亚哥反唇相讥。

双方都言辞激烈。愤怒的指控和压抑已久的不满彻底爆发。我们尽管还坐在鸡笼旁，但一点胃口都没有了。圣地亚哥再次反击，在桅梯上激情演说，但是在对方的联合攻击之下开始有些力不从心了。

我说："卡洛，你是一名职业登山运动员，也是一名经验丰富的探险家。你不能要求一位大学教授绳结打得和你一样好，和你一样有力气。就像牧师，自己无懈可击，就要求别人也要事事都做得好。你现在就是这样。"

无论如何，我都不应该说这种话。卡洛缓缓站起身，脸变得比他的胡子还要红，一只手揪住乱蓬蓬的头发。

"我像牧师？"

他站在我对面，喉结上上下下地滚动，但一句话也没说。然后，他转过身，面对着圣地亚哥，突然伸出一只长满老茧的大手。

"这样吧！兄弟们，咱们忘了这些事吧！"

大家隔着鸡笼互相握了手。诺曼连忙去拿他和小原启的口琴，迈达尼翻出他的摩洛哥鼓。两小时后，我躺上床，伴着前甲板传来的乐声和歌声进入了梦乡，这些欢快的曲目来自世界上七个不同的角落。

去年，"太阳号"一世出海的第一天，两支舵桨就都断了，于是我们开始了一场漂流。大自然先带着我们画出了一条向西的弧线，然后将我们的目的地定在西印度群岛岛链南端的巴巴多斯。可惜我们最终没能完成那趟远航。这次的船比上次更适合航海，操舵装置也没损毁，我们把终点再度定在了上一次大自然为我们选择的那座岛屿。所以每一天计算剩余航程时，我们设定的终点都是巴巴多斯。我们现在走的就是最理想的航线，风和浪都从船正后方推着纸莎草船前进。但是，舵手要想使浸满了海水的船头不朝向巴巴多斯的方向，横着向前漂实在是太难了。每次值完夜班，哪怕什么意外都没发生，也会筋疲力尽，因为长时间握着舵桨，手指都伸不直。万一船转了向，帆就会转到顶风的一面，浪再涌上船来，简直不啻魔鬼趁着夜色潜上了船。尤里挂上去的帆布将被撕破，无辜的舵手将听到连珠炮般气哼哼的脏话，另外七个睡意正浓的人将不得不套上救生圈，光着身体蹚进齐腰深的水里，周围漆黑一片，海浪在上下翻腾，他们跌跌撞撞地去拽紧船帆，将支在船尾的舵桨推过来推过去，或抢救货物。有人说，夜班太辛苦了，保险起见，最好不要只留一人在船桥上值班，于是我们把夜班的时间从2小时调整为3小时，每班两个人。

我们要不想累死，就得想办法改善目前的操舵系统。

"如果能把桅杆往前移一点就好了。"一天晚上，我和诺曼一起在船桥上值班，我自言自语道，"只要船帆在船头的正前方，船就能自行顺风行驶。"

"我们可以的。"诺曼热切地说。第二天一早，等不及告诉大家我们的打算，我俩就开始进行这场难度极高的手术了。要使沉重的双脚桅杆向前倾斜，帆从桅顶挂下来，位置会比现在靠前。

诺曼拿了把小斧头，在桅杆底部砍了起来，底座渐渐向前倾斜。之后我们小心翼翼地松开12根平行的桅缆；2根桅脚各系了6根，另一头系在两侧的船舷上。这样，我们就可以让这副30英尺高、600磅重的双脚桅向前倾斜了。我们拽着桅顶往前移动，帆桁也跟着前移。当我们把桅缆重新绑紧，帆已在高高的纸莎草船头前鼓成一道弧面。只要我们没有别的奢求，只希望船头在前，顺风航行，便顿时觉得掌舵也没那么难了。

"太阳号"二世以令人头晕的速度向西航行。船身也不再下沉，估计吃水线以下的纸莎草已足够多，排水量已经可以和海浪加在我们船上的那些没用的分量相互抵消了。航行了五星期，我们才停止下沉，但是船身的大部分已经没入水中。风平浪静的时候，甲板都很少能露出海面。此后，藤壶也开始在纸莎草甲板上安家，还渐渐爬上了船舱右壁。迈达尼依旧坚持每天打捞油凝块。

一天，风雨大作，船帆紧紧缠住了细长的船头，把它弄得更歪了，船帆也沿着底边裂开了一道缝。对我们而言，船帆的重要性仅次于船身，商量之后，我们决定还是放弃上翘的精巧船头。卡洛骑在船头，拿着锯子，要对令我们无比骄傲的草船下手了。船头被锯断，绕着两卷纸莎草筒勒紧的绳索肯定也就断了。安全起见，我们提前用绳子绕着船头捆紧，这样即使捆扎纸莎草筒的绳子断了，船也不至于马上散架。没想到造船的那几位印第安人说的是真的，那两道螺旋状绕在纸莎草筒上的绳索圈夹在左右两捆和中央那捆纸莎草之间，被卡得死死的，就算我们几个人一起拽，都抽不出来。造船的时候绳子勒得本来就紧，纸莎草又吸了好多水，已经膨胀起来。船头倒在我们这群破坏狂锯下之后，据我们观察，其截面就像切开的大洋葱。"太阳号"二世的造型顿时显得更简洁，更现代了。忽然间，即使待在船舱里，我们也可以透过柳条舱壁，看到前方的整条海平线了，就横在船帆底下。仿佛诺亚方舟的窗户被稍稍打开，我们可以眺望远方，寻找前方的陆地了。

没过几天，我们决定把船尾尖也锯掉。船头锯掉后，它就像一面招展的船帆，影响了航行的稳定性，而且，我们也想减掉些不必要的重量。我们惴惴不安地解开船尾那根至关重要的弦，船尾尖锯断后，又将其系回来，这时船尾已变得如鸡尾般又宽又平了，但这似乎对这艘船的牢固性没有造成任何影响。我们一个接一个地钻到水下，去查看船底的情况，结果令我们统统松了一口气，回到船上后，忍不住激动地告诉没下水的人，船底完好，还是那么牢固、结实。就连纸莎草和绳子都维持着原状，只是上面长了好些藤壶，好像一个个黑白花蘑菇，黄色的鳃流苏般摇曳。

这一次远航，我们并没有像上次那样频繁使用这台非专业的小型无线电设备。我们认为这样家里的人反而能更放心，反正我们每次能说的也只有一句"船上一切都好"，何必总是打扰他们的安宁。第二个月下半月，我们的航速飞快，航行到这个阶段，我们已经基本可以估算出登陆的时间和地点了。伊冯立即收拾行李，带着孩子飞往巴巴多斯。

不久之后，诺曼和一位巴巴多斯的无线电爱好者联系时，我们听到了我妻子的声音。出乎意料的是，伊冯一下提出了6个关于纸莎草船底生活的海洋生物的专业问题。随后她解释说，联合国发展援助部门驻巴巴多斯的一个海洋生物项目的负责人对这些问题很感兴趣。我们把那些一路在纸莎草船底陪伴着我们的小朋友们说给他们听，有绕在船边追逐飞鱼的海豚；有大群大群的南美海鸟，在天边盘旋，如同飘浮的云，向西、向南飞去；海平线上，闪闪发光的金枪鱼，如银色的火箭般跃出蓝色海面。第二天，那位无线电爱好者告诉我们，有一艘联合国考察船将要来拜访我们。

6月25日，一只棕色的四翼蜻蜓飞上船。我们离陆地都这么近了吗？还是这只大型昆虫之前搭了个便船，只是那艘船离得太远，所以我们才看不见？我们上一次见到别的船，还是在非洲沿岸的航线上，甚至有两次差点被撞到，之后就再没见过其他船了。

我们现在正全速驶向去年挣扎了几天，最后还是不得不弃"太阳号"一世的那片海域。这时，从船桥上传来一声大喊，只见一条凶猛的鲨鱼正在疯狂撕咬我们船后拖着的救生圈，这一幕令我们全都不寒而栗。我们去年就是在这一带遇到了许多鲨鱼。不过今年似乎只有这位独行侠，很快，它就对我们备着落水时救命用的救生圈失去兴趣，向北游得无影无踪。"太阳号"二世显然不是它的目标，因为船是完好的，不需要修补，那它再怎么也是等不到船上的人下水了。

6月26日，海浪又开始剧烈翻涌起来，在我们船后紧追不舍，白色的浪花如同被机动轮式犁卷起的雪。乌云密布，大雨倾盆而下。我们让雨水洗去身上的盐分，舔吮着胳膊上的雨水。雨水是可以收集起来使用的，但船速这么快，目前剩余的淡水已经够用了。鸭子在舱顶上摇摇摆摆地走来走去，遇到小水坑，偶尔也会停下来解解渴。萨非正往船舱里爬。右舷的舵桨卡在硬木叉上不能动了，随时可能会折断，多亏小原启钻到水下，把它敲松。第二天，那只温驯的信鸽飞走了。这段时间，它一直心神不宁，经常绕着"太阳号"二世大圈大圈地盘旋，不过最终还是会回到舱顶的食碗旁。然而6月27日，它飞走后，就再也没有回来。一定是洪水要退了，鸽子才没有再回到诺亚方舟。我们都很想念它，不知它是否已经找到了陆地。目前离我们最近的海岸是南方的法属圭亚那。这只勇敢的鸽子，如今已经有了两个脚环，一个刻着西班牙的编号，另一个刻着"'太阳号'二世"。

6月28日，水温突然升高了两度。此后，我们再也没见过油凝块。难道我们进入了加纳利洋流的另一条支流？这是怎么回事。我们去年就是在这一带结束了"太阳号"一世的航行，当时海面上全是油凝块，海水应该是始终顺着非洲和美洲之间的洋流闭环循环流动的呀。

6月29日，我们发现系在萨非身上的那条链子垂在海上，萨非却不见踪影。船上立即乱成一团。结果它居然在桅顶上，正得意扬扬地俯视着我们，看来是挣脱链子跑掉了。我们拿出椰子、蜂蜜，但它根本不受诱惑，最后还是尤里拿出了它最爱的玩具，一只能吱吱响、绿身子红眼睛的橡皮青蛙，颜色奇丑，眼睛奇大。萨非一见立即蹿到甲板上，想把青蛙抢回去，尤里趁机一把抓住了它。就在这时，诺曼在船舱里叫了一声，原来他已经通过无线电和联合国的考察船"卡拉马号"取得了联系，而且我们两艘船相距并不远，只是海浪汹涌，一时难以找到对方，"卡拉马号"让我们天黑后再发射信号弹，这样就能找到我们了。

结果那天，我们经历了一个不同寻常的惊魂之夜。6月30日凌晨零点30分，诺曼小声地把我叫醒。轮到我值班了。船桥上又阴又冷，我坐起身，决定在睡袋里穿袜子。这时他又叫了我一声，声音里充满了恐惧：

"快来！快点儿！你快看！"

我一弯腰，钻出船舱，圣地亚哥也跟出来，我们爬上舱顶，顺着诺曼所指的方向看过去。

我们仿佛来到了世界末日。船右侧，西北方向的地平线上，升起了一个苍白的圆盘。但它并未继续升入空中，而是越变越大，如同一轮鬼魅般的铝灰色月亮，一半露出海面，一半藏在海面之下。渐渐地，它仿佛一小团圆形的星云，比银河还要耀眼；它继续变大，这时形状已如同一个蘑菇头。它就这样越变越大，仿佛也越逼越近。然而另一侧的天幕上，才是真正的月亮，没有云，伴着满天的繁星。我对这个异象的第一个猜测是，远处有个极大的探照灯，空气中湿度太大，将光线晕开了。之后，我又猜，是不是哪里误爆了原子弹，形成的蘑菇云；或者是极光造成的异象。但内心深处，我们更愿意相信这个异常明亮的奇怪物体其实来自天外。直到那半边天幕有三分之一都被它占据，它却突然不再变大，而是慢慢暗下来，消失不见。我们几个站在原地，彻底傻了眼。

我们陆续发射了几枚信号弹，红色的火焰升上天空，绽开一片星雨，显示着我们的位置。这一夜太不寻常了，处处透着古怪。小小的无线电中再次传来了"卡拉马号"的消息，他们看不到信号弹，也没看到那个明亮的圆盘，因为当时他们还没上甲板。第二天早上，我们从巴巴多斯的无线电爱好者处得知，西印度群岛也有几个岛上的人观察到了昨夜的异象，不过是在东北方向。难道是肯尼迪角①发射的火箭返回时在大气层中爆炸了？答案我们可能永远都无法知道了。然而，那些执着于寻找飞碟证据的UFO爱好者，把我们观察到的另一次异象和这次的弄混了。那是在远海，我们连续两晚在西北方的天际，看到了橘黄色的灯光。两盏光都很小，一盏一闪即灭，不像是船；另一盏呈水滴状，斜着落入海里不见了。我们立即通知了岸上的无线电爱好者，担心有船只在海上遇难，那是他们发射的紧急信号弹。然而相关单位并未收到任何求救信号，所以我们看到的应该是海军演习，那是他们舰艇之间联络的信号，或潜艇浮出水面后示意自己位置的信号。

我们挂着满帆，继续向西航行，"卡拉马号"来来回回地找了一整夜，却

---

① 译注：肯尼迪角一般指卡纳维拉尔角，附近有肯尼迪航天中心和卡纳维拉尔空军基地。

总是刚好错开我们。我们的信号弹不太够了，不过一直有人守在桅顶眺望。太阳冉冉升起，天亮了，诺曼拿着六分仪、演算的小画板和小型手摇无线电，不断报告说"卡拉马号"一定就在附近，只是位置忽南忽北，躲在一排排巨浪之间不肯现身。然后午餐时间到了。再然后，晚餐也吃过了。我们觉得他们恐怕找不到我们了。太阳已经要落山了。现在是当地时间下午6点，而我们的手表已经指向了9点。因为自我们从非洲港口出航以来，只对过一次时间。就在这时，两艘船的瞭望员同时看到了对方。"卡拉马号"的瞭望员报告说，发现了一面帆，我们也依稀看到海平线上有一个小绿点，不过居然是在我们后方。就在夜幕即将降临时，那艘骄傲的小船追上了我们。一个多么伟大的时刻。

这是一艘又大又快的拖网渔船。它开到我们船边，将桅顶飘扬着的蓝色联合国国旗降下又升起，向我们致意。诺曼立刻跑到双脚桅下，用我们那面联合国国旗回礼。可惜，这面旗已经不完整了，有三分之一被风暴扯烂了。我们难以遏制激动的心情，爬上船桥、舱顶、桅杆，向他们挥手、欢呼、吹响号角。联合国考察船的全体船员也都站在栏杆旁边，向我们挥手、欢呼。里面有白人、黑人，还有棕色人种。船长是中国人，站在船桥上，他旁边那个人拿着扩音器，用瑞典语大声喊：

"欢迎你们来到大西洋美洲海域！"

小原启看到船桥上的中国人，心情格外激动。他爬上舱顶，来到我身边，向我伸出手。

"感谢你让我参加这次航行。"

这次相会就像是在梦里。我们在大洋的这一端见到的第一艘船，竟然是联合国的考察船。除了"太阳号"以外，我们还没见过第二艘悬挂联合国国旗的船呢。这时海面上已是一片漆黑，只有"卡拉马号"依旧灯火通明，它在我们周围绕了几圈，停在我们身后，关掉了发动机，准备在海上漂一整夜。很快，他们的灯光都熄灭了，和我们做伴的只有海浪和那盏昏暗的煤油灯。这感觉很放松，但也很孤单。

直到深夜，我们又警醒过来，航行还没有结束。突然刮来一阵强劲的北风，还没等船桥值夜的人回过神来，帆就被吹得转到顶风的方向。巨帆兜满了风，这股力量是非常恐怖的，船身开始向左倾斜，直到甲板没入水中。我们慌忙跑出舱门，结果左舷的水居然淹到了大腿，在我们的认知中这是不可能会出现的情况呀。而且，还不是翻腾着涌上来的某一道海浪，淹到我们大腿位置的本就是海面，所以这水是不会再从船上流下去的。我乘过那么多次各种各样的筏子，这还是平生第一次有这种强烈的预感，我们要沉到海底了。纸莎草船已经丧失了浮力。胡乱扫动的手电筒光柱令人眼盲，大家的惊呼喊叫乱成一片。迈达尼站在及腰深的水里，却没有系安全绳。尤里挂在左舷的帆布已经被撕得破破烂烂。这时风向一转，又变成我们习惯的东风，我们如今已经是训练有素的纸莎草船水手了，立即抓住机会使船帆归位。海水渐渐从船上流下去，"太阳号"二世也找回了平衡，甲板也浮出水面，恢复原本稍微高于海面的水平。但左舷这一淹水，之前一直太太平平的陶罐一下碎了三个，我刚才又一直光着脚，脚趾被碎陶片割破了，还要请尤里帮我包扎一下。有好多葡萄牙战舰水母留在了船上，左舷到处是亮晶晶的透明丝状物。乔治方便时被蜇到了，也得用氨水清洗。

次日早晨，由于之前关掉了发动机，"卡拉马号"花了好长一段时间才追上我们。他们谁都没想到，一艘原始的纸莎草船能有这么快的速度。尽管昨天晚上航行并不顺利，遇到不少麻烦，但过去的24小时我们的航行距离也达到了75海里。

"卡拉马号"给卡洛带了膏药，给我们送来了信件，几袋美味的巴巴多斯水果，还有一大盒冰激凌，全都放在橡皮筏里送过来，等我们终于拿到手时，冰激凌都已经化了。"卡拉马号"陪着我们航行了两天后，才加速离开，并把我们的问候带给巴巴多斯。我们又一次进入西印度群岛附近的海域，大西洋的飓风就生成于此。七月初，天气变幻莫测。暴雨滂沱而下，每当风起，便犹如四面黑压压的墙，压得我们抬不起头来，风几乎每天都有，而且通常是狂风。

我们不得不一次又一次放下海锚，以保住船帆。但风和洋流总体上对我们还是有利的。算下来，最后这几天的平均航速是全程最高的，每天能航行81海里。这个阶段，海面上的船又多了起来，我们经常能遇到往返于南北美洲的船只。

7月8日，我们离巴巴多斯只有200海里了。当地政府派出了一艘公家的小型快船，即"卡尔佩珀号"，欢迎我们来到大英帝国这个独立小角落。伊冯和我们的长女安奈特是船上仅有的乘客。如果他们能通过我们的位置信息找到我们，今晚后半夜，我们应该就能碰面了。

然而，一整夜过去了。一个白天也这样过去了。其实我们距"卡尔佩珀号"始终只有咫尺之遥，然而它在海浪间逡巡起伏，忽近忽远，就是找不到我们。天气情况并不理想，我们也捕捉到了"卡尔佩珀号"的信号，它向巴巴多斯的无线电台汇报了浪况，还说，纸莎草船队员的妻子适应不了这么大的风浪，晕船了，但她很勇敢，坚持继续搜寻。又是一个黑夜加一个白天，他们找我们已经找了整整两天。第三天夜幕降临时，我们恐怕要在他们之前靠岸了。我们的航程只剩下不到100海里。这时，"卡尔佩珀号"出现了，然而不知怎么也绕到了我们后面，它很快追了上来。它的船身又宽又扁，非常适合航海，是男人都免不了想要驾着这样的船扬帆出海。它控制着速度，和我们并肩而行，我们看到船舷边有两位白人女性，她们紧紧地抓着栏杆，而旁边那群黑皮肤的船员，却举着手臂向我们挥动。我们也拼命挥着手，但两位女士显然分不清柳条舱顶上这群晒得黝黑、须发蓬乱、连脸都遮住的家伙都是谁。而"卡尔佩珀号"的船员关注的中心则集中到了迈达尼身上，他们还以为他是巴巴多斯籍水手。当这位马拉喀什的旱鸭子用咸肠做饵，一下子钓上来五条刺鲀和一条银绿色的小鱼时，他们对他的好感更是了不得了。我们看过了那条银绿色小鱼，之前我们都没见过这种鱼，不过估计也属于刺鲀这一类吧。太阳即将西沉了，乔治没穿潜水服就下海游了过去，他要跟"卡尔佩珀号"的船员谈一笔交易：用新鲜的鱼、埃及面包和美味的摩洛哥"赛洛"换几个橙子。没有这几个橙子，我们也绝对能完成航行，所以对本次实验的严谨性不会产生影响，我们这么做，纯粹因为大家都想享用一点美味而已。他站在"卡尔佩珀号"的后甲板上，已经准备好要游回来了，对方也打开了探照灯准备给他指路。灯光在海面上扫来扫去，他正要往下跳，一个黑人拦住他，问你们"太阳号"上的人是不是不怕鲨鱼呀。

"不怕。"乔治口气很大，然而，那位黑人平静地一指，只见船后一条巨大的食肉动物游到了灯光之下，乔治只好把刚出口的大话重新咽回去。我们的那只橡皮筏因为和陶坛挤放在一起，磨损得很厉害，所以不敢再让它下水了。乔治只得在对面过了一夜，第二天早上，他才乘着"卡尔佩珀号"的一个小救生筏回来。这个小筏子是没有桨的，来回都得用绳拽，乔治到了"太阳号"二世上之后，他们便又把它拽了回去。

整整一夜，"卡尔佩珀号"始终保持在我们的左舷后方。第二天，也就是7月12日，大群的海鸟从西边向我们飞过来，我们知道陆地一定不远了。这天刚好是星期天，早上5点到8点，轮到我和诺曼值班，我们俩站在船桥上等待着下一班的同伴。再过一会儿，卡洛和小原启就要从船舱里面出来，拿出泡在石灰浆里的最后几个鸡蛋准备周日的早餐啦。我们每个周日都有煎蛋吃。其实我们从来没饿过肚子，食物到目前为止还很充足，单是埃及木乃伊面包就还有好几大袋，放在我们平时当床铺用的箱子里，柳条舱舱檐底下也挂着不少香肠和火腿，还有好几罐掺着杏仁和蜂蜜的"赛洛"，这种摩洛哥特产，可以满足沙漠旅人所需的一切营养。到目前为止，我们的身体素质都还挺不错的。这时，我一把抓住诺曼的胳膊。我不是产生错觉了吧。

"你闻到了吗？"我一边问他，一边使劲嗅着大海咸咸的空气，"太棒了，是青草味，刚割过的那种！"

我们俩站在船桥上猛抽鼻子。我们已经在海上航行了57天。圣地亚哥和卡洛他们也钻出船舱，和我们一起闻。不吸烟的人不怎么费劲就闻出来了。但鼻子太灵也是个致命的弱点，除了青草味，我还闻到了牛粪的气味，这可恶的农田气息呀。四周还是一片漆黑，我们什么也看不到。海浪也和平常不一样，节奏不太对，一定是海浪遇到陆地阻挡形成逆流造成的。我们把两支舵桨用力推向右舷，也就是上风口，让船尽量保持向北行驶。一艘吃水这么深的纸莎草船居然能够逆风航行得这么好，真是令人难以置信。

整个上午，诺曼、卡洛和圣地亚哥轮流爬上桅顶，保证随时都有人瞭望。我们手表的指针指向12点25分时，我们头顶突然传来一声疯狂的喊叫：

"万岁！"

诺曼看到了陆地，萨非尖叫起来，那只鸭子扑扇着翅膀飞过舱顶。我们好像一群苍蝇一拥而上，一个不落地爬上摇摇晃晃的双脚桅，虽然大部分纸莎草已经没入水中，但"太阳号"二世仍然异常结实。"卡尔佩珀号"拉响了汽笛。这时，我们大家全都看到陆地了，又低又平，在西北天际横着一条线。海水到了群岛附近，会向北偏转，昨天我们担心航线会被这股水流带得太靠北了，所以努力把船往南拨，结果努力太过，反而太偏南了。矫枉未免有点过正了。现在我们还得把帆转到反方向，舵桨也推到另一头，否则我们可能就会从巴巴多斯旁边经过，只能在它后面那一串岛屿中选一个登陆了。这样也不是不行，只是我们的家人朋友都在巴巴多斯等着我们。"太阳号"二世操作起来一点也不比龙骨船反应慢。其实它也算是有龙骨的，只是它的龙骨不是凸出来的，而是凹进去的。船底纵贯于两大卷纸莎草筒间的深沟，就相当于它的龙骨，作用也一模一样。风从船侧吹过来，系在船尾的红色救生圈就位于我们正后方，所以显然我们前进的方向就是船头所指的方向，完全没有侧向的位移，径直驶向前方低平的海岸线。

我们围坐在鸡笼旁边吃午饭，大家心里都明白，这将是我们在船上的最后一餐。下午晚些时候，头上有飞机的嗡鸣声。一架小型私人飞机在我们上空盘旋，左右摇摆。不一会儿，巴巴多斯总理便乘着一架更大的双擎飞机从岛上飞过来。很快，已经有四架飞机在我们桅顶盘旋。一架飞得特别低，掀起的气流差点把主帆倒转180度。陆地在我们视线中越升越高，阳光照在远处的窗玻璃上反着光。一栋栋房子映入眼帘。海岸边，数十艘船穿出薄雾，向我们驶来。

其中一艘快艇载着诺曼的妻子玛丽·安和我的两个小女儿——玛丽安与贝蒂娜，迎着海浪，疾驰而来。各种各样的船，形形色色的脸。有人晕船，有人喜悦，有人惊愕，有人傻乎乎地大笑，有人冲我们喊，问我们是不是真的是坐着"那玩意儿"从摩洛哥而来。在纸莎草船外面的人看来我们是这样的：中间漂着一个柳条船舱，前头是一面威严的埃及巨帆，一头一尾，还有两簇剪得齐齐的纸莎草挺在水面上。

尤里挂的那些五颜六色的帆布也已经破破烂烂，这副尊容确实很难说服别人这是一艘有能力越洋航行的海船。"太阳号"二世在50多艘大大小小、形形色色船只的陪伴下越过了终点线。我们终于来到了巴巴多斯的首都布里奇顿。我们周围有帆船、快艇、渔船，各种游艇、双体船、三体船、警船，还有一艘好莱坞风格的帆船，它被装饰成海盗船，上面各种索具一应俱全，满载了游客，还有我们的老朋友"卡尔佩珀号"。这些船争先恐后地往我们身边凑，令好静的卡洛甚至怀念起在海上孤独漂流的日子了。乔治却恰恰相反，自在极了，他点燃了我们最后一颗红色信号弹，如自由女神像一般伫立在舱顶。

"太阳号"的航行就这样结束了。在布里奇顿港口外，我们最后一次降下了那面画着圆圆太阳，已经褪色泛白的主帆，将它卷了起来。这时从"卡尔佩珀号"上扔过来一根拖缆。

港口人头攒动，街上被堵得水泄不通。我们的手表显示，现在是下午6点55分。我们即将把表调到巴巴多斯的当地时间了，这一刻，我们已期待了太久，自从启航以来，我们的双脚再也不曾踏上过陆地，一直航行了3270海里。

上码头之前，我们特意腾出一点时间，与同伴们一一握手。我们所有人都明白，正是由于大家的共同努力，我们才得以平平安安地完成这次越洋远航。

我们回过头，望着被我们征服的大西洋。它在我们眼前展开，仿佛无边无际，哥伦布时代是这样，伟大的利索斯黄金时代是这样，腓尼基人往来航行时代是这样，奥尔梅克人开拓进取的时代也是这样。然而，再过一段时间，那里还会是鲸鱼和鱼类的乐园吗？人类能否及时处理现代垃圾，不要等到一切都为时已晚呢？他们会不会停止与大自然作对？他们的子孙后代能否重拾祖先的信仰，重拾对海洋和大地的敬畏，像印加人那样崇拜它们，把它们尊称为"海洋母亲"和"大地母亲"呢？如果答案是否定的，各国为了和平所做的努力便将失去意义，至于战争则是可笑，即使登上那小小的宇宙飞船又能逃到哪里去呢。

海洋并非无穷无尽。

我们光着脚，跳上了大西洋的彼岸。

只剩下洋流还在孤独地奔流、涌动。57天过去，57000年过去，今时的人类是否已不同于昨日？自然的规律依旧，而人类就是自然。

后记

　　双脚是干的。头发是干的。一切都是干燥的。窗户关着。树枝在风中抽动。风很大，但被挡在窗外。我书桌上的纸张静静的，一动不动。扶手椅也待在原地。一切都是结实、稳定、牢固的。我很安全，这里是我的书房。巨大的树冠晃动时，枝叶间露出一点蓝色的水面。那是地中海，一条连通早期文明的高速公路。这片陆地中的海洋，连通着亚洲、非洲、美洲，还有一面以直布罗陀海峡连通大西洋。蓝色的海面上掀起一层层白浪，我耳边却一片静谧。只有打开窗子，才能听到拍岸的涛声。我决定继续关着窗。不然风会把我的文稿弄得乱七八糟。书房里舒适又安全，我都不知道自己会如此喜欢这种感觉。有四面墙壁和关紧的窗户，每个方向都摆满了书。可怜的水手们还要在大风中航行。我在面向大海的窗户前挂了一卷图轴。拉开来，上面绘制着浩瀚的大西洋，忠实地反映出它在制图人心目中的样子——一个没有生命的平面，因为它，四四方方的世界被一分为二，上北下南，非洲在右边，美洲在左边。这个自然界最为活力充沛、不知疲倦、永无止息、不断奔腾的传送带被画成了这个样子，真是谬之甚也。把永恒运动中的大西洋画成地图，就像把跳跃的羚羊定格在半空中。在地图上，它和撒哈拉沙漠、阿尔卑斯山没什么两样，都是静止的，不变的，区别只在于颜色：蓝色代表海洋，黄、绿、白则代表坚实的陆地。

多么完美的游戏棋盘。摆上骰子和小人儿就可以开始玩了。摇一回骰子，让小人儿走几步，任何颜色的板块都能去，但遇到蓝色就不能动了，要是跨过去，就算作弊。但传播学派根本不理这套，他们就是要作弊。让四面八方来的小人儿跳上蓝色板块继续往四面八方去。要是棋盘上的蓝色板块能滚动该多有趣呀。就像海洋，绕着地球循环流动，只要把小人儿扔上去，蓝色板块就能把他们从非洲送到赤道附近的美洲，再从这里前往亚洲，再从亚洲送回美洲北部。如果地图是动态的，就得制定新的游戏规则了。白色和黑色的小人儿走到摩洛哥外面的方格将获得加一步奖励，可以乘着代表加纳利洋流的蓝色板块，跳上美洲。黄色的小人儿走到印度尼西亚外面的一格，将被来自波利尼西亚的洋流裹挟着，汇入日本洋流，拐向美洲，到了北美西海岸再拐回亚洲，最后回到原地。总之，遇到蓝色板块，要么实现一次跨越，要么损失一次向其他方向前进的机会。在真实的游戏中，黄色的沙漠、白色的冰原和绿色的沼泽才是难以逾越的天堑。

我抻开绳子，那卷蠢地图像火箭升空似的，一下弹了回去。树枝晃动着，如同被风拂过的牧草，地中海又从树梢间露出一点影子。我推开窗，听着滚滚涛声，风翻乱的又岂止是桌上的文稿，还有我满脑袋纷繁的思绪。去他的文稿，去他的"学说"，传播说也好，孤立说也好，都去见鬼吧。敞开的窗户，才能迎来新鲜的空气。有雷，有雨，这才是现实。如果咆哮的海浪可以开口，有一点是可以肯定的。它肯定有许多没有被文字记载下来的古代航海故事要讲，而且当时的航海水平与中世纪那些记录在案的远航相比，也必然不会逊色。中世纪本来就是一段下坡路，而不是进步。古代的人也并不是游戏盘上的棋子。那些伟大的创造无不彰显着他们的生命力、想象力、探索精神、智慧和勇气。与我们这些按钮时代的人相比，他们体格更强健，信仰更坚定，但也有人类与生俱来的虚荣与欲望，爱与恨，是有血有肉的人。古埃及的水手早已走出红海，所到之处包括美索不达米亚，甚至某些遥远的亚洲港口。他们从尼罗河河口出发，往返于地中海的东部地区征敛税费，这些岛屿离埃及虽远，也需要向法老纳贡。埃及、美索不达米亚，还有其他属国的人们，虽然说着不同的语言，写着不同的文字，但都养育出了自己的水手和建筑师，文明得以由海路传入远方的岛屿，并在当地蓬勃发展，继而产生出新的语言，新的文字，就这样，文明的薪火又进一步向北，向西传递下去。我们不知道古埃及的文明具体从什么时候辐射到这些岛屿，只知道后来渐渐被腓尼基取而代之。然而，腓尼基人来自何方，他们最初使用什么样的船只，却仍然是个谜。他们的许多近邻都用芦苇船，而且不只东方和南方的邻国有，甚至西方的邻国也不例外。古克里特文明有一件文物，是一枚刻着新月形芦苇船的戒指，船上有桅杆、横桅索，还有船舱。马耳他岛一座巨石神庙的遗迹也雕刻有芦苇船。文明从腓尼基近海经直布罗陀海峡向外传播。到达了利索斯，而当地人也使用芦苇船。谁也无法准确地复盘当年各类船只走过的航线；无法确知这些密切相关却又各具特色的文明之间的关联；不知道这些文明中，有多大的比重承袭于当地早期文明，又在多大程度上因外来统治者，受到与当地气候、地理截然不同的地域文明的影响。亚速群岛最北端的科武尔岛距北美比直布罗陀海峡还近，如果在这儿发现了一坛公元前4世纪的地中海金、铜钱币，谁又能说得清是由哪里的水手带过来的呢？古时候，为了寻找财富，或躲避战乱，有成千上万的人乘船离开家园，却没留下任何记载。埃及女王哈特谢普苏特曾派出探险队沿红海远征蓬特，王室的盛事因御用艺术家的作品得以不朽。而民间的情形能否被记录下来全凭运气。古代地理学家厄拉多塞为了描述埃及到锡兰及恒河之遥远，凑巧记录下了以风帆为动力的普通埃及纸莎草船完成这段远航的天数。但不会有人兴建寺庙来纪念这些普通人。唯有一次，平民的迁移也被镌刻在了不朽的石碑上。公元前5世纪，腓尼基国王汉诺亲自率领60艘载满给养的船队穿过直布罗陀海峡，他们此行的目的是进行海外殖民，因而船上带了数以千计的男女平民。这座迦太基石碑终究还是为国王而建，但碑文中也写道，汉诺并非远航探险的第一人。出直布罗陀海峡后，船队一直沿着海岸线航行，第4天在巨石城利索斯靠岸，汉诺国王在当地找了几位向导，然后沿非洲海岸继续航行，这些人熟悉沿路的海况，叫得出每个岬角的名字，28天后，船队航行到了西非赤道附近的丛林，甚至还曾沿河上溯。从利索斯出发时，汉诺令人准备的物资仅够再用两个月，因而船队此时便不得不返航了。据之后的希腊人记载，国王石碑上的铭文说，利索斯的居民都是外国人，因腓尼基的探险家们留下来耐心周旋，才渐渐被当地人视为朋友，也愿意给他们一些提点。这些古代航海家们都是外交艺术大师，即使原本对他们怀有敌意的原始人最终也接纳了他们。据他们自己记载，他们往往会在沙滩放下一件诱人的礼物，释放出交朋友的意愿，若当地部落拿走礼物，他们才会下船。这一招不仅在西非海岸管用，在任何地区非社会化的丛林部落都同样有效，哥伦布和他的追随者们后来也验证了这一点。

古代人非常清楚，远航出使多国这种大事，与别的国家合作远比单打独斗来得稳妥实惠，至少埃及人和腓尼基人都懂，史载第一次环非洲航行，两国果断决定联手完成。这要比前文中的那次殖民航行早两个世纪。汉诺的船队有识途的向导指点，因而在准备物资时非常有针对性。而这次公元前6世纪的环非洲航行耗时却达整整3年。名义上由埃及法老尼科发起，实际征用的是腓尼基的船只和水手，但两国统治者都并未亲自出航，因而这个故事也没有被埃及人记录在他们的墓室或石碑上。幸而公元前5世纪，希罗多德刚好在腓尼基海岸、美索不达米亚和埃及一带走访，为他举世闻名的巨著《历史》收集素材，这段历史当时还没有被人遗忘，这才得以被他记录下来。

如果有这样一支探险队来到大西洋彼岸，或探险，或留下殖民，在与本土原始丛林猎人的碰撞中，将发展出什么样的文明呢？他们会造出什么样的金字塔呢？

那张愚蠢的地图和死气沉沉的蓝色，将墨西哥与摩洛哥间的距离拉开了数百年，甚至上千年。而我们穿越它才用了几星期，对猴子、鸭子，见过或没见过大海的人类而言，都不过是打几个瞌睡的时间。放在历史的长河中，更是短到不过相当于几秒而已。美洲居民在哥伦布到来之前的确不曾见过龙骨木船，但他们的芦苇船与地中海一带的芦苇船没什么两样。大西洋这条自东向西的传送带令那些想当然的樊篱不攻自破。这项实验，我只找了几位湖畔生活的渔民，摸索着造出两艘芦苇船，前后共航行了4个月，约6000海里，第二次才成功在美洲登陆。但如果我们也像汉诺那样，造100多艘"太阳号"，或许最后也能熟练地绕开尤比角，往返航行，不再视那里为畏途了。但相应地，在整个过程中，又将会有多少船折断舵桨，被冲到美洲呢？而且，天晓得我们这些"太阳号"上的水手会选择什么图腾来代表自己的文明。

我关上窗，提笔写道：

我依然没有答案。芦苇船可以航海。大西洋是一条传送带。除了这两点，我没有别的理论。不过上千年间，地中海先民不知进行了多少次追随太阳的远海航行，若说从不曾在驶出直布罗陀海峡后折断舵桨，或在避让尤比角的险滩时被洋流冲得偏离航道，今后我恐怕只能啧啧称奇。难道我们能漂到美洲，只因我们使用舵桨的水平前所未有地糟糕，或都坐在纸莎草船上的技术前所未有地高明？

至此，我有了一个理论：也许我们能够横渡大西洋，是因为我们航行在海洋上，而不是地图上。